O GUARANI

COLEÇÃO A OBRA-PRIMA DE CADA AUTOR

O GUARANI

José de Alencar

4ª Edição

MARTIN CLARET

Direção Martin Claret
Produção editorial Carolina Marani Lima
Flávia P. Silva
Projeto gráfico e diagramação Giovana Gatti Leonardo
Direção de arte José Duarte T. de Castro
Ilustração da capa Mauricio Negro
Revisão Antonio Carlos Marques
Patrícia Murari
Impressão e acabamento Paulus Gráfica

Este livro segue o novo Acordo Ortográfico da Língua Portuguesa.

Dados Internacionais de Catalogação na Publicação (CIP)
(Câmara Brasileira do Livro, SP, Brasil)

Alencar, José de, 1829-1877.
O guarani / José de Alencar. — 4. ed. — São Paulo: Martin Claret, 2012. — (Coleção a obra-prima de cada autor; 17)

"Texto integral"
ISBN 978-85-7232-338-3

1. Romance brasileiro I. Título. II. Série.

12-02271 CDD-869. 93

Índices para catálogo sistemático:

1. Romances: Literatura brasileira 869. 93

EDITORA MARTIN CLARET LTDA.
Rua Alegrete, 62 – Bairro Sumaré – CEP: 01254-010 – São Paulo – SP
Tel.: (11) 3672-8144 – Fax: (11) 3673-7146
www.martinclaret.com.br
5ª reimpressão – 2014

Sumário

Segunda parte: Peri

Terceira parte: Os aimorés

Quarta parte: A catástrofe

Apresentação

Romantismo

Taís Gasparetti[1]

O Romantismo foi um movimento literário que se iniciou na Europa, no final do século XVIII.

Em oposição à objetividade, ao racionalismo e à retomada dos valores clássicos do Arcadismo, o Romantismo foi um movimento marcado por subjetividade, valorização das emoções, idealismo, individualismo, busca da liberdade de criação, espiritualidade, valorização do passado e nacionalismo.

Contexto histórico

Nascido no contexto da Revolução Francesa, o Romantismo teve início na Europa em um momento em que, em razão da falência dos impérios feudais, o poder passava das mãos da nobreza para as da burguesia. A ascensão da classe bur-

[1] Taís Gasparetti é produtora editorial e atua no mercado de livros há mais de dez anos. Graduada em Letras pela Unicamp, foi professora na rede particular e pública de ensino e participou das bancas de correção de Literatura e Redação da Comissão de Vestibulares (Comvest) do vestibular Unicamp. Atualmente é também redatora, *ghost writer* e revisora de textos.

guesa provocou então uma alteração no público consumidor de literatura, que se tornou mais popular. Assim, surgiram os primeiros folhetins nos jornais, constituídos de uma literatura extremamente sentimentalista, com o intuito de atrair leitores.

Em Portugal, o Romantismo teve como marco a publicação do poema "Camões", de Almeida Garrett, em 1825, e no Brasil, a publicação da obra *Suspiros poéticos e saudades*, de Gonçalves de Magalhães, em 1836.

Influências

Alguns filósofos dessa época foram importantes também por influenciar a constituição dos ideais românticos e, consequentemente, o início do movimento. Dentre eles, destacamos:

Jean-Jacques Rousseau (1712-1778) – filósofo suíço considerado precursor do Romantismo. Responsável pela teoria do "bom selvagem", que postulava ideias como: "o homem é bom por natureza, é a sociedade que o corrompe" e "a maioria de nossos males é obra nossa e os evitaríamos, quase todos, conservando uma forma de viver simples, uniforme e solitária que nos era prescrita pela natureza".

Johann Gottlieb Fichte (1762-1814) – filósofo alemão que afirmava que o racionalismo era apenas uma parte do intelecto, ao lado de outros aspectos, como experiência, intuição, imaginação, entre outros. Por isso a influência aos românticos.

Friedrich Wilhelm Joseph von Schelling (1775-1854) – filósofo alemão considerado um dos mais importantes do Idealismo alemão pós-kantiano. Afirmava que "o único conhecimento possível é o que a consciência tem de si própria", assim, o único saber relevante era o autoconhecimento, ideia relacionada ao individualismo e subjetivismo dos escritores românticos.

O AUTOR

Adriana Junqueira Arantes[2]

O escritor José de Alencar (1829-1877) nasceu no estado do Ceará e morreu no Rio de Janeiro, onde fixou residência a maior parte de sua vida. Filho de um ilustre senador do Império, de sua infância carregou reminiscências das sessões de leitura de romances que fazia em voz alta para sua mãe e suas tias; bem como as imagens do sertão nordestino que conheceu nas viagens realizadas com a família e que mais tarde ambientariam boa parte de sua ficção.

Estreou como jornalista e cronista no *Correio Mercantil* em 1854. Posteriormente e já no *Diário do Rio de Janeiro*, publicou sob o formato de folhetim muito em moda na época seu primeiro romance, *Cinco Minutos*. Mas a notoriedade como romancista viria um pouco depois, em 1857, com *O guarani*, e se consolidaria com *Iracema*, maior obra do autor.

Advogado por ofício e polemista no campo político, Alencar publicaria em seus pouco mais de 20 anos de carreira literária, 21 romances, além de peças de teatro, crônicas e artigos diversos. Sua destacada obra romanesca divide-se segundo a temática: romance urbano, regionalismo, romance histórico.

Durante boa parte de sua vida adulta sofreu de tuberculose, enfermidade que o levaria à morte precoce, aos 48 anos de idade. Mesmo assim, casou-se aos 35 anos com Georgiana Cochrane, com quem teve seis filhos.

---

[2] Adriana Junqueira Arantes é mestre em Literatura Hispano-americana pela Universidade de São Paulo. É professora de literaturas em língua espanhola, teoria da literatura e língua espanhola. Atua também como tradutora de textos de ficção, como redatora lexicográfica, na organização de obras ficcionais e na produção de material didático. Atualmente é também professora-pesquisadora da UNEB, pelo programa UAB/CAPES do Ministério da Educação, e trabalha na produção de material didático de literaturas em língua espanhola para a Letras/EAD.

Apesar da permanente queixa do escritor de que a crítica atribuía pouca importância à sua obra, a posteridade desenhou para José de Alencar um lugar de primeira grandeza na ficção brasileira.

Por solicitação de Machado de Assis, seu admirador, é patrono da cadeira nº 23 da Academia Brasileira de Letras.

O ESTILO DE JOSÉ DE ALENCAR

O estudioso e disciplinado José de Alencar é das figuras mais importantes no Brasil do século XIX. É, junto a Gonçalves Dias, o maior escritor do Romantismo brasileiro. Alencar dedicou-se a um estilo descritivo, ainda que em permanente debate com a cultura de seu tempo; o tempo do Romantismo, em que ressaltava a exaltação da natureza, o patriotismo, a idealização do amor e da mulher, o subjetivismo e o predomínio da imaginação sobre a razão. Assim, em seus romances, criou uma literatura nacionalista, empregando uma linguagem tipicamente brasileira – deixando de lado o estilo lusitano, que ainda permeava a nossa literatura.

Escreveu teatro, crônica e crítica literária; mas é sua obra romanesca que constitui um conjunto coeso e coerente de formulação de uma literatura nacional, fundada muitas vezes em aspectos documentais – caso dos romances históricos *Guerra dos Mascates* e *Minas de Prata* –, mas que se valem sobretudo do poder da imaginação criadora e da capacidade de construir narrativas bem estruturadas.

Costuma-se dividir a sua produção romanesca em três categorias: romances históricos, regionalistas e urbanos.

Nos históricos, o escritor traça um perfil da cultura e dos usos e costumes brasileiros de sua época, da História do Brasil, buscando a formulação de uma identidade nacional, bem ao gosto do espírito romântico.

Se nos romances de feição urbana há um plano de destaque para as figuras femininas e sua análise psicológica – como em Lucíola e Senhora –, ornados por uma crítica à hipocrisia, à ambição e à desigualdade social presentes na Corte; nos romances regionalistas, ao contrário, o destaque recai sobre a figura masculina, quase sempre bravia e guerreira. É o caso de *O Sertanejo* ou *O Gaúcho*.

Dentro da linha regionalista, poderíamos ainda incluir aqueles romances que tratam do indígena, suas crenças, suas lendas e seus costumes. *O guarani*, *Ubirajara* e *Iracema* compõem esse quinhão. Aqui, como na obra de Gonçalves Dias, o índio é visto de maneira idealizada, representando, em nível simbólico, uma origem mítica do povo brasileiro.

Sobre *O guarani*[3]

Primeiro grande êxito literário de José de Alencar, mistura de história e ficção, *O guarani*, escrito em 1857, mas ambientado no século XVII, possui uma estrutura descritivo-narrativa (3ª pessoa) e pode ser considerado simultaneamente um romance histórico e indianista.

Histórico, se visto da perspectiva que parte, ao descrever costumes e estilo de vida da época representada, da ambientação às margens do Paquequer – zona serrana do Rio de Janeiro, ao reconstruir roupas, arquitetura ou citar diretamente fontes históricas (D. Antonio de Mariz) e histórico-literárias (Silva Lisboa); bem como os costumes presentes na banda de aventureiros, entre outros aspectos. Assim, o documental serve para a criação da realidade literária.

Indianista, porém, se observarmos a transformação de pressupostos filosóficos do Romantismo universal, como o ideal medieval do bom guerreiro e o mito do bom selvagem, na construção de um herói literário nacional, por meio da figura indígena – o que se expressa nos traços psicológicos de Peri (demonstração de coragem, fidelidade e pureza).

Inserindo-se na tradição do romance histórico, *O guarani* procura transitar entre o binômio verdade/verossimilhança por meio da figuração do masculino em seu protagonista.

---

[3] Amplie seu conhecimento a respeito de *O guarani* procurando a ópera *Il guarani*, de Carlos Gomes, inspirada no romance de Alencar.

Contudo, o caráter heroico por vezes medievalista e outras selvático do indígena Peri põe em evidência a dicotomia entre natureza e cultura, indicando a consciência que tinha o autor da extensão dos problemas da integração do indígena com o outro em terras brasileiras.

Ao longo de seus 54 capítulos, vê-se, na obra de José de Alencar, o desenrolar de seu enredo de modo a esboçar o ideal romântico da fundação da nação. Peri, um goitacá, enamora-se de Ceci, a linda filha dos Mariz. E depois de variadas peripécias em que salva a donzela de perigos, auxilia a família do fidalgo a superar a infidelidade dos aventureiros e as emboscadas dos aimorés.

O GUARANI*

* O título que damos a esse romance significa o *indígena brasileiro.* Na ocasião da descoberta, o Brasil era povoado por nações pertencentes a uma grande raça, que conquistara o país havia muito tempo e expulsara os dominadores. Os cronistas ordinariamente designavam esta raça pelo nome *Tupi*; mas esta denominação não era usada senão por algumas nações. Entendemos que a melhor designação que se lhe podia dar era a da língua geral que falavam e naturalmente lembrava o nome primitivo da grande nação. (N. do A.)

Prólogo*

Minha prima. — Gostou da minha história, e pede-me um romance; acha que posso fazer alguma coisa neste ramo de literatura.

Engana-se; quando se conta aquilo que nos impressionou profundamente, o coração é que fala; quando se exprime aquilo que outros sentiram ou podem sentir, fala a memória ou a imaginação.

Esta pode errar, pode exagerar-se; o coração é sempre verdadeiro, não diz senão o que sentiu; e o sentimento, qualquer que ele seja, tem a sua beleza.

Assim, não me julgo habilitado a escrever um romance, apesar de já ter feito um com a minha vida.

Entretanto, para satisfazê-la, quero aproveitar as minhas horas de trabalho em copiar e remoçar um velho manuscrito que encontrei em um armário desta casa, quando a comprei.

Estava abandonado e quase todo estragado pela umidade e pelo cupim, esse roedor eterno, que antes do dilúvio já se havia agarrado à arca de Noé, e pôde assim escapar ao cataclismo.

Previno-lhe que encontrará cenas que não são comuns atualmente, não as condene à primeira leitura, antes de ver as outras que as explicam.

---

* Publicado apenas nos folhetins e na 1ª edição. (N. do E.)

Envio-lhe a primeira parte do meu manuscrito, que eu e Carlota temos decifrado nos longos serões das nossas noites de inverno, em que escurece aqui às cinco horas.

Adeus.

Minas, 12 de dezembro.

Ao leitor*

Publicando este livro em 1857, se disse ser aquela primeira edição uma prova tipográfica, que algum dia talvez o autor se dispusesse a rever.

Esta nova edição devia dar satisfação do empenho, que a extrema benevolência do público ledor, tão minguado ainda, mudou em bem para dívida de reconhecimento.

Mais do que podia fiou de si o autor. Relendo a obra depois de anos, achou ele tão mau e incorreto quanto escrevera, que para bem corrigir fora mister escrever de novo. Para tanto lhe carece o tempo e sobra o tédio de um labor ingrato.

Cingiu-se pois às pequenas emendas que toleravam o plano da obra e o desalinho de um estilo não castigado.

---

* Anexado pelo autor a partir da 2ª edição. (N. do E.)

Primeira parte

Os aventureiros

I. Cenário

De um dos cabeços da *Serra dos Órgãos* desliza um fio de água que se dirige para o norte, e engrossado com os mananciais que recebe no seu curso de dez léguas, torna-se rio caudal.

É o *Paquequer*:[1] saltando de cascata em cascata, enroscando-se como uma serpente, vai depois se espreguiçar na várzea e embeber no Paraíba, que rola majestosamente em seu vasto leito.

Dir-se-ia que, vassalo e tributário desse rei das águas, o pequeno rio, altivo e sobranceiro contra os rochedos, curva-se humildemente aos pés do suserano. Perde então a beleza selvática; suas ondas são calmas e serenas como as de um lago, e não se revoltam contra os barcos e as canoas que resvalam sobre elas: escravo submisso, sofre o látego do senhor.

Não é neste lugar que ele deve ser visto; sim três ou quatro léguas acima de sua foz, onde é livre ainda, como o filho indômito desta pátria da liberdade.

---

[1] Paquequer: para se conhecer a exatidão dessa descrição do rio Paquequer naquela época, leia-se B. da Silva Lisboa, *Anais do Rio de Janeiro,* 1º tomo, p. 162. Hoje as grandes plantações de café transformaram inteiramente aqueles lugares outrora virgens e desertos. (N. do A.)

Aí, o *Paquequer* lança-se rápido sobre o seu leito e atravessa as florestas como o tapir, espumando, deixando o pelo esparso pelas pontas do rochedo e enchendo a solidão com o estampido de sua carreira. De repente, falta-lhe o espaço, foge-lhe a terra; o soberbo rio recua um momento para concentrar as suas forças e precipita-se de um só arremesso, como o tigre sobre a presa.

Depois, fatigado do esforço supremo, se estende sobre a terra, e adormece numa linda bacia que a natureza formou, e onde o recebe como em um leito de noiva, sob as cortinas de trepadeiras e flores agrestes.

A vegetação nessas paragens ostentava outrora todo o seu luxo e vigor; florestas virgens se estendiam ao longo das margens do rio, que corria no meio das arcarias de verdura e dos capitéis formados pelos leques das palmeiras.

Tudo era grande e pomposo no cenário que a natureza, sublime artista, tinha decorado para os dramas majestosos dos elementos, em que o homem é apenas um simples comparsa.

No ano da graça de 1604, o lugar que acabamos de descrever estava deserto e inculto; a cidade do Rio de Janeiro tinha-se fundado havia menos de meio século, e a civilização não tivera tempo de penetrar o interior.

Entretanto, via-se à margem direita do rio uma casa larga e espaçosa, construída sobre uma eminência e protegida de todos os lados por uma muralha de rocha cortada a pique.

A esplanada, sobre que estava assentado o edifício, formava um semicírculo irregular que teria quando muito cinquenta braças quadradas; do lado do norte havia uma espécie de escada de lajedo feita metade pela natureza e metade pela arte.

Descendo dois ou três dos largos degraus de pedra da escada, encontrava-se uma ponte de madeira solidamente construída sobre uma fenda larga e profunda que se abria na rocha. Continuando a descer, chegava-se à beira do rio, que se curvava em seio gracioso, sombreado pelas grandes gameleiras e angelins que cresciam ao longo das margens.

Aí, ainda a indústria do homem tinha aproveitado habilmente a natureza para criar meios de segurança e defesa.

De um e outro lado da escada seguiam dois renques de árvores, que, alargando gradualmente, iam fechar como dois braços o seio do rio; entre o tronco dessas árvores, uma alta cerca de espinheiros tornava aquele pequeno vale impenetrável.

A casa era edificada com a arquitetura simples e grosseira, que ainda apresentam as nossas primitivas habitações; tinha cinco janelas de frente, baixas, largas, quase quadradas.

Do lado direito estava a porta principal do edifício, que dava sobre um pátio cercado por uma estacada, coberta de melões agrestes. Do lado esquerdo estendia-se até a borda da esplanada uma asa do edifício, que abria duas janelas sobre o desfiladeiro da rocha.

No ângulo que esta asa fazia com o resto da casa havia uma coisa que chamaremos jardim, e de fato era uma imitação graciosa de toda a natureza rica, vigorosa e esplêndida que a vista abraçava do alto do rochedo.

Flores agrestes das nossas matas, pequenas árvores copadas, um estendal de relvas, um fio de água, fingindo um rio e formando uma pequena cascata, tudo isto a mão do homem tinha criado no pequeno espaço com uma arte e graça admiráveis.

À primeira vista, olhando esse rochedo da altura de duas braças, donde se precipitava um arroio da largura de um copo de água, e o monte de grama, que tinha quando muito o tamanho de um divã, parecia que a natureza se havia feito menina e se esmerara em criar por capricho uma miniatura.

O fundo da casa, inteiramente separado do resto da habitação por uma cerca, era tomado por dois grandes armazéns ou senzalas, que serviam de morada a aventureiros e acostados.

Finalmente, na extrema do pequeno jardim, à beira do precipício, via-se uma cabana de sapé, cujos esteios eram duas palmeiras que haviam nascido entre as fendas das pedras. As abas do teto desciam até o chão; um ligeiro sulco privava as águas da chuva de entrar nesta habitação selvagem.

Agora que temos descrito o aspecto da localidade, onde se deve passar a maior parte dos acontecimentos desta história, podemos abrir a pesada porta de jacarandá, que serve de entrada, e penetrar no interior do edifício.

A sala principal, o que chamamos ordinariamente sala da frente, respirava um certo luxo que parecia impossível existir nessa época em um deserto, como era então aquele sítio.

As paredes e o teto eram caiados, mas cingidos por um largo florão de pintura a fresco; nos espaços das janelas pendiam dois retratos que representavam um fidalgo velho e uma dama também idosa.

Sobre a porta do centro desenhava-se um brasão de armas[2] em campo de cinco vieiras de ouro, riscadas em cruz entre quatro rosas de prata sobre palas e faixas. No escudo, formado por uma brica de prata orlada de vermelho, via-se um elmo também de prata, paquife de ouro e de azul, e por timbre um meio leão de azul com uma vieira de ouro sobre a cabeça.

Um largo reposteiro de damasco vermelho, onde se reproduzia o mesmo brasão, ocultava esta porta, que raras vezes se abria, e dava para um oratório. Defronte, entre as duas janelas do meio, havia um pequeno dossel fechado por cortinas brancas com apanhados azuis.

Cadeiras de couro de alto espaldar, uma mesa de jacarandá de pés torneados, uma lâmpada de prata suspensa ao teto, constituíam a mobília da sala, que respirava um ar severo e triste.

Os aposentos interiores eram do mesmo gosto, menos as decorações heráldicas; na asa do edifício, porém, esse aspecto mudava de repente e era substituído por um quer que seja de caprichoso e delicado que revelava a presença de uma mulher.

Com efeito, nada mais loução do que essa alcova, em que os brocatéis de seda se confundiam com as lindas penas de nossas aves, enlaçadas em grinaldas e festões pela orla do teto e pela cúpula do cortinado de um leito colocado sobre um tapete de peles de animais selvagens.

---

[2] Brasão de armas: este brasão da casa dos Marizes é histórico, nos mesmos *Anais do Rio de Janeiro,* tomo 1º, p. 329, acha-se a sua descrição, que copiei literalmente. (N. do A.)

A um canto, pendia da parede um crucifixo em alabastro, aos pés do qual havia um escabelo de madeira dourada.

Pouco distante, sobre uma cômoda, via-se uma dessas guitarras espanholas que os ciganos introduziram no Brasil quando expulsos de Portugal, e uma coleção de curiosidades minerais de cores mimosas e formas esquisitas.

Junto à janela, havia um traste que à primeira vista não se podia definir; era uma espécie de leito ou sofá de palha matizada de várias cores e entremeada de penas negras e escarlates.

Uma garça-real empalhada, prestes a desatar o voo, segurava com o bico a cortina de tafetá azul que ela abria com a ponta de suas asas brancas e caindo sobre a porta, vendava esse ninho da inocência aos olhos profanos.

Tudo isto respirava um suave aroma de benjoim, que se tinha impregnado nos objetos com o seu perfume natural, ou como a atmosfera do paraíso que uma fada habitava.

II. Lealdade

A habitação que descrevemos pertencia a D. Antônio de Mariz,[3] fidalgo português de cota d'armas e um dos fundadores da cidade do Rio de Janeiro.

Era dos cavalheiros que mais se haviam distinguido nas guerras da conquista, contra a invasão dos franceses e os ataques dos selvagens.

Em 1567 acompanhou Mem de Sá ao Rio de Janeiro, e depois da vitória alcançada pelos portugueses auxiliou o governador nos trabalhos da fundação da cidade e consolidação do domínio de Portugal nessa capitania.

---

[3] D. Antônio de Mariz: este personagem é histórico, assim como os fatos que se referem ao seu passado, antes da época em que começa o romance.

Nos *Anais do Rio de Janeiro,* tomo 1º, p. 328, lê-se uma breve notícia sobre sua vida. (N. do A.)

Fez parte em 1578 da célebre expedição do Dr. Antônio de Salema contra os franceses, que haviam estabelecido uma feitoria em Cabo Frio para fazerem o contrabando de pau-brasil. Serviu por este mesmo tempo de provedor da real fazenda e, depois, da alfândega do Rio de Janeiro; mostrou sempre nesses empregos o seu zelo pela república e a sua dedicação ao rei.

Homem de valor, experimentado na guerra, ativo, afeito a combater os índios, prestou grandes serviços nas descobertas e explorações do interior de Minas e Espírito Santo. Em recompensa do seu merecimento, o governador Mem de Sá lhe havia dado uma sesmaria de uma légua com fundo sobre o sertão, a qual, depois de haver explorado, deixou por muito tempo devoluta.

A derrota de Alcácer-Quibir, e o domínio espanhol que se lhe seguiu, vieram modificar a vida de D. Antônio de Mariz.

Português de antiga têmpera, fidalgo leal, entendia que estava preso ao rei de Portugal pelo juramento da nobreza, e que só a ele devia preito e menagem. Quando pois, em 1582, foi aclamado no Brasil D. Felipe II como o sucessor da monarquia portuguesa, o velho fidalgo embainhou a espada e retirou-se do serviço.

Por algum tempo esperou a projetada expedição de D. Pedro da Cunha,[4] que pretendeu transportar ao Brasil a coroa portuguesa, colocada então sobre a cabeça do seu legítimo herdeiro, D. Antônio, prior do Crato.

Depois, vendo que esta expedição não se realizava, e que seu braço e sua coragem de nada valiam ao rei de Portugal, jurou que ao menos lhe guardaria fidelidade até a morte. Tomou os seus penates, o seu brasão, as suas armas, a sua família, e foi estabelecer-se naquela sesmaria que lhe concedera Mem de Sá. Aí, de pé sobre a eminência em que ia assentar o seu novo solar, D. Antônio de Mariz, erguendo o vulto direito, e lançando um olhar sobranceiro pelos vastos horizontes que abriam em torno, exclamou:

---

[4] D. Pedro da Cunha: deste projeto de transportar ao Brasil a coroa portuguesa, fala Varnhagan na sua História do Brasil. (N. do A.)

—Aqui sou português! Aqui pode respirar à vontade um coração leal, que nunca desmentiu a fé do juramento. Nesta terra que me foi dada pelo meu rei, e conquistada pelo meu braço. Nesta terra livre, tu reinarás, Portugal, como viverás n'alma de teus filhos. Eu o juro!

Descobrindo-se, curvou o joelho em terra, e estendeu a mão direita sobre o abismo, cujos ecos adormecidos repetiram ao longe a última frase do juramento prestado sobre o altar da natureza, em face do sol que transmontava.

Isto se passara em abril de 1593; no dia seguinte, começaram os trabalhos da edificação de uma pequena habitação que serviu de residência provisória, até que os artesãos vindos do reino construíram e decoraram a casa que já conhecemos.

D. Antônio tinha ajuntado fortuna durante os primeiros anos de sua vida aventureira; e não só por capricho de fidalguia, mas em atenção à sua família, procurava dar a essa habitação construída no meio de um sertão todo o luxo e comodidade possíveis.

Além das expedições que fazia periodicamente à cidade do Rio de Janeiro, para comprar fazendas e gêneros de Portugal, que trocava pelos produtos da terra, mandara vir do reino alguns oficiais mecânicos e hortelãos, que aproveitavam os recursos dessa natureza tão rica para proverem os seus habitantes de todo o necessário.

Assim, a casa era um verdadeiro solar de fidalgo português, menos as ameias e a barbacã, as quais haviam sido substituídas por essa muralha de rochedos inacessíveis, que ofereciam uma defesa natural e uma resistência inexpugnável.

Na posição em que se achava, isto era necessário por causa das tribos selvagens, que, embora se retirassem sempre das vizinhanças dos lugares habitados pelos colonos e se entranhassem pelas florestas, costumavam contudo fazer correrias e atacar os brancos à traição.

Em um círculo de uma légua da casa, não havia senão algumas cabanas em que moravam aventureiros[5] pobres,

---

[5] Aventureiros: o costume que tinham os capitães daquele tempo de manterem uma banda de aventureiros às suas ordens é referido por

desejosos de fazer fortuna rápida, e que se tinham animado a se estabelecer neste lugar, em parcerias de dez e vinte, para mais facilmente praticarem o contrabando do ouro e pedras preciosas, que iam vender na costa.

Estes, apesar das precauções que tomavam contra os ataques dos índios, fazendo paliçadas e reunindo-se uns aos outros para defesa comum, em ocasião de perigo vinham sempre abrigar-se na casa de D. Antônio de Mariz, a qual fazia as vezes de um castelo feudal na Idade Média.

O fidalgo os recebia como um rico-homem que devia proteção e asilo aos seus vassalos; socorria-os em todas as suas necessidades, e era estimado e respeitado por todos que vinham, confiados na sua vizinhança, estabelecer-se por esses lugares.

Deste modo, em caso de ataque dos índios, os moradores da casa do *Paquequer* não podiam contar senão com os seus próprios recursos; e por isso D. Antônio, como homem prático e avisado que era, havia-se premunido para qualquer ocorrência.

Ele mantinha, como todos os capitães de descobertas daqueles tempos coloniais, uma banda de aventureiros que lhe serviam as suas explorações e correrias pelo interior; eram homens ousados, destemidos, reunindo ao mesmo tempo aos recursos do homem civilizado a astúcia e agilidade do índio de quem haviam aprendido; eram uma espécie de guerrilheiros, soldados e selvagens ao mesmo tempo.

D. Antônio de Mariz, que os conhecia, havia estabelecido entre eles uma disciplina militar rigorosa, mas justa; a sua lei era a vontade do chefe; o seu dever a obediência passiva, o seu direito uma parte igual na metade dos lucros. Nos casos extremos, a decisão era proferida por um conselho de quatro, presidido pelo chefe; e cumpria-se sem apelo, como sem demora e hesitação.

---

todos os cronistas. Esse costume tinha o quer que seja dos usos da média idade, e a necessidade o fez reviver em nosso país onde faltavam tropas regulares para as conquistas e explorações. (N. do A.)

Pela força da necessidade, pois, o fidalgo se havia constituído senhor de baraço e cutelo, de alta e baixa justiça dentro de seus domínios; devemos porém declarar que rara vez se tornara precisa a aplicação dessa lei rigorosa; a severidade tinha apenas o efeito salutar de conservar a ordem, a disciplina e a harmonia.

Quando chegava a época da venda dos produtos, que era sempre anterior à saída da armada de Lisboa, metade da banda dos aventureiros ia à cidade do Rio de Janeiro, apurava o ganho, fazia a troca dos objetos necessários e na volta prestava suas contas. Uma parte dos lucros pertencia ao fidalgo, como chefe; a outra era distribuída igualmente pelos quarenta aventureiros, que a recebiam em dinheiro ou em objetos de consumo.

Assim vivia, quase no meio do sertão, desconhecida e ignorada essa pequena comunhão de homens, governando-se com as suas leis, os seus usos e costumes; unidos entre si pela ambição da riqueza, e ligados ao seu chefe pelo respeito, pelo hábito da obediência e por essa superioridade moral que a inteligência e a coragem exercem sobre as massas.

Para D. Antônio e para seus companheiros a quem ele havia imposto sua fidelidade, esse torrão brasileiro, esse pedaço de sertão, não era senão um fragmento de Portugal livre, de sua pátria primitiva; aí só se reconhecia como rei ao duque de Bragança, legítimo herdeiro da coroa; e quando se corriam as cortinas do dossel da sala, as armas que se via, eram as cinco quinas portuguesas, diante das quais todas as frontes inclinavam.

D. Antônio tinha cumprido o seu juramento de vassalo leal; e, com a consciência tranquila por ter feito o seu dever, com a satisfação que dá ao homem o mando absoluto, ainda mesmo em um deserto, rodeado de seus companheiros que ele considerava amigos, vivia feliz no seio de sua pequena família.

Esta se compunha de quatro pessoas:

Sua mulher, D. Lauriana,[6] dama paulista, imbuída de todos os prejuízos de fidalguia e de todas as abusões religiosas

---

[6] D. Lauriana: segundo B. da Silva Lisboa, a mulher de D. Antônio de Mariz chamava-se Lauriana Simoa e era natural de São Paulo. (N. do A.)

daquele tempo; no mais, um bom coração, um pouco egoísta, mas não tanto que não fosse capaz de um ato de dedicação.

Seu filho, D. Diogo de Mariz,[7] que devia mais tarde prosseguir na carreira de seu pai, e lhe sucedeu em todas as honras e forais; ainda moço, na flor da idade, gastava o tempo em correrias e caçadas.

Sua filha, D. Cecília, que tinha dezoito anos, e que era a deusa desse pequeno mundo que ela iluminava com o seu sorriso e alegrava com o seu gênio travesso e a sua mimosa faceirice.

D. Isabel, sua sobrinha, que os companheiros de D. Antônio, embora nada dissessem, suspeitavam ser o fruto dos amores do velho fidalgo por uma índia que havia cativado em uma das suas explorações.

Demorei-me em descrever a cena e falar de algumas das principais personagens deste drama porque assim era preciso, para que bem se compreendam os acontecimentos que depois se passaram.

Deixarei porém que os outros perfis se desenhem por si mesmos.

III. A BANDEIRA

Era meio-dia.

Um troço de cavaleiros, que constaria quando muito de quinze pessoas, costeava a margem direita do Paraíba.

Estavam todos armados da cabeça até os pés; além da grande espada de guerra que batia as ancas do animal, cada um deles trazia à cinta dois pistoletes,[8] um punhal na ilharga do calção e o arcabuz passado a tiracolo pelo ombro esquerdo.

---

[7] D. Diogo de Mariz: este personagem também é histórico. Em 1607 era provedor da alfândega do Rio de Janeiro, cargo que tinha servido seu pai alguns anos antes. Silva Lisboa, *Anais*. (N. do A.)

[8] Pistoletes: os arcabuzes pequenos. Pela ord. nº 5º, tít. 80, s. 13, era defeso trazê-los armados ou tê-los em casa. (N. do A.)

Pouco adiante, dois homens a pé tocavam alguns animais carregados de caixas e outros volumes cobertos com uma sarapilheira alcatroada, que os abrigava da chuva.

Quando os cavaleiros, que seguiam a trote largo, venciam a pequena distância que os separava da tropa, os dois caminheiros, para não atrasarem a marcha, montavam na garupa dos animais e ganhavam de novo a dianteira.

Naquele tempo dava-se o nome de *bandeiras* a essas caravanas de aventureiros que se entranhavam pelos sertões do Brasil, à busca de ouro, os brilhantes e esmeraldas, ou à descoberta de rios e terras ainda desconhecidos.

A que nesse momento costeava a margem do Paraíba era da mesma natureza; voltava do Rio de Janeiro, onde fora vender os produtos de sua expedição pelos terrenos auríferos.

Uma das ocasiões, em que os cavaleiros se aproximaram da tropa que seguia a alguns passos, um moço de vinte e oito anos, bem parecido, e que marchava à frente do troço, governando o seu cavalo com muito garbo e gentileza, quebrou o silêncio geral.

— Vamos, rapazes! — disse ele alegremente aos caminheiros. — Um pouco de diligência, e chegaremos com cedo. Restam-nos apenas umas quatro léguas!

Um dos bandeiristas, ao ouvir estas palavras, chegou as esporas à cavalgadura, e avançando algumas braças, colocou-se ao lado do moço.

— Ao que parece, tendes pressa de chegar, Sr. Álvaro de Sá? — disse ele com um ligeiro acento italiano, e um meio sorriso cuja expressão de ironia era disfarçada por uma benevolência suspeita.

— Decerto, Sr. Loredano; nada é mais natural, a quem viaja, do que o desejo de chegar.

— Não digo o contrário; mas confessareis que nada também é mais natural, a quem viaja, do que poupar os seus animais.

— Que quereis dizer com isto, Sr. Loredano? — perguntou Álvaro com um movimento de enfado.

— Quero dizer, Sr. cavalheiro — respondeu o italiano em tom de mofa e medindo com os olhos a altura do sol —, que chegaremos hoje pouco antes das seis horas.

Álvaro corou.

— Não vejo em que isto vos causa reparo; a alguma hora havíamos chegar; e melhor é que seja de dia do que de noite.

— Assim como melhor é que seja em um sábado do que em outro qualquer dia! — replicou o italiano no mesmo tom.

Um novo rubor assomou às faces de Álvaro, que não pôde disfarçar o seu enleio; mas, recobrando o desembaraço, soltou uma risada, e respondeu:

— Ora, Deus, Sr. Loredano; estais aí a falar-me na ponta dos beiços e com meias palavras; à fé de cavalheiro que não vos entendo.

— Assim deve ser. Diz a Escritura que não há pior surdo do que aquele que não quer ouvir.

— Oh! temos anexim! Aposto que aprendeste isto agora em São Sebastião: foi alguma velha beata, ou algum licenciado em cânones que vo-lo ensinou? — disse o cavalheiro gracejando.

— Nem um nem outro, Sr. cavalheiro; foi um fanqueiro da rua dos Mercadores, que por sinal também me mostrou custosos brocados e lindas arrecadas de pérolas, bem próprias para o mimo de um gentil cavalheiro à sua dama.

Álvaro enrubesceu pela terceira vez.

Decididamente o sarcástico italiano, com o seu espírito mordaz, achava meio de ligar a todas as perguntas do moço uma alusão que o incomodava; e isto no tom o mais natural do mundo.

Álvaro quis cortar a conversação neste ponto; mas o seu companheiro prosseguiu com extrema amabilidade:

— Não entrastes por acaso na loja desse fanqueiro de que vos falei, Sr. cavalheiro?

— Não me lembro; é de crer que não, pois apenas tive tempo de arranjar os nossos negócios, e nem um me restou para ver essas galantarias de damas e fidalgas — disse o moço com frieza.

— É verdade! — acudiu Loredano, com uma ingenuidade simulada, isto me faz lembrar que só nos demoramos no Rio de Janeiro cinco dias, quando das outras vezes eram nunca menos de dez e quinze.

— Tive ordem para haver-me com toda a rapidez; e creio — continuou fitando no italiano um olhar severo — que não devo contas de minhas ações senão àqueles a quem dei o direito de pedi-las.

— *Per Bacco,* cavalheiro! Tomais as coisas ao revés. Ninguém vos pergunta por que motivo fazeis aquilo que vos praz; mas também achareis justo que cada um pense à sua maneira.

— Pensai o que quiserdes! — disse Álvaro, levantando os ombros e avançando o passo da sua cavalgadura.

A conversa interrompeu-se.

Os dois cavaleiros, um pouco adiantados ao resto do troço, caminhavam silenciosos um a par do outro.

Álvaro às vezes enfiava um olhar pelo caminho como para medir a distância que ainda tinham de percorrer, e outras vezes parecia pensativo e preocupado.

Nestas ocasiões, o italiano lançava sobre ele um olhar a furto, cheio de malícia e ironia; depois continuava a assobiar entredentes uma cançoneta de *condottiere,* de quem ele apresentava o verdadeiro tipo.

Um rosto moreno, coberto por uma longa barba negra, entre a qual o sorriso desdenhoso fazia brilhar a alvura de seus dentes; olhos vivos, a fronte larga, descoberta pelo chapéu desabado que caía sobre o ombro; alta estatura, e uma constituição forte, ágil e musculosa, eram os principais traços deste aventureiro.

A pequena cavalgata tinha deixado a margem do rio, que não oferecia mais caminho, e tomara por uma estreita picada aberta na mata.

Apesar de ser pouco mais de duas horas, o crepúsculo reinava nas profundas e sombrias abóbadas de verdura: a luz, coando entre a espessa folhagem, se decompunha inteiramente; nem uma réstia de sol penetrava nesse templo da criação, ao qual serviam de colunas os troncos seculares dos acaris e araribás.

O silêncio da noite, com os seus rumores vagos e indecisos e os seus ecos amortecidos, dormia no fundo dessa solidão, e era apenas interrompido um momento pelo passo dos animais, que faziam estalar as folhas secas.

Parecia que deviam ser seis horas da tarde, e que o dia caindo envolvia a terra nas sombras pardacentas do ocaso.

Álvaro de Sá, embora habituado a esta ilusão, não pôde deixar de sobressaltar-se um instante, em que, saindo da sua meditação, viu-se de repente no meio do *claro-escuro* da floresta.

Involuntariamente ergueu a cabeça para ver se através da cúpula de verdura descobria o sol, ou pelo menos alguma centelha de luz que lhe indicasse a hora.

Loredano não pôde reprimir a risada sardônica que lhe veio aos lábios.

— Não vos dê cuidado, Sr. cavalheiro, antes de seis horas lá estaremos; sou eu que vo-lo digo.

O moço voltou-se para o italiano, rugando o sobrolho.

— Sr. Loredano, é a segunda vez que dizeis esta palavra em um tom que me desagrada; pareceis querer dar a entender alguma coisa, mas falta-vos o ânimo de a proferir. Uma vez por todas, falai abertamente, e Deus vos guarde de tocar em objetos que são sagrados.

Os olhos do italiano lançaram uma faísca; mas o seu rosto conservou-se calmo e sereno.

— Bem sabeis que vos devo obediência, Sr. cavalheiro, e não faltarei dela. Desejais que fale claramente, e a mim me parece que nada do que tenho dito pode ser mais claro do que é.

— Para vós, não duvido; mas isto não é razão de que o seja para outros.

— Ora dizei-me, Sr. cavalheiro; não vos parece claro, à vista do que me ouvistes, que adivinhei o vosso desejo de chegar o mais depressa possível?

— Quanto a isto, já vos confessei eu; não há pois grande mérito em adivinhar.

— Não vos parece claro também que observei haverdes feito esta expedição com a maior rapidez, de modo que em menos de vinte dias eis-nos ao cabo dela?

— Já vos disse que tive ordem, e creio que nada tendes a opor.

— Não decerto; uma ordem é um dever, e um dever cumpre-se com satisfação, quando o coração nele se interessa.

— Sr. Loredano! — disse o moço, levando a mão ao punho da espada e colhendo as rédeas.

O italiano fez que não tinha visto o gesto de ameaça; continuou:

— Assim tudo se explica. Recebestes uma ordem; foi de D. Antônio de Mariz, sem dúvida?

— Não sei que nenhum outro tenha direito de dar-me — replicou o moço com arrogância.

— Naturalmente por virtude desta ordem — continuou o italiano cortesmente — partistes do *Paquequer* em uma segunda-feira, quando o dia designado era um domingo.

— Ah! também reparastes nisto? — perguntou o moço, mordendo os beiços de despeito.

— Reparo em tudo, Sr. cavalheiro; assim, não deixei de observar ainda que, sempre em virtude da ordem, fizestes tudo para chegar justamente antes do domingo.

— E não observastes mais nada? — perguntou Álvaro com a voz trêmula e fazendo um esforço para conter-se.

— Não me escapou também uma pequena circunstância de que já vos falei.

— E qual é ela, se vos praz?

— Oh! não vale a pena repetir: é coisa de somenos.

— Dizei sempre, Sr. Loredano; nada é perdido entre dois homens que se entendem — replicou Álvaro com um olhar de ameaça.

— Já que o quereis, força é satisfazer-vos. Noto que a ordem de D. Antônio — e o italiano carregou nessa palavra — manda-vos estar no *Paquequer* um pouco antes de seis horas, a tempo de ouvir a prece.

— Tendes um dom admirável, Sr. Loredano: o que é de lamentar, é que o empregueis em futilidades.

— Em que quereis que um homem gaste seu tempo neste sertão, senão a olhar para seus semelhantes, e ver o que eles fazem?

— Com efeito é uma boa distração.

— Excelente. Vede-vos, tenho visto coisas que se passam diante dos outros, e que ninguém percebe, porque não se quer dar ao trabalho de olhar como eu — disse o italiano, com o seu ar de simplicidade fingida.

— Contai-nos isto, há de ser curioso.

— Ao contrário, é o mais natural possível; um moço que apanha uma flor ou um homem que passeia de noite à luz das estrelas... Pode haver coisa mais simples?

Álvaro empalideceu desta vez.

— Sabeis uma coisa, Sr. Loredano?

— Saberei, cavalheiro, se me fizerdes a honra de dizer.

— Está me parecendo que a vossa habilidade de observador levou-vos muito longe, e que fazeis nem mais nem menos do que o ofício de espião.

O aventureiro ergueu a cabeça com um gesto altivo, levando a mão ao cabo de uma larga adaga que trazia à ilharga: no mesmo instante porém dominou este movimento e voltou à bonomia habitual.

— Quereis gracejar, Sr. cavalheiro?...

— Enganais-vos — disse o moço, picando o seu cavalo e encostando-se ao italiano —, falo-vos seriamente; sois um infame espião! Mas juro, por Deus, que, à primeira palavra que proferirdes, esmago-vos a cabeça como a uma cobra venenosa.

A fisionomia de Loredano não se alterou; conservou a mesma impassibilidade; apenas o seu ar de indiferença e sarcasmo desapareceu sob a expressão de energia e maldade que lhe acentuou os traços vigorosos.

Fitando um olhar duro no cavalheiro, respondeu:

— Visto que tomais a coisa neste tom, Sr. Álvaro de Sá, cumpre que vos diga que não é a vós que cabe ameaçar; entre nós dois, deveis saber qual é o que tem a temer!...

— Esqueceis a quem falais? — disse o moço com altivez.

— Não, senhor, lembro tudo; lembro que sois meu superior, e também — acrescentou com voz surda — que tenho o vosso segredo.

E parando o animal, o aventureiro deixou Álvaro seguir só na frente, e misturou-se com os seus companheiros.

A pequena cavalgata continuou a marcha através da picada, e aproximou-se de uma dessas clareiras das matas virgens, que se assemelham a grandes zimbórios de verdura.

Neste momento um rugido espantoso fez estremecer a floresta e encheu a solidão com os ecos estridentes.

Os caminheiros empalideceram e olharam um para o outro; os cavaleiros engatilharam os arcabuzes e seguiram lentamente, lançando um olhar cauteloso pelos ramos das árvores.

IV. A CAÇADA

Quando a cavalgata chegou à margem da clareira, ali se passava uma cena curiosa.

Em pé, no meio do espaço que formava a grande abóbada de árvores, encostado a um velho tronco decepado pelo raio, via-se um índio[9] na flor da idade.

Uma simples túnica de algodão, a que os indígenas chamavam *aimará,* apertada à cintura por uma faixa de penas escarlates, caía-lhe dos ombros até ao meio da perna, e desenhava o talhe delgado e esbelto como um junco selvagem.

Sobre a alvura diáfana do algodão, a sua pele, cor do cobre, brilhava com reflexos dourados; os cabelos pretos cortados rentes, a tez lisa, os olhos grandes com os cantos exteriores erguidos para a fronte; a pupila negra, móbil, cintilante; a boca forte mas bem modelada e guarnecida de dentes alvos, davam ao rosto pouco oval a beleza inculta da graça, da força e da inteligência.

Tinha a cabeça cingida por uma fita de couro, à qual se prendiam do lado esquerdo duas plumas matizadas, que descrevendo uma longa espiral, vinham roçar com as pontas negras o pescoço flexível.

Era de alta estatura; tinha as mãos delicadas; a perna ágil e nervosa, ornada com uma axorca de frutos amarelos,

---

[9] Um índio: o tipo que descrevemos é inteiramente copiado das observações que se encontram em todos os cronistas. Em um ponto porém variam os escritores; uns dão aos nossos selvagens uma estatura abaixo da regular; outros uma estatura alta. Neste ponto preferi guiar-me por Gabriel Soares, que escreveu em 1580, e que nesse tempo devia conhecer a raça indígena em todo o seu vigor, e não degenerada como se tornou depois. (N. do A.)

apoiava-se sobre um pé pequeno, mas firme no andar e veloz na corrida. Segurava o arco e as flechas com a mão direita caída, e com a esquerda mantinha verticalmente diante de si um longo forcado de pau enegrecido pelo fogo.

Perto dele estava atirada ao chão uma clavina tauxiada, uma pequena bolsa de couro que devia conter munições, e uma rica faca flamenga, cujo uso foi depois proibido em Portugal e no Brasil.

Nesse instante erguia a cabeça e fitava os olhos numa sebe de folhas que se elevava a vinte passos de distância e se agitava imperceptivelmente.

Ali por entre a folhagem, distinguiam-se as ondulações felinas de um dorso negro, brilhante, marchetado de pardo; às vezes viam-se brilhar na sombra dois raios vítreos e pálidos, que semelhavam os reflexos de alguma cristalização de rocha, ferida pela luz do sol.

Era uma onça enorme; de garras apoiadas sobre um grosso ramo de árvore, e pés suspensos no galho superior, encolhia o corpo, preparando o salto gigantesco.

Batia os flancos com a larga cauda, e movia a cabeça monstruosa, como procurando uma aberta entre a folhagem para arremessar o pulo; uma espécie de riso sardônico e feroz contraía-lhe as negras mandíbulas e mostrava a linha de dentes amarelos; as ventas dilatadas aspiravam fortemente e pareciam deleitar-se já com o odor do sangue da vítima.

O índio, sorrindo e indolentemente encostado ao tronco seco, não perdia um só desses movimentos e esperava o inimigo com a calma e serenidade do homem que contempla uma cena agradável: apenas a fixidade do olhar revelava um pensamento de defesa.

Assim, durante um curto instante, a fera e o selvagem mediram-se mutuamente, com os olhos nos olhos um do outro; depois o tigre agachou-se, e ia formar o salto, quando a cavalgata apareceu na entrada da clareira.

Então o animal, lançando ao redor um olhar injetado de sangue, eriçou o pelo e ficou imóvel no mesmo lugar, hesitando se devia arriscar o ataque.

O índio, que ao movimento da onça acurvara ligeiramente

os joelhos e apertava o forcado,[10] endireitou-se de novo; sem deixar a sua posição, nem tirar os olhos do animal, viu a banda que parara à sua direita.

Estendeu o braço e fez com a mão um gesto de rei, que rei das florestas ele era, intimando aos cavaleiros que continuassem a sua marcha.

Como, porém, o italiano, com o arcabuz em face, procurasse fazer a pontaria entre as folhas, o índio bateu com o pé no chão em sinal de impaciência, e exclamou apontando para o tigre, e levando a mão ao peito:

— É meu!... meu só!

Estas palavras foram ditas em português, com uma pronúncia doce e sonora, mas em tom de energia e resolução.

O italiano riu.

— Por Deus! Eis um direito original! Não quereis que se ofenda a vossa amiga?... Está bem, dom cacique — continuou —, lançando o arcabuz a tiracolo; ela vo-lo agradecerá.

Em resposta a esta ameaça, o índio empurrou desdenhosamente com a ponta do pé a clavina que estava atirada ao chão, como para exprimir que, se ele o quisesse, já teria abatido o tigre de um tiro. Os cavaleiros compreenderam o gesto, porque, além da precaução necessária para o caso de algum ataque direto, não fizeram a menor demonstração ofensiva.

Tudo isso se passou rapidamente, em um segundo, sem que o índio deixasse um só instante com os olhos o inimigo.

A um sinal de Álvaro de Sá, os cavaleiros prosseguiram a sua marcha e entranharam-se de novo na floresta.

O tigre, que observava os cavaleiros, imóvel, com o pelo eriçado, não ousara investir nem retirar-se, temendo expor-se aos tiros dos arcabuzes; mas apenas viu a tropa distanciar-se e sumir-se no fundo da mata, soltou um novo rugido de alegria e contentamento.

---

[10] Forcado: esta maneira de caçar uma onça, que a muitos parecerá extraordinária, é referida por Aires de Casal. Ainda hoje no interior há sertanejos que caçam deste modo e sem o menor risco ou dificuldade, tão habituados já estão. (N. do A.)

Ouviu-se um rumor de galhos que se espedaçavam como se uma árvore houvesse tombado na floresta, e o vulto negro da fera passou no ar; de um pulo tinha ganho outro tronco e metido entre ela e o seu adversário uma distância de trinta palmos.

O selvagem compreendeu imediatamente a razão disto: a onça, com os seus instintos carniceiros e a sede voraz de sangue, tinha visto os cavalos e desdenhava o homem, fraca presa para saciá-la.

Com a mesma rapidez com que formulou este pensamento, tomou na cinta uma flecha pequena e delgada como espinho de ouriço e esticou a corda do grande arco, que excedia de um terço à sua altura.

Ouviu-se um forte sibilo, que foi acompanhado por um bramido da fera; a pequena seta despedida pelo índio se cravara na orelha, e uma segunda, açoitando o ar, ia ferir-lhe a mandíbula inferior.

O tigre tinha-se voltado ameaçador e terrível, aguçando os dentes uns nos outros, rugindo de fúria e vingança: de dois saltos aproximou-se novamente.

Era uma luta de morte a que ia se travar; o índio o sabia, e esperou tranquilamente, como da primeira vez; a inquietação que sentira um momento de que a presa lhe escapasse desaparecera: estava satisfeito.

Assim, estes dois selvagens das matas do Brasil, cada um com as suas armas, cada um com a consciência de sua força e de sua coragem, consideravam-se mutuamente como vítimas que iam ser imoladas.

O tigre desta vez não se demorou; apenas se achou a coisa de quinze passos do inimigo, retraiu-se com uma força de elasticidade extraordinária e atirou-se como um estilhaço de rocha, cortada pelo raio.

Foi cair sobre o índio, apoiado nas largas patas detrás, com o corpo direito, as garras estendidas para degolar a sua vítima, e os dentes prontos a cortar-lhe a jugular.

A velocidade deste salto monstruoso foi tal que, no mesmo instante em que se vira brilhar entre as folhas os reflexos negros de sua pele azevichada, já a fera tocava o chão com as patas.

Mas tinha em frente um inimigo digno dela, pela força e agilidade.

Como a princípio, o índio havia dobrado um pouco os joelhos, e segurava na esquerda a longa forquilha, sua única defesa; os olhos sempre fixos magnetizavam o animal. No momento em que o tigre se lançara, curvou-se ainda mais; e fugindo com o corpo apresentou o gancho. A fera, caindo com a força do peso e a ligeireza do pulo, sentiu o forcado cerrar-lhe o colo, e vacilou.

Então, o selvagem distendeu-se com a flexibilidade da cascavel ao lançar o bote; fincando os pés e as costas no tronco, arremessou-se e foi cair sobre o ventre da onça, que, subjugada, prostrada de costas, com a cabeça presa ao chão pelo gancho, debatia-se contra o seu vencedor, procurando debalde alcançá-lo com as garras.

Esta luta durou minutos; o índio, com os pés apoiados fortemente nas pernas da onça, e o corpo inclinado sobre a forquilha, mantinha assim imóvel a fera, que há pouco corria a mata não encontrando obstáculos à sua passagem.

Quando o animal, quase asfixiado pela estrangulação, já não fazia senão uma fraca resistência, o selvagem, segurando sempre a forquilha, meteu a mão debaixo da túnica e tirou uma corda de ticum[11] que tinha enrolada à cintura em muitas voltas.

Nas pontas desta corda havia dois laços que ele abriu com os dentes e passou nas patas dianteiras ligando-as fortemente uma à outra; depois fez o mesmo às pernas, e acabou por amarrar as duas mandíbulas, de modo que a onça não pudesse abrir a boca.

Feito isto, correu a um pequeno arroio que passava perto; e enchendo de água uma folha de cajueiro-bravo, que tornou cova, veio borrifar a cabeça da fera. Pouco a pouco o animal ia tornando a si; e o seu vencedor aproveitava este tempo

---

[11] Ticum: o ticum é uma palmeira, cujos filamentos os índios usavam como os europeus, o linho. Dela se serviam para suas redes de pesca, para cordas de arco e outros misteres; o fio preparado por eles com a resina de almécega era fortíssimo. (N. do A.)

para reforçar os laços que o prendiam, e contra os quais toda a força e agilidade do tigre seriam impotentes.

Neste momento uma cutia tímida e arisca apareceu na lezíria da mata, e adiantando o focinho, escondeu-se arrepiando o seu pelo vermelho e afogueado.

O índio saltou sobre o arco e abateu-a daí a alguns passos no meio da carreira; depois, apanhando o corpo do animal que ainda palpitava, arrancou a flecha, e veio deixar cair nos dentes da onça as gotas do sangue quente e fumegante.

Apenas o tigre moribundo sentiu o odor da carniça, e o sabor do sangue que filtrando entre as presas caíra na boca, fez uma contorção violenta, e quis soltar um urro que apenas exalou-se num gemido surdo e abafado.

O índio sorria, vendo os esforços da fera para arrebentar as cordas que a atavam de maneira que não podia fazer um movimento, a não ser essas retorções do corpo, em que debalde se agitava. Por cautela tinha-lhe ligado até os dedos uns aos outros para privar-lhe que pudesse usar das unhas longas e retorcidas, que são a sua arma mais terrível.

Quando o índio satisfez o prazer de contemplar o seu cativo quebrou na mata dois galhos secos de biribá,[12] e roçando rapidamente um contra o outro, tirou fogo pelo atrito e tratou de preparar a sua caça para jantar.

Em pouco tempo tinha acabado a selvagem refeição, que ele acompanhou com alguns favos de mel de uma pequena abelha que fabrica as suas colmeias no chão. Foi ao regato, bebeu alguns goles de água, lavou as mãos, o rosto e os pés, e cuidou em pôr-se a caminho.

Passando pelas patas do tigre o seu longo arco que suspendeu ao ombro, e vergando ao peso do animal que se debatia em contorções, tomou a picada por onde tinha seguido a cavalgata.

---

[12] Biribá: era a árvore com que os indígenas tiravam fogo por meio do atrito, roçando fortemente um fragmento de encontro ao outro. B. da Silva Lisboa — *Anais*. (N. do A.)

Momentos depois, no lugar desta cena já deserto, entreabriu-se uma moita espessa, e surdiu um índio completamente nu, ornado apenas com uma trofa de penas amarelas.

Lançou ao redor um olhar espantado, examinou cautelosamente o fogo que ardia ainda e os restos da caça; deitou-se encostando o ouvido em terra, e assim ficou algum tempo.

Depois se ergueu e entranhou de novo pela floresta, na mesma direção que o outro tomara pouco tempo antes.

V. Loura e morena

Caía a tarde.

No pequeno jardim da casa do *Paquequer,* uma linda moça se embalançava indolentemente numa rede de palha presa aos ramos de uma acácia silvestre, que estremecendo deixava cair algumas de suas flores miúdas e perfumadas.

Os grandes olhos azuis, meio cerrados, às vezes se abriam languidamente como para se embeberem de luz e abaixavam de novo as pálpebras rosadas.

Os lábios vermelhos e úmidos pareciam uma flor da gardênia[13] dos nossos campos, orvalhada pelo sereno da noite; o hálito doce e ligeiro exalava-se formando um sorriso. Sua tez alva e pura como um froco de algodão tingia-se nas faces de uns longes cor-de-rosa, que iam, desmaiando, morrer no colo de linhas suaves e delicadas.

O seu trajo era do gosto o mais mimoso e o mais original que é possível conceber; mistura de luxo e de simplicidade. Tinha sobre o vestido branco de cassa um ligeiro saiote de riço azul apanhado à cintura por um broche; uma espécie de arminho cor de pérola, feito com a penugem macia de certas aves, orlava o talho e as mangas, fazendo realçar a alvura de seus ombros e o harmonioso contorno de seu braço arqueado sobre o seio.

---

[13] Gardênia: nome científico que Fr. Veloso na sua *Flora fluminense* dá à açucena silvestre; nos nossos campos encontra-se essa flor de várias cores; a mais comum é a branca e escarlate. (N. do A.)

Os longos cabelos louros, enrolados negligentemente em ricas tranças, descobriam a fronte alva e caíam em volta do pescoço presos por uma rendinha finíssima de fios de palha cor de ouro, feita com uma arte e perfeição admirável.

A mãozinha afilada brincava com um ramo de acácia que se curvava carregado de flores, e ao qual de vez em quando segurava-se para imprimir à rede uma doce oscilação.

Esta moça era Cecília.

O que passava nesse momento em seu espírito infantil é impossível descrever; o corpo cedendo à languidez que produz uma tarde calmosa deixava que a imaginação corresse livre.

Os sopros tépidos da brisa que vinham impregnados dos perfumes das madressilvas, e das açucenas agrestes, ainda excitavam mais esse enlevo e bafejavam talvez nessa alma inocente algum pensamento indefinido, algum desses mitos de um coração de moça aos dezoito anos.

Ela sonhava que uma das nuvens brancas que passavam pelo céu anilado, roçando a ponta dos rochedos, se abria de repente; e um homem vinha cair a seus pés tímido e suplicante.

Sonhava que corava; e um rubor vivo acendia o rosado de suas faces; mas a pouco e pouco esse casto enleio ia se desvanecendo e acabava num gracioso sorriso que sua alma vinha pousar nos lábios.

Com o seio palpitante, toda trêmula e ao mesmo tempo contente e feliz, abria os olhos; mas voltava-os com desgosto, porque, em vez do lindo cavalheiro que ela sonhara, via a seus pés um selvagem.

Tinha então, sempre em sonho, um desses assomos de cólera de rainha ofendida, que fazia arquear as sobrancelhas louras e bater sobre a relva a ponta de um pezinho de menina.

Mas o escravo suplicante erguia os olhos tão magoados, tão cheios de preces mudas e de resignação, que ela sentia um quer que seja de inexprimível e ficava triste, triste, até que fugia e ia chorar.

Vinha porém o seu lindo cavalheiro, enxugava-lhe as lágrimas, e ela sentia-se consolada e sorria de novo; mas conservava sempre uma sombra de melancolia, que só a pouco e pouco o seu gênio alegre conseguia desvanecer.

Neste ponto do seu sonho, a portinha interior do jardim abriu-se, e outra moça, roçando apenas a grama com o seu passo ligeiro, aproximou-se da rede.

Era um tipo inteiramente diferente do de Cecília; era o tipo brasileiro em toda a sua graça e formosura, com o encantador contraste de languidez e malícia, de indolência e vivacidade.

Os olhos grandes e negros, o rosto moreno e rosado, cabelos pretos, lábios desdenhosos, sorriso provocador, davam a este rosto um poder de sedução irresistível.

Ela parou em face de Cecília meio deitada sobre a rede e não pôde furtar-se à admiração que lhe inspirava essa beleza delicada, de contornos tão suaves; e uma sombra imperceptível, talvez de um despeito, passou pelo seu rosto, mas esvaeceu-se logo.

Sentou-se numa das bandas da rede, reclinando sobre a moça para beijá-la ou ver se estava dormindo.

Cecília, sentindo um estremecimento, abriu os olhos e fitou-os em sua prima.

— Preguiçosa!... — disse Isabel, sorrindo.

— É verdade! — respondeu a moça, vendo as grandes sombras que projetavam as árvores. — Está quase noite.

— E desde o sol alto que dormes, não é assim? — perguntou a outra, gracejando.

— Não, não dormi nem um instante, mas não sei o que tenho hoje que me sinto triste.

— Triste! tu, Cecília? não creio; era mais fácil não cantarem as aves ao nascer do sol.

— Está bem! não queres acreditar!

— Mas vem cá! Por que razão hás de estar triste, tu que durante todo o ano só tens um sorriso, tu que és alegre e travessa como um passarinho?

— É para veres! Tudo cansa neste mundo.

— Ah! compreendo! estás enfastiada de viver aqui nestes ermos.

— Já me habituei tanto a ver estas árvores, este rio, estes montes, que quero-lhes como se me tivessem visto nascer.

— Então o que é que te faz triste?

— Não sei; falta-me alguma coisa.

— Não vejo o que possa ser. Sim!... já adivinho!

— Adivinhas o quê? — perguntou Cecília admirada.

— Ora! o que te falta.

— Se eu mesma não sei! — disse a moça sorrindo.

— Olha — respondeu Isabel —, ali está a tua rola esperando que a chames, e o teu veadinho que te olha com os seus olhos doces; só falta o outro animal selvagem.

— Peri![14] — exclamou Cecília, rindo-se da ideia de sua prima.

— Ele mesmo! Só tens dois cativos para fazeres as tuas travessuras; e como não vês o mais feio, e o mais desengraçado, estás aborrecida.

— Mas agora me lembro — disse Cecília —, tu já o viste hoje?

— Não; nem sei o que é feito dele.

— Saiu antes de ontem à tarde; não vá ter-lhe sucedido alguma desgraça! — disse a moça estremecendo.

— Que desgraça queres tu que lhe possa suceder? Não anda ele todo dia batendo o mato e correndo como uma fera bravia?

— Sim: mas nunca lhe sucedeu ficar tanto tempo fora, sem voltar à casa.

— O mais que pode acontecer é terem-lhe apertado as saudades da sua vida antiga e livre.

— Não! — exclamou a moça com vivacidade —, não é possível que nos abandonasse assim!

— Mas então que pensas que andará fazendo por esse sertão?

— É verdade!... — disse a moça, preocupada.

Cecília ficou um momento com a cabeça baixa, quase triste; nesta posição, a vista caiu sobre o veado, que fitava nela a sua pupila negra com toda a languidez e suavidade que a natureza pusera em seus olhos.

---

[14] Peri: palavra da língua guarani que significa *junco silvestre*. (N. do A.)

A moça estendeu a mão e deu com a ponta dos dedos um estalinho, que fez o lindo animal saltar de alegria e vir pousar a cabeça no seu regaço.

— Tu não abandonarás tua senhora, não é? — disse ela, passando a mão sobre o seu pelo acetinado.

— Não faças caso, Cecília — replicou Isabel, reparando na melancolia da moça —; pedirás a meu tio para caçar-te outro que farás domesticar, e ficará mais manso do que o teu Peri.

— Prima — disse a moça com um ligeiro tom de repreensão —, tratas muito injustamente esse pobre índio que não te fez mal algum.

— Ora, Cecília, como queres que se trate um selvagem que tem a pele escura e o sangue vermelho? Tua mãe não diz que um índio é um animal como um cavalo ou um cão?

Estas últimas palavras foram ditas com uma ironia amarga, que a filha de Antônio de Mariz compreendeu perfeitamente.

— Isabel!... — exclamou ela, ressentida.

— Sei que tu não pensas assim, Cecília; e que o teu bom coração não olha a cor do rosto para conhecer a alma. Mas os outros?... Cuidas que não percebo o desdém com que me tratam?

— Já te disse por vezes que é uma desconfiança tua; todos te querem e te respeitam como devem.

Isabel abanou tristemente a cabeça.

— Vai-te bem o consolar-me; mas tu mesma tens visto se eu tenho razão.

— Ora, um momento de zanga de minha mãe...

— É um momento bem longo, Cecília! — respondeu a moça com um sorriso amargo.

— Mas escuta — disse Cecília, passando o braço pela cintura de sua prima e chamando-a a si —, tu bem sabes que minha mãe é uma senhora muito severa mesmo para comigo.

— Não te canses, prima; isto só serve para provar-me ainda mais o que já te confessei: nesta casa só tu me amas, os mais me desprezam.

— Pois bem, replicou Cecília, eu te amarei por todos; não te pedi já que me tratasses como irmã?

— Sim! e isto me causou um prazer, que tu não imaginas. Se eu fosse tua irmã!...

— E por que não hás de sê-lo? Quero que o sejas!

— Para ti, que para ele...

Este ele foi murmurado dentro d'alma.

— Mas olha que exijo uma coisa.

— O que é? — perguntou Isabel.

— É que eu serei a irmã mais velha.

— Apesar de seres mais moça?...

— Não importa! Como irmã mais velha, tu me deves obedecer?

— Decerto — respondeu a prima sem poder deixar de sorrir.

— Pois bem! — exclamou Cecília beijando-a na face —, não te quero ver triste, ouviste? Senão fico zangada.

— E tu não estavas triste há pouco?

— Oh! já passou! — disse a moça saltando ligeiramente da rede.

Com efeito, aquela doce languidez com que se embalançava havia pouco, cismando em mil coisas, tinha desaparecido completamente: seu gênio de menina alegre e feiticeira havia cedido um momento ao enlevo, mas voltava de novo. Era agora como sempre uma moça risonha e faceira, respirando toda a graciosa gentileza, misturada de inocência e estouvamento, que dão o ar livre e a vida passada no campo.

Erguendo-se, apinhou em botão de rosa os lábios vermelhos e imitou com uma graça encantadora os arrulhos doces da juriti; imediatamente a rola saltou dos galhos da acácia e veio aninhar-se no seu seio, estremecendo de prazer ao contato da mãozinha que alisava a sua penugem macia.

— Vamos dormir — disse ela à rola com a garridice com que as mães falam aos filhinhos recém-nascidos —, a rolinha está com sono, não é?

E deixando sua prima um momento só no jardim, foi agasalhar os seus dois companheiros de solidão, com tanto carinho e solicitude que bem revelava a riqueza de sentimento que havia no fundo desse coração, envolta pela graça infantil de seu espírito.

Nesta ocasião ouviu-se um tropel de animais perto da casa; Isabel lançou os olhos sobre as margens do rio e viu uma banda de cavaleiros que entravam a cerca.

Soltou um grito de surpresa, de alegria e susto ao mesmo tempo.

— Que é? — perguntou Cecília, correndo para sua prima.

— São eles que chegam.

— Eles quem?

— O Sr. Álvaro e os outros.

— Ah!... — exclamou a moça, corando.

— Não achas que voltaram muito depressa? — perguntou Isabel sem reparar na perturbação de sua prima.

— Muito; quem sabe se houve alguma coisa!

— Dezenove dias apenas... — disse Isabel maquinalmente.

— Contaste os dias?

— É fácil! — respondeu a moça, corando por sua vez —; depois de amanhã faz três semanas.

— Vamos a ver que lindas coisas eles nos trazem!

— Nos trazem? — repetiu Isabel, carregando sobre a palavra com um tom de melancolia.

— Nos trazem, sim; porque eu encomendei um fio de pérolas para ti. Devem ir-te bem as pérolas, com tuas faces cor de jambo! Sabes que eu tenho inveja do teu moreninho, prima?

— E eu daria a minha vida para ter a tua alvura, Cecília.

— Ai! o sol está quase a se pôr! Vamos.

E as duas moças tomaram pelo interior da casa, dirigindo-se ao lado da entrada.

VI. A VOLTA

Ao mesmo tempo que esta cena se passava no jardim, dois homens passeavam do outro lado da esplanada, na sombra que projetava o edifício.

Um deles, de alto porte, conhecia-se imediatamente que era um fidalgo pela altivez do gesto e pelo trajo de cavalheiro.

Vestia um gibão de veludo preto com alamares de seda cor de café no peito e nas aberturas das mangas; os calções do mesmo estofo, e também pretos, caíam sobre as botas longas de couro branco com esporas de ouro.

Uma simples preguilha de linho alvíssimo cercava o talho do seu gibão e deixava a descoberto o pescoço, que sustentava com graça uma bela e nobre cabeça de velho.

De seu chapéu de feltro pardo sem pluma escapavam-se os anéis de cabelos brancos, que caíam sobre os ombros; através da longa barba alva como a espuma da cascata, brilhavam suas faces rosadas, sua boca ainda expressiva, e seus olhos pequenos mas vivos.

Este fidalgo era D. Antônio de Mariz que, apesar de seus sessenta anos, mostrava um vigor devido talvez à vida ativa; trazia ainda o porte direito e tinha o passo firme e seguro como se estivesse na força da idade.

O outro velho, que caminhava a seu lado com o chapéu na mão, era Aires Gomes, seu escudeiro e antigo companheiro de sua vida aventureira; o fidalgo depositava a maior confiança na sua discrição e zelo.

A fisionomia deste homem tinha, quer pela sagacidade inquieta que era a sua expressão ordinária, quer pelos seus traços alongados, uma certa semelhança com o focinho da raposa, semelhança que era ainda mais aumentada pelo seu trajo bizarro. Trazia sobre o gibão de belbutina cor de pinhão uma espécie de véstia do pelo daquele animal, do qual eram também as botas compridas, que lhe serviam quase de calções.

— Em que o negues, Aires Gomes — dizia o fidalgo ao seu escudeiro, medindo a passos lentos o terreno —, estou certo que és do meu parecer.

— Não digo de todo que não, Sr. cavalheiro; confesso que D. Diogo cometeu uma imprudência matando essa índia.

— Dize uma barbaria, uma loucura!... Não penses que com ser meu filho, o desculpo!

— Julgais com demasiada severidade.

— E o devo, porque um fidalgo que mata uma criatura fraca e inofensiva comete uma ação baixa e indigna. Durante trinta anos que me acompanhas, sabes como trato os meus inimigos; pois bem, a minha espada, que tem abatido tantos homens na guerra, cair-me-ia da mão se, num momento de desvario, a erguesse contra uma mulher.

— Mas é preciso ver que casta de mulher é esta, uma selvagem...

— Sei o que queres dizer; não partilho essas ideias que vogam entre os meus companheiros; para mim, os índios quando nos atacam são inimigos que devemos combater; quando nos respeitam são vassalos de uma terra que conquistamos, mas são homens!

— Vosso filho não pensa assim, e bem sabeis que os princípios que lhe deu a Sra. D. Lauriana...

— Minha mulher!... — replicou o fidalgo com algum azedume. Mas não é disto que discorríamos.

— Sim; faláveis dos receios que vos inspirava a imprudência de D. Diogo.

— E que pensas tu?

— Já vos disse que não vejo as coisas tão negras como vós, Sr. D. Antônio. Os índios vos respeitam, vos temem, e não se animarão a atacar-vos.

— Digo-te que te enganas, ou antes que procuras enganar-me.

— Não sou capaz de tal, Sr. cavalheiro!

— Conheces tão bem como eu, Aires, o caráter desses selvagens; sabes que a sua paixão dominante é a vingança, e que por ela sacrificam tudo, a vida e a liberdade.

— Não desconheço isto — respondeu o escudeiro.

— Eles me temem, dizes tu; mas desde o momento em que se julgarem ofendidos por mim, sofrerão tudo para vingar-se.

— Tendes mais experiência do que eu, Sr. cavalheiro; mas queira Deus que vos enganeis.

Voltando-se na beira da esplanada para continuarem o seu passeio, D. Antônio de Mariz e o seu escudeiro viram um moço cavaleiro que atravessava pela frente da casa.

— Deixa-me — disse o fidalgo a Aires Gomes —, e pensa no que te disse; em todo o caso, que estejamos preparados para recebê-los.

— Se vierem! — retrucou o teimoso escudeiro, afastando-se.

D. Antônio dirigiu-se lentamente para o moço fidalgo que se havia sentado a alguns passos.

Vendo aproximar-se seu pai, D. Diogo de Mariz ergueu-se e descobrindo-se esperou-o numa atitude respeitosa.

— Sr. cavalheiro — disse o velho com um ar severo —, infringistes ontem as ordens que vos dei.

— Senhor...

— Apesar das minhas recomendações expressas, ofendestes um desses selvagens e excitastes contra nós a sua vingança. Pusestes em risco a vida de vosso pai, de vossa mãe e de homens dedicados. Deveis estar satisfeito de vossa obra.

— Meu pai!...

— Cometestes uma ação má assassinando uma mulher, uma ação indigna do nome que vos dei; isto mostra que ainda não sabeis fazer uso da espada que trazeis à cinta.

— Não mereço esta injúria, senhor! Castigai-me, mas não rebaixeis vosso filho.

— Não é vosso pai que vos rebaixa, Sr. cavalheiro, e sim a ação que praticastes. Não vos quero envergonhar, tirando essa arma que vos dei para combater pelo vosso rei; mas como ainda não vos sabeis servir dela, proíbo-vos que a tireis da bainha ainda que seja para defender a vossa vida.

D. Diogo inclinou-se em sinal de obediência.

— Partireis brevemente, apenas chegar a expedição do Rio de Janeiro; e ireis pedir a Diogo Botelho que vos dê serviço nas descobertas. Sois português e deveis guardar fidelidade ao vosso rei legítimo; mas combatereis como fidalgo e cristão em prol da religião, conquistando ao gentio esta terra que um dia voltará ao domínio de Portugal livre.

— Cumprirei as vossas ordens, meu pai.

— Daqui até então — continuou o velho fidalgo —, não arredareis pé desta casa sem minha ordem. Ide, Sr. cavalheiro; lembrai-vos que tenho sessenta anos, e que vossa mãe e vossa irmã breve carecerão de um braço valente para defendê-las, e de um conselho avisado para protegê-las.

O moço sentiu as lágrimas borbulharem nos olhos, mas não balbuciou uma palavra; curvou-se e beijou respeitosamente a mão de seu pai.

D. Antônio de Mariz, depois de olhá-lo um momento com uma severidade sob a qual transpareciam os assomos do amor de pai, voltou pelo mesmo caminho e ia continuar o seu passeio quando sua mulher apareceu na soleira da porta.

D. Lauriana era uma senhora de cinquenta e cinco anos; magra, mas forte e conservada como seu marido; tinha ainda os cabelos pretos matizados por alguns fios brancos que escondia o seu alto penteado, coroado por um desses antigos pentes tão largos que cingiam toda a cabeça e fingiam uma espécie de diadema.

Seu vestido de lapim cor de fumo, de cintura comprida, um pouco curto na frente, tinha uma cauda respeitável, que ela arrastava com um certo donaire de fidalga, resto de sua beleza, havia muito perdida. Longas arrecadas de ouro com pingentes de esmeralda, que lhe roçavam quase os ombros, e um colar com uma cruz de ouro ao pescoço eram todos os seus ornatos.

Quanto ao moral, já dissemos que era uma mistura de fidalguia e devoção; o espírito de nobreza que em D. Antônio de Mariz era um realce, nela tornava-se uma ridícula exageração.

No ermo em que se achava, em lugar de procurar desvanecer um pouco a distinção social que podia haver entre ela e os homens no meio dos quais vivia, ao contrário, aproveitava o fato de ser a única dama fidalga daquele lugar para esmagar os outros com a sua superioridade, e reinar do alto de sua cadeira de espaldar, que para ela era quase um trono.

Em religião o mesmo sucedia; e um dos maiores desgostos que ela sentia na sua existência era não se ver cercada de todo esse aparato do culto, que D. Antônio, como os homens de uma fé robusta e de um espírito direito, tinha sabido substituir perfeitamente.

Apesar desta diferença de caracteres, D. Antônio de Mariz, ou por concessões ou por serenidade, vivia em perfeita harmonia com sua mulher; procurava satisfazê-la em tudo e, quando não era possível, exprimia a sua vontade de um certo modo, que a dama conhecia imediatamente que era escusado insistir.

Só em um ponto a sua firmeza tinha sido baldada; e fora em vencer a repugnância que D. Lauriana tinha por sua sobrinha; mas como o velho fidalgo sentia talvez doer-lhe a consciência nesse objeto, deixou sua mulher livre de proceder como lhe parecesse e respeitou os seus sentimentos.

— Faláveis a D. Diogo com um ar tão severo! — disse D. Lauriana, descendo os degraus da porta e vindo ao encontro de seu marido.

— Dava-lhe uma ordem, e um castigo que ele mereceu — respondeu o fidalgo.

— Tratais esse filho sempre com excessivo rigor, Sr. D. Antônio!

— E vós com extrema benevolência, D. Lauriana. Assim, como não quero que o vosso amor o perca, vejo-me obrigado a privar-vos da sua companhia.

— Jesus! Que dizeis, Sr. D. Antônio?

— D. Diogo partirá nestes dias para a cidade do Salvador, onde vai viver como fidalgo, servindo à causa da religião e não perdendo o tempo em extravagâncias.

—Vós não fareis isto, Sr. Mariz — exclamou sua mulher —, desterrar vosso filho da casa paterna!

— Quem vos fala em desterro, senhora? Quereis que D. Diogo passe toda a sua vida agarrado ao vosso avental e à vossa roca?

— Mas, senhor; eu sou mãe, e não posso viver assim longe de meu filho, cheia de inquietações pela sua sorte.

— Entretanto, assim há de ser, porque assim o decidi.

— Sois cruel, senhor.

— Sou justo apenas.

Foi nesta ocasião que se ouviu o tropel de animais, e que Isabel distinguiu a banda de cavaleiros que se aproximava da casa.

— Oh! — exclamou D. Antônio de Mariz —, eis Álvaro de Sá.

O moço que já conhecemos, o italiano e seus companheiros apearam-se, subiram a ladeira que conduzia à esplanada e aproximaram-se do cavalheiro e de sua mulher, a quem cortejaram respeitosamente.

O velho fidalgo estendeu a mão a Álvaro de Sá e respondeu à saudação dos outros com uma certa amabilidade. Quanto a D. Lauriana, a inclinação da cabeça foi tão imperceptível, que seus olhos nem se abaixaram sobre o rosto dos aventureiros.

Depois de trocada essa saudação, o fidalgo fez um sinal a Álvaro, e os dois se separaram, e foram conversar a um canto do terreiro, sentados sobre dois grossos troncos de árvore lavrados toscamente, que serviam de bancos.

D. Antônio desejava saber notícias do Rio de Janeiro e de Portugal, onde se haviam perdido todas as esperanças de uma restauração, que só teve lugar quarenta anos depois com a aclamação do duque de Bragança.

O resto dos aventureiros ganhou o outro lado da esplanada e foi misturar-se com os seus companheiros que saíam ao seu encontro.

Aí foram recebidos por um tiroteio de perguntas, de risadas e ditos chistosos, em que tomaram parte; depois, uns, curiosos de novidades, outros, ávidos de contar o que viram, começaram a falar ao mesmo tempo, de modo que ninguém se entendia.

Nesse instante, as duas moças apareceram na porta: Isabel parou trêmula e confusa; Cecília, descendo ligeiramente os degraus, correu para sua mãe.

Enquanto ela atravessava o espaço que a separava de D. Lauriana, Álvaro, tendo obtido a permissão do fidalgo, adiantou-se e com o chapéu na mão foi inclinar-se, corando diante da moça.

— Eis-vos de volta, Sr. Álvaro! — disse Cecília com um certo repente, para disfarçar o enleio que também sentia —; depressa tornastes!

— Menos do que desejava — respondeu o moço balbuciando —, quando o pensamento fica, o corpo tem pressa de voltar-se.

Cecília corou e fugiu para junto de sua mãe.

Durante que esta breve cena se passava no meio da esplanada, três olhares bem diferentes a acompanhavam, e partindo de pontos diversos cruzavam-se sobre essas duas cabeças que brilhavam de beleza e mocidade.

D. Antônio de Mariz, sentado a alguma distância, considerava aquele lindo par, e um sorriso íntimo de felicidade expandia o seu rosto venerável.

Ao longe, Loredano, um pouco retirado dos grupos dos seus companheiros, cravava nos moços um olhar ardente, duro, incisivo; enquanto as narinas dilatadas aspiravam o ar com a delícia da fera que fareja a vítima.

Isabel, a pobre menina, fitava sobre Álvaro os seus grandes olhos negros, cheios de amargura e de tristeza; sua alma parecia coar-se naquele raio luminoso e ir curvar-se aos pés do moço.

Nenhuma das testemunhas mudas desta cena percebeu o que se passava além do ponto para onde convergiam os seus olhares; à exceção do italiano que viu o sorriso de D. Antônio de Mariz e o compreendeu.

Enquanto isto sucedia, D. Diogo, que se havia retirado, voltou a saudar Álvaro e seus companheiros recém-chegados; o moço tinha ainda no rosto a expressão de tristeza que lhe haviam deixado as palavras severas de seu pai.

VII. A PRECE

A tarde ia morrendo.

O sol declinava no horizonte e deitava-se sobre as grandes florestas, que iluminava com os seus últimos raios.

A luz frouxa e suave do ocaso, deslizando pela verde alcatifa, enrolava-se como ondas de ouro e de púrpura sobre a folhagem das árvores.

Os espinheiros silvestres desatavam as flores alvas e delicadas; e o ouricuri abria as suas palmas mais novas, para receber no seu cálice o orvalho da noite. Os animais retardados procuravam a pousada; enquanto a juriti, chamando a companheira, soltava os arrulhos doces e saudosos com que se despede do dia.

Um concerto de notas graves saudava o pôr do sol e confundia-se com o rumor da cascata, que parecia quebrar a aspereza de sua queda e ceder à doce influência da tarde.

Era a Ave-Maria.

Como é solene e grave no meio das nossas matas a hora misteriosa do crepúsculo, em que a natureza se ajoelha aos pés do Criador para murmurar a prece da noite!

Essas grandes sombras das árvores que se estendem pela planície; essas gradações infinitas da luz pelas quebradas da montanha; esses raios perdidos, que, esvazando-se pelo rendado da folhagem, vão brincar um momento sobre a areia; tudo respira uma poesia imensa que enche a alma.

O urutau no fundo da mata solta as suas notas graves e sonoras, que, reboando pelas longas crastas de verdura, vão ecoar ao longe como o toque lento e pausado do *ângelus*.

A brisa, roçando as grimpas da floresta, traz um débil sussurro, que parece o último eco dos rumores do dia ou o derradeiro suspiro da tarde que morre.

Todas as pessoas reunidas na esplanada sentiam mais ou menos a impressão poderosa desta hora solene e cediam involuntariamente a esse sentimento vago, que não é bem tristeza, mas respeito misturado de um certo temor.

De repente, os sons melancólicos de um clarim prolongaram-se pelo ar quebrando o concerto da tarde; era um dos aventureiros que tocava a Ave-Maria.

Todos se descobriram.

D. Antônio de Mariz, adiantando-se até à beira da esplanada para o lado do ocaso, tirou o chapéu e ajoelhou.

Ao redor dele vieram grupar-se sua mulher, as duas moças, Álvaro e D. Diogo; os aventureiros, formando um grande arco de círculo, ajoelharam-se a alguns passos de distância.

O sol com seu último reflexo esclarecia a barba e os cabelos brancos do velho fidalgo, e realçava a beleza daquele busto de antigo cavalheiro.

Era uma cena ao mesmo tempo simples e majestosa a que apresentava essa prece meio cristã, meio selvagem; em todos aqueles rostos, iluminados pelos raios do ocaso, respirava um santo respeito.

Loredano foi o único que conservou o seu sorriso desdenhoso, e seguia com o mesmo olhar torvo os menores movimentos de Álvaro, ajoelhado perto de Cecília e embebido em contemplá-la, como se ela fosse a divindade a quem dirigia a sua prece.

Durante o momento em que o rei da luz, suspenso no horizonte, lançava ainda um olhar sobre a terra, todos se concentravam em um fundo recolhimento e diziam uma oração muda, que apenas agitava imperceptivelmente os lábios.

Por fim o sol escondeu-se; Aires Gomes estendeu o mosquete sobre o precipício, e um tiro saudou o ocaso.

Era noite.

Todos se ergueram; os aventureiros cortejaram e foram-se retirando a pouco e pouco.

Cecília ofereceu a fronte ao beijo de seu pai e de sua mãe, e fez uma graciosa mesura a seu irmão e a Álvaro.

Isabel tocou com os lábios a mão de seu tio e curvou-se em face de D. Lauriana para receber uma bênção lançada com a dignidade e altivez de um abade.

Depois, a família, chegando-se para junto da porta, dispôs-se a passar um desses curtos serões que outrora precediam à simples mas suculenta ceia.

Álvaro, em atenção a ser o seu primeiro dia de chegada, fora emprazado pelo velho fidalgo para tomar parte nessa colação da família, o que havia recebido como um favor imenso.

O que explicava esse apreço e grande valor dado por ele a um tão simples convite era o regime caseiro que D. Lauriana havia estabelecido na sua habitação.

Os aventureiros e seus chefes viviam num lado da casa inteiramente separados da família; durante o dia corriam os matos e ocupavam-se com a caça ou com diversos trabalhos de cordoagem e marcenaria.

Era unicamente na hora da prece que se reuniam um momento na esplanada, onde, quando o tempo estava bom, as damas vinham também fazer a sua oração da tarde.

Quanto à família, esta conservava-se sempre retirada no interior da casa durante a semana; o domingo era consagrado ao repouso, à distração e à alegria; então dava-se às vezes um acontecimento extraordinário como um passeio, uma caçada ou uma volta em canoa pelo rio.

Já se vê pois a razão por que Álvaro tinha tantos desejos, como dizia o italiano, de chegar ao *Paquequer* em um sábado, e antes das seis horas; o moço sonhava com a aventura desses curtos instantes de contemplação e com a liberdade do domingo, que lhe ofereceria talvez ocasião de arriscar uma palavra.

Formado o grupo da família, a conversa travou-se entre D. Antônio de Mariz, Álvaro e D. Lauriana; Diogo ficara um pouco retirado; as moças, tímidas, escutavam, e quase nunca se animavam a dizer uma palavra sem que se dirigissem diretamente a elas, o que rara vez sucedia.

Álvaro, desejoso de ouvir a voz doce e argentina de Cecília, da qual ele tinha saudade pelo muito tempo que não a escutava, procurou um pretexto que a chamasse à conversa.

— Esquecia-me contar-vos, Sr. D. Antônio — disse ele aproveitando-se de uma pausa —, um dos incidentes da nossa viagem.

— Qual? Vejamos — respondeu o fidalgo.

— A coisa de quatro léguas daqui encontramos Peri.

— Inda bem! — disse Cecília —; há dois dias que não sabemos notícias dele.

— Nada mais simples — replicou o fidalgo —, ele corre todo este sertão.

— Sim! — tornou Álvaro —, mas o modo por que o encontramos é que não vos parecerá tão simples.

— O que fazia então?

— Brincava com uma onça como vós com o vosso veadinho, D. Cecília.

— Meu Deus! — exclamou a moça, soltando um grito.

— Que tens, menina? — perguntou D. Lauriana.

— É que ele deve estar morto a esta hora, minha mãe.

— Não se perde grande coisa — respondeu a senhora.

— Mas eu serei a causa de sua morte!

— Como assim, minha filha?

— Vede vós, meu pai — respondeu Cecília enxugando as lágrimas que lhe saltavam dos olhos —; conversava quinta-feira com Isabel, que tem grande medo de onças, e brincando disse-lhe que desejava ver uma viva!...

— E Peri a foi buscar para satisfazer o teu desejo — replicou o fidalgo rindo. — Não há que admirar. Outras tem ele feito.

— Porém, meu pai, isto é coisa que se faça! A onça deve tê-lo morto.

— Não vos assusteis, D. Cecília; ele saberá defender-se.

— E vós, Sr. Álvaro, por que não o ajudastes a defender-se? — disse a moça sentida.

— Oh! se vísseis a raiva com que ficou por querermos atirar sobre o animal!

E o moço contou parte da cena passada na floresta.

— Não há dúvida — disse D. Antônio de Mariz —, na sua cega dedicação por Cecília quis fazer-lhe a vontade com risco de vida. É para mim uma das coisas mais admiráveis que tenho visto nesta terra, o caráter desse índio. Desde o primeiro dia que aqui entrou, salvando minha filha, a sua vida tem sido um só ato de abnegação e heroísmo. Crede-me, Álvaro, é um cavalheiro português no corpo de um selvagem!

A conversa continuou; mas Cecília tinha ficado triste, não tomou mais parte nela.

D. Lauriana retirou-se para dar as suas ordens; o velho fidalgo e o moço conversaram até oito horas, em que o toque de uma campa no terreiro da casa veio anunciar a ceia.

Enquanto os outros subiam os degraus da porta e entravam na habitação, Álvaro achou ocasião de trocar algumas palavras com Cecília.

— Não me perguntais pelo que me ordenastes, D. Cecília? — disse ele à meia voz.

— Ah! sim! trouxestes todas as coisas que vos pedi?

— Todas e mais... — disse o moço balbuciando.

— E mais o quê? — perguntou Cecília.

— E mais uma coisa que não pedistes.

— Esta não quero! — respondeu a moça com um ligeiro enfado.

— Nem por vos pertencer já? — replicou ele timidamente.

— Não entendo. É uma coisa que já me pertence, dizeis?

— Sim; porque é uma lembrança vossa.

— Nesse caso guardai-a, Sr. Álvaro — disse ela sorrindo —, e guardai-a bem.

E fugindo foi ter com seu pai, que chegava à varanda, e em presença dele recebeu de Álvaro um pequeno cofre, que o moço fez conduzir, e que continha as suas encomendas. Estas consistiam em joias, sedas, espiguilhas de linho, fitas, glacês, holandas, e um lindo par de pistolas primorosamente embutidas. Vendo essas armas, a moça soltou um suspiro abafado e murmurou consigo:

— Meu pobre Peri! Talvez já não te sirvam nem para te defenderes.

A ceia foi longa e pausada, como costumava ser naqueles tempos em que a refeição era uma ocupação séria, e a mesa um altar que se respeitava.

Durante a colação, Álvaro esteve descontente pela recusa que a moça fizera do modesto presente que ele havia acariciado com tanto amor e tanta esperança.

Logo que seu pai ergueu-se, Cecília recolheu ao seu quarto e, ajoelhando diante do crucifixo, fez a sua oração. Depois, erguendo-se, foi levantar um canto da cortina da janela e olhar a cabana que se erguia na ponta do rochedo, e estava deserta e solitária.

Sentia apertar-se o coração com a ideia de que, por um gracejo, tivesse sido a causa da morte desse amigo dedicado que lhe salvara a vida e arriscava todos os dias a sua somente para fazê-la sorrir.

Tudo nesta recâmara lhe falava dele: suas aves, seus dois amiguinhos que dormiam, um no seu ninho e outro sobre o tapete, as penas que serviam de ornato ao aposento, as peles dos animais que seus pés roçavam, o perfume suave de benjoim que ela respirava; tudo tinha vindo do índio, que, como um poeta ou um artista, parecia criar em torno dela um pequeno templo dos primores da natureza brasileira.

Ficou assim a olhar pela janela muito tempo; nessa ocasião nem se lembrava de Álvaro, o jovem cavalheiro elegante, tão delicado, tão tímido, que corava diante dela, como ela diante dele.

De repente a moça estremeceu.

Tinha visto à luz das estrelas passar um vulto que ela reconheceu pela alvura de sua túnica de algodão, e pelas formas esbeltas e flexíveis; quando o vulto entrou na cabana, não lhe restou a menor dúvida.

Era Peri.

Sentiu-se aliviada de um grande peso; e pôde então entregar-se ao prazer de examinar um por um, com toda a atenção, os lindos objetos que recebera, e que lhe causavam um vivo prazer.

Nisto gastou seguramente meia hora; depois deitou-se, e como já não tinha inquietação nem tristeza, adormeceu sorrindo à imagem de Álvaro e pensando na mágoa que lhe fizera, recusando o seu mimo.

VIII. Três linhas

Tudo estava em sossego; apenas quando o vento escasseava, ouvia-se do lado do edifício habitado pelos aventureiros um rumor de vozes abafadas.

A esta hora, havia naquele lugar três homens bem diferentes pelo seu caráter, pela sua posição e pela sua origem, que entretanto tinham uma mesma ideia.

Separados pelos costumes e pela distância, os seus espíritos quebravam essa barreira moral e física, e se reuniam num só pensamento, convergindo para um mesmo ponto como os raios de um círculo.

Sigamos pois cada uma das linhas traçadas por essas existências, que mais cedo ou mais tarde hão de cruzar-se no seu vértice.

Numa das alpendradas que corriam no fundo da casa, trinta e seis aventureiros cercavam uma longa mesa, no meio da qual trescalavam em escudelas de pau algumas peças de caça, já estreadas de uma maneira que fazia honra ao apetite dos convivas.

O catalão não corria nos canjirões de louça e de metal com tanta fartura quanta era de desejar; mas, em compensação, viam-se aos cantos do alpendre grossas talhas cheias de vinho de caju e ananás, onde os aventureiros podiam beber à larga.

O vício tinha suprido os licores europeus pelas bebidas selvagens; afora uma pequena diferença de sabor, havia no fundo de todas elas o álcool que excita o espírito e produz a embriaguez.

A colação começara havia meia hora; nos primeiros momentos não se ouviu senão o mastigar dos dentes, os beijos dados aos canjirões e o ranger da faca na escudela.

Depois, um dos aventureiros proferiu uma palavra, cuja réplica correu imediatamente à roda da mesa e a conversa tornou-se uma espécie de coro confuso e discordante.

Foi no meio desta algazarra que um dos convivas, erguendo a voz, lançou estas palavras:

— E vós, Loredano, nada dizeis? Estais aí que não há modo de vos ouvir uma palavra!

— Certo — acudiu outro —, Bento Simões diz verdade; se não é a fome que vos traz mudo, algo tendes, misser italiano.

— Voto a Deus, Martim Vaz — disse um terceiro —, que são penares por alguma moçoila que andou requestando em São Sebastião.

— Tirai-vos lá com os vossos penares, Rui Soeiro; achais que Loredano seja homem de se amofinar por coisa de tal jaez?

— E por que não, Vasco Afonso? Todos calçamos pelo mesmo sapato, em que o aperte mais a uns do que a outros.

— Não julgueis os mais por vós, dom namorado; homens há que trazem seu pensamento empregado em coisa de mor valia do que requebros e galanteios.

O italiano conservava-se taciturno e deixava que os outros o trouxessem à baila, sem dar-se por achado: era fácil de ver que ele seguia com afinco uma ideia que lhe trabalhava no espírito.

— Mas, por Deus — continuou Bento Simões —, falai-nos do que vistes na vossa viagem, Loredano; apostaria que alguma vos sucedeu!

— Ide com o que vos digo — retrucou Rui Soeiro —, misser italiano está penado de amores.

— E por quem, se vos parece? — perguntaram alguns.

— Ora, não custa sabê-lo; por aquele canjirão de vinho que aí lhe está fronteiro; não vedes que olhos que lhe deita?

Os aventureiros largaram-se a rir, aplaudindo a lembrança.

Aires Gomes apareceu à porta do saguão.

— Eia, rapazes! — disse ele com uma voz que se esforçava por tornar severa. — Leva rumor!

— É um dia de chegada, Sr. escudeiro; e deveis levá-lo em conta — acudiu Rui Soeiro.

Aires sentou-se e começou a fazer as honras a um resto de veado que estava em frente dele.

— Olá! vós outros — gritou ele, com a boca cheia, para dois aventureiros que se haviam levantado —; ide encher vosso quarto, que já refizestes, e os mais esperam sua vez.

Os dois aventureiros saíram para ir revezar os outros, que era costume ficarem de sentinela à noite; medida esta necessária naquele tempo.

— Estais hoje muito severo, Sr. Aires Gomes — disse Martim Vaz.

— Aquele que dá as ordens, sabe o que faz; a nós cumpre obedecer — respondeu o escudeiro.

— Ah! por que não dizíeis isto logo?

— Pois ficareis agora entendidos; boa guarda, que talvez breve tenhamos que ver.

— Venha isso — acudiu Bento Simões —, que já me enfastio de atirar às pacas e porcos do mato.

— E em honra de quem pensais vós que queimaremos breve algumas libras de pólvora? — perguntou Vasco Afonso.

— Tem que saber isso? Quem senão os índios, nos dão esta folia?

Loredano ergueu a cabeça.

— Que histórias contais aí? Supondes que os índios nos atacarão? — perguntou ele.

— Oh! eis misser italiano que acorda; foi preciso cheirar-lhe a chamusco — exclamou Martim Vaz.

A presença de Aires Gomes, reprimindo a franca hilaridade dos aventureiros, fez com que fossem uns após outros desamparando a mesa, e deixassem o escudeiro na companhia dos canjirões e escudelas.

Loredano, levantando-se, fez um gesto a Rui Soeiro e a Bento Simões; e os três seguiram juntos até ao meio do terreiro; o italiano murmurou-lhes ao ouvido uma simples palavra:

— Amanhã!

Depois, como se nada se tivesse passado entre eles, os dois aventureiros seguiram cada um de seu lado e deixaram Loredano continuar o seu caminho até à beira do precipício.

Do lado oposto, o italiano viu refletir-se sobre as árvores o tênue reflexo da luz que esclarecia o quarto de Cecília, cujas janelas não podia distinguir por causa do ângulo que formava a esplanada.

Aí esperou.

Álvaro, deixando Cecília, voltara triste e sentido da recusa que sofrera, embora o consolasse a sua última palavra e sobretudo o sorriso que a acompanhou.

Não se podia resignar à perda desse prazer infinito com que havia contado, de ver nos ornatos da moça uma prenda sua, uma lembrança que lhe dissesse que pensava nele. Tinha afagado tanto essa ideia, tinha vivido tanto tempo dela, que arrancá-la do seu espírito seria um sofrimento cruel.

Enquanto atravessava o espaço que o separava do seu aposento, formulou um projeto e tomou uma resolução. Meteu numa pequena bolsa de seda uma caixinha de joias; e envolvendo-se no seu manto, costeou a casa e aproximou-se do pequeno jardim que entestava com o gabinete de Cecília.

Também ele viu a luz das janelas se refletir defronte; e esperou que a noite se adiantasse, e toda a casa dormisse.

Ao tempo que isto se passava, Peri, o índio que já conhecemos, tinha chegado com o seu fardo, tão precioso que não o trocaria por um tesouro.

No valado que se estendia à beira do rio, deixou o seu prisioneiro, depois de o ter metido numa espécie de tronco que arranjou, curvando um galho de árvore. Subiu então à esplanada, e foi nesta ocasião que a moça o viu entrar na sua cabana; o que porém não pôde distinguir foi a maneira por que saíra quase logo.

Havia dois dias que não via sua senhora, que não recebia dela uma ordem, que não adivinhava um desejo seu para satisfazê-lo imediatamente.

O primeiro pensamento do índio foi pois ver Cecília, ou ao menos a sua sombra; entrando na cabana percebeu, como os outros, a réstia de luz que coava entre as cortinas da janela.

Suspendeu-se a uma das palmeiras que servia de esteio à choça, e por um desses movimentos ágeis que lhe eram tão naturais, de um salto segurou-se ao galho de um óleo[15] gigante que, elevando-se sobre a encosta fronteira, deitava alguns ramos do lado da casa.

Durante um momento o índio pairou sobre o abismo, balançando-se no galho fraco que o sustinha; depois equilibrou-se e continuou essa viagem aérea com a mesma segurança e a mesma firmeza com que um velho marinheiro caminha sobre as gáveas e sobre as enxárcias.

Com uma ligeireza extraordinária ganhou o outro lado da árvore e, escondido pela folhagem, aproximou-se até um galho que ficava fronteiro das janelas de Cecília cerca de uma braça. Era nesse mesmo momento que Loredano chegava de um lado e Álvaro de outro, e se colocavam igualmente a alguns passos.

A princípio, Peri só teve olhos para ver o que se passava dentro do aposento: Cecília examinava ainda por uma última vez as encomendas que lhe haviam chegado do Rio de Janeiro.

Nessa muda contemplação, o índio esqueceu tudo. Que lhe importava o precipício que se abria a seus pés para tragá-lo ao menor movimento, e sobre o qual planava num ramo fraco que vergava e se podia partir a todo o instante!

Era feliz: tinha visto sua senhora; ela estava alegre, contente e satisfeita; podia ir dormir e repousar.

Uma lembrança triste porém o assaltou; vendo os lindos objetos que a moça recebera, pensou que podia dar-lhe a

---

[15] Óleo: é uma das árvores mais elevadas de nossas florestas; cresce a mais de cem palmos, e o tronco chega a uma extraordinária grossura. (N. do A.)

sua vida, mas que não tinha primores como aqueles para ofertar-lhe.

O pobre selvagem ergueu os olhos ao céu num assomo de desespero, como para ver se, colocado duzentos palmos acima da terra, sobre as grimpas da árvore, poderia estender a mão e colher estrelas que deitasse aos pés de Cecília.

Assim, era esse o ponto onde se irradiavam aquelas três linhas partidas de pontos tão diferentes. De maneira por que estavam colocados, formavam um verdadeiro triângulo, cujo centro era a janela frouxamente iluminada.

Todos eles arriscavam ou iam arriscar sua vida, unicamente para tocarem com a mão o umbral da gelosia; e entretanto nem um pesava o perigo que ia correr; nem um julgava que sua vida valesse a pena de mercadejar por ela um prazer.

É que as paixões no deserto, e sobretudo no seio desta natureza grande e majestosa, são verdadeiras epopeias do coração.

IX. Amor

As cortinas da janela cerraram-se; Cecília tinha-se deitado.

Junto da inocente menina adormecida na isenção de sua alma pura de virgem, velavam três sentimentos profundos, palpitavam três corações bem diferentes.

Em Loredano, o aventureiro de baixa extração, esse sentimento era um desejo ardente, uma sede de gozo, uma febre que lhe requeimava o sangue; o instinto brutal dessa natureza vigorosa era ainda aumentado pela impossibilidade moral que a sua condição criava, pela barreira que se elevava entre ele, pobre colono, e a filha de D. Antônio de Mariz, rico fidalgo de solar e brasão.

Para destruir esta barreira e igualar as posições, seria necessário um acontecimento extraordinário, um fato que alterasse completamente as leis da sociedade, naquele tempo mais rigorosas do que hoje; era preciso urna dessas situações em face das quais os indivíduos, qualquer que seja a sua hierarquia, nobres e párias, nivelam-se; e descem ou sobem à condição de homens.

O aventureiro compreendia isto; talvez que o seu espírito italiano já tivesse sondado o alcance dessa ideia; em todo o caso, o que afirmamos é que ele esperava, e esperando vigiava o seu tesouro com um zelo e uma constância a toda a prova; os vinte dias que passara no Rio de Janeiro tinham sido verdadeiro suplício.

Em Álvaro, cavalheiro delicado e cortês, o sentimento era uma afeição nobre e dura, cheia de graciosa timidez que perfuma as primeiras flores do coração, e do entusiasmo cavalheiresco que tanta poesia dava aos amores daquele tempo de crença e lealdade.

Sentir-se perto de Cecília, vê-la e trocar alguma palavra a custo balbuciada; corarem ambos sem saberem por que, e fugirem desejando encontrar-se; era toda a história desse afeto inocente, que se entregava descuidosamente ao futuro, librando-se nas asas da esperança.

Nesta noite Álvaro ia dar um passo que, na sua habitual timidez, ele comparava quase com um pedido formal de casamento; tinha resolvido fazer a moça aceitar, malgrado seu, o mimo que recusara, deitando-o na sua janela; esperava que, encontrando-o no dia seguinte, Cecília lhe perdoaria o seu ardimento e conservaria a sua prenda.

Em Peri o sentimento era um culto, espécie de idolatria fanática, na qual não entrava um só pensamento de egoísmo; amava Cecília não para sentir um prazer ou ter uma satisfação, mas para dedicar-se inteiramente a ela, para cumprir o menor dos seus desejos, para evitar que a moça tivesse um pensamento que não fosse imediatamente uma realidade.

Ao contrário dos outros, ele não estava ali nem por um ciúme inquieto, nem por uma esperança risonha; arrostava a morte unicamente para ver se Cecília estava contente, feliz e alegre; se não desejava alguma coisa que ele adivinharia no seu rosto, e iria buscar nessa mesma noite, nesse mesmo instante.

Assim o amor se transformava tão completamente nessas organizações, que apresentava três sentimentos bem distintos; um era uma loucura, o outro uma paixão, o último uma religião.

Loredano desejava; Álvaro amava; Peri adorava. O aventureiro daria a vida para gozar; o cavalheiro arrostaria a morte para merecer um olhar; o selvagem se mataria, se preciso fosse, só para fazer Cecília sorrir.

Entretanto nenhum desses três homens podia tocar a janela da moça sem correr um risco iminente; e isto pela posição em que se achava o quarto de Cecília.

Embora o alicerce e a parede corressem a uma braça de distância da ribanceira, D. Antônio de Mariz para defender esta parte do edifício tinha feito construir um respaldo que se abaixava da precinta das janelas até à beira da esplanada; era impossível pois caminhar sobre este plano inclinado, cuja face lisa e polida não oferecia nenhuma adesão ao pé o mais firme e o mais seguro.

Abaixo da janela abria-se a rocha cortada a pique e formava um valado profundo, coberto por um dossel verde de trepadeiras e cipós que servia de habitação a todos esses répteis de mil formas que pululam na sombra e na umidade.

Assim o homem que se precipitasse do alto da esplanada nessa fenda larga e funda, se por um milagre não se espedaçasse nas pontas da rocha, seria devorado em um momento pelas cobras e insetos venenosos que enchiam essas grotas e alcantis.

Havia alguns instantes que a cortina da janela se tinha cerrado; apenas uma luz vaga e mortiça desenhava na folhagem verde-negro do óleo o quadro da janela.

O italiano que tinha os olhos fitos nesse reflexo como em um espelho, onde revia todas as imagens de sua louca paixão, estremeceu de repente. Na claridade debuxava-se uma sombra móbil; um homem se aproximava da janela.

Pálido, com os olhos ardentes e os dentes cerrados, pendido sobre o precipício, seguia as menores evoluções da sombra.

Viu um braço que se estendia para a janela, e a mão que deixava no parapeito um objeto qualquer, mas tão pequeno que não se percebia a forma. Pela manga larga do gibão, ou antes pelo instinto, o italiano adivinhou que este braço pertencia a Álvaro; e compreendeu o que esta mão havia deitado na janela.

E não se enganava.

Álvaro, segurando-se a uma estaca do jardim e pondo um pé sobre o respaldo, coseu o corpo à parede; inclinando conseguiu realizar o seu intento.

Depois voltou partilhado entre o temor da ação que praticara e a esperança de que Cecília lhe perdoaria.

Loredano apenas viu desaparecer a sombra e ouviu os ecos dos passos do moço, que se repercutiam surdamente no fundo do precipício, sorriu. Sua pupila fulva brilhou na treva, como os olhos da irara.[16]

Tirou a sua adaga e cravou-a na parede tão longe quanto lhe permitiu a curva que o braço era obrigado a fazer para abarcar o ângulo.

Suspendendo-se então a este fraco apoio pôde galgar o respaldo e aproximar-se da janela; à menor indecisão, ao menor movimento, bastava que o pé lhe faltasse, ou que o punhal vacilasse no cimento, para precipitar-se com a cabeça sobre as pedras.

Enquanto isto se passava, Peri sentado tranquilamente no galho do óleo, e escondido pela folhagem, assistia imóvel a toda esta cena.

Logo que Cecília cerrou as cortinas da janela, o índio vira os dois homens que colocados à direita e à esquerda pareciam esperar.

Esperou também, curioso de saber o que se ia passar, mas resolvido, se fosse preciso, a lançar-se de um pulo sobre aquele que ousasse fazer a menor violência, e a caírem ambos do alto da esplanada. Tinha reconhecido Álvaro e Loredano; desde muito tempo que conhecia o amor do cavalheiro por Cecília; mas sobre o italiano nunca tivera a menor suspeita.

O que podiam querer estes dois homens? Que vinham eles fazer ali àquela hora silenciosa da noite?

---

[16] Irara: espécie de gato selvagem, indígena do Brasil. (N. do A.)

O movimento de Álvaro explicou-lhe parte do enigma; o de Loredano ia fazer-lhe compreender o resto.

Com efeito, o italiano que se aproximara da janela, conseguiu com um esforço fazer cair o objeto, que Álvaro aí tinha deixado, no fundo do precipício. Feito isto voltou do mesmo modo e retirou-se saboreando o prazer dessa vingança simples, mas cujo alcance ele previa.

Peri não se moveu.

Tinha compreendido com a sua sagacidade natural o amor de um e o ciúme do outro; e formulou na sua inteligência selvagem e na sua adoração fanática um pensamento, que para ele era muito simples.

Se Cecília julgasse que isto devia ser assim, pouco lhe importava o mais; porém, se o que tinha visto lhe causasse uma sombra de tristeza, e empanasse um momento o brilho de seus olhos azuis, então era diferente. O índio sacrificaria tudo, antes do que consentir que um pesar anuviasse o rostinho faceiro de sua bela senhora.

Assim, tranquilizado por esta ideia, ganhou a cabana e dormiu sonhando que a lua lhe mandava um raio de sua luz branca e acetinada para dizer-lhe que protegesse sua filha na terra.

E com efeito a lua se elevava sobre a cúpula das árvores, e iluminava a fachada do edifício.

Então quem se aproximasse de uma das janelas que ficavam na extrema do jardim veria na penumbra do portal um vulto imóvel.

Era Isabel que velava pensativa, enxugando de vez em quando uma lágrima que desfiava-lhe pela face.

Pensava no seu amor infeliz, na solidão de sua alma, tão erma de recordações doces, de esperanças queridas. Toda essa tarde fora um martírio para ela; vira Álvaro falar a Cecília, adivinhara quase as suas palavras. Havia poucos momentos tinha percebido a sombra do moço que atravessara a esplanada, e sabia que não era por sua causa que ele passava.

De vez em quando seus lábios tremiam e deixavam escaparem-se algumas palavras imperceptíveis:

— Se eu quisesse!

Tirava do seio uma redoma de ouro, sob cuja tampa de cristal se via um anel de cabelos que se enroscava no estreito aro de metal.

O que havia dentro desta redoma de tão poderoso, de tão forte, que justificasse aquela exclamação e o olhar brilhante que iluminava a pupila negra de Isabel?

Seria um segredo, um desses segredos terríveis que mudam de repente a face das coisas e fazem surgir o passado para esmagar o presente?

Seria algum tesouro inestimável e fabuloso, a cuja sedução a natureza humana não devia resistir?

Seria uma arma poderosa e invencível, contra a qual não houvesse defesa possível senão em um milagre da Providência? Era o pó sutil do curare, o veneno terrível dos selvagens. Isabel colou os lábios no cristal com uma espécie de delírio.

— Minha mãe!... minha mãe!... — Um soluço rompeu-lhe o seio.

X. Ao alvorecer

No dia seguinte, ao raiar da manhã, Cecília abriu a portinha do jardim e aproximou-se da cerca.

— Peri! — disse ela.

O índio apareceu à entrada da cabana; correu alegre, mas tímido e submisso.

Cecília sentou-se num banco de relva; e a muito custo conseguiu tomar um arzinho de severidade, que de vez em quando quase traía-se por um sorriso teimoso que lhe queria fugir dos lábios.

Fitou um momento no índio os seus grandes olhos azuis com uma expressão de doce repreensão; depois disse-lhe em um tom mais de queixa do que de rigor:

— Estou muito zangada com Peri!

O semblante do selvagem anuviou-se.

— Tu, senhora, zangada com Peri! Por quê?

— Porque Peri é mau e ingrato; em vez de ficar perto de

sua senhora, vai caçar em risco de morrer! — disse a moça ressentida.

— Ceci[17] desejou ver uma onça viva!

— Então não posso gracejar? Basta que eu deseje uma coisa para que tu corras atrás dela como um louco?

— Quando Ceci acha bonita uma flor, Peri não vai buscar? — perguntou o índio.

— Vai, sim.

— Quando Ceci ouve cantar o sofrer,[18] Peri não o vai procurar?

— Que tem isso?

— Pois Ceci desejou ver uma onça, Peri a foi buscar.

Cecília não pôde reprimir um sorriso ouvindo esse silogismo rude, a que a linguagem singela e concisa do índio dava uma certa poesia e originalidade.

Mas estava resolvida a conservar a sua severidade e ralhar com Peri por causa do susto que lhe havia feito na véspera.

— Isto não é razão — continuou ela —; porventura um animal feroz é a mesma coisa que um pássaro, e apanha-se como uma flor?

— Tudo é o mesmo, desde que te cause prazer, senhora.

— Mas então — exclamou a menina com um assomo de impaciência —, se eu te pedisse aquela nuvem?...

E apontou para os brancos vapores que passavam ainda envolvidos nas sombras pálidas da noite.

— Peri ia buscar.

— A nuvem? — perguntou a moça admirada.

— Sim, a nuvem.

Cecília pensou que o índio tinha perdido a cabeça; ele continuou:

---

[17] Ceci: é um verbo da língua guarani que significa magoar, doer. (N. do A.)

[18] Sofrer: é um lindo pássaro do Brasil, cor de ouro com os encontros de um negro brilhante. O seu canto doce imita a palavra sofrer, razão por que os primeiros colonos lhe deram esse nome. (N. do A.)

— Somente como a nuvem não é da terra e o homem não pode tocá-la, Peri morria e ia pedir ao Senhor do céu a nuvem para dar a Ceci.

Estas palavras foram ditas com a simplicidade com que fala o coração.

A menina que um momento duvidara da razão de Peri, compreendeu toda a sublime abnegação, toda a delicadeza de sentimento dessa alma inculta.

A sua fingida severidade não pôde mais resistir; deixou pairar nos seus lábios um sorriso divino.

— Obrigada, meu bom Peri! Tu és um amigo dedicado; mas não quero que arrisques tua vida para satisfazer um capricho meu; e sim que a conserves para me defenderes como já fizeste uma vez.

— Senhora, não está mais zangada com Peri?

— Não; apesar de que devia estar; porque Peri ontem fez sua senhora afligir-se cuidando que ele ia morrer.

— E Ceci ficou triste? — exclamou o índio.

— Ceci chorou! — respondeu a menina com uma graciosa ingenuidade.

— Perdoa, senhora!

— Não só te perdoo, mas quero também fazer-te o meu presente.

Cecília correu ao seu quarto e trouxe o rico par de pistolas que havia encomendado a Álvaro.

— Olha! Peri não desejava ter umas?

— Muito!

— Pois aqui tens! Tu não as deixarás nunca porque são uma lembrança de Cecília, não é verdade?

— Oh! o sol deixará primeiro a Peri, do que Peri a elas.

— Quando correres algum perigo, lembra-te que Cecília as deu para defenderem e salvarem a tua vida.

— Por que é tua, não é, senhora?

— Sim, porque é minha, e quero que a conserves para mim.

O rosto de Peri irradiava com o sentimento de um gozo imenso, de uma felicidade infinita; meteu as pistolas na cinta de penas e ergueu a cabeça orgulhoso, como um rei que acabasse de receber a unção de Deus.

Para ele essa menina, esse anjo louro, de olhos azuis, representava a divindade na terra; admirá-la, fazê-la sorrir, vê-la feliz, era o seu culto; culto santo e respeitoso em que o seu coração vertia os tesouros de sentimentos e poesia que transbordavam dessa natureza virgem.

Isabel entrou no jardim; a pobre menina tinha velado toda a noite, e o seu rosto parecia conservar ainda os traços de algumas dessas lágrimas ardentes que escaldam o seio e requeimam as faces.

A moça e o índio nem se olharam; odiavam-se mutuamente; era uma antipatia que começara desde o momento em que se viram, e que cada dia aumentava.

— Agora, Peri, Isabel e eu vamos ao banho.

— Peri te acompanha, senhora?

— Sim, mas com a condição de que Peri há de estar muito quieto e sossegado.

A razão por que Cecília impunha esta condição, só podia bem compreender quem tivesse assistido a uma das cenas que se passavam quando as duas moças iam banhar-se, o que sucedia quase sempre ao domingo.

Peri, com o seu arco, companheiro inseparável e arma terrível na sua mão destra, sentava-se longe, à beira do rio, numa das pontas mais altas do rochedo ou no galho de alguma árvore, e não deixava ninguém aproximar-se num raio de vinte passos do lugar onde as moças se banhavam.

Quando algum aventureiro por acaso transpunha esse círculo que o índio traçava com o olhar em redor de si, Peri na posição sobranceira em que se colocara o percebia imediatamente.

Então se o descuidado caçador sentia o seu chapéu ornar-se de repente com uma pena vermelha que voava pelos ares sibilando; se via uma seta arrebatar-lhe o fruto que ele estendia a mão para colher; se parava assustado diante de uma longa flecha emplumada que despedida por elevação vinha cair-lhe a dois passos da frente como para embargar-lhe o caminho e servir de baliza: não se admirava.

Compreendia imediatamente o que isto queria dizer; e pelo respeito que todos votavam a D. Antônio de Mariz e à sua família, arrepiava caminho; e voltava lançando uma jura contra Peri que lhe crivara o chapéu e o obrigara a encolher a mão de susto.

E fazia bem em voltar, porque o índio com o seu zelo ardente não duvidaria vazar-lhe os olhos para evitar que chegando-se à beira do rio, visse a moça a banhar-se nas águas.

Entretanto Cecília e sua prima tinham o costume de banhar-se vestidas com um trajo feito de ligeira estamenha que ocultava inteiramente sob a cor escura as formas do corpo, deixando-lhes os movimentos livres para nadarem.

Mas Peri entendia que apesar disto seria uma profanação consentir que um olhar de quem quer que fosse visse a *senhora* no seu trajo de banho; nem mesmo o dele que era seu escravo, e por conseguinte não podia ofendê-la, a ela que era o seu único deus.

Enquanto porém o índio mantinha assim pela certeza de sua vista rápida e pela projeção das suas flechas esse círculo impenetrável para quem quer que fosse, não deixava de olhar com uma atenção escrupulosa a corrente e as margens do rio.

O peixe que beijava a flor da água, e que podia ir ofender a moça; uma cobra verde inocente que se enroscava pelas folhas dos aguapés; um camaleão que se aquecia ao sol fazendo cintilar o seu prisma de cores brilhantes; um sagui branco e felpudo que se divertia a fazer caretas maliciosas suspendendo-se pela cauda ao galho de uma árvore; tudo quanto podia ir causar um susto à moça, o índio fazia fugir, se estava longe, e se estava perto, pregava o animal imóvel sobre o tronco ou sobre o chão.

Se um ramo arrastado pela corrente passava, se um pouco do limo das águas despegava-se da margem pedregosa do rio, se o fruto de uma sapucaia[19] pendida sobre o *Paquequer* estalava prestes a cair, o índio, veloz como o tiro do seu arco, lançava-se e retinha o coco no meio da sua queda, ou precipitava-se na água e apanhava os objetos que boiavam.

---

[19] Sapucaia: árvore de alta grandeza, que dá um fruto do tamanho e da confeição de um coco. (N. A.)

Cecília podia ser ofendida pelo tronco que a correnteza carregava, pela fruta que caía; podia assustar-se com o contato do limo julgando ser uma cobra; e Peri não perdoaria a si mesmo a mais leve mágoa que a moça sofresse por falta de cuidado seu.

Enfim ele estendia ao redor dela uma vigilância tão constante e infatigável, uma proteção tão inteligente e delicada, que a moça podia descansar, certa de que, se sofresse alguma coisa, seria porque todo o poder do homem fora impotente para evitar.

Eis pois a razão por que Cecília recomendava a Peri que estivesse quieto e sossegado; é verdade que ela sabia que essa recomendação era sempre inútil, e que o índio faria tudo para que uma abelha sequer não viesse beijar os seus lábios vermelhos confundindo-os com uma flor de pequiá.[20]

Quando as duas moças atravessaram a esplanada, Álvaro passeava junto da escada.

Cecília saudou de passagem com um sorriso ao jovem cavalheiro; e desceu ligeiramente seguida por sua prima.

Álvaro que tinha procurado ler-lhe nos olhos e no rosto o perdão de sua loucura da véspera, e nada havia percebido que acabasse com o seu receio, quis seguir a moça e falar-lhe.

Voltou-se para ver se alguém estava ali que reparasse no que ia fazer, e deu com o italiano que a dois passos dele o olhava com um dos seus sorrisos sarcásticos.

— Bom dia, Sr. cavalheiro.

Os dois inimigos trocaram um olhar que se cruzara como lâminas de aço que roçassem uma na outra.

Nesse momento Peri se aproximava lentamente deles, carregando uma das pistolas que Cecília lhe havia dado alguns minutos antes.

O índio parou e com um ligeiro sorriso de uma expressão indefinível tomou as pistolas pelo cano e apresentou-as uma a Álvaro e outra a Loredano.

---

[20] Pequiá: árvore de mais de cem palmos de altura, que tem uma pequena flor de brilhante escarlate; floresce nos meses de setembro e outubro. (N. do A.)

Ambos compreenderam o gesto e o sorriso; ambos sentiram que tinham cometido uma imprudência, e que o espírito perspicaz do selvagem havia lido nos seus olhos um ódio profundo, e talvez a causa desse ódio.

Voltaram-se fingindo não ter visto o movimento.

Peri levantou os ombros e metendo as pistolas na cinta passou entre eles com a cabeça alta, o olhar sobranceiro, e acompanhou sua senhora.

XI. No banho

Descendo a escada de pedras da esplanada Cecília perguntava à sua prima:

— Dize-me uma coisa, Isabel; por que é que tu não falas ao Sr. Álvaro?

Isabel estremeceu.

— Tenho reparado — continuou a menina —, que nem mesmo respondes à cortesia que ele nos faz.

— Que ele te faz, Cecília — replicou a moça docemente.

— Confessa que não gostas dele. Tens-lhe antipatia?

A moça calou-se.

— Não falas?... olha que então vou pensar outra coisa! — continuou Cecília galanteando.

Isabel empalideceu; e levando a mão ao coração para comprimir as pulsações violentas, fez um esforço supremo e arrancou algumas palavras que pareciam queimar-lhe os lábios:

— Bem sabes que o aborreço!...

Cecília não viu a alteração da fisionomia de sua prima, porque tendo chegado à baixa nesse momento esquecera a conversa e começara a brincar com uma alegria infantil sobre a relva.

Mas ainda que visse a perturbação da moça e o choque que ela tinha sentido, decerto atribuiria isso a qualquer outro motivo, menos ao verdadeiro.

A afeição que tinha a Álvaro lhe parecia tão inocente, tão natural, que nunca se lembrara que devia um dia passar daquilo que era, isto é, de um prazer que fazia sorrir e de um enleio que fazia corar.

Esse amor pois, se era amor, não podia conhecer o que se passava na alma de Isabel; não podia compreender a sublime mentira que os lábios da moça acabavam de proferir.

Quanto a Isabel, temendo trair o seu segredo, tinha arrancado do seu coração cheio de amor essa palavra de ódio, que para ela era quase uma blasfêmia.

Mas antes isso do que revelar o que se passava em sua alma; esse mistério, essa ignorância que envolvia o seu amor, e o escondia a todos os olhos, tinha para ela uma voluptuosidade inexprimível.

Podia assim fitar horas e horas o moço, sem que ele o percebesse, sem o incomodar talvez com a prece muda do olhar suplicante; podia rever-se em sua alma sem que um sorriso de desdém ou de zombaria a fizesse sofrer.

O sol vinha nascendo.

O seu primeiro raio espreguiçava-se ainda pelo céu anilado e ia beijar as brancas nuvenzinhas que corriam ao seu encontro.

Apenas a luz branda e suave da manhã esclarecia a terra e surpreendia as sombras indolentes que dormiam sob as copas das árvores.

Era a hora em que o cacto,[21] a flor da noite, fechava o seu cálice cheio das gotas de orvalho com que destila o seu perfume, temendo que o sol crestasse a alvura diáfana de suas pétalas.

Cecília com a sua graça de menina travessa corria sobre a relva ainda úmida colhendo uma gracíola[22] azul que se embalançava sobre a haste, ou um malvaísco[23] que abria os lindos botões escarlates.

---

[21] Cacto: temos diferentes espécies de cacto; os mais lindos são o branco, o rosa e o amarelo, a que os indígenas chamavam urumbeba. Todos eles abrem à meia-noite e fecham ao despontar do sol. (N. do A.)

[22] Gracíola: é o nome científico que Fr. Veloso na sua *Flora fluminense* dá à pequena flor azul de um arbusto indígena. (N. do A.)

[23] Malvaísco: assim designa Saint-Hilaire uma espécie de malva indígena brasileira, cuja flor é escarlate. (N. do A.)

Tudo para ela tinha um encanto inexprimível; as lágrimas da noite que tremiam como brilhantes das folhas das palmeiras; a borboleta que ainda com as asas entorpecidas esperava o calor do sol para reanimar-se; a viuvinha[24] que escondida na ramagem avisava o companheiro que o dia vinha raiando: tudo lhe fazia soltar um grito de surpresa e de prazer.

Enquanto a menina brincava assim pela várzea, Peri, que a seguia de longe, parou de repente tomado por uma ideia que lhe fez correr pelo corpo um calafrio; lembrara-se do tigre.

De um pulo sumiu-se numa grande moita de arvoredo que se elevava a alguns passos; ouviu-se um rugido abafado, um grande farfalhar de folhas que se espedaçavam, e o índio apareceu.

Cecília tinha-se voltado um pouco trêmula:

— Que é isto, Peri?

— Nada, senhora.

— É assim que prometeste estar quieto?

— Ceci não se há de zangar mais.

— Que queres tu dizer?

— Peri sabe! — respondeu o índio sorrindo.

Na véspera tinha provocado uma luta espantosa para domar e vencer um animal feroz e deitá-lo submisso e inofensivo aos pés da moça, julgando que isso lhe causava um prazer.

Agora estremecendo com o susto que sua senhora podia sofrer, destruíra em um instante essa ação de heroísmo, sem proferir uma palavra que a revelasse. Bastava que ele soubesse o que tinha feito, e o que todos deviam ignorar; bastava que sua alma sentisse o orgulho da nobre dedicação que se expandia no sorriso de seus lábios.

As moças que estavam bem longe de saber até que ponto tinha chegado a loucura de Peri, e que não julgavam possível que um homem pudesse fazer o que ele tinha feito, não compreenderam nem a frase, nem o sorriso.

---

[24] Viuvinha: pequeno pássaro negro que canta ao amanhecer; dizem ser o primeiro que saúda o nascimento do dia. (N. do A.)

Cecília tinha chegado a uma latada de jasmineiros[25] que havia à borda d'água, e que lhe servia de casa de banho, era um dos trabalhos do índio, que o havia arranjado com aquele cuidado e esmero que punha em satisfazer as vontades da menina.

Peri já tinha ganho a margem do rio, e estava longe; Isabel sentou-se na relva.

Então afastando as ramas dos jasmineiros que ocultavam inteiramente a entrada, Cecília penetrou naquele pequeno pavilhão de verdura e examinou se as folhas estavam bem embastidas, se não havia alguma fresta por onde o olhar do dia penetrasse.

A inocente menina tinha vergonha até do raio de luz que podia vir espiar o tesouro de beleza que ocultava a cambraia de suas roupagens.

Assim, foi depois desse exame escrupuloso, e ainda corando de si mesma, que começou o seu vestuário de banho. Mas quando o corpinho da anágua caindo descobriu suas alvas espáduas e seu colo puro e suave, a menina quase morreu de pejo e de susto. Um passarinho, escondido entre as folhas, um gárrulo travesso e malicioso, gritara distintamente: *Bem-te-vi!*

Cecília riu-se do susto que tivera e acabou o seu vestuário de banho que a cobria toda, deixando apenas nus os braços e o pezinho de menina.

Atirou-se à água como um passarinho; Isabel que a acompanhara por comprazer ficou sentada à beira do rio.

Como Cecília estava bela nadando sobre as águas límpidas da corrente, com seus cabelos louros soltos, e os braços alvos que se curvavam graciosamente para imprimir ao corpo um doce movimento! Parecia uma dessas garças brancas, ou colhereiras[26] de rósea cor que deslizam mansamente à flor do lago, nas tardes serenas, espelhando-se no cristal das águas.

---

[25] Jasmineiro: há uma espécie de jasmineiro indígena do Brasil; assim o dizem os dois botânicos que citamos anteriormente. (N. do A.)

[26] Colhereira: é uma das aves aquáticas mais lindas do Brasil; suas penas são de um belo cor-de-rosa. (N. do A.)

Às vezes a linda menina se deitava de bruços e sorrindo ao céu azul ia levada pela corrente; ou perseguia as jaçanãs e marrecas que fugiam diante dela. Outras vezes Peri que estava distante, do lado superior do rio, colhia alguma flor parasita que deitava sobre um barquinho feito de uma casca de pau e que vinha trazido pela correnteza.

A menina perseguia o barquinho a nado, apanhava a flor, e ia oferecê-la na pontinha dos dedos a Isabel, que, desfolhando-a tristemente, murmurava as palavras cabalísticas com que o coração procura iludir-se.

Em vez porém de consultar o presente, perguntava o futuro, porque sabia que o presente não tinha esperanças para ela, e se a flor dissesse o contrário mentia.

Havia meia hora que Cecília estava no banho, quando Peri, que colocado sobre uma árvore não deixava de lançar o olhar ao redor de si, viu na margem oposta as guaximas se agitarem.

A ondulação produzida nos arbustos foi-se estendendo como um caracol e aproximando-se do lugar onde a moça se banhava, até que parou detrás de umas grandes pedras que havia à beira do rio.

Do primeiro lanço de olhos o índio conheceu que o largo sulco traçado entre as hastes verdes do arvoredo não podia deixar de ser produzido por um animal de grande corpulência.

Seguiu rapidamente pelos ramos das árvores, atravessou o rio sobre essa ponte aérea e conseguiu, escondido pelas folhas, colocar-se perpendicularmente ao lugar onde ainda se fazia sentir a oscilação dos arbustos.

Viu então sentados entre as guaximas dois selvagens, mal cobertos por uma tanga de penas amarelas, que com o arco esticado e a flecha a partir esperavam que Cecília passasse diante da fresta que formavam as pedras para despedirem o tiro.

E a menina descuidada e tranquila já tinha estendido o braço e ferindo a água passava sorrindo por diante da morte que a ameaçava.

Se se tratasse de sua vida, Peri teria sangue-frio; mas Cecília corria um perigo, e portanto não refletiu, não calculou.

Deixou-se cair como uma pedra do alto da árvore; as duas flechas que partiam, uma cravou-se-lhe no ombro, a outra roçando-lhe pelos cabelos mudou de direção.

Ergueu-se então, e sem mesmo dar-se ao trabalho de arrancar a seta, de um só movimento tomou à cinta as pistolas que tinha recebido de sua senhora e despedaçou a cabeça dos selvagens.

Ouviram-se dois gritos de susto que partiam da margem oposta, e quase logo a voz trêmula e colérica de Cecília que chamava:

— Peri!...

Ele beijou as pistolas ainda fumegantes e ia responder, quando a dois passos surgiu de entre a touça o vulto de uma índia que sumiu-se ligeiramente no mato.

Enfiou um olhar pela fresta e julgando Cecília já fora do banho e em lugar seguro, lançou-se atrás da índia que já lhe levava um grande avanço.

Uma larga fita vermelha que escapava da ferida tingia a sua alva túnica de algodão; Peri sentiu-se vacilar de repente e apertou com desespero o coração como para reter o sangue que espadanava.

Foi um momento de luta terrível entre o espírito e a matéria, entre a força da vontade e o poder da natureza.

O corpo desfalecia, os joelhos se dobravam, e Peri erguendo os braços como para agarrar-se à cúpula das árvores, estorcendo os músculos para manter-se em pé, lutava debalde com a fraqueza que se apoderava dele.

Debateu-se um momento contra a poderosa gravitação que o vergava para a terra; mas era homem, e tinha de ceder à lei da criação. Entretanto sucumbindo o valente índio resistia sempre; e vencido parecia querer lutar ainda.

Não caiu, não; quando a força lhe faltou de todo, foi-se lentamente retraindo e tocou a terra com os joelhos.

Mas então lembrou-se de Cecília, de sua senhora a quem tinha de vingar, e para quem devia viver a fim de salvá-la, e de velar sobre ela. Fez um esforço supremo: contraindo-se conseguiu reerguer-se; deu dois passos vacilantes, girou no ar e foi bater de encontro a uma árvore com a qual se abraçou convulsivamente.

Era uma cabuíba[27] de alta grandeza que se elevava pelo cimo da floresta, e de cujo tronco cinzento borbulhava um óleo cor de opala que desfiava em lágrimas.

O suave aroma que recendia dessas gotas fez o índio abrir os olhos amortecidos, que se iluminaram de uma brilhante irradiação de felicidade. Colou ardentemente os lábios no tronco e sorveu o óleo, que entrou no seu seio como um bálsamo poderoso.

Sentiu-se renascer.

Estendeu o óleo sobre a ferida, estancou o sangue e respirou.

Estava salvo.

XII. A ONÇA

Voltemos a casa.

Loredano, depois do movimento de Peri, tinha acompanhado com os olhos a Álvaro, o qual seguia pela borda da esplanada para ver Cecília que se dirigia ao rio.

Apenas o moço dobrou o ângulo que formava o rochedo, o italiano desceu a ladeira rapidamente e meteu-se pelo mato.

Poucos instantes se tinham passado quando Rui Soeiro apareceu na esplanada, ganhou a baixa e entranhou-se por sua vez na floresta.

Bento Simões imitou-o com pequeno intervalo e, guiando-se por alguns talhos frescos que viu nas árvores, tomou a mesma direção.

O pátio ficou deserto.

Decorreu cerca de meia hora: a casa tinha aberto todas as suas janelas para receber o ar puro da manhã e as emanações

---

[27] Cabuíba: a cabuíba ou cabureíba, *Balsamum peravianum* de Pison, cabuibaíba de Marcgrave e *Miroxilem cabriuva* de outros naturalistas, é uma árvore das nossas matas, de mais de cem palmos, e a que vulgarmente se chama árvore do bálsamo. Destila um licor louro de um cheiro agradável, que dizem milagroso para cura de feridas frescas. (Gabriel Soares Silva Lisboa e Aires do Casal.) (N. do A.)

saudáveis dos campos; um ligeiro penacho de fumo alvadio coroava o tubo da chaminé, anunciando que os trabalhos caseiros haviam começado.

De repente ouviu-se um grito no interior da habitação; todas as portas e janelas do edifício fecharam-se com um estrépito e uma rapidez, como se um inimigo caísse de assalto.

Pela fresta de uma janela entreaberta apareceu o rosto de D. Lauriana, pálida, e com os cabelos sem estarem riçados, o que era uma coisa extraordinária.

— Aires Gomes!... O escudeiro!... Chamem Aires Gomes! Que venha já! — gritou a dama.

A janela fechou-se de novo com o ferrolho.

A personagem que já conhecemos pouco tardou, e atravessando a esplanada dirigiu-se à casa, sem compreender a razão por que àquela hora com o sol alto ainda toda a habitação parecia dormir.

— Fizestes-me chamar! — disse ele chegando-se à janela.

— Sim; estais armado? — perguntou D. Lauriana por detrás da porta.

— Tenho a minha espada; mas que novidade há?

A fisionomia decomposta de D. Lauriana apareceu de novo na fresta da janela.

— A onça!... Aires Gomes! A onça!...

O escudeiro deu um salto prodigioso julgando que o animal de que se falava ia saltar-lhe ao cangote e sacou da espada pondo-se em guarda.

A dama vendo o movimento do escudeiro supôs que a onça atirava-se à janela, e caiu de joelhos murmurando uma oração ao santo advogado contra as feras.

Alguns minutos se passaram assim; D. Lauriana rezando; e Aires Gomes rodando no pátio como um corrupio, com receio de que a onça não o atacasse pelas costas, o que além de ser uma vergonha para um homem de armas da sua têmpera seria um pouco desagradável para sua saúde.

Por fim, de pulo em pulo o escudeiro conseguiu ganhar de novo a parede do edifício e encostar-se nela, o que o tranquilizou completamente; pela frente não havia inimigo que o fizesse pestanejar.

Então batendo com a folha da espada na ombreira da janela disse em voz alta:

— Explicar-me-eis que onça é essa de que falais, Sra. D. Lauriana; ou estou cego, ou não vejo aqui sombra de semelhante animal.

— Estais bem certo disso, Aires Gomes? — disse a dama reerguendo-se.

— Se estou certo! Assegurai-vos com os vossos próprios olhos.

— É verdade! Mas em alguma parte há de estar!

— E por que quereis vós à fina força que aqui esteja uma onça, Sra. D. Lauriana? — disse o escudeiro um tanto impacientado.

— Pois não sabeis! — exclamou a dama.

— O que, senhora?

— Aquele bugre endemoninhado não se lembrou de trazer ontem uma onça viva para a casa!

— Quem, o perro do cacique?

— E quem mais senão aquele cão tinhoso!

— É das que ele costuma fazer!

— Viu-se já uma coisa semelhante, Aires Gomes!

— Mas a culpa não tem ele!

— Quero ver se o Sr. Mariz ainda teima em guardar essa boa joia.

— E que é feito da fera, Sra. D. Lauriana?

— Algures deve estar. Procurai-a, Aires; corram tudo, matemna, e tragam-me aqui.

— E dito e feito —, respondeu o escudeiro correndo tanto quanto lhe permitiam as suas botas de couro de raposa.

Com pouca demora cerca de vinte aventureiros armados desceram da esplanada.

Aires Gomes marchava na frente com um enorme chuço na mão direita, a espada na mão esquerda e uma faca atravessada nos dentes.

Depois de percorrerem quase todo o vale e baterem o arvoredo, voltavam, quando o escudeiro estacou de repente e gritou:

— Ei-la, rapazes! Fogo antes que faça o pulo!

Com efeito, por entre a ramagem das árvores via-se a pele negra e marchetada do tigre e os olhos felinos que brilhavam com o seu reflexo pálido.

Os aventureiros levaram o mosquete à face, mas no momento de puxarem o gatilho, largaram todos uma risada homérica e abaixaram as armas.

— Que é lá isso? Têm medo?

E o destemido escudeiro, sem se importar com os outros, mergulhou por sob as árvores e apresentou-se arrogante em face do tigre.

Aí porém caiu-lhe o queixo de pasmo e de surpresa.

A onça embalava-se a um galho suspensa pelo pescoço e enforcada pelo laço que, apertando-se com o seu próprio peso, a estrangulara.

Enquanto viva, um só homem bastara para trazê-la desde o Paraíba até à floresta, onde tinha sido caçada, e da floresta até àquele lugar onde havia expirado.

Era depois de morta que fazia todo aquele espalhafato; que punha em armas vinte homens valentes e corajosos; e produzia uma revolução na casa de D. Lauriana.

Passado o primeiro momento de admiração, Aires Gomes cortou a corda e arrastando o animal foi apresentá-lo à dama.

Depois que de fora lhe asseguraram que o tigre estava bem morto, entreabriu-se a porta, e D. Lauriana ainda toda arrepiada olhou estremecendo o corpo da fera.

— Deixe-o aí mesmo. O Sr. D. Antônio há de vê-lo com seus olhos!

Era o corpo de delito, sobre o qual pretendia basear o libelo acusatório que ia fulminar contra Peri.

Por diferentes vezes a dama tinha procurado persuadir seu marido a expulsar o índio que ela não podia sofrer, e cuja presença bastava para causar-lhe um faniquito.

Mas todos os seus esforços tinham sido baldados; o fidalgo com a sua lealdade e o cavalheirismo apreciava o caráter de Peri, e via nele, embora selvagem, um homem de sentimentos nobres e de alma grande. Como pai de família estimava o índio pela circunstância a que já aludimos de ter salvado sua filha, circunstância que mais tarde se explicará.

Desta vez, porém, D. Lauriana esperava vencer; e julgava impossível que seu marido não punisse severamente esse crime abominável de um homem que ia ao mato amarrar uma onça e trazê-la viva para casa. Que importava que ele tivesse salvado a vida de uma pessoa, se punha em risco a existência de toda a família, e sobretudo a dela?

Terminava esta reflexão justamente no momento em que D. Antônio de Mariz assomava à porta.

— Dir-me-eis, senhora, que rumor é este, e qual a causa?

— Aí a tendes! — exclamou D. Lauriana apontando para a onça com um gesto soberbo.

— Lindo animal! — disse o fidalgo, adiantando-se e tocando com o pé as presas do tigre.

— Ah! achais lindo! Inda mais achareis quando souberdes quem o trouxe!...

— Deve ter sido um hábil caçador — disse D. Antônio, contemplando a fera com esse prazer de montearia que era um dom dos fidalgos daquele tempo: não tem o sinal de uma só ferida!

— É obra daquele excomungado caboclo, Sr. Mariz! — respondeu D. Lauriana, preparando-se para o ataque.

— Ah! — exclamou o fidalgo rindo —, é a caça que Peri ontem perseguia, e de que nos falou Álvaro!

— Sim; e que trouxe viva como se fosse alguma paca!

— Ah! trouxe viva! Mas não vedes que é impossível?

— Como impossível se Aires Gomes vem de acabá-la agora mesmo!

Aires Gomes quis retrucar; mas a dama impôs-lhe silêncio com um gesto.

O fidalgo segurando o animal pelas orelhas ergueu-o; ao passo que examinava o corpo para ver se lhe descobria alguma bala, notou que tinha as patas e as mandíbulas ligadas.

— É verdade! — murmurou ele —, devia estar viva há coisa de uma hora; ainda conserva o calor.

D. Lauriana deixou que seu marido se fartasse de contemplar o animal, certa de que as reflexões que esta vista produziria não podiam deixar de ser favorável ao seu plano.

Quando julgou que tinha chegado o momento, deu dois passos, arranjou a cauda do seu vestido, e dando um certo descaído ao corpo, dirigiu-se a D. Antônio:

— Bom é que vejais, Sr. Mariz, que nunca me iludo! Que de vezes vos hei dito que fazíeis mal em conservar esse bugre? Não queríeis acreditar: tínheis um fraco inexplicável pelo pagão. Pois bem...

A dama tomou um tom oratório e acentuou a palavra com um gesto enérgico apontando para o animal morto:

— Aí tendes o pago. Toda a vossa família ameaçada! Vós mesmo que podíeis sair desapercebido; vossa filha que ignorando o perigo que corria, foi banhar-se, e podia a esta hora estar pasto de feras.

O fidalgo estremeceu à ideia do perigo que correra sua filha e ia precipitar-se; mas ouviu um doce murmúrio de vozes que parecia um chilrear de sais: eram as duas moças que subiam a ladeira.

D. Lauriana sorria-se do seu triunfo.

— E se fosse só isto? — continuou ela. — Porém não para aqui: amanhã vereis que nos traz algum jacaré, depois uma cascavel ou uma jiboia; encher-nos-á a casa de cobras e lacraus. Seremos aqui devorados vivos, porque a um bugre arrenegado deu-lhe na cabeça fazer as suas bruxarias!

— Exagerais muito também, D. Lauriana. É certo que Peri fez uma selvajaria; mas não há razão para que receemos tanto. Merece uma reprimenda: lha darei e forte. Não continuará.

— Se o conhecêsseis como eu, Sr. Mariz! É bugre e basta! Podeis ralhar-lhe quanto quiserdes; ele o fará mesmo por pirraça!

— Prevenções vossas, que não partilho.

A dama conheceu que ia perdendo terreno; e resolveu dar o golpe decisivo; amaciou a voz; e tomou um tom choroso.

— Fazei o que vos aprouver! Sois homem, e não tendes medo de nada! Mas eu, continuou arrepiando-se, não poderei mais dormir, só com a ideia de que uma jararaca sobe-me à cama; de dia a todo momento julgarei que algum gato montês vai saltar-me pela janela; que a minha roupa está cheia de lagartas de fogo! Não há forças que resistam a semelhante martírio!

D. Antônio começou a refletir seriamente sobre o que dizia sua mulher, e a pensar no sem-número de faniquitos, desmaios e arrufos que ia produzir o terror pânico justificado pelo fato do índio; contudo conservava ainda a esperança de conseguir acalmá-la e dissuadi-la.

D. Lauriana espiava o efeito do seu último ataque. Contava vencer.

XIII. Revelação

Isabel e Cecília, que voltavam do banho conversando, aproximaram-se da porta, não sem algum susto do animal; susto que se desfez com o sorriso do velho fidalgo, revendo-se na beleza de sua filha.

Com efeito, Cecília estava nesse momento de uma formosura que fascinava.

Tinha os cabelos ainda úmidos, dos quais se escapava de vez em quando um aljôfar que ia perder-se na covinha dos seios cobertos pelo linho do roupão; a pele fresca como se ondas de leite corressem pelos seus ombros; as faces brilhantes como dois cardos rosa que se abrem ao pôr do sol.

As duas meninas falavam com alguma vivacidade; mas, ao aproximarem-se da porta, Cecília que ia um pouco adiante voltou-se para sua prima na pontinha dos pés, e com um arzinho petulante levou o dedo aos lábios recomendando silêncio.

— Sabes, Cecília, que tua mãe está muito zangada com Peri? — disse D. Antônio, tomando o rostinho mimoso de sua filha e beijando-a na fronte.

— Por que, meu pai? Fez ele alguma coisa?

— Uma das suas, e de que já sabes parte.

— E eu vou contar-te o resto — atalhou D. Lauriana — tocando com a mão o braço de sua filha.

E de fato apresentou com as cores mais negras, e com a ênfase mais dramática, não só o risco iminente que na sua opinião tinha corrido a casa inteira, mas os perigos que ameaçavam ainda a paz e sossego da família.

Referiu que, se por um milagre a sua caseira não tivesse

há coisa de uma hora chegado à esplanada e visto o índio fazendo partes diabólicas com o tigre ao qual naturalmente ensinava a maneira de penetrar na casa, todos àquela hora estariam defuntos.

Cecília empalideceu, lembrando-se do descuido e alegria com que atravessara o vale e se banhara; Isabel conservou-se calma, mas seus olhos brilhavam.

— Assim — concluiu peremptoriamente D. Lauriana —, não é concebível que continuemos com semelhante praga em casa.

— Que dizeis, minha mãe? — exclamou Cecília assustada: pretendeis mandá-lo embora?

— Sem dúvida: essa casta de gente, que nem gente é, só pode viver bem nos matos.

— Mas ele nos ama tanto! Tem feito tanto por nós, não é verdade, meu pai? — disse a menina, voltando-se para o fidalgo.

D. Antônio respondeu à sua filha por um sorriso que a sossegou:

— Vós ralhareis com ele, meu pai; eu ficarei agastada — continuou Cecília —, e ele se emendará e não fará mais outra.

— E a de há pouco? — replicou Isabel, dirigindo-se a Cecília.

D. Lauriana, que via a sua causa mal parada depois da chegada das moças, apesar da repugnância que sentia por Isabel, conheceu que tinha nela um aliado; e dirigiu-lhe a palavra, o que sucedia uma vez por semana.

— Chega-te, menina; o que é que dizes ter acontecido há pouco?

— É também um perigo que correu Cecília.

— Qual! minha mãe; foi mais susto de Isabel do que outra coisa.

— Susto, sim; mas pelo que vi...

— Conta-me isso; e tu, Cecília, fica aí sossegada.

A menina pelo respeito que tinha a sua mãe não se animou a dizer mais uma palavra; porém aproveitando-se do movimento que fez D. Lauriana ao voltar-se para ouvir a Isabel, abanou a cabeça à sua prima pedindo-lhe que nada dissesse.

A moça fez que não viu o gesto e respondeu à sua tia:

— Cecília estava se banhando e eu tinha ficado à beira do rio: daí a algum tempo vejo Peri que passava ao longe pelo galho de uma árvore. Ele sumiu-se, e de repente uma seta partida daquele lugar veio cair a dois passos de minha prima!

— Ouça cá, Sr. Mariz! — exclamou D. Lauriana —, ouça as estripulias do capeta!

— No mesmo instante — continuou Isabel —, ouvimos dois tiros de pistola, que ainda mais nos assustaram, porque decerto foram apontados também para nosso lado.

— Senhor Deus! É pior do que uma judiaria! Mas quem deu pistolas a esse bugio?

— Fui eu, minha mãe — respondeu timidamente Cecília.

— Melhor seria que rezasses as tuas contas. Era bem-feito que com elas mesmo... Senhor Deus! perdoai-me!

D. Antônio tinha ouvido as palavras de Isabel, apesar de conservar-se a alguma distância; o rosto do fidalgo tomara uma expressão grave.

Fez um ligeiro aceno a Cecília e afastou-se com ela em ar de quem passeava pela esplanada:

— O que diz tua prima é verdade?

— É, meu pai; mas estou certa que Peri não o fez por maldade.

— Contudo — replicou o fidalgo —, isto pode renovar-se; por outro lado tua mãe está atemorizada; assim, o melhor é afastá-lo.

— Ele vai sentir muito!

— E eu e tu também, porque o estimamos; mas não seremos ingratos; eu pagarei a tua e a minha dívida de gratidão; deixa isto ao meu cuidado.

— Sim, meu pai! — exclamou a menina com um olhar úmido de reconhecimento e de admiração: — Sim! Vós que sabeis compreender tudo que é nobre!

— Como tu, minha Cecília! — respondeu o fidalgo, acariciando-a.

— Oh! eu aprendi no vosso coração, e nas vossas menores ações.

D. Antônio abraçou-a.

— Ah! tenho uma coisa a pedir-vos!

— Dize: há muito que não me pedes nada, e eu já tenho queixa disso.

— Mandareis conservar este animal. Sim?

— Desde que o desejas...

— Será uma lembrança que teremos de Peri.

— Para ti, que para mim a melhor lembrança és tu. Se não fosse ele, podia eu agora apertar-te nos meus braços?

— Sabeis que tenho vontade de chorar só de pensar que ele se vai?

— É natural, minha filha, as lágrimas são um bálsamo que Deus deu à fraqueza da mulher, e que negou à força do homem.

O fidalgo separou-se de sua filha e chegou-se à porta onde se achavam ainda sua mulher, Isabel e Aires Gomes.

— Que decidistes, Sr. D. Antônio? — perguntou a dama.

— Decidi fazer-vos a vontade, para sossego vosso e descanso meu. Hoje mesmo ou amanhã Peri deixará esta casa; mas enquanto ele aqui estiver, eu não quero, disse carregando ligeiramente sobre aquele monossílabo, que se lhe diga uma palavra sequer de desagrado. Peri sai desta casa porque lho peço, e não porque isto seja lhe ordenado por alguém. Entendeis, minha mulher?

D. Lauriana, que compreendia o que havia de energia e resolução naquela imperceptível entonação dada pelo fidalgo a uma simples frase, inclinou a cabeça.

— Incumbo-me de falar eu mesmo a Peri! Dir-lhe-ás de minha parte, Aires Gomes, que venha ter comigo.

O escudeiro inclinou-se; o fidalgo, que se ia retirando, voltou-se:

— Ah! esquecia-me. Mandarás encher este lindo animal que desejo conservar; será uma curiosidade para o meu gabinete de armas.

D. Lauriana fez à sorrelfa uma careta de nojo.

— E servirá para que minha mulher se habitue com sua vista, e tenha menos medo de onças.

D. Antônio afastou-se.

A dama pôde então ir riçar os seus cabelos, e preparar o

seu toucado domingueiro; tinha alcançado uma importante vitória. Peri ia finalmente ser expulso dessa casa, onde na sua opinião nunca deveria ter entrado.

Enquanto isto passava, Cecília, ao separar-se de seu pai, voltara o canto da casa para entrar no jardim e encontrara Álvaro que passeava inquieto e pensativo.

— D. Cecília! — disse o moço.

— Oh! deixai-me, Sr. Álvaro! — respondeu Cecília sem parar.

— Em que vos ofendi eu para que me trateis assim?

— Desculpai-me, estou triste; em nada me ofendestes.

— É que quando se cometeu uma falta...

— Uma falta? — perguntou a menina admirada.

— Sim! — respondeu o moço abaixando os olhos.

— E que falta cometestes vós, Sr. Álvaro?

— Desobedeci-vos.

— Ah! é grave! — disse a moça com um meio sorriso.

— Não zombeis, D. Cecília! Se soubésseis que inquietações isto me tem feito passar! Arrependo-me mil vezes do que pratiquei, e contudo parece-me que era capaz de praticá-lo de novo.

— Mas, Sr. Álvaro, esqueceis que falais de uma coisa que ignoro; sei apenas que se trata de uma desobediência!

— Lembrai-vos que ontem me mandastes guardar um objeto, que...

— Sim, atalhou a moça corando; um objeto que...

— Que vos pertencia, e que eu contra vontade vossa restituí.

— Como! que dizeis?

— Oh! perdoai! foi uma ousadia! mas...

— Mas enfim eu não entendo nem uma palavra de tudo isto! — exclamou a moça com um movimento de impaciência.

Álvaro vencendo enfim o seu acanhamento contou rapidamente o que tinha feito na véspera à noite.

Cecília, ouvindo-o, ia-se tornando séria.

— Sr. Álvaro — disse ela num tom de exprobação —, fizestes mal em praticar semelhante ação, muito mal. Que ninguém o saiba ao menos.

— Eu juro pela minha honra!

— Não basta; vós mesmo desfareis o que fizestes. Não abrirei aquela janela enquanto houver ali um objeto que não me veio de meu pai, e em que não posso tocar.

— Senhora!... — balbuciou o moço pálido e abatido.

Cecília levantou os olhos e viu no rosto de Álvaro tanta amargura e desespero que se sentiu comovida.

— Não me acuseis do que sucede — disse ela com a voz meiga —, a culpa é vossa.

— Eu o sinto; e não me queixo.

— Bem vistes que não podendo aceitar, pedi que a conservásseis como uma lembrança.

— Oh! eu a conservarei ainda: ela me ensinará a expiar a minha falta, e ma recordará sempre.

— Será agora uma triste recordação.

— E posso-a eu ter alegre!

— Quem sabe! — disse Cecília, desentrançando aos seus cabelos louros um jasmim —; é tão doce esperar!

Voltando-se para esconder o rubor de suas faces, Cecília viu perto a Isabel que devorava esta cena com um olhar ardente.

A menina soltou um grito de susto e entrou rapidamente no jardim, Álvaro apanhou no ar a pequena flor que se escapara dos dedos de Cecília e beijou-a julgando que ninguém ali estava. Quando o cavalheiro deu com os olhos na moça, ficou tão perturbado que deixou cair o jasmim sem sentir.

Isabel apanhou-o; e apresentando-o a Álvaro, disse com um acento de voz inimitável:

— É também uma restituição!

Álvaro empalideceu.

A moça, trêmula, passou diante dele e entrou no quarto de sua prima.

Cecília vendo chegar Isabel corou e não se animou a levantar os olhos, lembrando-se do que ela tinha visto e ouvido: pela primeira vez a inocente menina conhecia que havia na sua pura afeição alguma coisa que se escondia aos olhos dos outros.

Isabel, entrando no aposento da prima ao qual fora arrastada por um sentimento irresistível, arrependera-se imediatamente; a perturbação que sentia era tão grande, que temeu trair-se; encostou-se no leito defronte de Cecília, muda e com os olhos cravados no chão.

Assim passou-se um longo intervalo; depois as duas moças quase ao mesmo tempo ergueram a cabeça; e lançaram um olhar para a janela; seus olhos se encontraram, e ambas coraram ainda mais.

Cecília revoltou-se; a menina alegre e travessa que conservava num cantinho do coração, sob os risos e as graças, o germe da firmeza de caráter que distinguia seu pai, sentiu-se ofendida por se ver obrigada a corar de vergonha diante de outrem, como se tivesse cometido uma falta.

Revestiu-se de coragem e tomou uma resolução cuja energia se desenhava em um movimento imperceptível das sobrancelhas.

— Isabel, abre esta janela.

A moça estremeceu como se uma faísca elétrica tivesse abalado o seu corpo; hesitou, mas por fim atravessou o aposento.

Dois olhares ávidos, ardentes, caíram sobre a janela no momento em que se abriu.

Nada havia ali.

A emoção que teve Isabel foi tão forte, que involuntariamente voltou-se para sua prima soltando uma exclamação de prazer; sua fisionomia iluminou-se com um desses reflexos divinos, que parecem descer do céu sobre a cabeça da mulher que ama.

Cecília olhava sua prima sem compreendê-la; mas a pouco e pouco a admiração e o espanto desenharam-se no semblante da menina.

— Isabel!...

A moça caiu de joelhos aos pés de Cecília.

Tinha-se traído.

XIV. A ÍNDIA

Peri apenas sentiu voltarem-lhe as forças, continuou a sua marcha através da floresta.

Por muito tempo seguiu as pegadas da índia pelo meio do mato com uma rapidez e uma certeza incríveis para quem não conhecer a facilidade com que os selvagens percebem os mais fracos vestígios que deixam as pisadas de um animal qualquer.

Um ramo quebrado, o capim abatido, as folhas secas espalhadas e partidas, um galho que ainda se agita, as pérolas do orvalho desfeitas, são aos seus olhos exercitados o mesmo que uma linha traçada na floresta, e que eles seguem sem hesitação.

Uma razão havia para que Peri se encarniçasse assim em perseguir aquela índia inofensiva, e a fazer esforços inauditos a fim de agarrá-la.

Para bem compreender esta razão, é necessário conhecer alguns acontecimentos que se haviam passado nos últimos dias pelas vizinhanças do *Paquequer*.

No fim da lua das águas, uma tribo de aimorés descera das eminências da Serra dos Órgãos para fazer a colheita dos frutos e preparar os vinhos, bebidas e diversos alimentos de que costumava fazer provisão.

Uma família dessa tribo trazida pela caça aparecera havia dias nas margens do Paraíba; compunha-se de um selvagem, sua mulher, um filho e uma filha.

Esta última era uma bela índia, cuja posse se disputavam todos os guerreiros aimorés; seu pai, o chefe da tribo, sentia o orgulho de ter uma filha tão formosa, como a mais linda seta do seu arco, ou a mais vistosa pena do seu cocar.

Estamos no domingo.

Na sexta-feira, eram dez horas da manhã, Peri atravessava a mata imitando alegremente o canto do saixê, cujas notas sibiladas ele traduzia pelo doce nome de Ceci.

Ia então em procura desse animal que tão importante papel representa nesta história, especialmente depois de morto; como não o satisfazia qualquer pequeno jaguar, assentara buscar nos seus próprios domínios um dos reis das grandes florestas que corriam ao longo do Paraíba.

Cecília havia dito uma palavra, e ele que não discutia os desejos de sua senhora, tomara o seu arco e seu clavinote e se tinha posto a caminho.

Chegava a um pequeno regato, quando um cãozinho felpudo saiu do mato, e logo depois uma índia que deu dois passos e caiu ferida por uma bala.

Peri voltou-se para ver donde partia o tiro, e reconheceu D. Diogo de Mariz que se aproximava lentamente acompanhado por dois aventureiros.

O moço ia atirar a um pássaro, e a índia que passava nesse momento, recebera a carga da espingarda e caíra morta.

O cãozinho lançou-se para sua senhora uivando, lambendo-lhe as mãos frias e roçando a cabeça pelo corpo ensanguentado como procurando reanimá-la. D. Diogo, apoiado sobre o arcabuz, volvia um olhar de piedade sobre essa moça vítima de um capricho de caçador, que não desejava perder a sua pontaria.

Quanto a seus companheiros, riam-se do acontecimento e divertiam-se a fazer comentários sobre a qualidade de caça que o cavalheiro tinha escolhido.

De repente o cãozinho que acariciava sua senhora morta, ergueu a cabeça, farejou o ar e partiu como uma flecha.

Peri que tinha sido testemunha muda desta cena, aconselhou a D. Diogo que se recolhesse à casa por prudência e continuou a sua caminhada.

O espetáculo que acabava de presenciar o entristecera; lembrou-se de sua tribo, de seus irmãos que ele havia abandonado há tanto tempo, e que talvez àquela hora eram também vítimas dos conquistadores de sua terra, onde outrora viviam livres e felizes.

Tendo andado cerca de meia légua, avistou ao longe um fogo na mata; ao redor estavam sentados dois selvagens e uma índia.

O mais velho, de estatura gigantesca, engastava as presas longas e aguçadas da capivara nas pontas de canas silvestres e afiava numa pedra essa arma terrível. O mais moço enchia de pequenas sementes pretas e vermelhas um fruto oco, ornado de penas e preso a um cabo de dois palmos de comprimento.

A mulher, que ainda era moça, cardava uma porção de algodão cujos flocos alvos e puros caíam sobre uma grande folha que tinha no regaço.

Junto do fogo havia um pequeno vaso vidrado com brasas no qual a índia de vez em quando deitava umas grandes folhas secas, que levantavam grossos novelos de fumo. Então os dois índios por meio de uma taboca aspiravam as baforadas deste fumo, até que os olhos lhes choravam; depois continuavam o seu trabalho.

No momento em que Peri examinava de longe esta cena, o cãozinho saltava no meio do grupo: o animal apenas respirou da corrida em que vinha, puxou com os dentes a trofa de penas do índio mais moço, que o atirou a quatro passos com um empurrão.

Aproximou-se então da índia, repetiu o mesmo movimento; e como fosse mal acolhido ainda, saltou sobre o algodão, e mordeu-o: a mulher tomou-o pela coleira de frutos que trazia ao pescoço, sacudiu-o pelas costas e arranjou as suas pastas; mas estavam tintas de sangue.

Examinou com inquietação o animal; e não o vendo ferido, lançou os olhos ao redor de si e soltou um grito rouco e gutural; os dois índios ergueram a cabeça interrogando com os olhos a causa dessa exclamação.

Por toda resposta, a índia mostrou o sangue que cobria o animal, e pronunciou com a voz cheia de aflição uma palavra de uma língua desconhecida, e que Peri não entendeu.

O índio mais moço saltou pela floresta como um campeiro atrás do cãozinho que lhe servia de guia; o velho e a mulher o seguiram de perto.

Peri compreendeu perfeitamente o que se passava e seguiu seu caminho pensando que os colonos já deviam àquela hora estar fora do alcance dos selvagens.

Era isto o que o índio tinha visto; o que ele ignorava, o acontecimento do banho lhe revelara claramente.

Os selvagens haviam encontrado o corpo de sua filha e reconhecido o sinal da bala; por muito tempo procuraram debalde as pisadas dos caçadores, até que no dia seguinte a cavalgata que passava serviu-lhes de guia.

Toda a noite rondaram em torno da habitação, e nessa manhã vendo sair as duas moças, resolveram vingar-se com a aplicação dessa lei de talião que era o único princípio de direito e justiça que reconheciam.

Tinham morto sua filha, era justo que matassem também a filha do seu inimigo; vida por vida, lágrima por lágrima, desgraça por desgraça.

Como pretenderam realizar a sua vingança e o fim que tiveram já sabemos; os dois selvagens dormiam para sempre nas margens do Paquequer, sem que uma mão amiga lhes viesse dar sepultura.

Agora é fácil conhecer a razão por que Peri perseguia a índia, resto da infeliz família; sabia que ela ia direito ter com seus irmãos, e que à primeira palavra que proferisse, toda a tribo se levantaria como um só homem para vingar a morte do seu cacique e a perda da mais bela filha dos aimorés.

Ora, o índio conhecia a ferocidade desse povo sem pátria e sem religião, que se alimentava de carne humana e vivia como feras, no chão e pelas grutas e cavernas; estremecia só com a ideia de que pudesse vir assaltar a casa de D. Antônio de Mariz.

Era preciso pois exterminar toda a família e não deixar nem um vestígio de sua passagem.

Fazendo estas reflexões, Peri tinha gasto perto de uma hora a percorrer a floresta inutilmente; a índia ganhara um grande avanço durante o tempo em que ele lutava contra o desfalecimento produzido pela ferida. Por fim julgou que o mais prudente era avisar a D. Antônio imediatamente, a fim de que tomasse todas as medidas de prevenção que exigia a iminência do perigo.

Tinha chegado a um campo coberto por algumas moitas de carrascos, que se destacavam aqui e ali sobre um capim áspero e queimado pelo sol.

Apenas o índio deu alguns passos para atravessar o campo, parou fazendo um gesto de surpresa; diante dele arquejava um cãozinho, que reconheceu pela coleira de frutos escarlates que tinha ao pescoço.

Era o mesmo que havia dois dias encontrara na floresta, e que naturalmente seguia a índia no momento em que ela fugia; o índio não o tinha visto por causa das guaximas.

O animal mostrava ter sido estrangulado por uma torção tão violenta, que lhe partira a coluna vertebral; entretanto ainda agonizava.

Do primeiro lanço de olhos Peri tinha visto tudo isto e calculado o que se havia passado.

Aquela morte, pensava ele, não podia ter sido feita senão por uma criatura humana; qualquer outro animal usaria dos dentes ou das garras, e deixaria traços de ferimento.

O cão[28] pertencia à índia; fora ela pois quem o havia estrangulado há bem poucos momentos, porque a fratura do pescoço era de natureza a produzir a morte quase imediatamente.

Mas por que motivo tinha feito essa barbaridade? Porque, respondia o espírito do índio, ela sabia que era perseguida, e o cão que a não podia acompanhar serviria para denunciá-la.

Apenas formulou este pensamento, Peri deitou-se e auscultou o seio da terra por muito tempo; duas vezes ergueu a cabeça julgando iludir-se, e encostou de novo o ouvido ao chão.

Quando levantou-se, o seu rosto exprimia grande surpresa e admiração; tinha ouvido alguma coisa de que parecia duvidar ainda, como se os seus sentidos o iludissem.

Caminhou para o lado do nascente, auscultando a terra a cada momento, e assim chegou a alguns passos de uma grande touça de cardos que se elevava numa baixa do terreno.

Então colocando-se de encontro ao vento, aproximou-se com toda cautela e ouviu um murmúrio de vozes confusas, e o som de um instrumento que cavava a terra.

Peri aplicou o ouvido e procurou ver o que se passava além, mas era impossível; nem uma aberta, nem uma fresta davam passagem ao som ou ao olhar.

---

[28] O cão: diz o Sr. Varnhagen, na sua *História do Brasil,* que o cão era o companheiro constante do nosso indígena, ainda mais do que do europeu. (N. do A.)

Só quem tem viajado nos sertões e visto esses cardos gigantes, cujas largas palmas crivadas de espinhos se entrelaçam estreitamente formando uma alta muralha de alguns pés de grossura, poderá fazer ideia da barreira impenetrável que cercava por todos os lados as pessoas cuja voz Peri ouvia sem distinguir as palavras.

Entretanto esses homens deviam ter aí entrado por alguma parte; e não podia ser senão pelo galho de uma árvore seca que se estendia sobre os cardos, e ao qual se enroscava um cipó nodoso e forte como uma vide.

Peri estudava a posição, e tratava de descobrir o meio de saber o que se passava atrás daquelas árvores, quando uma voz que julgou reconhecer exclamou:

— *Per Dio!* ei-la!

O índio estremeceu ouvindo esta voz, e resolveu a todo o custo conhecer o que faziam aqueles homens; pressentiu que havia ali um perigo a conjurar e um inimigo a combater. Inimigo talvez mais terrível do que os aimorés, porque se estes eram feras, aquele podia ser a serpente escondida entre as folhas e a relva.

Assim esqueceu tudo, e o seu pensamento concentrou-se numa única ideia, ouvir o que aqueles homens diziam.

Mas por que meio?

Era o que Peri procurava: tinha rodeado a touça aplicando o ouvido, e pareceu-lhe que em um lugar o ruído das vozes e do ferro que continuava a cavar lhe chegava mais distinto.

O índio abaixou os olhos, que brilhavam de contentamento.

O que produzira essa agradável impressão fora um simples montículo de barro gretado, que se elevava como um pão de açúcar dois palmos acima da terra e que estava encoberto por folhas de tanchagem.

Era a entrada de um formigueiro,[29] de uma dessas casas subterrâneas construídas pelos pequenos arquitetos que à

---

[29] Formigueiros: no sertão encontram-se frequentemente essas escavações subterrâneas, feitas por uma formiga, a que os índios chamavam *taciaí.* (N. do A.)

força de paciência e trabalho minam um campo inteiro, e formam verdadeiras abóbadas debaixo da terra.

Aquele que Peri descobrira tinha sido abandonado pelos seus habitantes, em virtude da enxurrada que penetrara no pequeno subterrâneo.

O índio tirou a sua faca, e cerceando a cúpula dessa torre em miniatura, deixou a descoberto um buraco que penetrava pelo interior da terra, e decerto ia ter à baixa onde estavam reunidas as pessoas que conversavam.

Este buraco tornou-se para ele uma espécie de tubo acústico, que lhe trazia as palavras claras e distintas.

Sentou-se e ouviu.

XV. Os três

Loredano que nessa mesma manhã saíra de casa tão cedo, apenas se entranhou na mata, esperou.

Um quarto de hora depois vieram ter com ele Bento Simões e Rui Soeiro.

Os três seguiram juntos sem dar uma palavra; o italiano caminhava adiante, e os dois aventureiros o acompanhavam trocando de vez em quando um olhar significativo.

Por fim Rui Soeiro rompeu o silêncio:

— Não foi decerto para espairecer pelos matos ao romper da alva, que nos fizestes vir aqui, misser Loredano?

— Não — respondeu o italiano laconicamente.

— Mas então desembuchai de uma vez, e não percamos tempo.

— Esperai!

— Que espereis, vos digo eu — atalhou Bento Simões —, ides numa batida... Onde nos pretendeis levar nesta marcha?

— Vereis.

— Já que não há meio de vos sacar mais palavra, segui com Deus, misser Loredano.

— Sim — acudiu Rui Soeiro —, segui; que nós tornamos por onde viemos.

— Quando estiverdes de vez para falar, nos avisareis.

E os dois aventureiros pararam dispostos a retroceder; o italiano voltou-se com um gesto de desprezo.

— Parvos que sois! — disse ele. — Se vos parece, revoltai-vos agora que estais em meu poder, e que não tendes outro remédio senão seguir a minha fortuna! Voltai!... Também eu voltarei; mas para denunciar-vos a todos.

Os dois aventureiros empalideceram.

— Não me façais lembrar, Loredano — disse Rui Soeiro abaixando um olhar rápido para o punhal —, que há um meio de fechar para sempre as bocas que se obstinam a falar.

— Isto quer dizer — replicou o italiano desdenhosamente —, que me mataríeis no caso de que eu vos quisesse denunciar?

— À fé que sim! — respondeu Rui Soeiro, com um tom que mostrava a sua resolução.

— E eu pela minha parte faria o mesmo! Primeiro está a nossa vida que as vossas venetas, misser italiano.

— E que ganharíeis vós em matar-me? — perguntou Loredano sorrindo.

— Essa é melhor! que ganharíamos? Achais que é coisa de pequena valia assegurar a sua existência e o seu descanso?

— Néscios!... — disse o italiano cobrindo-os com um olhar de desprezo e de piedade ao mesmo tempo. — Não vedes que quando um homem traz um segredo como o meu, a menos que esse homem não seja um truão da vossa laia, ele deve ter tomado as suas precauções contra estes pequenos incidentes?

— Bem vejo que estais armado, e mais vale assim — respondeu Rui Soeiro —; será morte antes que homizio.

— Direis melhor, execução, Rui Soeiro! — retrucou Bento Simões.

O italiano continuou:

— Não são essas armas que me servirão contra vós; outras tenho eu que mais podem; sabei unicamente que vivo ou morto, a minha voz virá de longe, até mesmo da campa, denunciar-vos e vingar-me.

— Quereis gracejar, misser italiano? A ocasião não é azada.

— A seu tempo vereis se gracejo. Tenho na mão de D. Antônio de Mariz o meu testamento, que ele deve abrir quando me saiba ou me julgue morto. Nesse testamento conto as relações que existem entre nós, e o fim para que trabalhamos.

Os dois aventureiros tornaram-se lívidos como espectros.

— Compreendeis agora — disse Loredano sorrindo — que se me assassinardes, se um acidente qualquer me privar da vida, se me der na cabeça mesmo fugir e fazer supor que morri, estais perdidos irremediavelmente.

Bento Simões ficou paralisado como se uma catalepsia o tivesse fulminado. Rui Soeiro, apesar do violento abalo que sentia, conseguiu com um esforço recobrar a palavra.

— É impossível!... — gritou ele. — Isso que dizeis é falso. Não há homem que o fizesse.

— Ponde à prova! — respondeu o italiano calmo e impassível.

— Ele o fez... estou certo... — balbuciou Bento Simões em voz sumida.

— Não — retrucou Rui Soeiro —, Satanás não o faria. Vamos, Loredano: confessai que nos enganastes, que quisestes atemorizar-nos?

— Disse a verdade.

— Mentes! — gritou o aventureiro desesperado.

O italiano sorriu: tirando a sua espada estendeu a mão sobre a cruz do punho, e disse lentamente deixando cair as palavras uma a uma:

— Por esta cruz e pelo Cristo que nela sofreu; por minha honra neste mundo, e minha alma no outro, juro.

Bento Simões caiu de joelhos esmagado por este juramento, que não deixava de ter alguma solenidade no meio da floresta sombria e silenciosa.

Rui Soeiro, pálido, com os olhos a saltarem-lhe das órbitas, os lábios trêmulos, os cabelos eriçados e os dedos hirtos, parecia a múmia do desespero.

Estendeu os braços para Loredano e exclamou com a voz trêmula e sufocada:

— Pois vós, Loredano, confiastes a D. Antônio de Mariz

um papel onde existe a maquinação infernal que tramastes contra sua família?

— Confiei-o!

— E nesse papel escrevestes que o pretendeis assassinar a ele e a sua mulher, e lançar fogo à casa se preciso for para a realização de vossos intentos?

— Escrevi tudo!

— Tivestes o arrojo de confessar que tencionais roubar sua filha e fazer dela, nobre moça, a barregã de um aventureiro e réprobo como vós?

— Sim!

— E dissestes também — continuou Rui no auge da desesperação — que a outra sua filha nos pertencerá, a nós que jogaremos à sorte para decidir a qual deverá tocar?

— Não me esqueci de nada, e menos desse ponto importante, respondeu o italiano com um sorriso; tudo isso está escrito em um pergaminho, nas mãos de D. Antônio de Mariz. Para sabê-lo, basta que o fidalgo rompa os pingos de cera preta com que mestre Garcia Ferreira,[30] tabelião do Rio de Janeiro, o cerrou na minha penúltima viagem.

Loredano pronunciou estas palavras com a maior calma, contemplando os dois aventureiros pálidos e humilhados diante dele.

Passou-se algum tempo em silêncio.

— Já vedes — disse o italiano — que estais na minha mão; sirva-vos isto de exemplo. Quando uma vez se pôs o pé sobre o precipício, amigos, é preciso caminhar por cima dele, para não rolar e ir ao fundo. Caminhemos pois. Só de uma coisa vos advirto — de hoje em diante obediência cega e passiva!

Os dois aventureiros não disseram palavra; porém a sua atitude respondia melhor do que mil protestos.

— Agora deixai essa cara triste e consternada. Estou vivo: e D. Antônio é um verdadeiro fidalgo incapaz de abrir

---

[30] Garcia Ferreira foi provido no ofício de tabelião do Rio de Janeiro por Salvador Correia de Sá, em 15 de fevereiro de 1588. (B. da Silva Lisboa.) (N. do A.)

um testamento. Criai esperança, confiai em mim, que breve alcançaremos a meta.

A fisionomia de Bento Simões reanimou-se.

— Falai claro uma vez ao menos — retrucou Rui Soeiro.

— Não aqui; segui-me, que vos levarei a um lugar onde conversaremos à vontade.

— Esperai — acudiu Bento Simões —; antes de tudo, reparação vos é devida. Há pouco vos ameaçamos; aqui tendes as nossas armas.

— Sim, depois do que se passou, é justo que desconfieis de nós; tomai.

Os dois tiraram os punhais e as espadas.

— Guardai as vossas armas — disse Loredano escarnecendo —, servirão para me defenderdes. Eu sei quanto vos é preciosa e cara a minha existência!

Ambos os aventureiros empalideceram e seguiram o italiano, que depois de uma meia hora de caminho chegou à touça de cardos que já descrevemos.

A um sinal de Loredano, os seus companheiros subiram à árvore e desceram pelo cipó ao centro dessa área cercada de espinhos, que tinha quando muito três braças de comprimento sobre duas de largura.

De um lado, na quebrada que fazia o terreno, via-se uma espécie de gruta ou abóbada, restos desses grandes formigueiros que se encontram pelos nossos campos, já meio aluídos pela chuva. Neste lugar, à sombra de um pequeno arbusto que nascera entre os cardos, sentaram-se os três aventureiros.

— Oh! — disse o italiano imediatamente —; há algum tempo já que não venho dessas bandas; mas parece-me que ainda deve haver aqui o quer que seja que vos dará no gosto.

Reclinou-se, e estendendo o braço pela cava retirou uma botija que ali estava deitada, e que colocou no meio do grupo.

— É de Caparica, mas do bom. Deste cá não vem!

— Diabo! tendes uma adega!... — exclamou Bento Simões a quem a vista da botija tinha restituído todo o bom humor.

— A falar a verdade — disse Rui —, esperaria tudo, menos ver sair deste buraco uma botija de vinho.

— É para verdes! Como costumo vir a este lugar, onde às vezes passo bem boas soalheiras, precisava ter um companheiro com quem espairecesse.

— E não podíeis achar melhor! — disse Bento Simões, dando uma empinadela à botija e estalando a língua. — Já lhe tinha saudades!

Cada um dos três tomou a sua vez de vinho e a botija voltou ao seu lugar.

— Bom — disse o italiano —, agora tratemos do que serve. Prometi, quando vos convidei a seguir-me, que vos faria ricos, muito ricos.

Os dois inclinaram a cabeça.

— A promessa que vos fiz vai se realizar: a riqueza está aqui perto de nós, podemos tocá-la.

— Onde? — perguntaram os aventureiros lançando um olhar ávido em roda.

— Não vai assim também; fala-se figuradamente. Digo que a riqueza está diante de nós, mas para nos apoderarmos dela é preciso...

— O quê? Dizei?

— A seu tempo; — agora quero contar-vos uma história.

— Uma história! — replicou Rui Soeiro.

— Da carocha? — perguntou Bento Simões.

— Não, uma história verídica como uma bula do nosso santo padre. Ouvistes falar algum dia, em um certo Robério Dias?[31]

— Robério Dias... Ah! sei! um tal do São Salvador? — disse Rui Soeiro.

— O mesmo, sem tirar nem pôr.

— Vi-o há coisa de oito anos em São Sebastião, donde se passou às Espanhas.

— E sabeis o que ia fazer às Espanhas esse digno descendente de Caramuru, amigo Bento Simões? — perguntou o italiano.

---

[31] Robério Dias ofereceu a Filipe II o segredo de uma grande mina de prata, descoberta por ele nos sertões de Jacobina, província da Bahia; pedia em troca o título de marquês das Minas, que não lhe foi dado. Essas minas, falsas ou verdadeiras, nunca se descobriram.

— Ouvi rosnar que se tratava de um tesouro fabuloso que contava oferecer a Filipe II, o qual em volta o faria marquês, e grande fidalgo de sua casa.

— E o resto, não vos chegou à notícia?

— Não; nunca mais ouvi falar do tal Robério Dias.

— Pois ouvi lá; chegando a Madri, o homem fez a sua oferta mui lampeiro; e foi recebido na palma das mãos por el-rei Filipe II que, como sabeis, tinha as unhas demasiado longas.

— E cinzou-o como uma raposa que era? — acudiu Rui Soeiro.

— Enganai-vos; dessa vez a raposa tornara-se macaco; quis ver o coco antes de pagá-lo.

— E então?

— Então — disse o italiano sorrindo maliciosamente —, o coco estava oco.

— Como oco?

— Sim, amigo Rui, tinham-lhe deixado apenas as cascas; felizmente para nós, que vamos lograr o miolo.

— Sois um homem de caixas encouradas, Loredano!

— Dá-se a gente a tratos, e não é possível entender-vos.

— Tenho culpa eu, que não sejais lido na história das coisas de vossa terra?

— Nem todos são mitrados como vós, dom italiano.

— Bom, acabemos de uma vez; o que Robério Dias julgava oferecer em Madri a Filipe II, amigos, está aqui!

E Loredano dizendo estas palavras assentou a mão sobre um seixo que havia ao lado.

Os dois aventureiros olharam-se sem compreender, duvidando da razão de seu companheiro. Quanto a este, sem se importar com o que eles pensavam, tirou a espada, e depois de desenterrar a pedra, começou a cavar.

Enquanto prosseguia neste trabalho, os dois observando-o passavam alternadamente a botija de vinho e faziam conjeturas e suposições.

O italiano já cavava havia tempo, quando o ferro tocou num objeto duro, que se fez tinir.

— *Per Dio,* exclamou, ei-la!

Daí a alguns momentos retirava do buraco um desses vasos de barro vidrado, a que os índios chamavam *camuci;* este era pequeno e fechado por todos os lados.

Loredano tomando-o pelas duas mãos abalou-o e sentiu o imperceptível vascolejar que fazia dentro um objeto qualquer.

— Aqui tendes — disse ele lentamente —, o tesouro de Robério Dias; pertence-nos. Um pouco de tento, e seremos mais ricos que o sultão de Bagdá, e mais poderosos que o doge de Veneza.

O italiano bateu sobre a pedra com o vaso que se partiu em pedaços.

Os aventureiros, com os olhares incendiados de cobiça, esperando ver correr ondas de ouro, de diamantes e esmeraldas, ficaram estupefatos. Do bojo do vaso saltara apenas um pequeno rolo de pergaminho coberto por um couro avermelhado, e atado em cruz por um fio pardo.

Loredano com a ponta do punhal rompeu o laço, e abrindo rapidamente o pergaminho, mostrou aos aventureiros um rótulo escrito em grandes letras vermelhas.

Rui Soeiro soltou um grito; Bento Simões começou a tremer de prazer, de pasmo e admiração.

Passado um momento, o italiano estendeu a mão para o papel colocado no meio do grupo; seus olhos tomaram uma expressão dura.

— Agora — disse ele com a sua voz vibrante —, agora que tendes a riqueza e o poder ao alcance da mão, jurai que o vosso braço não tremerá quando chegar a ocasião; que obedecereis ao meu gesto, à minha palavra, como à lei do destino.

— Juramos!

— Estou cansado de esperar, e resolvido a aproveitar o primeiro ensejo. A mim como chefe — disse o italiano com um sorriso diabólico, devia pertencer D. Antônio de Mariz; eu vo-lo cedo, Rui Soeiro. Bento Simões terá o escudeiro. Eu reclamo para mim Álvaro de Sá, o nobre cavalheiro.

— Aires Gomes vai-se ver numa dança! —, disse Bento Simões com um aspecto marcial.

— Os mais, se nos incomodarem, irão depois; se nos

acompanharem serão bem-vindos. Unicamente vos aviso que aquele que tocar a soleira da porta da filha de D. Antônio de Mariz é um homem morto; essa é a minha parte na presa! É a parte do leão.

Nesse momento ouviu-se um rumor como se as folhas se tivessem agitado.

Os aventureiros não fizeram reparo e atribuíram naturalmente ao vento.

— Mais alguns dias, amigos — continuou Loredano —, e seremos ricos, nobres, poderosos como um rei. Tu, Bento Simões, serás marquês de Paquequer; tu, Rui Soeiro, duque das Minas; eu... Que serei eu — disse Loredano com um sorriso que iluminou a sua fisionomia inteligente. — Eu serei...

Uma palavra partiu do seio da terra, surda e cavernosa, como se uma voz sepulcral a houvesse pronunciado:

— Traidores!...

Os três aventureiros ergueram-se de um só movimento, hirtos e lívidos: pareciam cadáveres surgindo da campa.

Os dois persignaram-se. O italiano suspendeu-se ao ramo da árvore e lançou um olhar rápido.

Tudo estava em sossego.

O sol a pino derramava um oceano de luz: nenhuma folha se agitava ao sopro da brisa; nenhum inseto saltitava sobre a relva.

O dia no seu esplendor dominava a natureza.

Segunda parte

PERI

I. O CARMELITA

Corria o mês de março de 1603.

Era portanto um ano antes do dia em que se abriu esta história.

Havia à beira do caminho que então servia às expedições entre o Rio de Janeiro e o Espírito Santo um vasto pouso onde habitavam alguns colonos e índios catequizados.

Estava quase a anoitecer.

Uma tempestade seca, terrível e medonha, como as há frequentemente nas faldas das serranias, desabava sobre a terra. O vento mugindo açoitava as grossas árvores que vergavam os troncos seculares; o trovão ribombava no bojo das grossas nuvens desgarradas pelo céu; o relâmpago amiudava com tanta velocidade, que as florestas, os montes, toda a natureza nadava num oceano de fogo.

No vasto copiar do pouso havia três pessoas contemplando com um certo prazer a luta espantosa dos elementos, que, para homens habituados como eles, não deixava de ter alguma beleza.

Um desses homens, gordo e baixo, deitado em uma rede no meio do alpendre, com as pernas cruzadas e os braços sobre o peito, soltava uma exclamação a cada novo estrago produzido pela tempestade.

O segundo, encostado num dos esteios de jacarandá que sustentava o teto da alpendrada, era homem trigueiro, de perto de quarenta anos; a sua fisionomia apresentava uns longes do tipo da raça judaica; tinha os olhos fitos em uma vereda que serpejava pela frente da casa até perder-se no mato.

Defronte dele, também apoiado sobre a outra coluna, estava um frade carmelita, que acompanhava com um sorriso de satisfação íntima o progresso da borrasca; animava-lhe o rosto belo e de traços acentuados um raio de inteligência e uma expressão de energia que revelava o seu caráter.

Ao ver esse homem sorrindo à tempestade e afrontando com o olhar a luz do relâmpago, conhecia-se que sua alma tinha a força de resolução e a vontade indomável capaz de querer o impossível, e de lutar contra o céu e a terra para obtê-lo.

Fr. Ângelo di Luca achava-se então no pouso como missionário, incumbido da catequese e cura das almas entre o gentio daquele lugar; em seis meses que apostolava conseguira aldear algumas famílias que esperava breve trazer ao grêmio da igreja.

Um ano havia que obtivera do prior-geral da ordem do Carmo a graça de passar do seu convento de Santa Maria Transpontina, em Roma, para a casa que a sua ordem tinha fundado em 1590 no Rio de Janeiro, a fim de empregar-se no trabalho das missões.

Tanto o geral como o provincial de Lisboa, tocados por esse ardente entusiasmo apostólico, o haviam recomendado expressamente a Fr. Diogo do Rosário, então prior do convento do Carmo[1] no Rio de Janeiro, pedindo-lhe que empregasse no serviço do Senhor e na glória da ordem da Beatíssima

---

[1] Convento do Carmo: "Logo que os carmelitas se estabeleceram em Santos, pela doação de José Adorno, de 1589, se passou ao Rio de Janeiro o padre Fr. Pedro, para fundar aqui o convento do Carmo. Suposto não conste com certeza o ano da fundação, é indisputável, todavia, que fora entre 1589 e 1590, pois que já estava aquele feito em 1595. Corria por tradição geralmente ter sido o seu começo em 1590". (B. da Silva Lisboa, tomo VII, capítulo 2º, § 6º.) (N. do A.)

Virgem do Monte Carmelo o zelo e o santo fervor do irmão Fr. Ângelo di Luca.

Eis a razão por que o filho de um pescador, saído das lagunas de Veneza, achava-se no sertão do Rio de Janeiro, encostado ao esteio de um pouso, contemplando a tempestade que redobrava de furor.

— Sempre partireis esta noite, Fernão Aines? — disse o homem que estava deitado na rede.

— Ao quarto d'alva — respondeu o outro sem voltar-se.

— E o tempo que vais fazer?

— Não é isso que me estorva, bem o sabeis, mestre Nunes. Esta maldita caçada!...

— Receais que vossos homens não tornem dela a tempo?

— Receio que não os leve a todos a breca por esses matos com semelhante borrasca.

O frade voltou-se:

— Aqueles que seguem a lei de Deus estão bem em toda a parte, irmão, em andurriais como neste pouso; os maus é que devem temer o fogo do céu, e a esses não há abrigo que os salve.

Fernão Aines sorriu ironicamente.

— Credes isso, Fr. Ângelo?

— Creio em Deus, irmão.

— Pois embora; prefiro estar onde estou do que por aí metido nalgum despenhadeiro.

— Contudo — acudiu Nunes —, o que diz o nosso reverendo missionário...

— Ora, deixa falar Fr. Ângelo. Aqui sou eu que zombo da tempestade, lá seria a tempestade que zombaria de mim.

— Fernão Aines!... — exclamou Nunes.

— Maldita lembrança de caçada! — murmurou o outro sem atendê-lo.

O silêncio se restabeleceu.

De repente uma nuvem abriu-se; a corrente elétrica enroscando-se pelo ar, como uma serpente de fogo, abateu-se sobre um tronco de cedro que havia defronte do pouso.

A árvore fendeu-se desde o olho até à raiz em duas metades; uma permaneceu em pé, esguia e mutilada; a outra,

tombando sobre o terreiro, bateu nos peitos de Fernão Aines e o atirou esmagado no fundo do alpendre.

Seu companheiro ficou imóvel por muito tempo; depois começou a tremer como se tiritasse com o frio de terçãs; o polegar estendido para fazer o sinal da cruz, os dentes chocando uns contra os outros, o rosto contraído, davam-lhe aspecto terrível e ao mesmo tempo grotesco.

O frade se tinha voltado lívido como se ele fosse a vítima da catástrofe; o terror decompôs um momento a sua fisionomia; porém logo um sorriso sardônico fugiu-lhe dos lábios ainda descorados pelo choque violento que sofrera.

Passado o primeiro momento de susto, os dois chegaram-se para o ferido e quiseram prestar-lhe socorro; este fez um grande esforço e, erguendo-se sobre um dos braços, soltou numa golfada de sangue estas palavras:

— Castigo do céu!

Reconhecendo que não havia mais cura para o corpo, o moribundo exigiu o remédio espiritual: com a voz fraca pediu a Fr. Ângelo que o ouvisse de confissão.

Nunes fez recolher o seu companheiro a um aposento cuja porta dava para o alpendre e deitou-o sobre uma cama de couro.

Já havia anoitecido, o aposento estava na maior escuridão; apenas por instantes o relâmpago brilhava lançando o clarão azulado sobre o confessor meio reclinado para o moribundo a fim de escutar-lhe a voz que ia gradualmente enfraquecendo.

— Ouvi-me sem me interromper, meu padre; sinto que poucos momentos me restam; e embora não haja perdão para mim quero ao menos reparar o meu crime.

— Falai, irmão; eu vos escuto.

— Em novembro passado cheguei ao Rio de Janeiro: fui hospedado por um parente meu: tanto ele como sua mulher me fizeram o melhor acolhimento.

"Ele, que havia muito viajado pelo sertão e se dera à vida de aventureiro, falou-me um dia de tentarmos uma expedição, cujo resultado seria grande riqueza para nós ambos.

Por diversas vezes nos entretivemos sobre esse objeto, até que abriu-se inteiramente comigo.

O pai de um Robério Dias, colono da Bahia, guiado por um índio, havia descoberto nos sertões daquela província minas de prata tão abundantes que se poderiam calçar desse metal as ruas de Lisboa.

Como atravessasse sertões ínvios e inóspitos, Dias escrevera um roteiro com as indicações necessárias para em qualquer tempo poder-se achar o lugar onde estão situadas as ditas minas.

Este roteiro fora subtraído a seu dono sem que ele o percebesse: e por uma longa sucessão de fatos, que faltam-me as forças para contar-vos, viera cair nas mãos do meu parente.

De quantos crimes já não tinha sido causa esse papel, e de quantos não seria ainda, meu padre, se Deus não houvesse finalmente punido em mim o último herdeiro desse legado de sangue!..."

O moribundo parou um momento extenuado; depois continuou com a voz débil:

Já então com a chegada do governador D. Francisco de Sousa se sabia que Robério oferecera em Madri a Filipe II a descoberta das minas, e que não o tendo el-rei premiado como esperou, obstinava-se em guardar silêncio.

A razão desse silêncio que se atribuía geralmente ao despeito, só a sabia meu parente em cujas mãos parava o roteiro; Robério chegado às Espanhas se apercebera do roubo que lhe haviam feito, e quisera ao menos lograr o prêmio.

O segredo das minas, a chave dessa riqueza imensa que excedia todos os tesouros do Miramolim, estavam nas mãos do meu parente que, necessitando de um homem dedicado que o auxiliasse na empresa, julgou que a ninguém melhor do que a mim podia escolher para partilhar os seus riscos e esperanças.

Aceitei essa meação do crime, esse pacto de roubo, meu padre... Foi o meu primeiro erro!..."

A voz do aventureiro tornou-se ainda mais sumida. O frade inclinado sobre ele parecia devorar com os lábios entreabertos as palavras balbuciadas pelo moribundo.

— Coragem, filho!

— Sim! Devo dizer tudo!... Fascinado pela descrição desse tesouro fabuloso, tive uma lembrança iníqua... essa lembrança tornou-se desejo... depois ideia, e... projeto... por fim realizou-se... foi um crime! Assassinei meu parente; e sua mulher...

— E... — exclamou o frade com a voz surda.

— E roubei o segredo!

O frade sorriu nas trevas.

— Agora só me resta a misericórdia de Deus, e a reparação do mal que fiz... Robério é morto, sua mulher vive desgraçada na Bahia... Quero que este papel lhe seja entregue... Prometeis, Fr. Ângelo?...

— Prometo! O papel?...

— Está... oculto...

— Aonde?

— Nes... ta...

O moribundo agonizava.

Fr. Ângelo, debruçado inteiramente sobre ele, com o ouvido colado à sua boca onde borbulhava uma espuma vermelha, com a mão sobre o coração para ver se ainda palpitava, parecia querer reter o último sopro da vida, a fim de tirar dele uma palavra ainda.

— Aonde?... — murmurava de vez em quando o frade com a voz cava.

O enfermo agonizava sempre; os soluços extremos da vida que se apaga como a lâmpada que bruxuleia agitavam apenas o corpo enregelado.

Por fim o frade viu-o levantar o braço hirto, apontando para a parede, e sentiu os seus lábios gelados e convulsos que tremeram, lançando no seu ouvido uma palavra que o fez saltar sobre o leito.

— Cruz!...

Fr. Ângelo ergueu-se circulando o aposento com a vista alucinada; na cabeceira da cama havia um Cristo de ferro sobre uma grande cruz de pau tosca e mal lavrada.

Com um movimento de raiva o frade apoderou-se da cruz e quebrou-a de encontro ao joelho; a imagem rolou pelo chão; entre os estilhaços de madeira apareceu um rolo de pergaminho achatado pela pressão em que estivera.

Quebrou com os dentes o selo do papel; chegando à janela leu à claridade vacilante do relâmpago as primeiras palavras de um rótulo de letras vermelhas, que rezava nestes termos: *"Roteiro verídico e exato em que se trata da rota que fez Robério Dias, o pai, em o ano da graça de 1587 às paragens de Jacobina, onde descobriu com o favor de Deus as mais ricas minas de prataria que existam no mundo; com a suma de todas as indicações de marcos, balizas e linha equinocial onde demoram aquelas ditas minas; começado em 20 de janeiro, dia do mártir São Sebastião, e terminado na primeira dominga de Páscoa em que chegamos com a mercê da Providência nesta cidade do Salvador"*.

Enquanto o frade se esforçava para ler, o moribundo agonizava na última aflição, esperando talvez a absolvição final e a extrema-unção do penitente.

Mas o religioso não via nesse momento senão o papel que tinha nas mãos; deixou-se cair em um banco, e com a cabeça pendida sobre o braço entregou-se a funda meditação.

Que pensava ele?...

Não pensava; delirava. Diante de seus olhos, a imaginação exaltada lhe apresentava um mar argênteo, um oceano de metal fundido, alvo e resplandecente, que ia se perder no infinito. As vagas desse mar de prata, ora achamalotavam-se, ora rolavam formando frocos de espumas, que pareciam flores de diamantes, de esmeraldas e rubins cintilando à luz do sol.

Às vezes também nessa face lisa e polida desenhavam-se como em um espelho palácios encantados, mulheres belas como as huris do profeta, virgens graciosas como os anjos de Nossa Senhora do Monte Carmelo.

Assim decorreu meia hora, em que o silêncio era apenas interrompido pelo estertor do moribundo e pelo trovão que rugia; depois houve uma calma sinistra; o pecador expirava impenitente.

Fr. Ângelo levantou-se, arrancou o hábito com um gesto desesperado e pisou-o aos pés; sobre o recosto do leito havia uma muda de roupa com que se trajou; tirou as armas do cadáver, apanhou o chapéu de feltro e, apertando ao peito o manuscrito, dirigiu-se à porta.

Ouviam-se os passos de Nunes, que passeava fora no alpendre.

O frade estacou; a presença inesperada desse homem diante da porta deu-lhe uma inspiração. Tomou o hábito, vestiu-o sobre o seu novo trajo e, escondendo na manga o chapéu do aventureiro, cobriu-se com o largo capelo; então abriu a porta e dirigiu-se a Nunes.

— *Consummatum est,* irmão! — disse ele com um tom compungido.

— Deus tenha sua alma!

— Assim o espero, se não me faltarem as forças para cumprir o seu último voto, que é uma reparação.

— De um grave pecado?

— De um crime, irmão. Dai-me luz; vou escrever a Fr. Diogo do Rosário, nosso prior, porque de onde vou talvez não volte, nem tenhais mais novas de mim.

O frade escreveu à claridade de uma acha de pau-candeia algumas linhas ao prior do convento do Carmo no Rio de Janeiro e, despedindo-se de Nunes, partiu.

Quando dobrava o canto do pouso, o céu abriu-se e a terra incendiou-se com a luz de um relâmpago tão forte que o deslumbrou. Dois raios, descrevendo listras de fogo, tinham caído sobre a floresta e espalhado em torno um cheiro de súlfur que asfixiava.

O carmelita teve uma vertigem; lembrou-se da cena da tarde, do tremendo castigo que ele próprio havia evocado na sua hipocrisia e se realizara tão prontamente. Mas o deslumbramento passou; estremecendo ainda e pálido de terror, o réprobo levantou o braço como desafiando a cólera do céu e soltou uma blasfêmia horrível:

— Podeis matar-me; mas se me deixardes a vida, hei de ser rico e poderoso, contra a vontade do mundo inteiro!

Havia nestas palavras um quer que seja da sanha e raiva impotente de Satanás precipitado no abismo pela sentença irrevogável do Criador.

Continuando o seu caminho pelas trevas, costeou a cerca e chegou a uma grande choça, que havia no fundo do pouso, e onde o missionário conseguira aldear algumas famílias de índios; entrou e acordou um dos selvagens, a quem ordenou se preparasse para acompanhá-lo apenas rompesse o dia.

A chuva caía em torrentes; o vento açoitava as paredes de sapé, esfuziando por entre a palha.

O frade passou a noite em claro, refletindo e traçando no seu espírito um plano infernal, para cuja realização não trepidaria diante de nenhum obstáculo; de vez em quando levantava-se para ver se o horizonte já se iluminava.

Finalmente veio o dia; a tempestade se tinha desfeito durante a noite; o tempo estava sereno.

O carmelita acompanhado pelo selvagem partiu: vagou pela floresta e pelo campo em todas as direções; alguma coisa procurava. Ele avistou depois de duas horas a touça de cardos junto da qual se passou a última cena que narramos; examinou-a por todos os lados e sorriu de satisfeito. Trepando à árvore, e escorregando pelo cipó, entraram ele e o selvagem na área que já conhecemos; o sol tinha nascido havia pouco.

No dia seguinte, por volta de duas horas da tarde, saiu deste lugar um só homem; não era ele o frade nem o selvagem. Era um aventureiro destemido e audaz, em cuja fisionomia se reconheciam ainda os traços do carmelita Fr. Ângelo di Luca.

Este aventureiro chamou-se Loredano.

Deixava naquele lugar e sepultado no seio da terra um terrível segredo; isto é, um rolo de pergaminho, um burel de frade e um cadáver.

Cinco meses passados, o vigário da ordem participava ao geral em Roma que o irmão Fr. Ângelo di Luca morrera como santo e mártir no zelo de sua fé apostólica.

II. Iara!

Dois dias depois da cena do pouso, por uma bela tarde de verão, a família de D. Antônio de Mariz estava reunida na margem do *Paquequer.*

O lugar em que se achava era uma pequena baixa cavada entre dois outeiros pedregosos que se elevavam naquelas paragens. A relva que tapeçava essas fráguas, as árvores que haviam nascido nas fendas das pedras, reclinando sobre o vale, teciam um lindo dossel de verdura, tornavam aquele retiro pitoresco.

Não podia haver sítio mais agradável para se passar uma sesta de estio do que esse caramanchão cheio de sombra e de frescura, onde o canto das aves concertava com o trépido murmúrio das águas.

Por isso, apesar de ficar ele a alguma distância da casa, a família vinha às vezes, quando o tempo estava sereno, gozar algumas horas da frescura deliciosa que ali se respirava.

D. Antônio de Mariz, sentado junto de sua mulher, contemplava por entre uma abertura das folhas o céu azul e aveludado de nossa terra, que os filhos da Europa não se cansam de admirar. Isabel, encostada a uma palmeira nova, olhava a correnteza do rio, murmurando baixinho uma trova de Bernardim Ribeiro.

Cecília corria pelo vale perseguindo um lindo colibri, que no voo rápido iriava-se de mil cores, cintilando como o prisma de um raio solar. A linda menina, com o rosto animado, rindo-se dos volteios que a avezinha lhe fazia dar, como se brincasse com ela, achava nesse folguedo um vivo prazer.

Mas afinal, sentindo-se fatigada, foi recostar-se em um cômoro de relva, que elevando-se no sopé do rochedo formava uma espécie de divã natural. Descansou a cabeça no declive e assim ficou com os pezinhos estendidos sobre a grama que os escondia como a lã de um rico tapete; e o seio mimoso a arfar com o anélito da respiração.

Algum tempo se passou sem que o menor incidente perturbasse o suave painel que formava esse grupo de família.

De repente, entre o dossel de verdura que cobria esta cena, ouviu-se um grito vibrante e uma palavra de língua estranha:

— Iara!

É um vocábulo guarani: significa *a senhora.*

D. Antônio levantou-se; volvendo olhos rápidos, viu sobre a eminência que ficava sobranceira ao lugar em que estava Cecília um quadro original.

De pé, fortemente apoiado sobre a base estreita que formava a rocha, um selvagem coberto com um ligeiro saio de algodão metia o ombro a uma lasca de pedra que se desencravara do seu alvéolo e ia rolar pela encosta.

O índio fazia um esforço supremo para suster o peso da laje prestes a esmagá-lo; e com o braço estendido de encontro a um galho de árvore mantinha por uma tensão violenta dos músculos o equilíbrio do corpo.

A árvore tremia; por momentos parecia que pedra e homem se enrolavam numa mesma volta e precipitavam sobre a menina sentada na aba da colina.

Cecília ouvindo o grito erguera a cabeça e olhava seu pai com alguma surpresa, sem adivinhar o perigo que a ameaçava.

Ver, lançar-se para sua filha, tomá-la nos braços, arrancá-la à morte, foi para D. Antônio de Mariz uma só ideia e um só movimento, que realizou com a força e a impetuosidade do sublime amor de pai, que era toda a sua vida.

No momento em que o fidalgo deitava Cecília quase desmaiada sobre o regaço materno, o índio saltava no meio do vale; a pedra girando sobre si, precipitada do alto da colina, enterrava-se profundamente no chão.

Foi então que os outros espectadores desta cena, paralisados pelo choque que haviam sofrido, lançaram um grito de terror, pensando no perigo que já estava passado.

Uma larga esteira que descia da eminência até o lugar onde Cecília estivera recostada mostrava a linha que descrevera a pedra na passagem, arrancando a relva e ferindo o chão. D. Antônio, ainda pálido e trêmulo do perigo que correra Cecília, volvia os olhos daquela terra que se lhe afigurava uma campa para o selvagem que surgira, como um gênio benfazejo das florestas do Brasil.

O fidalgo não sabia o que mais admirar, se a força e heroísmo com que ele salvara sua filha, se o milagre de agilidade com que se livrara a si próprio da morte.

Quanto ao sentimento que ditara esse proceder, D. Antônio não se admirava; conhecia o caráter dos nossos selvagens, tão injustamente caluniados pelos historiadores; sabia que fora da guerra e da vingança eram generosos, capazes de uma ação grande e de um estímulo nobre.

Por muito tempo reinou silêncio expressivo nesse grupo, que se acabava de transformar de modo tão imprevisto.

D. Lauriana e Isabel de joelhos oravam a Deus, rendendo-lhe graças; Cecília ainda assustada apoiava-se ao peito de seu pai e beijava-lhe a mão com ternura; o índio humilde e submisso fitava um olhar profundo de admiração sobre a moça que tinha salvado.

Por fim D. Antônio, passando o braço esquerdo pela cintura de sua filha, caminhou para o selvagem, estendeu-lhe a mão com gesto nobre e afável; o índio curvou-se e beijou a mão do fidalgo.

— De que nação és? — perguntou-lhe o cavalheiro em guarani.

— Goitacá — respondeu o selvagem erguendo a cabeça com altivez.

— Como te chamas?

— Peri, filho de Ararê, primeiro de sua tribo.

— Eu sou um fidalgo português, um branco inimigo de tua raça, conquistador de tua terra; mas tu salvaste minha filha; ofereço-te a minha amizade.

— Peri aceita; tu já eras amigo.

— Como assim? — perguntou D. Antônio admirado.

— Ouve.

O índio começou, na sua linguagem tão rica e poética, com a doce pronúncia que parecia ter aprendido das auras da sua terra ou das aves das florestas virgens, esta simples narração:

"Era o tempo das árvores de ouro.[2]

A terra cobriu o corpo de Ararê, e as suas armas; menos o seu arco de guerra.

Peri chamou os guerreiros de sua nação e disse:

---

[2] Árvores de ouro: a sapucaia perde a folha no tempo da florescência e cobre-se de tanta flor amarela que não se vê nem tronco nem galhos; o mesmo sucede à imbaíba, ao pau-d'arco e outras árvores. (Gabriel Soares, *Roteiro do Brasil,* e B. da Silva Lisboa, *Anais.*)

Sendo a época da florescência dessas árvores em setembro, a frase figurada do índio traduz-se da seguinte maneira: "Era o mês de setembro". (N. do A.)

'Pai morreu; aquele que for o mais forte[3] entre todos terá o arco de Ararê. Guerra!'

Assim falou Peri; os guerreiros responderam: 'Guerra!'

Enquanto o sol alumiou a terra, caminhamos; quando a lua subiu ao céu, chegamos. Combatemos como Goitacás. Toda a noite foi uma guerra. Houve sangue, houve fogo.

Quando Peri abaixou o arco de Ararê, não havia na taba dos brancos[4] uma cabana em pé, um homem vivo; tudo era cinza.

Veio o dia e alumiou o campo; veio o vento e levou a cinza.

Peri tinha vencido; era o primeiro de sua tribo e o mais forte de todos os guerreiros.

Sua mãe chegou e disse:

'Peri, chefe dos Goitacás, filho de Ararê, tu és grande, tu és forte como teu pai; tua mãe te ama'.

Os guerreiros chegaram e disseram:

'Peri, chefe dos Goitacás, filho de Ararê, tu és o mais valente da tribo e o mais temido do inimigo; os guerreiros te obedecem'.

As mulheres chegaram e disseram:

'Peri, primeiro de todos, tu és belo como o sol e flexível como a cana selvagem que te deu o nome; as mulheres são tuas escravas'.

Peri ouviu e não respondeu; nem a voz de sua mãe, nem o canto dos guerreiros, nem o amor das mulheres, o fez sorrir.

Na casa da cruz, no meio do fogo, Peri tinha visto a senhora dos brancos;[5] era alva como a filha da lua; era bela como a garça do rio.

---

[3] O mais forte: é sabido que entre as nossas tribos o chefe era sempre aquele que tinha maior reputação de valor e fortaleza. O princípio de hereditariedade, se algumas vezes regulava a sucessão do mando, era efêmero. (N. do A.)

[4] Taba dos brancos: alude-se à colônia da Vitória, hoje capital da província do Espírito Santo, que foi duas vezes arrasada pelos Goitacás tupiniquins. É um desses combates que o índio conta de passagem. (N. do A.)

[5] Senhora dos brancos: pela descrição que segue conhece-se que o selvagem viu na igreja, na ocasião do incêndio que devorou a vila da Vitória, uma imagem de Nossa Senhora, que o impressionou vivamente. (N. do A.)

Tinha a cor do céu nos olhos; a cor do sol nos cabelos; estava vestida de nuvens, com um cinto de estrelas e uma pluma de luz.

O fogo passou; a casa da cruz caiu.

De noite Peri teve um sonho; a senhora apareceu; estava triste e falou assim:

'Peri, guerreiro livre, tu és meu escravo; tu me seguirás por toda a parte, como a estrela grande[6] acompanha o dia'.

A lua tinha voltado o seu arco vermelho, quando tornamos da guerra; todas as noites Peri via a senhora na sua nuvem; ela não tocava a terra, e Peri não podia subir ao céu.

O cajueiro quando perde a sua folha parece morto; não tem flor, nem sombra; chora umas lágrimas doces como o mel dos seus frutos.

Assim Peri ficou triste.

A senhora não apareceu mais; e Peri via sempre a senhora nos seus olhos.

As árvores ficaram verdes; os passarinhos fizeram seus ninhos; o sabiá cantou; tudo ria: o filho de Ararê lembrou-se de seu pai.

Veio o tempo da guerra.

Partimos; andamos; chegamos ao grande rio.[7] Os guerreiros armaram as redes; as mulheres fizeram fogo; Peri olhou o sol.

Viu passar o gavião.

---

[6] A estrela grande: o que dizem alguns cronistas a respeito da ignorância absoluta dos indígenas sobre a Astronomia me parece inexato. Os guaranis tinham os conhecimentos rudes, filhos da observação. Chamavam a estrela jecy-tatá, fogo da lua; supunham pois que a lua é que transmitia a luz às estrelas. Conheciam as quatro fases da lua: a lua nova, jecy-peçaçu; o quarto crescente, jacy-jemorotucu; a lua cheia, jacy-caboaçu; e o quarto minguante, jacy-jearóca. Dividiam o ano em duas estações: a estação do sol, coara-cyára, e a estação da chuva, almánaára; são as mesmas que hoje conhecemos, e as únicas que realmente existem no Brasil. Muitas outras observações podíamos fazer, que omitimos para evitar prolixidade. (N. do A.)

[7] Grande rio: esta palavra é relativa: todas as nações chamavam assim o maior rio que havia no território que elas conheciam, e é por isso que se encontram tantos rios grandes nos nomes dos rios do nosso país. Para os Goitacás o Rio Grande era o Paraíba. (N. do A.)

Se Peri fosse o gavião, ia ver a senhora no céu.

Viu passar o vento.

Se Peri fosse o vento, carregava a senhora no ar.

Viu passar a sombra.

Se Peri fosse a sombra, acompanhava a senhora de noite.

Os passarinhos dormiram três vezes.

Sua mãe veio e disse:

'Peri, filho de Ararê, guerreiro branco salvou tua mãe; virgem branca também'.

Peri tomou suas armas e partiu; ia ver o guerreiro branco para ser amigo; e a filha da senhora para ser escravo.

O sol chegava ao meio do céu e Peri chegava também ao rio; avistou longe a tua casa grande.

A virgem branca apareceu.

Era a senhora que Peri tinha visto; não estava triste como da primeira vez; estava alegre; tinha deixado lá a nuvem e as estrelas.

Peri disse:

'A senhora desceu do céu, porque a lua sua mãe deixou; Peri, filho do sol, acompanhará a senhora na terra'.

Os olhos estavam na senhora; e o ouvido no coração de Peri. A pedra estalou e quis fazer mal à senhora.

A senhora tinha salvado a mãe de Peri, Peri não quis que a senhora ficasse triste e voltasse ao céu.

Guerreiro branco, Peri, primeiro de sua tribo, filho de Ararê, da nação Goitacá, forte na guerra, te oferece o seu arco; tu és amigo."

O índio terminou aqui a sua narração.

Enquanto falava, um assomo de orgulho selvagem da força e da coragem lhe brilhava nos olhos negros; e dava certa nobreza ao seu gesto. Embora ignorante, filho das florestas, era um rei; tinha a realeza da força.

Apenas concluiu, a altivez do guerreiro desapareceu; ficou tímido e modesto; já não era mais do que um bárbaro em face de criaturas civilizadas, cuja superioridade de educação o seu instinto reconhecia.

D. Antônio o ouvia sorrindo-se do seu estilo ora figurado, ora tão singelo como as primeiras frases que balbucia a criança no seio materno. O fidalgo traduzia da melhor maneira que podia essa linguagem poética a Cecília, a qual já livre do susto queria por força, apesar do medo que lhe causava o selvagem, saber o que ele dizia.

Compreenderam, da história de Peri, que uma índia salva havia dois dias por D. Antônio das mãos dos aventureiros e a quem Cecília enchera de presentes de velórios azuis e escarlates era a mãe do selvagem.

— Peri — disse o fidalgo —, quando dois homens se encontram e ficam amigos, o que está na casa do outro recebe a hospitalidade.

— É o costume que os velhos transmitiram aos moços da tribo, e os pais aos filhos.

— Tu cearás conosco.

— Peri te obedece.

A tarde declinava; as primeiras estrelas luziam. A família, acompanhada por Peri, dirigiu-se a casa e subiu a esplanada.

D. Antônio entrou um momento e voltou trazendo uma linda clavina tauxiada com o brasão de armas do fidalgo, a mesma que já vimos nas mãos do índio.

— É a minha companheira fiel, a minha arma de guerra; nunca mentiu fogo, nunca errou o alvo: a sua bala é como a seta do teu arco. Peri, tu me deste minha filha; minha filha te dá a arma de guerra de seu pai.

O índio recebeu o presente com uma efusão de profundo reconhecimento.

— Esta arma que vem da senhora e Peri farão um só corpo.

A campa do terreiro tocou anunciando a ceia.

O índio, vexado no meio dos usos estranhos, tomado de um santo respeito, não sabia como se ater.

Apesar de todos os esforços do fidalgo, que sentia um prazer indizível em mostrar-lhe quanto apreciava a sua ação e remoçara com a alegria de ver sua filha viva, o selvagem não tocou em um só manjar.

Por fim D. Antônio de Mariz, conhecendo que toda a insistência era inútil, encheu duas taças de vinho das Canárias.

— Peri — disse o fidalgo —, há um costume entre os brancos, de um homem beber por aquele que é amigo. O vinho é o licor que dá a força, a coragem, a alegria. Beber por um amigo é uma maneira de dizer que o amigo é e será forte, corajoso e feliz. Eu bebo pelo filho de Ararê.

— E Peri bebe por ti, porque és pai da senhora; bebe por ti, porque salvaste sua mãe; bebe por ti, porque és guerreiro.

A cada palavra o índio tocou a taça e bebeu um trago de vinho, sem fazer o menor gesto de desgosto; ele beberia veneno à saúde do pai de Cecília.

III. Gênio do mal

Peri voltou por diferentes vezes à casa de D. Antônio de Mariz.

O velho fidalgo o recebia cordialmente e o tratava como amigo; seu caráter nobre simpatizava com aquela natureza inculta.

Cecília porém, apesar do reconhecimento que lhe inspirava a sua dedicação por ela, não podia vencer o receio que sentia vendo um desses selvagens de quem sua mãe lhe fazia tão feia descrição, e de cujo nome se servia para meter-lhe medo quando criança.

Em Isabel o índio fizera a mesma impressão que lhe causava sempre a presença de um homem daquela cor; lembrara-se de sua mãe infeliz, da raça de que provinha e da causa do desdém com que era geralmente tratada.

Quanto a D. Lauriana, via em Peri um cão fiel que tinha um momento prestado um serviço à família e a quem se pagava com um naco de pão. Devemos porém dizer que não era por mau coração que ela pensava assim, mas por prejuízos de educação.

Quinze dias depois que Cecília fora salva por Peri, uma manhã Aires Gomes atravessou a esplanada e foi ter com D. Antônio que estava no seu gabinete.

— Sr. D. Antônio, esse estrangeiro a quem destes hospedagem há duas semanas pede-vos audiência.

— Manda-o vir.

Aires Gomes introduziu o estrangeiro. Era esse mesmo Loredano que em se havia transformado o carmelita Fr. Ângelo di Luca.

— Que desejais, amigo, faltaram-vos em alguma coisa?

— Ao contrário, Sr. cavalheiro; acho-me tão bem, que o meu desejo seria ficar.

— E quem vos impede? A nossa hospitalidade assim como não pergunta o nome do que chega, também não lhe inquire o tempo de partida.

— A vossa hospitalidade é de um verdadeiro fidalgo, Sr. cavalheiro; mas não é dela que desejo falar.

— Explicai-vos então.

— Um homem da vossa banda vai ao Rio de Janeiro, onde tem mulher e filhos que lhe chegaram do Reino.

— Sim; já ontem me falou disso.

— Falta-vos pois um homem; eu posso ser este homem, se não achais nisso inconveniente.

— Nenhum absolutamente.

— Nesse caso posso considerar-me como admitido?

— Atendei; Aires Gomes vai dizer-vos as condições a que vos sujeitais; se estiverdes por elas, é negócio decidido.

— Creio que já conheço essas condições — disse o italiano sorrindo.

— Ide sempre.

O fidalgo chamou o seu escudeiro e incumbiu-o de pôr o italiano ao fato das condições do bando de aventureiros que tinha ao seu serviço. Era este um dos privilégios de Aires Gomes, que o desempenhava com toda a gravidade de que era suscetível a sua personagem um pouco grotesca.

Chegados à esplanada, o escudeiro perfilou-se e proferiu o seguinte introito:

— Lei, estatuto, regimento, disciplina ou como melhor nome haja, a que se sujeita todo aquele que entrar à soldada na banda do Sr. cavalheiro D. Antônio de Mariz, fidalgo cota d'armas, do tronco dos Marizes em linha reta.

Aqui o escudeiro molhou a palavra e prosseguiu:

— *Primo:* Obedecer sem replicar. Quem o contrário fizer, pereça morte natural.

O italiano fez um gesto de aprovação.

— Isto quer dizer, misser italiano, que se um dia o Sr. D. Antônio vos mandar saltar deste rochedo embaixo, fazei a vossa oração e saltai; porque de uma ou outra maneira, pelos pés ou pela cabeça, fé de Aires Gomes, lá ireis.

Loredano sorriu.

— *Secundo:* Contentar-se com o que há. Quem o contrário...

— Com o vosso respeito, Sr. Aires Gomes, não vos deis a um trabalho inútil; sei tudo o que ides rezar-me, e por isso dispenso-vos de continuar.

— Que quereis dizer?

— Quero dizer que todos os camaradas, cada um por sua vez, já me descreveram a cerimônia que ora pondes em prática.

— Não obstante...

— Escusado é. Sei tudo, aceito tudo, juro tudo que quiserdes.

E dizendo isto o italiano fez uma viravolta e dirigiu-se para o gabinete de D. Antônio, enquanto o escudeiro, zangado por não ter levado ao fim a cena de iniciação a que dava tão grande valor, resmungava:

— Não pode ser boa casta de gente!

Loredano apresentou-se a D. Antônio.

— Então? — disse o fidalgo.

— Aceito.

— Bem; agora só falta uma coisa, que Aires Gomes não vos disse naturalmente.

— Qual, Sr. cavalheiro?

— É que D. Antônio de Mariz, disse o fidalgo pousando a mão sobre o ombro do italiano, é um chefe rigoroso para seus homens, porém um amigo leal para seus companheiros. Sou aqui o senhor da casa e o pai de toda a família a que atualmente pertenceis.

O italiano curvou-se para agradecer, mas sobretudo para esconder a alteração da fisionomia.

Ouvindo as palavras nobres do fidalgo, sentiu-se perturbado: porque já então lhe fermentava no cérebro o plano da trama que ia urdir, e que vimos revelar-se um ano depois.

Saindo do lugar em que deixara oculto o seu tesouro, o aventureiro caminhou direito à casa de D. Antônio de Mariz e pediu a hospitalidade que a ninguém se recusava: sua intenção era passar-se ao Rio de Janeiro, onde concertaria os meios de aproveitar a fortuna.

Duas ideias se tinham apresentado ao seu espírito no momento em que se vira possuidor do roteiro de Robério Dias. Iria à Europa vender o segredo a Filipe II ou a qualquer outro soberano de uma nação poderosa e inimiga da Espanha? Exploraria por sua conta com alguns aventureiros que tomasse ao seu serviço esse tesouro fabuloso que devia elevá-lo ao fastígio da grandeza?

Esta última ideia lhe sorria mais; entretanto não tomou nenhuma resolução definitiva; posto o seu segredo em lugar seguro, aliviado desse peso que o fazia estremecer a cada momento, o italiano resolveu, como dissemos, ir pedir hospitalidade a D. Antônio de Mariz.

Aí formularia o seu plano, traçaria o caminho que devia seguir, e então voltaria a procurar o papel que dormia no seio da terra, e com ele marcharia à riqueza, à fortuna, ao poder.

Chegado à casa do fidalgo, o ex-carmelita com o seu espírito de observação estudou o terreno e achou-o favorável à realização de uma ideia que começou logo a germinar no seu espírito até que tomou as proporções de um projeto.

Homens mercenários que vendem a sua liberdade, consciência e vida por um salário não têm dedicação verdadeira senão a um objeto, o dinheiro; seu senhor, seu chefe e seu amigo é o que mais lhes paga. Fr. Ângelo conhecia o coração humano, e por isso, apenas iniciado no regimento da banda, avaliou do caráter dos aventureiros.

— Esses homens me serviriam perfeitamente — disse ele consigo.

No meio dessas reflexões um fato veio produzir completa revolução nas suas ideias.

Viu Cecília.

A imagem dessa bela menina, casta e inocente, produziu naquela organização ardente e por muito tempo comprimida o mesmo efeito da faísca sobre a pólvora.

Toda a continência de sua vida monástica, todos os desejos violentos que o hábito tinha selado como uma crosta de gelo, todo esse sangue vigoroso e forte da mocidade, passada em vigílias e abstinência, refluíram ao coração e o sufocaram um momento.

Depois um êxtase de voluptuosidade imensa embebeu essa alma velha pela corrupção e pelo crime, mas virgem para o amor. O seu coração revelava-se com toda a veemência da vontade audaz, que era o móvel de sua vida.

Sentiu que essa mulher era tão necessária à sua existência, como o tesouro que sonhava; ser rico para ela, possuí-la para gozar a riqueza, foi desde então o seu único pensamento, a sua ideia dominante.

Um dos aventureiros deixava a casa; Loredano solicitou o seu lugar e obteve-o como acabamos de ver; o seu plano estava traçado.

Qual era, já o sabemos pelas cenas passadas; o italiano contava tornar-se senhor da banda, apoderar-se de Cecília, ir às minas encantadas, carregar tanta prata quanta pudesse levar, dirigir-se à Bahia, assaltar uma nau espanhola, tomá-la de abordagem, e fazer-se de vela para a Europa.

Aí armava navios de corso, voltava ao Brasil, explorava o seu tesouro, tirava dele riquezas imensas e... E o mundo abria-se diante de seus olhos, cheio de esperança, de futuro e felicidade.

Durante um ano trabalhou nessa empresa com uma sagacidade e inteligência superior; ganhara os dois homens influentes da banda, Rui Soeiro e Bento Simões; por meio deles preparava o desenlace final.

Ignorado pelos outros ele dirigia essa conspiração que lavrava surdamente; só havia em toda a banda duas pessoas que o podiam perder. Ora, Loredano não era homem que deixasse de prever a eventualidade de uma traição, e que entregasse aos seus dois cúmplices uma arma com que pudessem feri-lo; daí a lembrança desse testamento que entregara a D. Antônio de Mariz.

Somente nesse papel, em vez de ter revelado o seu plano, como o italiano dissera a Rui Soeiro, ele havia apenas indicado a traição dos dois aventureiros, declarando-se seduzido por eles; o frade mentia pois até na hora extrema em que o papel devia falar.

A confiança que tinha, e com razão, no caráter de D. Antônio tranquilizava-o completamente; sabia que em caso algum o fidalgo abriria um testamento que lhe fora dado em depósito.

Eis como Fr. Ângelo di Luca achava-se sob o seu novo nome de Loredano, pertencendo à casa de D. Antônio de Mariz e preparando-se para realizar afinal o seu pensamento de todos os instantes.

Um ano havia que esperava e, como ele dizia, estava cansado: resolvera dar enfim o golpe; e para isso, depois de haver esmagado os dois cúmplices com a sua ameaça, depois de os haver reduzido a autômatos obedecendo ao seu gesto, entendeu que seria conveniente ao mesmo tempo animar esses manequins com algum sentimento, que lhes desse o atrevimento, a audácia e a força necessária para se lançarem na voragem e não trepidarem diante de nenhum obstáculo.

Este sentimento foi a ambição.

À vista do roteiro era impossível que não sentissem a febre da riqueza, a *auri sacra fames* que se havia apoderado dele próprio, no momento em que vira abrir-se diante de seus olhos um mar de prata fundida em que os seus lábios podiam matar a sede ardente que o devorava.

O efeito não desmentiu a sua previsão; lendo o rótulo, cada um dos aventureiros ficara eletrizado; para tocar aquele abismo insondável de riquezas, nem um deles hesitaria em passar sobre o corpo de seu amigo, ou mesmo sobre as cinzas de uma casa ou a ruína de uma família.

Infelizmente aquela voz inesperada, saída do seio da terra, viera modificar a situação.

Mas não antecipemos; por ora ainda estamos em 1603, um ano antes daquela cena, e ainda nos falta contar certas circunstâncias que serviram para o seguimento desta verídica história.

IV. Ceci

Poucas horas depois que Loredano fora admitido na casa de D. Antônio de Mariz, Cecília chegando à janela do seu quarto viu do lado oposto do rochedo Peri, que a olhava com uma admiração ardente.

O pobre índio, tímido e esquivo, não se animava a chegar-se à casa, senão quando via de longe a D. Antônio de Mariz passeando sobre a esplanada; adivinhava que naquela habitação só o coração nobre do velho fidalgo sentia por ele alguma estima.

Havia quatro dias que o selvagem não aparecia; D. Antônio supunha já que ele tivesse voltado com sua tribo para os lugares onde vivia, e que só deixara para fazer a guerra aos índios e portugueses.

A nação Goitacá[8] dominava todo o território entre o Cabo de São Tomé e o Cabo Frio; era um povo guerreiro, valente e destemido, que por diversas vezes fizera sentir aos conquistadores a força de suas armas.

Tinha arrasado completamente a colônia da Paraíba fundada por Pero de Góis; e depois de um assédio de seis meses conseguira destruir igualmente a colônia de Vitória, fundada no Espírito Santo por Vasco Fernandes Coutinho.

Voltemos dessa pequena digressão histórica ao nosso herói.

O primeiro movimento de Cecília, vendo o índio, fora de susto; fugira insensivelmente da janela. Mas o seu bom coração irritou-se contra esse receio e disse-lhe que ela não tinha que temer do homem que lhe salvara a vida. Lembrou-se de que era ser má e ingrata pagar a dedicação que o índio lhe mostrava deixando-lhe ver a repugnância que lhe inspirava.

Venceu pois a timidez e assentou de fazer um sacrifício ao reconhecimento e gratidão que devia ao selvagem. Chegou

[8] A nação Goitacá: esses fatos leem-se em qualquer dos escritores que se têm ocupado dos primeiros tempos coloniais do Brasil e especialmente em Gabriel Soares, que foi contemporâneo deles. (N. do A.)

à janela; fez com a mão alva e graciosa um gesto dizendo a Peri que se aproximasse.

O índio, não se contendo de alegria, correu para a casa, enquanto Cecília ia ter com seu pai, e dizia-lhe:

— Vinde ver Peri, que chega, meu pai.

— Ah! inda bem —respondeu o fidalgo.

E acompanhando sua filha, D. Antônio foi ao encontro do índio que já subia a esplanada.

Peri trazia um pequeno cofo, tecido com extraordinária delicadeza, feito de palha muito alva, todo rendado; por entre o crivo que formavam os fios, ouviam-se uns chilidos fracos e um rumor ligeiro que faziam os pequenos habitantes desse ninho gracioso.

O índio ajoelhou aos pés de Cecília; sem animar-se a levantar os olhos para ela, apresentou-lhe o cabaz de palha: abrindo a tampa, a menina assustou-se, mas sorriu; um enxame de beija-flores esvoaçava dentro; alguns conseguiram escapar-se.

Destes um veio aninhar-se no seu seio, o outro começou a voltejar em torno de sua cabeça loura como se tomasse a sua boquinha rosada por um fruto.

A menina admirava essas avezinhas brilhantes, umas escarlates, outras azuis e verdes; mas todas de reflexos dourados e formas mimosas e delicadas!

Vendo-se esses íris animados acredita-se que a natureza os criou com um sorriso, para viverem de pólen e de mel, e para brilharem no ar como as flores na terra e as estrelas no céu.

Quando Cecília se cansou de admirá-los, tomou-os um por um, beijou-os, aqueceu-os no seio, e sentiu não ser uma flor bela e perfumada para que eles a beijassem também, e esvoaçassem constantemente em torno dela.

Peri olhava e era feliz; pela primeira vez depois que a salvara tinha sabido fazer uma coisa que trouxera um sorriso de prazer aos lábios da senhora. Entretanto, apesar dessa felicidade que sentia interiormente, era fácil de ver que o índio estava triste; ele chegou-se para D. Antônio de Mariz e disse-lhe:

— Peri vai partir.

— Ah! — disse o fidalgo —, voltas aos teus campos?

— Sim: Peri volta à terra que cobre os ossos de Ararê.

D. Antônio encheu o índio de presentes dados em seu nome e em nome de sua filha.

— Perguntai a ele por que razão parte e nos deixa, meu pai — disse Cecília.

O fidalgo traduziu a pergunta.

— Porque a senhora não precisa de Peri; e Peri deve acompanhar sua mãe e seus irmãos.

— E se a pedra quiser fazer mal à senhora, quem a defenderá? — perguntou a menina, sorrindo e fazendo alusão à narração do índio.

Ouvindo dos lábios de D. Antônio a pergunta, o selvagem não soube o que responder, porque lhe lembrava um pensamento que já tinha passado por seu espírito; temia que na sua ausência a menina corresse um perigo e ele não estivesse junto dela para salvá-la.

— Se a senhora manda — disse enfim —, Peri fica.

Cecília, apenas seu pai lhe traduziu a resposta do índio, riu-se daquela cega obediência; mas era mulher; um átomo de vaidade dormia no fundo do seu coração de moça.

Ver aquela alma selvagem, livre como as aves que planavam no ar ou como os rios que corriam na várzea; aquela natureza forte e vigorosa que fazia prodígios de força e coragem; aquela vontade indomável como a torrente que se precipita do alto da serra; prostrar-se a seus pés submissa, vencida, escrava!...

Era preciso que não fosse mulher para não sentir o orgulho de dominar essa organização e brincar com a força obrigando-a a curvar-se diante do seu olhar.

As mulheres têm isso de particular; reconhecendo-se fracas, a sua maior ambição é reinar pelo ímã dessa mesma fraqueza, sobre tudo o que é forte, grande e superior a elas: não amam a inteligência, a coragem, o gênio, o poder, senão para vencê-los e subjugá-los.

Entretanto a mulher deixa-se bastantes vezes dominar; mas é sempre pelo homem que, não lhe excitando a admiração, não irrita a sua vaidade e não provoca por conseguinte essa luta da fraqueza contra a força.

Cecília era uma menina ingênua e inocente, que nem sequer tinha consciência do seu poder e do encanto de sua casta beleza; mas era filha de Eva e não podia se eximir de um quase nada de vaidade.

— A senhora não quer que Peri parta — disse ela com um arzinho de rainha, e fazendo um gesto com a cabeça.

O índio compreendeu perfeitamente o gesto.

— Peri fica.

— Vede, Cecília — replicou D. Antônio, rindo —, ele te obedece!

Cecília sorriu.

— Minha filha te agradece o sacrifício, Peri — continuou o fidalgo —, mas nem ela nem eu queremos que abandones a tua tribo.

— A senhora mandou — respondeu o índio.

— Ela queria ver se tu lhe obedecias: conheceu a tua dedicação, está satisfeita; consente que partas.

— Não!

— Mas os teus irmãos, tua mãe, tua vida livre?

— Peri é escravo da senhora.

— Mas Peri é um guerreiro e um chefe.

— A nação Goitacá tem cem guerreiros fortes como Peri; mil arcos ligeiros como o voo do gavião.

— Assim, decididamente queres ficar?

— Sim; e como tu não queres dar a Peri a tua hospitalidade, uma árvore da floresta lhe servirá de abrigo

— Tu me ofendes, Peri! — exclamou o fidalgo. — A minha casa está aberta para todos, e sobretudo para ti que és amigo e salvaste minha filha.

— Não, Peri não te ofende; mas sabe que tem a pele cor de terra.

— E o coração de ouro.

Enquanto D. Antônio continuava a insistir com o índio para que partisse, ouviu-se um canto monótono que saía da floresta.

Peri aplicou o ouvido; descendo à esplanada correu na direção donde partia a voz, que cantava com a cadência triste e melancólica particular aos índios, a seguinte endecha na língua dos guaranis:

"A estrela brilhou; partimos com a tarde. A brisa soprou; nos leva nas asas.

A guerra nos trouxe; vencemos. A guerra acabou; voltamos.

Na guerra os guerreiros combatem; há sangue. Na paz as mulheres trabalham; há vinho.

A estrela brilhou; é hora de partir. A brisa soprou; é tempo de andar."

A pessoa que modulava esta canção selvagem era uma índia já idosa; encostada a uma árvore da floresta ela vira por entre a folhagem a cena que passava na esplanada.

Chegando-se a ela, Peri ficou triste e vexado.

— Mãe!... — exclamou ele.

— Vem! — disse a índia, seguindo pela mata.

— Não!

— Nós partimos.

— Peri fica.

A índia fitou em seu filho um olhar de profunda admiração.

— Teus irmãos partem!

O selvagem não respondeu.

— Tua mãe parte!

O mesmo silêncio.

— Teu campo te espera!

— Peri fica, mãe! — disse ele com a voz comovida.

— Por quê?

— A senhora mandou.

A pobre mãe recebeu esta palavra como uma sentença irrevogável; sabia do império que exercia sobre a alma de Peri a imagem de Nossa Senhora, que ele tinha visto no meio de um combate e havia personificado em Cecília.

Sentiu que ia perder o filho, orgulho de sua velhice, como Ararê tinha sido o orgulho de sua mocidade. Uma lágrima deslizou pela sua face cor de cobre.

— Mãe, toma o arco de Peri; enterra junto dos ossos de seu pai: e queima a cabana de Ararê.

— Não; se algum dia Peri voltar, achará a cabana de seu pai, e sua mãe para amá-lo: tudo vai ficar triste até que a lua das flores leve o filho de Ararê ao campo onde nasceu.

Peri abanou a cabeça com tristeza:

— Peri não voltará!

Sua mãe fez um gesto de espanto e desespero.

— O fruto que cai da árvore, não torna mais a ela; a folha que se despega do ramo murcha, seca e morre; o vento a leva. Peri é a folha; tu és a árvore, mãe. Peri não voltará ao teu seio.

— A virgem branca salvou tua mãe; devia deixá-la morrer, para não lhe roubar seu filho. Uma mãe sem seu filho é uma terra sem água; queima e mata tudo que se chega a ela.

Estas palavras foram acompanhadas de um olhar de ameaça, em que se revelava a ferocidade do tigre que defende os seus cachorrinhos.

— Mãe, não ofende a senhora; Peri morreria, e na última hora não se lembraria de ti.

Os dois ficaram algum tempo em silêncio.

— Tua mãe fica! — disse a índia com um acento de resolução.

— E quem será a mãe da tribo? Quem guardará a cabana de Peri? Quem contará aos pequenos as guerras de Ararê, forte entre os mais fortes? Quem dirá quantas vezes a nação Goitacá levou o fogo à taba dos brancos e venceu os homens do raio? Quem há de preparar os vinhos e as bebidas para os guerreiros, e ensinar aos filhos os costumes dos velhos?

Peri proferiu estas palavras com a exaltação, que despertavam nele as reminiscências de sua vida selvagem; a índia ficou pensativa e respondeu:

— Tua mãe volta; vai te esperar na porta da cabana, à sombra do jambeiro; se a flor do jambo vier sem Peri, tua mãe não verá os frutos da árvore.

A índia pousou as mãos sobre os ombros de seu filho e encostou a fronte na fronte dele; durante um momento as lágrimas que saltavam dos olhos de ambos se confundiram.

Depois ela afastou-se lentamente; Peri seguiu-a com os olhos até que desapareceu na floresta; esteve a correr, chamá-la e partir com ela. Mas o vento lhe trazia a voz argentina de Cecília que falava com seu pai; ficou.

Nessa mesma noite construíra aquela pequena cabana que se via na ponta do rochedo, e que ia ser o seu mundo.

Passaram três meses.

Cecília que um momento conseguira vencer a repugnância que sentia pelo selvagem, quando lhe ordenara que ficasse, não se lembrou da ingratidão que cometia e não disfarçou mais a sua antipatia.

Quando o índio chegava-se a ela, soltava um grito de susto; ou fugia, ou ordenava-lhe que se retirasse; Peri, que já falava e entendia o português, afastava-se triste e humilde.

Entretanto a sua dedicação não se desmentia; ele acompanhava a D. Antônio de Mariz nas suas excursões, ajudava-o com a sua experiência, guiava-o aos lugares onde havia terrenos auríferos ou pedras preciosas. De volta destas expedições corria todo o dia os campos para procurar um perfume, uma flor, um pássaro, que entregava ao fidalgo e pedia-lhe desse a Ceci, pois já não se animava a chegar-se para ela, com receio de desgostá-la.

Ceci era o nome que o índio dava à sua senhora, depois que lhe tinham ensinado que ela se chamava Cecília.

Um dia a menina, ouvindo chamar-se assim por ele e achando um pretexto para zangar-se contra o escravo humilde que obedecia ao seu menor gesto, repreendeu-o com aspereza:

— Por que me chamas tu Ceci?

O índio sorriu tristemente.

— Não sabes dizer Cecília?

Peri pronunciou claramente o nome da moça com todas as sílabas; isto era tanto mais admirável quanto a sua língua não conhecia quatro letras, das quais uma era o L.

— Mas então — disse a menina com alguma curiosidade —, se tu sabes o meu nome, por que não o dizes sempre?

— Porque *Ceci* é o nome que Peri tem dentro da alma.

— Ah! é um nome de tua língua?

— Sim.

— O que quer dizer?

— O que Peri sente.

— Mas em português?

— Senhora não deve saber.

A menina bateu com a ponta do pé no chão e fez um gesto de impaciência.

D. Antônio passava; Cecília correu ao seu encontro:

— Meu pai, dizei-me o que significa *Ceci* nessa língua selvagem que falais.

— *Ceci?...* — disse o fidalgo procurando lembrar-se. — Sim! É um que significa doer, magoar.

A menina sentiu um remorso; reconheceu a sua ingratidão; e lembrando-se do que devia ao selvagem e da maneira por que o tratava, achou-se má, egoísta e cruel.

— Que doce palavra! — disse ela a seu pai —, parece um canto de pássaro.

Desde este dia foi boa para Peri; pouco a pouco perdeu o susto; começou a compreender essa alma inculta; viu nele um escravo, depois um amigo fiel e dedicado.

— Chama-me *Ceci* — dizia às vezes ao índio, sorrindo-se —; este doce nome me lembrará que fui má para ti; e me ensinará a ser boa.

V. Vilania

É tempo de continuar esta narração interrompida pela necessidade de contar alguns fatos anteriores.

Voltemos pois ao lugar em que se achavam Loredano e seus companheiros tomados de medo pela exclamação inesperada que soara no meio deles.

Os dois cúmplices, supersticiosos, como eram as pessoas de baixa classe naquele tempo, atribuíam o fato a uma causa sobrenatural e viam nele um aviso do céu. Loredano porém não era homem que cedesse a semelhante fraqueza; tinha ouvido uma voz; e essa voz embora surda e cava devia ser de um homem.

Quem ele era? Seria D. Antônio de Mariz? Seria algum dos aventureiros? Não podia saber; o seu espírito perdia-se num caos de dúvidas e incertezas.

Fez um gesto a Rui Soeiro e a Bento Simões para que o seguissem; e apertando ao seio o fatal pergaminho, causa de tantos crimes, lançou-se pelo campo. Teriam feito umas cinquenta braças do caminho, quando viram cortar pela vereda que eles seguiam um cavalheiro que o italiano reconheceu imediatamente; era Álvaro.

O moço procurava a solidão para pensar em Cecília, mas sobretudo para refletir num fato que se tinha dado essa manhã e que ele não podia compreender.

Vira de longe a janela de Cecília abrir-se, as duas moças aparecerem, trocarem um olhar; depois Isabel cair de joelhos aos pés de sua prima. Se ele tivesse ouvido o que já sabemos, teria perfeitamente compreendido; mas, longe como estava, apenas podia ver sem ser visto das duas moças.

Loredano, vendo o cavalheiro passar, voltou-se para os seus companheiros.

— Ei-lo!... — disse com um olhar que brilhou de alegria. — Imbecis! que atribuis ao céu aquilo que não sabeis explicar!...

E acompanhou estas palavras com um sorriso de profundo desprezo.

— Esperai-me aqui.

— O que ides fazer? — perguntou Rui Soeiro.

O italiano se voltou surpreso; depois levantou os ombros, como se a pergunta do seu companheiro não merecesse resposta.

Rui Soeiro, que conhecia o caráter desse homem, entendeu o gesto; um resquício de generosidade que ainda havia no seu coração corrompido o fez segurar o braço do seu companheiro para retê-lo.

— Quereis que fale?... — disse Loredano.

— É mais um crime inútil! — acudiu Bento Simões.

O italiano fitou nele os olhos, frios como o contato do aço polido:

— Há um mais útil, amigo Simões; cuidaremos dele a seu tempo.

E sem esperar a réplica, meteu-se pelas moitas que cobriam o campo nesse lugar, e seguiu Álvaro que continuava lentamente o seu caminho.

O moço, apesar de preocupado, tinha o hábito da vida arriscada dos nossos caçadores do interior, obrigados a romper as matas virgens.

Aí o homem vê-se cercado de perigos por todos os lados; da frente, das costas, à esquerda, à direita, do ar, da terra, pode surgir de repente um inimigo oculto pela folhagem, que se aproxima sem ser visto.

A única defesa é a sutileza do ouvido que sabe distinguir entre os rumores vagos da floresta aquele que é produzido por uma ação mais forte do que a do vento; assim como a rapidez e certeza da vista que vai perscrutar as sombras das moitas e devassar a folhagem espessa das árvores.

Álvaro tinha esse dom dos caçadores hábeis; apenas o vento lhe trouxe um estalido de folhas secas pisadas, levantou a cabeça e circulou o campo com os olhos; depois por prudência encostou-se ao grosso tronco de uma árvore isolada e, cruzando os braços sobre a clavina, esperou.

Nessa posição o inimigo, qualquer que ele fosse, fera, réptil ou homem, não o podia atacar senão de face; ele o veria aproximar-se e o receberia.

Loredano agachado entre as folhas tinha notado este movimento e hesitara; mas o seu segredo estava comprometido, a suspeita que concebera de que Álvaro fora quem havia pouco o ameaçara com a palavra *traidores,* acabava de confirmar-se no seu espírito, vendo a prudência com que o moço evitava uma surpresa.

O cavalheiro era um inimigo terrível e jogava todas as armas com uma destreza admirável.

A lâmina de sua espada como uma cobra elástica, flexível, rápida, volteava sibilando e atirava o bote com a velocidade e a certeza da cascavel. O arremesso do seu punhal, vibrado pelo braço ligeiro e auxiliado pela agilidade do corpo, era como raio; listrava no ar uma cruz de fogo e calava sobre o peito do inimigo e o fulminava.

A bala de sua clavina era uma mensageira fiel que ia buscar a ave que pairava no ar, ou a folha que o vento agitava. Muitas vezes na esplanada da casa, o italiano vira Álvaro, depois de ter feito milagres de pontaria, quebrar no ar as setas que Peri atirava de propósito para lhe servirem de alvo.

Cecília aplaudia batendo as mãos; Peri ficava contente por ver a senhora alegre; e embora para ele, que fazia muito mais, aquilo fosse uma coisa vulgar, deixava que o moço conservasse a superioridade e fosse por todos admirado.

Mas Álvaro sabia que só um homem podia lutar com ele e levar-lhe vantagem em qualquer arma, e esse era Peri; porque juntava à arte a superioridade do selvagem habituado desde o berço à guerra constante que é a sua vida.

Loredano tinha pois razão de hesitar em atacar de frente um inimigo desta força; mas a necessidade urgia, e o italiano era corajoso e ágil também. Endireitou para o cavalheiro, resolvido a morrer ou a salvar a sua vida e a sua fortuna.

Álvaro vendo-o aproximar-se rugou o sobrolho; depois do que se tinha passado na véspera e nessa manhã, odiava aquele homem, ou antes, desprezava-o.

— Aposto que tivestes o mesmo pensamento que eu, Sr. cavalheiro? — disse o aventureiro, quando chegou a três passos de distância.

— Não sei o que pretendeis dizer — replicou o moço secamente.

— Pretendo, sr. cavalheiro, que dois homens que se odeiam acham-se melhor num lugar solitário do que no meio dos companheiros.

— Não é ódio que me inspirais, é desprezo; é mais do que desprezo, é asco. O réptil que se roja pelo chão causa-me menos repugnância do que o vosso aspecto.

— Não disputemos sobre palavras, Sr. cavalheiro; tudo vem dar no mesmo; eu vos odeio, vós me desprezais; podia dizer-vos outro tanto.

— Miserável!... — exclamou o cavalheiro levando a mão à guarda da espada.

O movimento foi tão rápido, que a palavra soou ao mesmo tempo que a ponta da lâmina de aço batendo na face do italiano.

Loredano quis evitar o insulto, mas não era tempo; seus olhos injetaram-se de sangue:

— Sr. cavalheiro, deveis-me satisfação do insulto que me acabais de fazer.

— É justo — respondeu Álvaro com dignidade —, mas não à espada que é a arma do cavalheiro; tirai o vosso punhal de bandido e defendei-vos.

Proferindo estas palavras, o moço embainhou a espada com toda a calma, segurou-a à cinta para não embaraçar-lhe os movimentos e sacou o seu punhal, excelente folha de Damasco.

Os dois inimigos marcharam um para o outro e lançaram-se; o italiano era ágil e forte, e defendia-se com suma destreza; por duas vezes já, o punhal de Álvaro, roçando-lhe o pescoço, tinha cortado o talho de seu gibão de belbute.

De repente Loredano, fincando os pés, deu um pulo para trás e ergueu a mão esquerda em sinal de trégua.

— Estais satisfeito? — perguntou Álvaro.

— Não, Sr. cavalheiro; mas penso que em vez de nos estarmos aqui a fatigar inutilmente, melhor seria tomarmos um meio mais expedito.

— Escolhei o que quiserdes, menos a espada; o mais me é indiferente.

— Outra coisa ainda: se nos batermos aqui, podemos incomodar-nos reciprocamente; porque pretendo matar-vos, e creio que o mesmo desejo tendes a meu respeito. Ora é preciso que desapareça o que ficar e o outro não leve um vestígio que o possa denunciar.

— Que quereis fazer neste caso?

— O rio está aqui perto, tendes a vossa clavina; colocar-nos-emos cada um sobre uma ponta do rochedo; aquele que cair morto ou simplesmente ferido pertencerá ao rio e à cachoeira; não incomodará o outro.

— Tendes razão, é melhor assim; eu me envergonharia se D. Antônio de Mariz soubesse que me bati com um homem da vossa qualidade.

— Sigamos, Sr. cavalheiro; nós nos odiamos bastante para não gastarmos tempo em palavras.

Ambos tomaram na direção do rio, cujo estrépito ouvia-se distintamente.

Álvaro, valente e corajoso, desprezava muito o seu inimigo para ter o menor receio dele; demais a sua alma nobre e leal, incapaz da mais pequena vilania, não pensava na traição. Nunca podia lembrar-lhe que um homem que o viera provocar e ia medir-se com ele num combate franco levasse a infâmia a ponto de querer feri-lo pelas costas.

Assim, continuou a caminhar, quando o italiano, deixando cair de propósito a cinta da espada, parou um instante para apanhá-la e prendê-la de novo.

O que passava então no seu espírito não estava de acordo com as ideias nobres do cavalheiro; vendo o moço adiantar-se, disse consigo:

— Preciso da vida desse homem, eu a tenho! Seria uma loucura deixá-la escapar e pôr a minha em risco. Um duelo neste deserto, sem testemunhas, é um combate em que a vitória pertence ao mais esperto.

Dizendo isto o italiano ia armando a sua clavina com toda a cautela, e seguia de longe a Álvaro, a fim de que o ranger do ferro ou o silêncio de suas pisadas não excitassem a atenção do moço.

Álvaro caminhava tranquilamente; seu pensamento estava bem longe dele, e esvoaçava em torno da imagem de Cecília, junto da qual via os grandes olhos negros e aveludados de Isabel embebidos numa languidez melancólica; era a primeira vez que aquele rosto moreno e aquela beleza ardente e voluptuosa se viera confundir em sonhos com o anjo louro dos seus amores.

Donde provinha isto? O moço não sabia explicar; mas um quer que seja, como um pressentimento, lhe dizia que naquela cena da janela havia entre as duas moças um segredo, uma confidência, uma revelação, e que esse segredo era ele.

Assim, quando a morte se aproximava, quando já o bafejava e ia tocá-lo, ele descuidoso e pensativo repassava no pensamento ideias de amor e alimentava-se de esperanças. Não se lembrava de morrer; tinha consciência de si e fé em Deus; mas se por acaso uma fatalidade caísse sobre ele, consolava-o a ideia de que Cecília, ofendida, lhe perdoaria um resto de ressentimento que talvez conservasse.

Nisto meteu a mão no seio do gibão e tirou o jasmim que a moça lhe dera, e que já tinha murchado ao contato dos seus lábios ardentes; ia beijá-lo ainda uma vez, quando se lembrou que o italiano podia vê-lo.

Mas não ouviu os passos do aventureiro; a primeira ideia que lhe veio foi que ele tinha fugido; e como a covardia para as almas grandes se associa à baixeza, lembrou-se de uma traição.

Quis voltar-se, e entretanto não o fez. Mostrar que tinha medo daquele miserável revoltava os seus brios de cavalheiro; ergueu a cabeça com altivez e seguiu.

Mal sabia ele que nesse momento o fecho da clavina movido por um dedo seguro caía, e que a bala ia partir guiada pelo olhar certeiro do italiano.

VI. Nobreza

Álvaro ouviu um sibilo agudo.

A bala roçando pela aba rebatida de seu chapéu de feltro cortou a ponta da pluma escarlate que se enroscava sobre o ombro.

O moço voltou-se calmo, sereno, impassível; nem um músculo de seu rosto agitou-se; apenas um sorriso de soberano desprezo arqueava o lábio superior, sombreado pelo bigode negro.

O espetáculo que se ofereceu aos seus olhos causou-lhe uma surpresa extraordinária: não esperava decerto ver o que se passava a dez passos dele.

Peri mostrando nos movimentos toda a força muscular de sua organização de aço, com a mão esquerda segura à nuca de Loredano, curvava-o sob a pressão violenta e obrigava-o a ajoelhar.

O italiano lívido, com o rosto contraído e os olhos imensamente dilatados, tinha ainda entre as mãos hirtas a clavina fumegante.

O índio arrancou-a, e sacando a longa faca, levantou o braço para cravá-la no alto da cabeça do italiano.

Mas Álvaro tinha-se adiantado e aparou o golpe; depois estendeu a mão ao índio.

— Solta este miserável, Peri!

— Não!

— A vida deste homem me pertence; atirou sobre mim; é a minha vez de atirar sobre ele.

Álvaro ao mesmo tempo que dizia estas palavras armava a clavina e apoiava a boca na fronte do italiano.

— Ides morrer. Fazei a vossa oração.

Peri abaixou a faca; recuou um passo e esperou...

O italiano não respondeu; a sua oração foi uma blasfêmia horrível e satânica; as palpitações violentas do coração batiam de encontro ao pergaminho que tinha no seio, e lembravam-lhe o seu tesouro que ia talvez cair nas mãos de Álvaro e dar-lhe a riqueza de que não pudera gozar.

Entretanto, na baixeza dessa alma havia ainda alguma altivez, o orgulho do crime; não suplicou, não disse uma palavra; sentindo o contato frio do ferro sobre a fronte, fechou os olhos e julgou-se morto.

Álvaro olhou-o um instante e abaixou a clavina:

— Tu és indigno de morrer à mão de um homem, e por uma arma de guerra; pertences ao pelourinho e ao carrasco. Seria um roubo feito à justiça de Deus.

Loredano abriu os olhos; seu rosto iluminou-se com um raio de esperança.

— Vais jurar que amanhã deixarás a casa de D. Antônio de Mariz e nunca mais porás o pé neste sertão; por tal preço tens a vida salva.

— Juro! — exclamou o italiano.

O moço tirou o colar que dava três voltas sobre os ombros e apresentou a Loredano a cruz vermelha do Cristo que lhe pendia do peito; o aventureiro estendeu a mão e repetiu o juramento.

— Ergue-te; e tira-te dos meus olhos.

E com o mesmo desprezo e a mesma nobreza, o cavalheiro desarmou a sua clavina; voltou-se para continuar o seu caminho fazendo um sinal a Peri para que o acompanhasse.

O índio, enquanto se passava a rápida cena que descrevemos, refletia profundamente.

Quando ouvira o que diziam havia pouco Loredano e seus dois companheiros, quando pelo resto da conversa compreendera que se tratava de fazer mal à sua senhora e a D. Antônio de Mariz, a sua primeira ideia tinha sido lançar-se aos três inimigos e matá-los.

Foi por isso que soltou aquela palavra que revelava a sua indignação; mas imediatamente lembrou-se de que ele podia morrer, e nesse caso Cecília não teria quem a defendesse. Pela primeira vez na sua vida teve medo; teve medo por sua senhora e sentiu não possuir mil vidas para sacrificá-las todas à sua salvação.

Fugiu então com bastante rapidez para não ser visto pelo italiano que subia à árvore; afastou-se deles; chegando à beira do rio, lavou a sua túnica de algodão, que ficara manchada de sangue; não queria que soubessem que estava ferido.

Enquanto se entregava a este trabalho, combinava um plano de ação.

Resolveu não dizer nada a quem quer que fosse, nem mesmo a D. Antônio de Mariz: duas razões o levavam a proceder assim; a primeira era o receio de não ser acreditado, pois não tinha provas com que pudesse justificar a acusação, que ele, índio, ia fazer contra homens brancos; a segunda era a confiança que tinha de que ele só bastava para desfazer todas as tramas dos aventureiros e lutar contra o italiano.

Assentado este primeiro ponto, passou à execução do plano; esta reduzia-se para ele em uma punição; aqueles três homens queriam matar, portanto deviam morrer, mas deviam morrer ao mesmo tempo, do mesmo golpe. Peri receava que, combinados como estavam, se um escapasse vendo sucumbir seus companheiros, se deixaria levar pelo desespero e anteciparia a realização do crime antes que ele o pudesse prevenir.

A sua inteligência sem cultura, mas brilhante como o sol de nossa terra, vigorosa como a vegetação deste solo, guiava-o nesse raciocínio com uma lógica e uma prudência dignas do homem civilizado; previa todas as hipóteses, combinava todas as probabilidades, e preparava-se para realizar o seu plano com a certeza e a energia de ação que ninguém possuía em grau tão elevado.

Assim dirigindo-se para a casa onde o chamava um outro dever, o de avisar a D. Antônio da eventualidade de um ataque dos aimorés, ele tinha passado junto de Bento Simões e Rui Soeiro, e guiado pelos olhares destes viu ao longe Loredano no momento em que apontava sobre o cavalheiro.

Correr, cair sobre o italiano, desviar a pontaria e dobrá-lo sobre os joelhos foi um movimento tão rápido que os dois aventureiros, apenas o viram passar, viram ao mesmo tempo o seu companheiro subjugado.

A realização do projeto de Peri apresentava-se naturalmente, sem ser procurada. Tinha o italiano na sua mão; depois dele caminhava aos dois aventureiros para os quais bastava a sua faca; e quando tudo estivesse consumado, iria ter com D. Antônio de Mariz e lhe diria:

— Esses três homens vos traíam, matei-os; se fiz mal, puni-me.

A intervenção de Álvaro, cuja generosidade salvou a vida de Loredano, transtornou completamente esse plano; ignorando o motivo por que Peri ameaçava o aventureiro, julgando que era unicamente para puni-lo da tentativa que acabava de cometer perfidamente contra ele, o cavalheiro, a quem repugnava tirar a vida a um homem sem necessidade, satisfez-se com o juramento e a certeza de que deixaria a casa.

Enquanto isto se dava, Peri refletia na possibilidade de fazer as coisas voltarem à mesma posição; mas conheceu que não o conseguiria.

Álvaro tinha recebido de D. Antônio de Mariz todos os princípios daquela antiga lealdade cavalheiresca do século XV, os quais o velho fidalgo conservava como o melhor legado de seus avós; o moço moldava todas as suas ações, todas as suas ideias, por aquele tipo de barões portugueses que haviam combatido em Aljubarrota ao lado do Mestre de Avis, o rei cavalheiro.

Peri conhecia o caráter do moço; e sabia que depois de ter dado a vida a Loredano, embora o desprezasse, não consentiria que em presença dele lhe tocasse num cabelo; e se preciso fosse tiraria a sua espada para defender este homem, que acabava de tentar contra sua existência.

E o índio respeitava a Álvaro, não por sua causa, mas por Cecília a quem ele amava; qualquer desgraça que sucedesse ao cavalheiro tornaria a senhora triste; e isto bastava para que a pessoa do moço fosse sagrada, como tudo o que pertencia à menina, ou que era necessário ao seu descanso, ao seu sossego e felicidade.

O resultado dessa reflexão foi Peri meter a sua faca à cinta e, sem importar-se mais com o italiano, acompanhar o cavalheiro.

Ambos seguiram em direção da casa, caminhando ao longo da margem do rio.

— Obrigado ainda uma vez, Peri; não pela vida que me salvaste, mas pela estima que me tens.

E o moço apertou a mão do selvagem.

— Não agradece; Peri nada te fez; quem te salvou foi a senhora.

Álvaro sorriu-se da franqueza do índio e corou da alusão que havia em suas palavras.

— Se tu morresses, a senhora havia de chorar; e Peri quer ver a senhora contente.

— Tu te enganas; Cecília é boa, e sentiria da mesma maneira o mal que sucedesse a mim, como a ti, ou a qualquer dos que está acostumada a ver.

— Peri sabe por que fala assim; tem olhos que veem e ouvidos que ouvem; tu és para a senhora o sol que faz o jambo corado, e o sereno que abre a flor da noite.

— Peri!... — exclamou Álvaro.

— Não te zanga — disse o índio com doçura —; Peri te ama, porque tu fazes a senhora sorrir. A cana quando está à beira d'água fica verde e alegre; quando o vento passa, as folhas dizem Ceci. Tu és o rio; Peri é o vento que passa docemente, para não abafar o murmúrio da corrente; é o vento que curva as folhas até tocarem na água.

Álvaro fitou no índio um olhar admirado. Onde é que este selvagem sem cultura aprendera a poesia simples, mas graciosa; onde bebera a delicadeza de sensibilidade que dificilmente se encontra num coração gasto pelo atrito da sociedade?

A cena que se desenrolava a seus olhos respondeu-lhe; a natureza brasileira, tão rica e brilhante, era a imagem que produzia aquele espírito virgem, como o espelho das águas reflete o azul do céu.

Quem conhece a vegetação de nossa terra desde a parasita mimosa até o cedro gigante; quem no reino animal desce do tigre e do tapir, símbolos da ferocidade e da força, até o lindo beija-flor e o inseto dourado; quem olha este céu que passa do mais puro anil aos reflexos bronzeados que anunciam as grandes borrascas; quem viu, sob a verde pelúcia da relva esmaltada de flores que cobre as nossas várzeas deslizar mil répteis que levam a morte num átomo de veneno, compreende o que Álvaro sentiu.

Com efeito, o que exprime essa cadeia que liga os dois extremos de tudo o que constitui a vida? Que quer dizer a força no ápice do poder aliada à fraqueza em todo o seu mimo; a beleza e a graça sucedendo aos dramas terríveis e aos monstros repulsivos; a morte horrível a par da vida brilhante?

Não é isso a poesia? O homem que nasceu, embalou-se e cresceu nesse berço perfumado; no meio de cenas tão diversas, entre o eterno contraste do sorriso e da lágrima, da flor e do espinho, do mel e do veneno, não é um poeta?

Poeta primitivo, canta a natureza na mesma linguagem da natureza; ignorante do que se passa nele, vai procurar nas imagens que tem diante dos olhos a expressão do sentimento vago e confuso que lhe agita a alma.

Sua palavra é a que Deus escreveu com as letras que formam o livro da criação; é a flor, o céu, a luz, a cor, o ar, o sol; sublimes coisas que a natureza fez sorrindo.

A sua frase corre como o regato que serpeja, ou salta como o rio que se despenha da cascata; às vezes se eleva ao cimo da montanha, outras desce e rasteja como o inseto, sutil, delicada e mimosa.

Eis o que a decoração da cena majestosa, no meio da qual se achava, à beira do *Paquequer*, disse a Álvaro, mas rapidamente, por uma dessas impressões que se projetam no espírito como a luz no espaço.

O moço recebeu a confissão ingênua do índio sem o mínimo sentimento hostil; ao contrário, apreciava a dedicação que o selvagem tinha por Cecília, e ia ao ponto de amar a tudo quanto sua senhora estimava.

— Assim — disse Álvaro sorrindo —, tu só me amas por que pensas que Cecília me quer?

— Peri só ama o que a senhora ama; porque só ama a senhora neste mundo: por ela deixou sua mãe, seus irmãos e a terra onde nasceu.

— Mas se Cecília não me quisesse como julgas?

— Peri faria o mesmo que o dia com a noite; passaria sem te ver.

— E se eu não amasse a Cecília?

— Impossível!

— Quem sabe — disse o moço, sorrindo.

— Se a senhora ficasse triste por ti!... — exclamou o índio, cuja pupila irradiou.

— Sim? o que farias?

— Peri te mataria.

A firmeza com que eram ditas estas palavras não deixava a menor dúvida sobre a sua realidade; entretanto Álvaro apertou a mão do índio com efusão.

Peri temeu ofender o moço; para desculpar a sua franqueza, disse-lhe com um tom comovido:

— Escuta, Peri é filho do sol; e renegava o sol se ele queimasse a pele alva de Ceci. Peri ama o vento; e odiava o vento se ele arrancasse um cabelo de ouro de Ceci. Peri gosta de ver o céu; e não levantava a vista, se ele fosse mais azul do que os olhos de Ceci.

— Compreendo-te, amigo; votaste a tua vida inteira à felicidade dessa menina. Não receies que te ofenda nunca na pessoa dela. Sabes se eu a amo; e não te zangues, Peri, se disser que a tua dedicação não é maior do que a minha. Antes que me matasses, creio que me mataria a mim mesmo se tivera a desgraça de fazer Cecília infeliz.

— Tu és bom; Peri quer que a senhora te ame.

O índio contou então a Álvaro o que se tinha passado na noite antecedente; o moço empalideceu de cólera e quis voltar em busca do italiano; desta vez não lhe perdoara.

— Deixa! — disse o índio —, Ceci teria medo; Peri vai endireitar isto.

Os dois tinham chegado perto da casa e iam entrar a cerca do vale quando Peri segurou o braço de Álvaro:

— O inimigo da casa quer fazer mal; defende a senhora; se Peri morrer, manda dizer à sua mãe e verás todos os guerreiros da tribo chegarem para combaterem contigo e salvarem Ceci.

— Mas quem é o inimigo da casa?

— Queres saber?

— Decerto; como hei de combatê-lo?

— Tu saberás.

Álvaro quis insistir; mas o índio não lhe deu tempo; meteu-se de novo pelo mato; enquanto o moço subia a escada, ele fazia uma volta ao redor da casa e ganhava o lado para onde dava o quarto de Cecília.

Já tinha avistado ao longe a janela, quando debaixo de uma ramagem surdiu a figura magra e esguia de Aires Gomes, coberta de urtigas e ervas-de-passarinho, e deitando os bofes pela boca.

O digno escudeiro, tendo encontrado em cima de sua cabeça um maldito galho desajeitado, foi de narizes ao chão, e estendeu-se maciamente sobre a relva.

Apesar disto ergueu-se um pouco sobre os cotovelos e gritou com toda a força dos pulmões:

— Olá! mestre bugre!... D. Cacique!... Caçador de onça viva!... Ouve cá!

Peri não se voltou.

VII. No precipício

Peri tinha parado para ver Cecília de longe.

Aires Gomes ergueu-se, correu para o índio e deitou-lhe a mão ao braço.

— Afinal pilhei-o, dom caboclo! Safa!... Deu-me água pela barba!... — disse o escudeiro resfolgando.

— Deixa! — respondeu o índio sem se mover.

— Deixar-te! Uma figa! Depois de ter batido esta mataria toda à tua procura! Tinha que ver!

Com efeito, D. Lauriana desejando ver o índio fora de casa quanto antes, havia expedido o escudeiro em busca de Peri, para trazê-lo à presença de D. Antônio de Mariz.

Aires Gomes, fiel executor das ordens de seus amos, corria o mato havia boas duas horas; todos os incidentes cômicos, possíveis ou imagináveis tinham-se como que de propósito colocado em seu caminho.

Aqui era uma casa de marimbondos, que ele assanhava com o chapéu, e o faziam bater em retirada honrosa, correndo a todo o estirão das pernas; ali era um desses lagartos de longa cauda que pilhado de improviso se enrolara pelas pernas do escudeiro com uma formidável chicotada.

Isto sem falar das urtigas, e das unhas-de-gato, cabeçadas e quedas, que faziam o digno escudeiro arrenegar-se e maldizer da selvajaria de semelhante terra! Ah! quem o dera nos tojos e charnecas de sua pátria!

Tinha pois Aires Gomes razão de sobra para não querer largar o índio, causa de todas as tribulações por que passara; infelizmente Peri não estava de acordo.

— Larga, já te disse! — exclamou o índio começando a irritar-se.

— Tem santa paciência, caboclinho de minha alma! Fé de Aires Gomes, não é possível; e tu sabes! Quando eu digo que não é possível, é como se a nossa madre Igreja... Que diabo ia rezar-lhe? Ai! que chamei sem querer a madre Igreja de diabo! Forte heresia! Quem se mete a tagarelar dos santos com esta casta de pagão... Tagarelar dos santos!... Virgem Santíssima! Estou incapaz! Cala-te, boca! não me pies mais!

Enquanto o escudeiro desfiava esse discurso, meio solilóquio, no qual havia ao menos o mérito da franqueza, Peri não o ouvia, embebido como estava em olhar para a janela; depois, desprendendo-se da mão que lhe segurava o braço, continuou o seu caminho.

Aires acompanhou-o pisada sobre pisada, com a impassibilidade de um autômato.

— Que vens fazer? — perguntou-lhe o índio.

— E esta! Seguir-te e levar-te à casa; é a ordem.

— Peri vai longe!

— Ainda que vás ao fim do mundo, é o mesmo, filho.

O índio voltou-se para ele com um gesto decidido.

— Peri não quer que tu o sigas.

— Lá quanto a isto, mestre bugre, perdes o teu tempo; por força ainda ninguém levou o filho de meu pai, que bom é que saibas, foi homem de faca e calhau.

— Peri não manda duas vezes!

— Nem Aires Gomes olha atrás quando executa uma ordem.

Peri, o homem da cega dedicação, reconheceu no escudeiro o homem da obediência passiva; sentiu que não havia meio de convencer este executor fiel: assim, resolveu livrar-se dele por meio decisivo.

— Quem te deu a ordem?

— D. Lauriana.

— Para quê?

— Para te levar à casa.

— Peri vai só.

— Veremos!

O índio tirou a sua faca.

— Hein!... — gritou o escudeiro. — A conversa vai agora nesse tom? Se o Sr. D. Antônio não me tivesse proibido expressamente, eu te mostraria! Mas... Podes matar-me, que eu não arredo pé.

— Peri só mata o seu inimigo, e tu não és; tu teimas, Peri te amarra.

— Como?... Como é lá isso?

O índio começou a cortar com a maior calma um longo cipó que se engranzava pelos galhos das árvores; o escudeiro meio espantado sentia a mostarda subir-lhe ao nariz, esteve quase não quase, atirando-se ao selvagem.

Mas a ordem de D. Antônio era formal; via-se pois obrigado a respeitar o índio; o mais que o digno escudeiro podia fazer era defender-se valentemente.

Quando Peri cortou umas dez braças do cipó que ia enrolando ao pescoço, embainhou a faca e voltou-se para o escudeiro sorrindo. Aires Gomes sem trepidar puxou a espada e pôs-se em guarda, segundo as regras da nobre e liberal arte do jogo de espadão, que professava desde a mais tenra idade.

Era um duelo original e curioso, como talvez não tenha havido segundo, combate em que as armas lutavam contra a agilidade e o ferro contra um vime delgado.

— Mestre Cacique — disse o escudeiro rugando o sobrolho —, deixa-te de partes: porque, palavra de Aires Gomes, se te encostas, espeto-te na durindana!

Peri estendeu o lábio inferior, em sinal de pouco-caso; e começou a voltear rapidamente em torno do escudeiro, num círculo de seis passos de diâmetro que o punha fora do alcance da espada; a sua tenção era assaltar o adversário pelas costas.

Aires Gomes, apoiado a um tronco e obrigado a girar sobre si mesmo para defender as costas, sentiu a cabeça tontear e vacilou. O índio aproveitou o momento, atirou-se a ele, pilhou-o de costas, agarrou-o pelos dois braços e passou a amarrá-lo ao mesmo tronco da árvore em que estava encostado.

Quando o escudeiro voltou a si da vertigem, uma rodilha de cipós[9] ligava-o ao tronco desde o joelho até os ombros; o índio seguira seu caminho placidamente.

— Bugre de um demo! Perro infernal! — gritava o digno escudeiro —, tu me pagarás com língua de palmo!...

Sem prestar a menor atenção à ladainha de nomes injuriosos com que o mimoseava Aires Gomes, Peri aproximou-se da casa.

Via Cecília, com a face apoiada na mão, a olhar tristemente o fosso profundo que passava embaixo de sua janela.

A menina, depois do primeiro momento de surpresa em que adivinhou o ciúme de Isabel e o seu amor por Álvaro, conseguiu dominar-se. Tinha a nobre altivez da castidade; não quis deixar ver à sua prima o que sentia nesse momento; era boa também, amava Isabel e não desejava magoá-la.

Não lhe disse pois uma só palavra de exprobração nem de queixa: ao contrário, ergueu-a, beijou-a com carinho, e pediu-lhe que a deixasse só.

---

[9] Cipós: diz Gabriel Soares: "Deu a natureza ao Brasil, por entre os arvoredos, umas cordas muito rijas, muitas que nascem aos pés das árvores e atrepam por elas acima a que chamem cipós, com que os índios atam a madeira de suas casas e os brancos que não podem mais. Nestes mesmos matos se criam outras cordas mais delgadas e primas a que os índios chamavam 'timbós', que são mais rijas que os cipós acima".

A quantidade infinita de cipós é uma das originalidades das florestas do Brasil e admirou os naturalistas estrangeiros que o visitaram. (N. do A.)

— Pobre Isabel! — murmurou ela —; como deve ter sofrido!

Esquecia-se de si para pensar em sua prima; mas as lágrimas que saltaram de seus olhos e o soluço que fez arfar os seios mimosos a chamaram ao seu próprio sofrimento.

Ela, a menina alegre e feiticeira que só aprendera a sorrir, ela, o anjinho do prazer que bafejava tudo quanto a rodeava, achou um gozo inefável em chorar. Quando enxugou as lágrimas, sofria menos; sentiu-se aliviada; pôde então refletir sobre o que havia passado.

O amor revelava-se para ela sob uma nova forma; até aquele dia a afeição que sentia por Álvaro era apenas um enleio que a fazia corar e um prazer que a fazia sorrir.

Nunca se lembrara que esta afeição pudesse passar daquilo que era e produzir outras emoções que não fossem o rubor e o sorriso; o exclusivismo do amor, a ambição de tornar seu e unicamente seu o objeto da paixão, acabava de ser-lhe revelado por sua prima.

Ficou por muito tempo pensativa; consultou o seu coração e conheceu que não amava assim; nunca a afeição que tinha a Álvaro podia obrigá-la a odiar sua prima, a quem queria como irmã.

Cecília não compreendia essa luta do amor com os outros sentimentos do coração, luta terrível em que quase sempre a paixão vitoriosa subjuga o dever e a razão. Na sua ingênua simplicidade acreditava que podia ligar perfeitamente a veneração que tinha por seu pai, o respeito que votava à sua mãe, o afeto que sentia por Álvaro, o amor fraternal que consagrava a seu irmão e a Isabel, e a amizade que tinha a Peri.

Estes sentimentos eram toda a sua vida; no meio deles sentia-se feliz; nada lhe faltava: também nada mais ambicionava. Enquanto pudesse beijar a mão de seu pai e de sua mãe, receber uma carícia de seu irmão e de sua prima, sorrir a seu cavalheiro e brincar com o seu escravo, a existência para ela seria de flores.

Assustou-se pois com a necessidade de quebrar um dos fios de ouro que teciam os seus dias inocentes e felizes; sofreu com a ideia de ver em luta duas das afeições calmas e serenas de sua vida.

Teria menos um encanto na sua vida, menos uma imagem nos seus sonhos, menos uma flor na sua alma; porém não faria a ninguém desgraçado, e sobretudo à sua prima Isabel, que às vezes se mostrava tão melancólica.

Restavam-lhe suas outras afeições; com elas pensava Cecília que a existência ainda podia sorrir-lhe; não devia tornar-se egoísta.

Para assim pensar era preciso ser uma menina pura e isenta como ela; era preciso ter o coração como recente botão, que ainda não começou a desatar-se com o primeiro raio do sol.

Estes pensamentos adejavam ainda na mente de Cecília enquanto ela olhava pensativa o fosso, onde tinha caído o objeto que viera modificar a sua existência.

— Se eu pudesse obter essa prenda? — dizia consigo. — Mostraria a Isabel como eu a amo e quanto a desejo feliz.

Vendo sua senhora olhar tristemente o fundo do precipício, Peri compreendeu parte do que passava no seu espírito; sem poder adivinhar como Cecília soubera que o objeto tinha caído ali, percebeu que a moça sentia por isso um pesar.

Nem tanto bastava para que o índio fizesse tudo a fim de trazer a alegria ao rostinho de Cecília; além de que já tinha prometido a Álvaro *endireitar isto,* como ele dizia na sua linguagem simples.

Chegou-se ao fosso.

Uma cortina de musgos e trepadeiras lastrando pelas bordas do profundo precipício cobria as fendas da pedra; por cima era um tapete de verde risonho sobre o qual adejavam as borboletas de cores vivas; embaixo uma cava cheia de limo onde a luz não penetrava.

Às vezes ouviam-se partir do fundo do balseiro os silvos das serpentes, os pios tristes de algum pássaro, que magnetizado ia entregar-se à morte; ou o tanger de um pequeno chocalho sobre a pedra.

Quando o sol estava a pino, como então, via-se entre a relva, sobre o cálice das campânulas roxas, os olhos verdes de alguma serpente, ou uma linda fita de escamas pretas e vermelhas enlaçando a haste de um arbusto.

Peri pouco se importava com estes habitantes do fosso e com o acolhimento que lhe fariam na sua morada; o que o inquietava era o receio de que não tivesse luz bastante no fundo para descobrir o objeto que ia procurar.

Cortou o galho de uma árvore, que, pela sua propriedade, os colonizadores chamaram *candeia;*[10] tirou o fogo e começou a descer com o facho aceso. Foi só nessa ocasião que Cecília, embebida nos seus pensamentos, viu defronte de sua janela o índio a descer pela encosta.

A menina assustou-se; porque a presença de Peri lembrou-lhe de repente o que se passara pela manhã; era mais uma afeição perdida.

Dois laços quebrados ao mesmo tempo, dois hábitos rompidos um sobre o outro, era muito; duas lágrimas correram pelas suas faces, como se cada uma fosse vertida pelas cordas do coração que acabavam de ser vibradas.

— Peri!

O índio levantou os olhos para ela.

— Tu choras, senhora? — disse ele, estremecendo.

A menina sorriu-lhe; mas com um sorriso tão triste que partia a alma.

— Não chora, senhora — disse o índio suplicante —, Peri vai te dar o que desejas.

— O que eu desejo?

— Sim; Peri sabe.

A moça abanou a cabeça.

— Está ali; e apontou para o fundo do precipício.

— Quem te disse? — perguntou a menina admirada.

— Os olhos de Peri.

— Tu viste?

---

[10] Candeia: diz o mesmo autor: "Há uma árvore meã que se chama 'ibiriba' a qual os índios fazem em fios para fachos, com que vão mariscar e para andarem de noite; e ainda que seja verde, cortada daquela hora, pega o fogo nela como em alcatrão, e não apaga o vento e os fachos dela; e em casa servem-se os índios de achas dessa madeira, como de candeias". (N. do A.)

— Sim.

O índio continuou a descer.

— Que vais fazer? — exclamou Cecília, assustada.

— Buscar o que é teu.

— Meu! — murmurou melancolicamente.

— Ele te deu.

— Ele quem?

— Álvaro.

A moça corou; mas o susto reprimiu o pejo; abaixando os olhos sobre o precipício, tinha visto um réptil deslizando pela folhagem e ouvido o murmúrio confuso e sinistro que vinha do fundo do abismo.

— Peri — disse empalidecendo —, não desças; volta!

— Não; Peri não volta sem trazer o que te fez chorar.

— Mas tu vais morrer!

— Não tem medo.

— Peri — disse Cecília com severidade —, tua senhora manda que não desças.

O índio parou indeciso; uma ordem de sua senhora era uma fatalidade para ele; cumpria-se irremissivelmente.

Fitou na moça um olhar tímido; nesse momento Cecília, vendo Álvaro na ponta da esplanada junto da cabana do selvagem, retirava-se para dentro da janela corando.

O índio sorriu.

— Peri desobedecer à tua voz, senhora, para obedecer ao teu coração. — E o índio desapareceu sob as trepadeiras que cobriam o precipício. Cecília soltou um grito e debruçou-se no parapeito à janela.

VIII. O BRACELETE

O que Cecília viu, debruçando-se à janela, gelou-a de espanto e horror.

De todos os lados surgiam répteis enormes que, fugindo pelos alcantis, lançavam-se na floresta; as víboras escapavam das fendas dos rochedos, e aranhas venenosas suspendiam-se aos ramos das árvores pelos fios da teia.

No meio do concerto horrível que formava o sibilar das cobras e o estrídulo dos grilos, ouvia-se o canto monótono e tristonho da cauã[11] no fundo do abismo.

O índio tinha desaparecido; apenas se via o reflexo da luz do facho.

Cecília, pálida e trêmula, julgava impossível que Peri não estivesse morto e já quase devorado por esses monstros de mil formas; chorava o seu amigo perdido e balbuciava preces pedindo a Deus um milagre para salvá-lo.

Às vezes fechava os olhos para não ver o quadro terrível que se desenrolava diante dela e abria-os logo para perscrutar o abismo e descobrir o índio.

Em um desses momentos um dos insetos que pululavam no meio da folhagem agitada esvoaçou e veio pousar no seu ombro; era uma esperança, um desses lindos coleópteros verdes que a poesia popular chama *lavandeira-de-deus*.

A alma nos momentos supremos de aflição suspende-se ao fio o mais tênue da esperança; Cecília sorriu-se entre as lágrimas, tomou a lavandeira entre os seus dedos rosados e acariciou-a.

Precisava esperar; esperou, reanimou-se, e pôde proferir uma palavra ainda com a voz trêmula e fraca:

— Peri!

No curto instante que sucedeu a este chamado, sofreu uma ansiedade cruel; se o índio não respondesse, estava morto; mas Peri falou:

— Espera, senhora!

Entretanto, apesar da alegria que lhe causaram estas palavras, pareceu à menina que eram pronunciadas por um homem que sofria: a voz chegou-lhe ao ouvido surda e rouca.

— Estás ferido? — perguntou inquieta.

---

[11] Cauã: é uma ave que devora as cobras, pelo que elas fogem dela. Os índios, segundo afirma Aires do Casal, imitavam o seu canto, quando andavam à noite pelo mato e, assim, preservavam-se de serem mordidos. (N. do A.)

Não houve resposta; um grito agudo partiu do fundo do abismo, e ecoou pelas fráguas; depois a cauã cantou de novo, e uma cascavel silvando bravia passou seguida por uma ninhada de filhos.

Cecília vacilou; soltando um gemido plangente caiu desmaiada de encontro à almofada da janela.

Quando, passado um quarto de hora, a menina abriu os olhos, viu diante dela Peri que chegava naquele momento e lhe apresentava sorrindo uma bolsa de malha de retrós, dentro da qual havia uma caixinha de veludo escarlate.

Sem se importar com a joia, Cecília, ainda impressionada pelo quadro horrível que presenciara, tomou as mãos do índio e perguntou-lhe com sofreguidão:

— Não estás mordido, Peri?... Não sofres?... Dize!

O índio olhou-a admirado do susto que via no seu semblante.

— Tiveste medo, senhora?

— Muito! — exclamou a menina.

O índio sorriu.

— Peri é um selvagem, filho das florestas; nasceu no deserto, no meio das cobras; elas conhecem Peri e o respeitam.

O índio dizia a verdade; o que acabava de fazer era a sua vida de todos os dias no meio dos campos: não havia nisto o menor perigo.

Tinha-lhe bastado a luz do seu facho e o canto da cauã que ele imitava perfeitamente para evitar os répteis venenosos que são devorados por essa ave. Com este simples expediente de que os selvagens ordinariamente se serviam quando atravessavam as matas de noite, Peri descera e tivera a felicidade de encontrar presa aos ramos de uma trepadeira a bolsa de seda, que adivinhou ser o objeto dado por Álvaro.

Soltou então um grito de prazer que Cecília tomou por grito de dor: assim como antes tinha tomado o eco do precipício por uma voz cava e surda.

Entretanto Cecília, que não podia compreender como um homem passava assim no meio de tantos animais venenosos sem ser ofendido por eles, atribuía a salvação do índio a um milagre e considerava a ação simples e natural que acabava de praticar como um heroísmo admirável. A sua alegria por ver Peri livre de perigo e por ter nas suas mãos a prenda de Álvaro foi tal que esqueceu tudo o que se tinha passado.

A caixinha continha um simples bracelete de pérolas; mas estas eram do mais puro esmalte e lindas como pérolas que eram; bem mostravam que tinham sido escolhidas pelos olhos de Álvaro e destinadas ao braço de Cecília.

A menina admirou-as um momento com o sentimento de faceirice que é inato na mulher e lhe serve de sétimo sentido; pensou que devia ir-lhe bem esse bracelete; levada por esta ideia cingiu-o ao braço e mostrou a Peri que a contemplava satisfeito de si mesmo.

— Peri sente uma coisa.

— O quê?

— Não ter contas mais bonitas do que estas para dar-te.

— E por que sentes isso?

— Porque te acompanhariam sempre.

Cecília sorriu; ia fazer uma travessura.

— Assim, tu ficarias contente se tua senhora, em vez de trazer este bracelete, trouxesse um presente dado por ti?

— Muito.

— E o que me dás tu para que eu me faça bonita? — perguntou a menina gracejando.

O índio correu os olhos ao redor de si e ficou triste; podia dar a sua vida, que de nada valia; mas onde iria ele, pobre selvagem, buscar um adorno digno de sua senhora!

Cecília teve pena do seu embaraço.

— Vai buscar uma flor que tua senhora deitará nos seus cabelos, em vez deste bracelete que ela nunca deitará no seu braço.

Estas últimas palavras foram ditas com um tom de energia, que revelava a firmeza do caráter desta menina; ela fechou outra vez o bracelete na caixa e ficou um momento melancólica e pensativa.

Peri voltou trazendo uma linda flor silvestre que encontrara no jardim; era uma parasita aveludada, de lindo escarlate. A menina prendeu a flor nos cabelos, satisfeita por ter cumprido um inocente desejo de Peri, que só vivia para cumprir os seus; e dirigiu-se ao quarto de sua prima, ocultando no seio a caixinha de veludo.

Isabel pretextara uma indisposição; não saíra do seu quarto depois que voltara do aposento de Cecília, tendo traído o segredo de seu amor.

As lágrimas que derramou não foram como as de sua prima, de alívio e consolo; foram lágrimas ardentes, que, em vez de refrescarem o coração, o queimam como o rescaldo da paixão.

Às vezes, ainda umedecidos de pranto, seus olhos negros brilhavam com um fulgor extraordinário; parecia que um pensamento delirante passava rapidamente no seu espírito desvairado. Então ajoelhava-se e fazia uma oração, no meio da qual suas lágrimas vinham de novo orvalhar-lhe as faces.

Quando Cecília entrou, ela estava sentada à beira do leito, com os olhos fitos na janela, por entre a qual se via uma nesga do céu.

Estava bela da melancolia e languidez que prostrava o seu corpo num enlevo sedutor, fazendo realçar as linhas harmoniosas de seu talhe gracioso.

Cecília aproximou-se sem ser vista e estalou um beijo na face morena de sua prima.

— Já te disse que não te quero ver triste.

— Cecília!... — exclamou Isabel sobressaltando-se.

— Que é isto? Faço-te medo?

— Não... mas...

— Mas o quê?

— Nada...

— Sei o que queres dizer, Isabel, julgaste que conservava uma queixa de ti. Confessa!

— Julguei — disse a moça balbuciando — que me tinha tornado indigna de tua amizade.

— E por quê? Fizeste-me tu algum mal? Não somos nós duas irmãs, que nos devemos amar sempre?

— Cecília, o que tu dizes não é o que tu sentes! — exclamou Isabel admirada.

— Algum dia te enganei? — replicou Cecília, magoada.

— Não; perdoa; porém é que...

A moça não continuou; o olhar terminou o seu pensamento e exprimiu o espanto que lhe causava o procedimento de Cecília. Mas de repente uma ideia assaltou-lhe o espírito.

Cuidou que Cecília não tinha ciúmes dela, porque a julgava indigna de merecer um só olhar de Álvaro; esta lembrança a fez sorrir amargamente.

— Assim, está entendido — disse Cecília com volubilidade —, nada se passou entre nós; não é verdade?

— Tu o queres!

— Quero, sim; nada se passou; somos as mesmas, com uma diferença — acrescentou Cecília corando —, que de hoje em diante tu não deves ter segredos para comigo.

— Segredos! Tinha um que já te pertence! — murmurou Isabel.

— Porque o adivinhei! Não é assim que desejo; prefiro ouvir de tua boca; quero consolar-te quando estiveres toda tristezinha como agora e rir-me contigo quando ficares contente. Sim?

— Ah! nunca! Não me peças uma coisa impossível, Cecília! Já sabes demais; não me obrigues a morrer a teus pés de vergonha.

— E por que te causaria isto vergonha? Assim como tu me amas, não podes amar uma outra pessoa?

Isabel escondeu o rosto nas mãos para disfarçar o rubor que lhe subia às faces; Cecília, um pouco comovida, olhava sua prima e compreendia nesse momento a causa por que ela própria corava quando sentia os olhos de Álvaro fitos nos seus.

— Cecília — disse Isabel fazendo um esforço supremo —, não me iludas, minha prima; tu és boa, tu me amas, e não queres magoar-me; mas não zombes da minha fraqueza. Se soubesses como sofro!

— Não te iludo, já te disse; não desejo que sofras, e menos que sofras por minha causa; entendes?

— Entendo, e juro-te que saberei fazer calar meu coração; se for preciso ele morrerá antes do que te dar uma sombra de tristeza.

— Não — exclamou Cecília —, tu não me compreendes: não é isto que eu te peço, bem ao contrário quero que... sejas feliz!

— Que eu seja feliz? — perguntou Isabel arrebatadamente.

— Sim — respondeu a menina abraçando-a e falando-lhe baixinho ao ouvido —, que o ames a ele e a mim também.

Isabel ergueu-se pálida e duvidando do que ouvia; Cecília teve bastante força para sorrir-lhe com um dos seus divinos sorrisos.

— Não, é impossível! Tu me queres tornar louca, Cecília?

— Quero tornar-te alegre — respondeu a menina acariciando-a —; quero que deixes esse rostinho melancólico e me abraces como tua irmã. Não o mereço?

— Oh! sim, minha irmã; tu és um anjo de bondade, mas o teu sacrifício é perdido; eu não posso ser feliz, Cecília.

— Por quê?

— Porque ele te ama! — murmurou Isabel.

A menina corou.

— Não digas isto, é falso.

— É bem verdade.

— Ele te disse?

— Não, mas adivinhei-o antes de ti mesma.

— Pois te enganaste; e sabes que mais, não me fales nisto. Que me importa o que ele sente a meu respeito?

E a menina conhecendo que a emoção se apoderava dela, fugiu mas voltou da porta.

— Ah! esqueci-me de dar-te uma coisa que trouxe para ti.

Tirou a caixinha de veludo e, abrindo-a, atou o bracelete de pérolas ao braço de Isabel.

— Como te vão bem! Como assentam no teu moreno tão lindo! Ele te achará bonita!

— Este bracelete!...

Isabel teve de repente uma suspeita.

A menina percebeu; ia mentir pela primeira vez na sua vida.

— Foi meu pai que mo deu ontem; mandou vir dois irmãos: um para mim, e outro que eu lhe pedi para ti. Assim, não tens que recusar senão agasto-me contigo.

Isabel abaixou a cabeça.

— Não o tires; eu vou deitar o meu e ficaremos irmãs. Adeus, até logo.

E apinhando os dedos atirou um beijo à prima e saiu correndo.

A travessura e jovialidade do seu gênio já tinham dissipado as impressões tristes da manhã.

IX. Testamento

No momento em que Cecília deixou Isabel, D. Antônio de Mariz subia a esplanada, preocupado por algum objeto importante, que dava à sua fisionomia expressão ainda mais grave que a habitual.

O velho fidalgo avistou de longe seu filho D. Diogo e Álvaro passeando ao longo da cerca que passava no fundo da casa; fez-lhes sinal de que se aproximassem.

Os moços obedeceram prontamente e acompanharam D. Antônio de Mariz até o seu gabinete d'armas, pequena saleta que ficava ao lado do oratório, e que nada tinha de notável, a não ser a portinha de uma escada que descia para uma espécie de cava ou adega servindo de paiol.

Na ocasião em que se abriram os alicerces da casa, os obreiros descobriram um socavão profundo talhado na pedra; D. Antônio, como homem previdente, lembrando-se da necessidade que teria para o futuro de não contar senão com os seus próprios recursos, mandou aproveitar essa abóbada natural e fazer dela um depósito que pudesse conter algumas arrobas de pólvora.

O fidalgo achara ainda uma outra grande vantagem na sua lembrança; era a tranquilidade de sua família, cuja vida não estaria sujeita a um descuido de qualquer doméstico ou aventureiro; porque no seu gabinete d'armas ninguém entrava, senão estando de presente.

D. Antônio sentou-se junto da mesa coberta com um couro de moscóvia e fez sinal aos dois moços para que se sentassem a seu lado.

— Tenho que falar-vos de objeto muito sério, de objeto de família — disse o fidalgo. — Chamei-vos para me ouvirdes como em uma coisa que vos interessa e a mim antes do que a todos.

D. Diogo inclinou-se diante de seu pai; Álvaro imitou-o, sentindo um sobressalto ao ouvir aquelas palavras graves e pausadas do velho fidalgo.

— Tenho sessenta anos — continuou D. Antônio —, estou velho. O contato deste solo virgem do Brasil, o ar puro destes desertos, remoçou-me durante os últimos anos; mas a natureza reassume os seus direitos; e sinto que o antigo vigor cede à lei da criação que manda voltar à terra aquilo que veio da terra.

Os dois moços iam dizer alguma doce palavra como quando procuramos iludir a verdade àqueles a quem prezamos, esforçando por nos iludirmos a nós próprios.

D. Antônio conteve-os com um gesto nobre:

— Não me interrompais. Não é uma queixa que vos faço; é sim uma declaração que deveis receber, pois é necessária para que possais compreender o que tenho de dizer-vos ainda. Quando durante quarenta anos jogamos nossa vida quase todos os dias, quando vimos a morte cem vezes sobre nossa cabeça, ou debaixo de nossos pés, podemos olhar tranquilos o termo da viagem que fazemos neste vale de lágrimas.

— Oh! nunca duvidamos de vós, meu pai! — exclamou D. Diogo —, mas é a segunda vez em dois dias que me falais da possibilidade de uma tal desgraça; e esta só ideia me assusta! Estais forte e vigoroso ainda!

— Decerto — retrucou Álvaro —; dizíeis há pouco que o Brasil vos tinha remoçado; e eu afirmo-vos que ainda estais na juventude da segunda vida que vos deu o novo mundo.

— Obrigado, Álvaro, obrigado, meu filho — disse D. Antônio sorrindo —; quero acreditar nas vossas palavras. Contudo julgareis que é prudente da parte de um homem que chega ao último quartel da vida dispor a sua última vontade e fazer o seu testamento.

— O vosso testamento, meu pai! — disse D. Diogo, pálido.

— Sim: a vida pertence a Deus, e o homem que pensa no futuro deve preveni-lo. É costume encarregar-se isto a um escriba; nem o tenho aqui, nem o julgo necessário. Um fidalgo não pode confiar melhor a sua última vontade do que a duas almas nobres e leais como as vossas. Perde-se um papel, rompe-se, queima-se; o coração de um cavalheiro que tem sua espada para defendê-lo, e seu dever para guiá-lo, é um documento vivo e um executor fiel. Este será pois o meu testamento. Ouvi-me.

Os dois cavalheiros conheceram pela firmeza com que falava D. Antônio que sua resolução era inabalável; se dispuseram a ouvi-lo com uma emoção de tristeza e respeito.

— Não trato de vós, D. Diogo; a minha fortuna pertence-vos como chefe da família que sereis; não trato de vossa mãe, porque perdendo um esposo restar-lhe-á um filho devotado: amo-vos a ambos, e vos bendirei na última hora. Há porém duas coisas que mais prezo neste mundo, duas coisas sagradas que devo zelar como um tesouro ainda mesmo depois que me partir desta vida. É a felicidade de minha filha, e a nobreza do meu nome; uma foi presente que recebi do céu, o outro legado que me deixou meu pai.

O fidalgo fez pausa e volveu um olhar do rosto triste de D. Diogo para o semblante de Álvaro, que estava em extraordinária agitação.

— A vós, D. Diogo, transmito o legado de meu pai; estou convencido de que conservareis o seu nome tão puro como a vossa alma e vos esforçareis por elevá-lo, servindo uma causa santa e justa. A vós, Álvaro, confio a felicidade de minha Cecília; e creio que Deus, enviando-vos a mim, faz já dez anos, não quis senão completar o dom que me havia concedido.

Os dois moços tinham deitado um joelho em terra e beijavam cada uma das mãos do velho fidalgo, que colocado no meio deles envolvia-os num mesmo olhar de amor paternal.

— Erguei-vos, meus filhos, abraçai-vos como irmãos, e ouvide-me ainda.

D. Diogo abriu os braços e apertou Álvaro ao peito; um instante os dois corações nobres bateram um de encontro ao outro.

— O que me resta a dizer-vos é difícil; custa sempre confessar uma falta, ainda mesmo quando se fala a almas generosas. Tenho uma filha natural: a estima que voto a minha mulher e o receio de fazer essa pobre menina corar de seu nascimento obrigaram-me a dar-lhe em vida o título de sobrinha.

— Isabel?... — exclamou D. Diogo.

— Sim, Isabel é minha filha. Peço-vos a ambos que a trateis sempre como tal; que a ameis como irmã, e a rodeeis de tanto afeto e carinho que ela possa ser feliz, e perdoar-me a indiferença que lhe mostrei e a infelicidade involuntária que causei à sua mãe.

A voz do velho fidalgo tornou-se um tanto trêmula e comovida; sentia-se que uma recordação dolorosa, adormecida no fundo do coração, havia despertado.

— Pobre mulher!... — murmurou ele.

Levantou-se, passeou pelo aposento e, conseguindo dominar a sua emoção, voltou aos dois moços.

— Eis a minha última disposição; sei que a cumprireis; não vos peço um juramento; basta-me a vossa palavra.

D. Diogo estendeu a mão, Álvaro levou a sua ao coração: D. Antônio, que compreendeu tudo quanto dizia essa muda promessa, abraçou-os.

— Agora deixai a tristeza; quero-vos risonhos; eu o estou, vede! A tranquilidade sobre o futuro vai remoçar-me de novo; e esperareis muito tempo talvez antes que tenhais de executar a minha vontade, que até lá fica sepultada no vosso coração, como testamento que é.

— Assim o tinha entendido — disse Álvaro.

— Pois então — replicou o fidalgo sorrindo —, deveis ficar entendendo também um ponto; é que talvez me incumba eu mesmo de realizar uma das partes do meu testamento. Sabeis qual?

— A da minha felicidade!... — respondeu o moço corando.

D. Antônio apertou-lhe a mão.

— Estou contente e satisfeito — disse o fidalgo —, pena é que tenha um triste dever a cumprir. Sabeis de Peri, Álvaro?

— Vi-o há pouco.

Ide e mandai-o a mim.

O moço retirou-se.

— Fazei chamar vossa mãe e vossa irmã, meu filho.

D. Diogo obedeceu.

O fidalgo sentou-se à mesa e escreveu numa tira de pergaminho, que fechou com um retrós e selou com as suas armas.

D. Lauriana e Cecília entraram acompanhadas por D. Diogo.

— Sentai-vos, minha mulher.

D. Antônio reunia sua família para dar uma certa solenidade ao ato que ia praticar.

Quando Cecília entrou, ele perguntou-lhe ao ouvido:

— Que queres tu dar-lhe?

A menina compreendeu imediatamente; a afeição pouco comum que tinham a Peri, a gratidão que lhe votavam, era uma espécie de segredo entre esses dois corações; era uma planta delicada que não queriam expor ao reparo que causaria aos outros amizade tão sincera por um selvagem.

Ouvindo a pergunta de seu pai, Cecília, que neste dia tinha sofrido tantas emoções diversas, lembrou-se do que se tratava.

— Como! Sempre pretendeis mandá-lo embora! — exclamou ela.

— É necessário; eu te disse.

— Sim; mas pensei que depois houvésseis resolvido o contrário.

— Impossível!

— Que mal faz ele aqui?

— Sabes quanto eu o estimo; quando digo que é impossível, deves crer-me.

— Não vos agasteis!...

— Assim não te opões?

Cecília calou-se.

— Se não queres absolutamente, não se fará; mas tua mãe sofrerá, e eu, porque lhe prometi.

— Não; a vossa palavra antes de tudo, meu pai.

Peri apareceu na porta da sala; uma vaga inquietação ressumbrava no seu rosto, quando se viu no meio da família reunida.

A atitude era respeitosa, mas o seu porte tinha a altivez inata das organizações superiores; seus olhos grandes, negros e límpidos, percorreram o aposento e fixaram-se na fisionomia venerável do cavalheiro.

Cecília prevendo o que se ia passar tinha-se escondido por detrás de seu irmão D. Diogo.

— Peri, acreditas que D. Antônio de Mariz é teu amigo? — perguntou o fidalgo.

— Tanto quanto um homem branco pode ser de um homem de outra cor.

— Acreditas que D. Antônio de Mariz te estima?

— Sim; porque o disse e mostrou.

— Acreditas que D. Antônio de Mariz deseja poder pagar-te o que fizeste por ele, salvando sua filha?

— Se fosse preciso, sim.

— Pois bem, Peri; D. Antônio de Mariz, teu amigo, te pede que voltes à tua tribo.

O índio estremeceu.

— Por que pedes isto?

— Porque assim é preciso, amigo.

— Peri entende; estás cansado de dar-lhe hospitalidade!

— Não!

— Quando Peri te disse que ficava não te pediu nada; sua casa é feita de palha em cima de uma pedra; as árvores do mato lhe dão o sustento; sua roupa foi tecida por sua mãe que veio trazê-la na outra lua. Peri não te custa nada.

Cecília chorava; D. Antônio e seu filho estavam comovidos; D. Lauriana mesma parecia enternecida.

— Não digas isto, Peri! Nunca na minha casa te faltaria a menor coisa, se tu não recusasses tudo e não quisesses viver isolado na tua cabana. Mesmo agora dize o que desejas, o que te agrada, e é teu.

— Por que então mandas Peri embora?

D. Antônio não sabia o que responder; e foi obrigado a procurar um pretexto para explicar ao índio o seu procedimento: a ideia da religião, que todos os povos compreendem, pareceu-lhe a mais própria.

— Tu sabes que nós os brancos temos um Deus, que mora lá em cima, a quem amamos, respeitamos e obedecemos.

— Sim.

— Esse Deus não quer que viva no meio de nós um homem que não o adora e não o conhece; até hoje lhe desobedecemos; agora ele manda.

— O Deus de Peri também mandava que ele ficasse com sua mãe, na sua tribo, junto dos ossos de seu pai; e Peri abandonou tudo para seguir-te.

Houve um momento de silêncio; D. Antônio não sabia o que replicar.

— Peri não te quer aborrecer; só espera a ordem da senhora. Tu mandas que Peri vá, senhora?

D. Lauriana que apenas se tinha falado em religião, voltara às suas prevenções contra o índio, fez um gesto imperioso à sua filha.

— Sim! — balbuciou Cecília.

O índio abaixou a cabeça; uma lágrima deslizou-lhe pela face.

O que ele sofria é impossível dizer; a palavra não sabe o segredo das tormentas profundas de uma alma forte e vigorosa, que pela primeira vez sente-se vencida pela dor.

X. Despedida

D. Antônio aproximou-se de Peri e apertou-lhe a mão:

— O que eu te devo, Peri, não se paga; mas sei o que devo a mim mesmo. Tu voltas à tua tribo: apesar da tua coragem e esforço, pode a sorte da guerra não te ser favorável, e caíres em poder de algum dos nossos. Este papel te salvará a vida e a liberdade; aceita-o em nome de tua senhora e no meu.

O fidalgo entregou ao índio o pergaminho que havia pouco tinha escrito e voltou-se para seu filho:

— Este papel, D. Diogo, assegura a qualquer português de quem Peri possa ser prisioneiro que D. Antônio de Mariz e seus herdeiros respondem por ele e pelo seu resgate, qualquer que for. É mais um legado que vos deixo a cumprir, meu filho.

— Ficai certo, meu pai — replicou o moço —, que saberei responder a essa dívida de honra, não só em respeito à vossa memória, como em satisfação dos meus próprios sentimentos.

— Toda a minha família aqui presente — disse o fidalgo dirigindo-se ao índio — te agradece ainda uma vez o que fizestes por ela; reunimo-nos todos para te desejarmos a boa volta ao seio dos teus irmãos e ao campo onde nasceste.

Peri fitou o olhar brilhante no rosto de cada uma das pessoas presentes, como para dizer-lhes o adeus que seus lábios naquela ocasião não podiam exprimir.

Apenas seus olhos se fitaram em Cecília, impelido por uma força invencível atravessou o aposento e foi ajoelhar-se aos pés de sua senhora.

A menina tirou do peito uma pequena cruz de ouro presa a uma fita preta e deitou-a no pescoço do índio:

— Quando tu souberes o que diz esta cruz, volta, Peri.

— Não, senhora; de onde Peri vai, ninguém voltou.

Cecília estremeceu.

O selvagem ergueu-se e caminhou para D. Antônio de Mariz, que não podia dominar a sua emoção.

— Peri vai partir; tu mandas, ele obedece; antes que o sol deixe a terra, Peri deixará tua casa; o sol voltará amanhã; Peri não voltará nunca. Leva a morte no seio porque parte hoje; levaria a alegria se partisse no fim da lua.

— Por que razão? — perguntou D. Antônio. — Desde que é necessário que nos separemos, tanto deves sentir hoje como daqui a três dias.

— Não — replicou o índio —, tu vais ser atacado amanhã talvez, e Peri estaria contigo para defender-te.

— Vou ser atacado? — exclamou D. Antônio pensativo.

— Sim: podes contar.

— E por quem?

— Pelo aimoré.

— E como sabes isto? — perguntou D. Antônio fitando nele um olhar desconfiado.

O índio hesitou durante um momento; estudava a resposta.

— Peri sabe porque viu o pai e o irmão da índia, que teu filho matou sem querer, olharem tua casa de longe, soltarem o grito da vingança e caminharem para sua tribo.

— E tu o que fizeste?

— Peri viu-os passar; e vem te avisar para que te prepares.

O fidalgo fez com a cabeça um movimento de incredulidade.

— É preciso não te conhecer, Peri, para acreditar no que dizes; tu não podias olhar com indiferença para os inimigos de tua senhora e meus.

O índio sorriu tristemente.

— Eram mais fortes; Peri deixou que passassem.

D. Antônio começou a refletir; parecia evocar as suas reminiscências, e combinar certas circunstâncias que tinha impressas na memória.

Seu olhar, abaixando-se do rosto de Peri, caíra sobre os ombros; a princípio vago e distraído como o de um homem que medita, começou a fixar-se e a distinguir um ponto vermelho quase imperceptível, que aparecia no saio de algodão do índio.

À proporção que a vista se firmava, e que o objeto se desenhava mais distinto, o semblante do fidalgo se esclarecia, como se tivesse achado a solução de um difícil problema.

— Estás ferido? — exclamou o fidalgo de repente.

Peri recuou um passo; mas D. Antônio, lançando-se para ele, entreabriu o talho de sua camisa: e tirou-lhe as duas pistolas da cinta, examinou-as, e viu que estavam descarregadas.

O cavalheiro depois deste exame cruzou os braços e contemplou o índio com admiração profunda.

— Peri — disse ele —, o que fizeste é digno de ti; o que fazes agora é de um fidalgo. Teu nobre coração pode bater sem envergonhar-se sobre o coração de um cavalheiro português. Tomo-vos a todos por testemunhas, que vistes um dia D. Antônio de Mariz apertar ao seu peito um inimigo de sua raça e de sua religião, como a seu igual em nobreza e sentimentos.

O fidalgo abriu os braços e deu em Peri o abraço fraternal consagrado pelos estilos da antiga cavalaria, da qual já naquele tempo apenas restavam vagas tradições. O índio, de olhos baixos, comovido e confuso, parecia um criminoso em face do juiz.

— Vamos, Peri — disse D. Antônio —, um homem não deve mentir, nem mesmo para esconder as suas boas ações. Responde-me a verdade.

— Fala.

— Quem disparou dois tiros junto ao rio, quando tua senhora estava no banho?

— Foi Peri.

— Quem atirou uma flecha que caiu junto de Cecília?

— Um aimoré — respondeu o índio estremecendo.

— Por que a outra flecha ficou sobre o lugar onde estão os corpos dos selvagens?

Peri não respondeu.

— É escusado negares; tua ferida o diz. Para salvar tua senhora, te ofereceste aos tiros dos inimigos; depois os mataste.

— Tu sabes tudo; Peri não é mais preciso; volta à sua tribo.

O índio lançou um último olhar à sua senhora e caminhou para a porta.

— Peri! — exclamou Cecília —, fica; tua senhora manda.

Depois correndo para seu pai, e sorrindo-lhe entre as lágrimas, disse com um tom suplicante:

— Não é verdade? Ele não deve partir mais. Vós não podeis mandá-lo embora, depois do que fez por mim?

— Sim! A casa onde habita um amigo dedicado como este tem um anjo da guarda que vela sobre a salvação de todos. Ele ficará conosco, e para sempre.

Peri, trêmulo e palpitando de alegria e esperança, estava suspenso dos lábios de D. Antônio.

— Minha mulher — disse o fidalgo, dirigindo-se a D. Lauriana com uma expressão solene —, julgais que um homem que acaba de salvar pela segunda vez vossa filha pondo em risco a sua vida; que, despedido por nós, apesar da nossa ingratidão, a sua última palavra é uma dedicação por aqueles que o desconhecem; julgais que este homem deva sair da casa onde tantas vezes a desgraça teria entrado, se ele aí não estivera?

D. Lauriana, tirados os seus prejuízos, era uma boa senhora; e quando o seu coração se comovia, sabia compreender os sentimentos generosos. As palavras de seu marido acharam eco em sua alma.

— Não — disse ela levantando-se e dando alguns passos —, Peri deve ficar, sou eu que vos peço agora esta graça, Sr. D. Antônio de Mariz; tenho também a minha dívida a pagar.

O índio beijou com respeito a mão que a mulher do fidalgo lhe estendera.

Cecília batia as mãos de contente; os dois cavalheiros sorriam, um para o outro, e compreendiam-se. O filho sentia um certo orgulho, vendo seu pai nobre, grande e generoso. O pai conhecia que seu filho o aprovava e seguiria o exemplo que lhe dava.

Neste momento Aires Gomes apareceu no vão da porta e ficou estupefato.

O que passava era para ele uma coisa incompreensível, um enigma indecifrável para quem ignorava o que sucedera anteriormente.

Pela manhã, depois do almoço, D. Antônio de Mariz, chegando a uma janela da sala, vira uma grande nuvem negra abater-se sobre a margem do *Paquequer*. A quantidade dos abutres que formavam essa nuvem indicava que o pasto era abundante; devia ser um ou muitos animais de grande corpulência.

Levado pela curiosidade natural em uma existência sempre igual e monótona, o fidalgo desceu ao rio; encontrou junto da latada de jasmineiros que servia de casa de banho a Cecília uma pequena canoa em que atravessou para a margem oposta.

Aí descobriu os corpos dos dois selvagens que imediatamente reconheceu pertencerem à raça dos aimorés; viu que tinham sido mortos com arma de fogo. Nesse momento não se lembrou de coisa alguma senão de que os selvagens iam talvez atacar a sua casa, e um terrível pressentimento cerrou-lhe o coração.

D. Antônio não era supersticioso; mas não pudera eximir-se de um receio vago quando soube da morte que D. Diogo tinha feito involuntariamente e por falta de prudência; fora este o motivo por que se tinha mostrado tão severo com seu filho.

Vendo agora o começo da realização de suas sinistras previsões, aquele receio vago que a princípio sentira redobrou; auxiliado pela disposição de espírito em que se achava, tornou-se em forte pressentimento.

Uma voz interior parecia dizer-lhe que uma grande desgraça pesava sobre sua casa, e a existência tranquila e feliz que até então vivera naquele ermo ia transformar-se numa aflição que ele não sabia definir. Sob a influência desse movimento involuntário da alma, que às vezes sem motivo nos mostra a esperança ou a dor, o fidalgo voltou à casa.

Perto viu dois aventureiros a quem ordenou que fossem imediatamente enterrar os selvagens e guardassem o maior silêncio sobre isto: não queria assustar sua mulher.

O mais já sabemos.

Pensou que podia a desgraça, que ele temia, recair sobre sua pessoa, e quis dispor a sua última vontade, assegurando o sossego de sua família.

Depois o aviso de Peri lembrou-lhe de repente o que tinha visto; recordou-se das menores circunstâncias, combinou-as com o que Isabel havia contado a sua tia e conheceu o que se tinha passado como se o houvesse presenciado.

A ferida do índio que se abrira com as emoções por que passou durante o momento cruel em que sua senhora o mandava partir tinha manchado o saio de algodão com um ponto quase imperceptível; este ponto foi um raio de luz para D. Antônio.

O escudeiro, o digno Aires Gomes, que depois de esforços inauditos conseguira arrastar com o pé a sua espada, levantá-la e com ela cortar os laços que o prendiam, tinha pois razão de ficar pasmado diante do que se passava.

Peri, beijando a mão de D. Lauriana, Cecília contente e risonha, D. Antônio de Mariz e D. Diogo contemplando o índio com um olhar de gratidão; tudo isto ao mesmo tempo era para fazer enlouquecer ao escudeiro.

Sobretudo para quem souber que apenas livre correra à casa unicamente com o fim de contar o ocorrido e pedir a D. Antônio de Mariz licença para esquartejar o índio; resolvido, se o fidalgo lha negasse, a despedir-se do seu serviço, no qual se conservava havia trinta anos; mas tinha uma injúria a vingar, e bem que lhe custasse deixar a casa, Aires Gomes não hesitava.

D. Antônio, vendo a figura espantada do escudeiro, riu-se; sabia que ele não gostava do índio e quis neste dia reconciliar todos com Peri.

— Vem cá, meu velho Aires, meu companheiro de trinta anos. Estou certo que tu, a fidelidade em pessoa, estimarás apertar a mão de um amigo dedicado de toda a minha família.

Aires Gomes não ficou pasmado só; ficou uma estátua. Como desobedecer a D. Antônio que lhe falava com tanta amizade? Mas como apertar a mão que o havia injuriado? Se já se tivesse despedido do serviço, seria livre: mas a ordem o pilhara de surpresa; não podia sofismá-la.

— Vamos, Aires!

O escudeiro estendeu o braço hirto; o índio apertou-lhe a mão sorrindo.

— Tu és amigo; Peri não te amarrará outra vez.

Por estas palavras todos adivinharam confusamente o que se tinha passado, e ninguém pôde deixar de rir-se.

— Maldito bugre! — murmurava o escudeiro entredentes —, hás de sempre mostrar o que és.

Era hora do jantar: o toque soou.

XI. Travessura

Na tarde desse mesmo domingo em que tantos acontecimentos se tinham passado, Cecília e Isabel saíam do jardim com o braço na cintura uma da outra.

Estavam vestidas de branco; lindas ambas, mas tinha cada uma diversa beleza; Cecília era a graça; Isabel era a paixão; os olhos azuis de uma brincavam; os olhos negros da outra brilhavam.

O sorriso de Cecília parecia uma gota de mel e perfume que destilavam os seus lábios mimosos; o sorriso de Isabel era como um beijo ideal, que fugia-lhe da boca e ia roçar com as suas asas a alma daqueles que a contemplavam.

Vendo aquela menina loura, tão graciosa e gentil, o pensamento elevava-se naturalmente ao céu, despia-se do invólucro material e lembrava-se dos anjinhos de Deus.

Admirando aquela moça morena, lânguida e voluptuosa, o espírito apegava-se à terra; esquecia o anjo pela mulher; em vez do paraíso, lembrava-lhe algum retiro encantador, onde a vida fosse um breve sonho.

No momento em que saíam do jardim, Cecília olhava sua prima com um certo arzinho malicioso, que fazia prever alguma travessura das que costumava praticar.

Isabel, ainda impressionada pela cena da manhã, tinha os olhos baixos; parecia-lhe, depois do que se havia passado, que todos, e principalmente Álvaro, iam ler o seu segredo guardado por tanto tempo no fundo de sua alma.

Entretanto sentia-se feliz; uma esperança vaga e indefinida dilatava-lhe o coração e dava à sua fisionomia a expressão de júbilo, expansão da criatura quando acredita ser amada, auréola brilhante que bem se podia chamar a *alma do amor.*

O que esperava ela? Não sabia; mas o ar lhe parecia mais perfumado, a luz mais brilhante, o olhar via os objetos cor-de-rosa, e o leve roçar da espiguilha do vestido no seu colo aveludado causava-lhe sensações voluptuosas.

Cecília com o misterioso instinto da mulher adivinhava, sem compreender, que alguma coisa de extraordinário se passava em sua prima; e admirava a irradiação de beleza que brilhava no seu moreno semblante.

— Como estás bonita! — disse a menina de repente.

E conchegando a face de Isabel aos lábios, imprimiu nela um beijo suave; a moça respondeu afetuosamente à carícia de sua prima.

— Não trouxeste o teu bracelete? — exclamou ela reparando no braço de Cecília.

— É verdade! — replicou a menina com um gesto de enfado.

Isabel julgou que este gesto era produzido pelo esquecimento; mas a verdadeira causa foi o receio que teve Cecília de se trair.

— Vamos buscá-lo?

— Oh! não! ficaria tarde, e perderíamos o nosso passeio.

— Então devo tirar o meu; já não estamos irmãs.

— Não importa; quando voltarmos prometo-te que ficaremos bem irmãs.

Dizendo isto Cecília sorria maliciosamente.

Tinham chegado à frente da casa. D. Lauriana conversava com seu filho D. Diogo, enquanto D. Antônio de Mariz e Álvaro passeavam pela esplanada conversando

Cecília se dirigiu ao pai, levando Isabel, que ao aproximar-se do jovem cavalheiro sentiu fugir-lhe a vida.

— Meu pai — disse a menina —, nós queremos dar um passeio. A tarde está tão linda! Se eu vos pedisse e ao Sr. Álvaro para que nos acompanhassem?

— Nós faríamos como sempre que tu pedes — respondeu o fidalgo galanteando —; cumpriríamos a tua ordem.

— Oh! ordem não, meu pai! Desejo apenas!

— E o que são os desejos de um lindo anjinho como tu?

— Assim, nos acompanhais?

— Decerto.

— E vós, Sr. Álvaro?

— Eu... obedeço.

Cecília falando ao moço não pôde deixar de corar; mas venceu a perturbação e seguiu com sua prima para a escada que descia ao vale.

Álvaro estava triste; depois da conversa que tivera com Cecília, vira-a durante o jantar; a menina evitava os seus olhares, e nem uma só vez lhe dirigira a palavra. O moço supunha que tudo isto era resultado de sua imprudência da véspera; mas Cecília mostrava-se tão alegre e satisfeita que parecia impossível ter conservado a lembrança da ofensa de que ele se acusava.

A maneira por que a menina o tratava tinha mais de indiferença do que de ressentimento: dir-se-ia que esquecera tudo que havia passado; nem guardava já a mínima lembrança da manhã. Era isto o que tornara Álvaro triste, apesar da felicidade que sentira quando D. Antônio o chamara seu filho; felicidade que às vezes parecia-lhe um sonho encantador que ia esvaecer-se.

As duas moças haviam chegado ao vale e seguiam por entre as moitas de arvoredo que bordavam o campo formando um gracioso labirinto. Às vezes Cecília desprendia-se do braço de sua prima e, correndo pela vereda sinuosa que recortava as moitas de arbustos, escondia-se por detrás da folhagem e fazia com que Isabel a procurasse debalde por algum tempo. Quando sua prima por fim conseguia descobri-la, riam-se ambas, abraçavam-se e continuavam o inocente folguedo.

Uma ocasião porém Cecília deixou que D. Antônio e Álvaro se aproximassem; a menina tinha um olhar tão travesso e um sorriso tão brejeiro, que Isabel ficou inquieta.

— Esqueci-me dizer-vos uma coisa, meu pai.

— Sim! E o que é?

— Um segredo.

— Pois vem contar-mo.

Cecília separou-se de Isabel; chegando-se para o fidalgo, tomou-lhe o braço.

— Tende paciência por um instante, Sr. Álvaro — disse ela voltando-se —, conversai com Isabel; dizei-lhe vossa opinião sobre aquele lindo bracelete... Ainda não o vistes?

E sorrindo afastou-se ligeiramente com seu pai; o segredo que ela tinha era a travessura que acabava de praticar, deixando Álvaro e Isabel sós, depois de lhes ter lançado uma palavra, que devia produzir o seu efeito.

A emoção que sentiram os dois moços ouvindo o que dissera Cecília é impossível de descrever.

Isabel suspeitou o que se tinha passado; conheceu que Cecília a enganara para obrigá-la a aceitar o presente de Álvaro; o olhar que sua prima lhe lançara afastando-se com seu pai lho tinha revelado.

Quanto a Álvaro, não compreendia coisa alguma, senão que Cecília tinha-lhe dado a maior prova de seu desprezo e indiferença; mas não podia adivinhar a razão por que ela associara Isabel a esse ato que devia ser um segredo entre ambos.

Ficando sós em face um do outro, não ousavam levantar os olhos; a vista de Álvaro estava cravada no bracelete; Isabel, trêmula, sentia o olhar do moço e sofria como se um anel de ferro cingisse o seu braço mimoso.

Assim estiveram tempo esquecido; por fim Álvaro, desejoso de ter uma explicação, animou-se a romper o silêncio:

— Que significa tudo isto, D. Isabel? — perguntou ele suplicante.

— Não sei!... Fui escarnecida! — respondeu Isabel, balbuciando.

— Como?

— Cecília fez-me acreditar que este bracelete vinha de seu pai para me fazer aceitá-lo; pois se eu soubesse...

— Que vinha de minha mão? Não aceitaríeis?

— Nunca!... — exclamou a moça com fogo.

Álvaro admirou-se do tom com que Isabel proferiu aquela palavra; parecia dar um juramento.

— Qual o motivo? — perguntou depois de um momento.

A moça fitou nele os seus grandes olhos negros; havia tanto amor e tanto sentimento nesse olhar profundo que, se Álvaro o compreendesse, teria a resposta à sua pergunta. Mas o cavalheiro não compreendeu nem o olhar nem o silêncio de Isabel; adivinhava que havia nisto um mistério e desejava esclarecê-lo.

Aproximou-se da moça e disse-lhe com a voz doce e triste:

— Perdoai-me, D. Isabel; sei que vou cometer uma indiscrição; mas o que se passa exige uma explicação entre nós. Dizeis que fostes escarnecida; também eu o fui. Não achais que o melhor meio de acabar com isso seja o falarmos francamente um ao outro?

Isabel estremeceu.

— Falai: eu vos escuto, Sr. Álvaro.

— Escuso confessar-vos o que já adivinhastes; sabeis a história deste bracelete, não é verdade?

— Sim! — balbuciou a moça.

— Dizei-me pois como ele passou do lugar onde estava ao vosso braço. Não penseis que vos censuro por isso, não; desejo apenas conhecer até que ponto zombam de mim.

— Já vos confessei o que sabia. Cecília enganou-me.

— E a razão que teve ela para enganar-vos não atinais?

— Oh! se atino... — exclamou Isabel reprimindo as palpitações do coração.

— Dizei-ma então. Eu vo-lo peço e suplico!

Álvaro tinha deitado um joelho em terra, e tomando a mão da moça implorava dela a palavra que devia explicar-lhe o ato de Cecília e revelar-lhe a razão que tivera a menina para rejeitar a prenda que ele havia dado.

Conhecendo esta razão talvez pudesse desculpar-se, talvez pudesse merecer o perdão da menina; e por isso pedia com instância a Isabel que lhe declarasse o motivo por que Cecília a havia enganado.

A moça, vendo Álvaro a seus pés, suplicante, tinha-se tornado lívida; seu coração batia com tanta violência que se via o peito de seu vestido elevar-se com as palpitações fortes e apressadas: o seu olhar ardente caía sobre o moço e o fascinava.

— Falai! — dizia Álvaro —, falai! Sois boa; e não me deixeis sofrer assim, quando uma palavra vossa pode dar-me a calma e o sossego.

— E se essa palavra vos fizesse odiar-me? — balbuciou a moça.

— Não tenhais esse receio; qualquer que seja a desgraça que me anunciardes será bem-vinda pelos vossos lábios; é sempre um consolo receber-se a má nova da voz amiga!

Isabel ia falar, mas parou estremecendo:

— Ah! não posso! seria preciso confessar-vos tudo!

— E por que não confessais? Não vos mereço confiança? Tendes em mim um amigo.

— Se fôsseis!...

E os olhos de Isabel cintilaram.

— Acabai!

— Se me fôsseis amigo, me havíeis de perdoar.

— Perdoar-vos, D. Isabel! Que me fizeste vós para que vos eu perdoe? — disse Álvaro admirado.

A moça teve medo do que havia dito; cobriu o rosto com as mãos.

Todo este diálogo, vivo, animado, cheio de reticências e hesitações da parte de Isabel, tinha excitado a curiosidade do cavalheiro; seu espírito perdia-se num dédalo de dúvidas e incertezas.

Cada vez o mistério se obscurecia mais; a princípio Isabel dizia que tinham escarnecido dela; agora dava a entender que era culpada: o cavalheiro resolveu a todo transe penetrar o que para ele era um enigma.

— D. Isabel!

A moça tirou as mãos do rosto; tinha as faces inundadas de lágrimas.

— Por que chorais? — perguntou Álvaro surpreso.

— Não mo pergunteis!...

— Escondeis-me tudo! Deixais-me na mesma dúvida! O que me fizestes vós? Dizei!

— Quereis saber? — perguntou a moça com exaltação.

— Tanto tempo há que suplico-vos!

Álvaro tomara as duas mãos da moça, e com os olhos fitos nos dela esperava enfim uma resposta.

Isabel estava branca como a cambraia do seu vestido; sentia a pressão das mãos do moço nas suas e o seu hálito que vinha bafejar-lhe as faces.

— Me perdoareis?

— Sim! Mas por quê?

— Porque...

Isabel pronunciou esta palavra numa espécie de delírio; uma revolução súbita se tinha operado em toda a sua organização.

O amor profundo, veemente, que dormia no íntimo de sua alma, a paixão abafada e reprimida, por tanto tempo, acordara, e quebrando as cadeias que a retinham, erguia-se impetuosa e indomável.

O simples contato das mãos do moço tinha causado essa revolução; a menina tímida ia transformar-se na mulher apaixonada: o amor ia transbordar do coração como a torrente caudalosa do leito profundo.

As faces se abrasaram; o seio dilatou-se: o olhar envolveu o moço, ajoelhado a seus pés, em fluidos luminosos; a boca entreaberta parecia esperar, para pronunciá-la, a palavra que sua alma devia trazer aos lábios.

Álvaro fascinado a admirava; nunca a vira tão bela; o moreno suave do rosto e do colo da moça iluminava-se de reflexos doces e tinha ondulações tão suaves que o pensamento ia, sem querer, enlear-se nas curvas graciosas como para sentir-lhe o contato, espreguiçar-se pelas formas palpitantes.

Tudo isto passara rapidamente enquanto Isabel hesitava ao proferir a primeira palavra.

Por fim vacilou: reclinando sobre o ombro de Álvaro, como uma flor desfalecida sobre a haste, murmurou:

— Porque... vos amo!

XII. Pelo ar

Álvaro ergueu-se como se os lábios da moça tivessem lançado nas suas veias uma gota do veneno sutil dos selvagens que matava com um átomo.

Pálido, atônito, fitava na menina um olhar frio e severo; seu coração leal exagerava a afeição pura que votava a Cecília a tal ponto que o amor de Isabel lhe parecia quase uma injúria; era ao menos uma profanação.

A moça, com as lágrimas nos olhos, sorria amargamente; o movimento rápido de Álvaro tinha trocado as posições; agora era ela que estava ajoelhada aos pés do cavalheiro.

Sofria horrivelmente; mas a paixão a dominava; o silêncio de tanto tempo queimava-lhe os lábios; seu amor precisava respirar, expandir-se, embora depois o desprezo e mesmo o ódio o viessem recalcar no coração.

— Prometestes perdoar-me!... — disse ela suplicante.

— Não tenho que perdoar-vos, D. Isabel — respondeu o moço erguendo-a —; peço-vos unicamente que não falemos mais de semelhante coisa.

— Pois bem! Escutai-me um momento, um instante só, e juro-vos, por minha mãe, que não ouvireis nunca mais uma palavra minha! Se quereis, nem mesmo vos olharei! Não preciso olhar para ver-vos!

E acompanhou estas palavras com um gesto sublime de resignação.

— Que desejais de mim? — perguntou o moço.

— Desejo que sejais meu juiz. Condenai-me depois; a pena vindo de vós será para mim um consolo. Mo negareis?

Álvaro sentiu-se comovido por essas palavras soltas com o grito de um desespero surdo e concentrado.

— Não cometestes um crime, nem precisais de juiz; mas se quereis um irmão para consolar-vos, tendes em mim um dedicado e sincero.

— Um irmão!... — exclamou a moça. — Seria ao menos uma afeição.

— E uma afeição calma e serena que vale bem outras, D. Isabel.

A moça não respondeu; sentiu a doce exprobração que havia naquelas palavras; mas sentia também o amor ardente que enchia sua alma e a sufocava.

Álvaro tinha-se lembrado da recomendação de D. Antônio de Mariz; o que a princípio fora uma simples compaixão tornou-se simpatia. Isabel era desgraçada desde a infância; devia pois consolá-la e desde já cumprir a última vontade do velho fidalgo, a quem amava e respeitava como pai.

— Não recuseis o que vos peço — disse ele afetuosamente —, aceitai-me por vosso irmão.

— Assim deve ser — respondeu Isabel tristemente. — Cecília me chama sua irmã; vós deveis ser meu irmão. Aceito! Sereis bom para mim?

— Sim, D. Isabel.

— Um irmão não deve tratar sua irmã pelo seu nome simplesmente? — perguntou ela com timidez.

Álvaro hesitou.

— Sim, Isabel.

A moça recebeu essa palavra como um gozo supremo; parecia-lhe que os lábios do cavalheiro, pronunciando assim familiarmente o seu nome, a acariciavam.

— Obrigada! Não sabeis que bem me faz ouvir-vos chamar-me assim. É preciso ter sofrido muito para que a felicidade esteja em tão pouco.

— Contai-me as vossas mágoas.

— Não; deixai-as comigo; talvez depois as conte; agora só quero mostrar-vos que não sou tão culpada como pensais.

— Culpada! Em quê?

— Em querer-vos — disse Isabel corando.

Álvaro tornou-se frio e reservado.

— Sei que vos incomodo; mas é a primeira e a última vez; ouvi-me, depois ralhareis comigo, como um irmão com sua irmã.

A voz de Isabel era tão doce, seu olhar tão suplicante, que Álvaro não pôde resistir.

— Falai, minha irmã.

— Sabeis o que eu sou; uma pobre órfã, que perdeu sua mãe muito cedo e não conheceu seu pai. Tenho vivido da compaixão alheia; não me queixo, mas sofro. Filha de duas raças inimigas, devia amar a ambas; entretanto minha mãe desgraçada fez-me odiar a uma, o desdém com que me tratam fez-me desprezar a outra.

— Pobre moça! — murmurou Álvaro, lembrando-se pela segunda vez das palavras de D. Antônio de Mariz.

— Assim isolada no meio de todos, alimentando apenas o sentimento amargo que minha mãe deixara no meu coração, sentia a necessidade de amar alguma coisa. Não se pode viver somente de ódio e desprezo!...

— Tendes razão, Isabel.

— Inda bem que me aprovais. Precisava amar; precisava de uma afeição que me prendesse à vida. Não sei como, não sei quando, comecei a amar-vos; mas em silêncio, no fundo de minha alma.

A moça embebeu um olhar nos olhos de Álvaro.

— Isto me bastava. Quando vos tinha olhado horas e horas, sem que o percebêsseis, julgava-me feliz; recolhia-me com a minha doce imagem e conversava com ela, ou adormecia sonhando bem lindos sonhos.

O cavalheiro sentia-se perturbado; mas não ousava interromper a Isabel.

— Não sabeis que segredos tem esse amor que vive só de suas ilusões, sem que um olhar, uma palavra o alimente. A mais pequenina coisa é um prazer, uma ventura suprema. Quantas vezes não acompanhava o raio de lua que entrava pela minha janela e que vinha a pouco e pouco se aproximando de mim; julgava ver naquela doce claridade o vosso semblante e esperava trêmula de prazer como se vos esperasse. Quando o raio se chegava, quando a sua luz acetinada caía sobre mim, sentia um gozo imenso; acreditava que me sorríeis, que vossas mãos apertavam as minhas, que vosso rosto se reclinava para mim e vossos lábios me falavam...

Isabel pendeu a cabeça lânguida sobre o ombro de Álvaro; o cavalheiro palpitando de emoção passou o braço pela cintura da moça e apertou-a ao coração; mas de repente afastou-se com um movimento brusco.

— Não vos arreceeis de mim — disse ela com melancolia —, sei que não me deveis amar. Sois nobre e generoso; o vosso primeiro amor será o último. Podeis-me ouvir sem temor.

— Que vos resta dizer-me ainda? — perguntou Álvaro.

— Resta a explicação que há pouco me pedíeis.

— Ah! enfim!

Isabel contou então como apesar de toda a força de vontade com que guardava o seu segredo se havia traído; contou a conversa de Cecília e o modo por que a menina lhe fizera aceitar o bracelete.

— Agora sabeis tudo; o meu afeto vai de novo entrar no meu coração, donde nunca sairia se não fosse a fatalidade que fez com que vos aproximásseis de mim e me dirigísseis algumas palavras doces. A esperança para as almas que não a conheceram ainda ilude tanto e fascina, que devo merecer-vos desculpa. Esquecei-me, meu irmão, antes que lembrar-vos de mim para odiar-me!

— Fazei-me uma injustiça, Isabel; não posso, é verdade, ser para vós senão um irmão, mas esse título sinto que o mereço pela estima e pela afeição que me inspirais. Adeus, minha boa irmã.

O moço pronunciou estas últimas palavras com uma terna efusão e, apertando a mão de Isabel, desapareceu: precisava estar só para refletir sobre o que lhe acontecia.

Estava agora convencido que Cecília não o amava, e nunca o havia amado; e esta descoberta tinha lugar no mesmo dia em que D. Antônio de Mariz lhe dava a mão de sua filha!

Sob o peso da mágoa dolorosa, como é sempre a primeira mágoa do coração, o cavalheiro afastou-se distraído, com a cabeça baixa; caminhou sem direção, seguindo a linha que lhe traçavam os grupos de árvores, destacados aqui e ali sobre a campina.

Estava quase a anoitecer: a sombra pálida e descorada do crepúsculo estendia-se como um manto de gaza sobre a natureza; os objetos iam perdendo a forma, a cor, e ondulavam no espaço vagos e indecisos.

A primeira estrela engolfada no azul do céu luzia a furto como os olhos de uma menina que se abrem ao acordar e cerram-se outra vez temendo a claridade do dia: um grilo escondido no toco de uma árvore começava a sua canção; era o trovador inseto saudando a aproximação da noite.

Álvaro continuava o seu passeio, sempre pensativo, quando de repente sentiu um sopro vivo bafejar-lhe o rosto; erguendo os olhos viu diante de si uma longa flecha fincada no chão e que ainda oscilava com o movimento que lhe tinha imprimido o arco.

O moço recuou um passo e levou a mão à cinta; logo refletindo aproximou-se da seta e examinou a plumagem de que estava ornada; eram de um lado penas de azulão e do outro penas de garça.

Azul e branco eram as cores de Peri; eram as cores dos olhos e do rosto de Cecília.

Um dia a menina, semelhante a uma gentil castelã da Idade Média, tinha se divertido em explicar ao índio como os guerreiros que serviam uma dama costumavam usar nas armas de suas cores.

— Tu dás a Peri as tuas cores, senhora? — disse o índio.

— Não tenho — respondeu a menina —, mas vou tomar umas para te dar; queres?

— Peri te pede.

— Quais achas mais bonitas?

— A de teu rosto, e a de teus olhos.

Cecília sorriu.

— Toma-as, eu tas dou.

Desde este dia, Peri enramou todas as suas setas de penas azuis e brancas; seus ornatos, além de uma faixa de plumas escarlates que fora tecida por sua mãe, eram ordinariamente das mesmas cores.

Foi por esta razão que Álvaro, vendo a plumagem da seta, tranquilizou-se; conheceu que era de Peri e compreendeu o sentido da frase simbólica que o índio lhe mandava pelos ares.

Com efeito aquela flecha na linguagem de Peri não era mais do que um aviso dado em silêncio e de uma grande distância; uma carta ou mensageira muda, uma simples interjeição: *Alto!*

O moço esqueceu os seus pensamentos e lembrou-se do que Peri lhe havia dito pela manhã; naturalmente o que acabava de fazer tinha relação com esse mistério que apenas deixara entrever.

Correu os olhos pelo espaço que se estendia diante dele e sondou com o olhar as moitas que o cercavam, não viu nada que merecesse atenção, não percebeu um sinal que lhe indicasse a presença do índio.

Álvaro resolveu pois esperar; e, parando junto da flecha, cruzou os braços, e com os olhos fitos na linha escura da mata que se recortava no fundo azul do horizonte, esperou.

Um instante depois uma pequena seta açoitando o ar veio cravar-se no tope da primeira, e abalou-a com tal força que a haste inclinou-se; Álvaro compreendeu que o índio queria arrancar a flecha, e obedeceu à ordem.

Imediatamente terceira seta caiu dois passos à direita do cavalheiro e outras foram-se sucedendo na mesma direção de duas em duas braças até que uma mergulhou-se num arvoredo basto que ficava a trinta passos do lugar onde parara a princípio.

Não era difícil desta vez compreender a vontade de Peri; Álvaro, que acompanhava as setas à proporção que caíam, e que sabia indicarem elas o lugar onde devia parar, apenas viu a última sumir-se no arvoredo, escondeu-se por entre a folhagem.

Daí, com pequeno intervalo, viu três vultos que passavam pouco mais ou menos pelo lugar que há pouco havia deixado; Álvaro não os pôde conhecer por causa da ramagem das árvores, mas viu que caminhavam cautelosamente, e pareceu-lhe que tinham as pistolas em punho.

Os vultos afastaram-se dirigindo-se à casa; o cavalheiro ia segui-los, quando as folhas se abriram, e Peri resvalando como uma sombra, sem fazer o menor rumor, aproximou-se dele e disse-lhe ao ouvido uma palavra:

— São eles.

— Eles quem?

— Os inimigos brancos.

— Não te entendo.

— Espera: Peri volta.

E o índio desapareceu de novo nas sombras da noite que avançava rapidamente.

XIII. Trama

Tornemos ao lugar onde deixamos Loredano e seus dois companheiros.

O italiano, depois que Álvaro e Peri se afastaram, levantou-se; passada a primeira emoção, sentira um acesso de raiva e desespero por lhe escaparem os seus inimigos.

Um instante lembrou-se de chamar os cúmplices para atacar o cavalheiro e o índio; mas essa ideia desvaneceu-se logo; o aventureiro conhecia os homens que o seguiam; sabia que podia fazer deles assassinos, mas nunca homens de energia e resolução.

Ora, os dois inimigos que tinha a combater eram respeitáveis; e Loredano temeu comprometer ainda mais a sua causa, já muito mal parada. Devorou pois em silêncio a sua raiva e começou a refletir nos meios de sair da posição difícil em que se achava.

Neste meio tempo Rui Soeiro e Bento Simões vinham-se aproximando receosos do que tinham visto e temendo o menor incidente que complicasse a situação.

Loredano e seus companheiros olharam-se em silêncio um momento; havia nos olhos destes últimos uma interrogação muda e inquieta, a que respondia perfeitamente o rosto pálido e contraído do italiano.

— Não era ele!... — murmurou o aventureiro com a voz surda.

— Como sabeis?

— Se fosse, acreditais que me deixasse a vida?

— É verdade; mas quem foi então?

— Não sei; porém agora pouco importa. Quem quer que fosse, é um homem que sabe o nosso segredo e pode denunciá-lo, se já não o fez.

— Um homem?... — murmurou Bento Simões que até então se conservava silencioso.

— Sim; um homem. Quereis que fosse uma sombra?

— Uma sombra não, mas um espírito! — acudiu o aventureiro.

O italiano sorriu de escárnio.

— Os espíritos têm mais que fazer para se ocuparem com o que vai por este mundo; guardai as vossas abusões, e pensemos seriamente no partido que devemos tomar.

— Lá quanto a isso, Loredano, é escusado; ninguém me tira que anda em tudo isto uma coisa sobrenatural.

— Quereis calar-vos, estúpido carola! — replicou o italiano com impaciência.

— Estúpido!... Estúpido sois vós que não vistes que não há ouvido de criatura que pudesse ouvir as nossas palavras, nem voz humana que saía da terra. Vinde! E vou mostrar-vos se o que digo é ou não é verdade.

Os dois acompanharam Bento Simões e voltaram à touça de cardos, onde tivera lugar a sua entrevista.

— Ide, Rui, e falai à goela despregada para ver se Loredano ouve uma palavra sequer.

Com efeito a experiência mostrou-lhes o que Peri tinha conhecido; que o som da voz entaipado dentro daquela espécie de tubo se elevava e perdia no ar, sem que dos lados se pudesse perceber a menor frase. Se porém o italiano se tivesse colocado sobre o formigueiro que penetrava até ao chão onde há pouco estavam sentados, teria tido a explicação da cena anterior.

— Agora — disse Bento Simões —, entrai; eu gritarei e vereis que a palavra vos passará pela cabeça e não sairá da terra.

— Quanto a isso pouco se me dá — respondeu o italiano. — A outra observação, sim, tranquiliza-me. O homem que nos ameaçou não ouviu; desconfia apenas.

— Ainda insistis em que fosse um homem?

— Escutai, amigo Bento Simões; há uma coisa de que tenho mais medo do que de uma cobra; é de um homem visionário.

— Visionário! dizei crente!

— Um vale outro. Visionário ou crente, se me falais outra vez em espíritos e milagres, prometo-vos que ficareis neste lugar onde servireis de carniça aos urubus.

O aventureiro tornou-se esverdinhado; não era a ideia da morte e sim da pena eterna que, segundo uma crença religiosa, sofrem as almas cujos corpos ficam insepultos, o que mais o horrorizava.

— Pensastes?

— Sim.

— Admitis que fosse um homem?

— Admito tudo.

— Jurais.

— Juro.

— Sobre...

— Sobre a minha salvação.

O italiano soltou o braço do miserável, que caiu de joelhos pedindo ao Deus que ofendia perdão para o perjúrio que acabava de cometer.

Rui Soeiro voltou: os três seguiram calados o caminho que tinham feito, Loredano pensativo, seus companheiros cabisbaixos.

Sentaram-se à sombra de uma árvore; aí permaneceram quase uma hora, sem saber o que deviam fazer, nem o que podiam esperar. A posição era crítica, reconheciam que se achavam num desses lances da vida em que um passo, um movimento, precipita o homem no fundo do abismo, ou o salva da morte que vai cair sobre ele.

Loredano media a situação com a audácia e energia que nunca o abandonava nas ocasiões extremas; uma luta violenta se travara neste homem; só tinha agora um sentimento, uma fibra; era a sede ardente do gozo, sensualidade exacerbada pelo ascetismo do claustro e o isolamento do deserto. Comprimida desde a infância, a sua organização se expandira com veemência no meio deste país vigoroso, aos raios do sol ardente que fazia borbulhar o sangue.

Então, no delírio dos instintos materiais, surgiram duas paixões violentas.

Uma era a paixão do ouro; a esperança de poder um dia deleitar-se na contemplação do tesouro fabuloso que como Tântalo ele ia tocar e fugia-lhe.

A outra era paixão do amor; a febre que lhe requeimava o sangue quando via aquela menina inocente e cândida, que parecia não dever inspirar senão afeições castas.

A luta, que naquele momento o agitava, dava-se entre essas duas paixões. Devia fugir e salvar o seu tesouro, perdendo Cecília? Devia ficar e arriscar a vida para saciar o seu desejo infrene?

Às vezes dizia consigo que bastava-lhe a riqueza para poder escolher no mundo uma mulher que amasse; outras parecia-lhe que o universo inteiro sem Cecília ficaria deserto, e inútil lhe seria todo o ouro que ia conquistar.

Por fim ergueu a cabeça. Seus companheiros esperavam uma palavra sua como o oráculo do seu destino; prepararam-se para ouvi-lo.

— Só há duas coisas a fazer, ou entrarmos na casa, ou fugirmos daqui mesmo; é preciso resolver. Que pensais vós?

— Eu penso — disse Bento Simões trêmulo ainda — que devemos fugir quanto antes, e andar dia e noite sem parar.

— E vós, Rui, sois do mesmo aviso?

— Não; fugir é nos denunciar e perder. Três homens sós neste sertão, obrigados a evitar o povoado, não podem viver; temos inimigos por toda a parte.

— Que propondes então?

— Que entremos em casa como se nada tivesse passado; ou estamos descobertos, e neste caso ainda faltam as provas para nos condenarem; ou ignoram tudo e não corremos o menor risco.

— Tendes razão — disse o italiano —, devemos voltar; nessa casa está a nossa fortuna, ou a nossa ruína. Achamo-nos numa posição em que devemos ganhar tudo ou perder tudo.

Houve longa pausa durante que o italiano refletia.

— Com quantos homens contais, Rui? — perguntou ele.

— Com oito.

— E vós, Bento?

— Sete.

— Decididos?

— Prontos ao menor sinal.

— Bem — disse o italiano com o desempeno de um chefe dispondo o plano da batalha —; trazei cada um os vossos homens amanhã a esta hora; é preciso que à noite tudo esteja concluído.

— E agora o que vamos fazer? — perguntou Bento Simões.

— Vamos esperar que escureça; à boca da noite nos achegaremos da casa. Um de nós à sorte entrará primeiro; se nada houver, dará sinal aos outros. Assim, quando um se perca, dois ao menos terão ainda esperança de salvar-se.

Os aventureiros resolveram passar o dia no mato; uma caça, algumas frutas silvestres deram-lhes simples mas abundante refeição.

Por volta de cinco horas da tarde se encaminharam à casa, a fim de sondarem o que passava, e realizarem o seu projeto. Antes de partirem, Loredano carregou a clavina, mandou seus companheiros carregar as suas, e disse-lhes:

— Assentai bem nisto. Na posição difícil em que estamos, quem não é nosso amigo é nosso inimigo. Pode ser um espião, um denunciante; em todo o caso será depois menos um que teremos contra nós.

Os dois compreenderam a justeza dessa observação e seguiram com as armas engatilhadas, olho vivo e ouvido alerta.

Apesar porém da sua atenção, não viram agitar-se as folhas a dois passos deles e estender-se pelos arbustos uma ondulação que parecia produzida pela correnteza do vento.

Era Peri; havia um quarto de hora que ele acompanhava os aventureiros como a sua sombra; o índio deixando D. Antônio dera pela sua ausência e, conjeturando que eles tramavam alguma coisa, lançou-se em sua procura.

O italiano e seus companheiros caminhavam já havia pedaço, quando Bento Simões parou:

— Quem entrará primeiro?

— A sorte decidirá — respondeu Rui.

— Como?

— Desta maneira — disse o italiano. — Vedes aquela árvore? O que primeiro chegar a ela será o último a entrar; o último será o primeiro.

— Está dito!

Os três meteram as armas à cinta e prepararam-se para a corrida.

Peri ouvindo-os teve uma inspiração: os aventureiros iam separar-se; como Loredano, ele também disse consigo:

— O último será o primeiro.

E tomando três flechas, esticou a corda do arco; mataria os aventureiros sem que um percebesse a morte dos outros.

Os três partiram; mas não tinham feito uma braça de caminho quando Bento Simões tropeçando, foi de encontro a Loredano, e estendeu-se no chão, ao fio comprido do lombo.

Loredano soltou uma blasfêmia, Bento gritou misericórdia; Rui que já ia adiante, voltou julgando que alguma coisa sucedia.

O plano de Peri tinha gorado.

— Sabeis — disse Loredano — que no páreo perde aquele que se deixou cair. Sereis o primeiro, amigo Bento.

O aventureiro não tugiu.

Peri não perdera a esperança de lhe deparar a fortuna outra ocasião favorável para realizar o seu projeto; seguiu-os. Foi então que de longe por baixo das árvores avistou Álvaro na mesma direção em que iam os aventureiros; despedindo uma seta por elevação[12] dera ao cavalheiro o primeiro sinal, e os outros que o fizeram afastar-se.

---

[12] Seta por elevação: a destreza e a habilidade com que os índios atiravam a seta era tal que os europeus a admiravam. Para atirarem por elevação, deitavam-se, seguravam o arco com os dois dedos dos pés e lançavam ao ar a seta, que, subindo, descrevia uma parábola e ia cair no alvo. Ainda há pouco tempo no Pará se viam, nas aldeias de índios já catequizados, páreos deste jogo, em que o alvo era um tronco de bananeira decepado. O tenente Pimentel, filho do

Deixando Álvaro, a intenção do índio era atalhar os aventureiros, esperá-los junto à cerca; e quando eles se separassem, para entrar um a um, matá-los.

Mas uma fatalidade parecia perseguir o índio e proteger seus inimigos.

Quando Bento Simões, destacando-se dos companheiros, entrou a cerca, Peri ouviu naquela direção a voz de Cecília que voltava do passeio com seu pai e sua prima.

A mão do índio, que nunca tremera no meio do combate, caiu inerte; escapou-lhe o arco, só com a ideia de que a seta que ia atirar pudesse assustar a menina, quanto mais ofendê-la.

Bento Simões passou incólume.

XIV. A XÁCARA

Peri viu passar pouco depois Loredano e Rui Soeiro.

Era a terceira vez que os aventureiros depois de estarem na sua mão lhe escapavam por uma espécie de fatalidade.

O índio refletiu alguns momentos e tomou uma resolução definitiva; modificou inteiramente o seu plano. A princípio, decidira não atacar os três inimigos de frente, não porque os temesse, mas sim porque receava que morrendo pudessem realizar a salvo o projeto, cujo segredo só ele sabia.

Conheceu porém que não havia remédio senão recorrer a este expediente; o tempo corria; de um momento para outro podia o italiano executar a sua trama.

O que precisava era achar um meio para, no caso de sucumbir, prevenir a D. Antônio de Mariz do perigo que o ameaçava; este meio havia já acudido ao pensamento do índio.

Foi ter com Álvaro, que o esperava.

---

presidente de Mato Grosso, foi assassinado pelos índios deste modo, cavalgando no meio de muitos cavaleiros. Nenhum foi ferido; e todas as setas abateram-se sobre o moço de quem os selvagens se queriam vingar. (N. do A.)

O moço já o tinha esquecido; pensava em Cecília, na sua afeição quebrada, na sua mais doce esperança murcha e talvez perdida para sempre.

Às vezes também apresentava-se ao seu espírito a imagem melancólica de Isabel; lembrava-se que ela também amava e não era amada. Esta lembrança criava certo laço entre ele e a moça; ambos sofriam pela mesma causa, ambos sentiam o mesmo pesar e curtiam igual desengano.

Depois vinha a ideia de que era a ele que Isabel amava; sem querer repassava na memória as ternas palavras; revia o sorriso triste e os olhares de fogo que se aveludavam com a languidez do amor.

Parecia-lhe que sentia ainda o hálito perfumado da moça, a pressão da cabeça desfalecida em seu ombro, o contato das mãos trêmulas e o eco das queixas murmuradas pela voz maviosa.

O coração lhe palpitava com violência; esquecia-se revendo a bela imagem, de um moreno suave, a que o amor dava reflexos e uma auréola esplêndida.

Mas de repente estremecia, como se a moça ainda estivesse perto dele; passava a mão pela fronte para arrancar as reminiscências que o incomodavam; e tornava à indiferença de Cecília e ao desengano de suas esperanças.

Quando Peri se aproximou, Álvaro estava num dos momentos de tédio e desapego da vida, que sucedem às dores profundas.

— Dize-me, Peri. Falaste de inimigos?

— Sim — respondeu o índio.

— Quero conhecê-los.

— Para quê?

— Para atacá-los.

— Mas são três.

— Melhor.

O índio hesitou:

— Não; Peri quer combater só os inimigos de sua senhora; se ele morrer, tu saberás tudo; acaba então o que Peri tiver começado.

— Para que este mistério? Não podes dizer já quem são esses inimigos?

— Peri pode; mas não quer dizer.

— Por quê?

— Porque tu és bom e pensas que os outros também são; tu defenderás os maus.

— Oh! que não. Fala!

— Ouve. Se Peri não aparecer amanhã, tu não tornarás a vê-lo; mas a alma de Peri voltará para te dizer os nomes deles.

— Como?

— Tu verás. São três; querem ofender a senhora, matar seu pai, a ti, a todos da casa. Têm outros que os seguem.

— Uma revolta!... — exclamou Álvaro.

— O primeiro deles quer fugir e levar Ceci, que tu amas; mas Peri não deixará.

— É impossível! — disse o moço surpreendido.

— Peri te diz a verdade.

— Não creio!...

Com efeito o cavalheiro atribuindo as desconfianças do índio a uma exageração filha da sua dedicação extrema pela filha de D. Antônio, não podia acreditar no horrível atentado: sua direitura de sentimentos repelia a possibilidade de um crime tal!

O fidalgo era amado e respeitado por todos os aventureiros; nunca durante dez anos que o moço o acompanhava se tinha dado na banda um só ato de insubordinação contra a pessoa do chefe; havia faltas de disciplina, rixas entre os companheiros, tentativas de deserção; mas não passava disto.

O índio sabia que Álvaro duvidaria do que se passava; e por isso se obstinava em guardar parte do segredo, receando que o moço com seu cavalheirismo não tomasse o partido dos três aventureiros.

— Tu duvidas de Peri?

— Quem faz uma acusação tal precisa prová-la. Tu és um amigo, Peri; mas os outros também o são e têm o direito de se defenderem.

— Quando um homem vai morrer, tu julgas que ele mente? — perguntou o índio com firmeza.

— Que queres dizer com isso?

— Peri vai vingar sua senhora; vai se separar de tudo quanto ama; se ele perder a vida, dirás ainda que se engana?

Álvaro foi abalado pelas palavras do índio.

— Melhor é que fales a D. Antônio de Mariz.

— Não; ele e tu servem para combater homens que atacam pela frente; Peri sabe caçar o tigre na floresta e esmagar a cobra que vai lançar o bote.

— Mas então o que queres de mim?

— Que, se Peri morrer, acredites no que ele te diz e faças o que ele fez; que salves a senhora!

— Assassinar?... Nunca, Peri; nunca o meu braço brandirá o ferro senão contra o ferro!

O índio lançou ao moço um olhar que brilhou nas trevas.

— Tu não amas Ceci!

Álvaro estremeceu.

— Se tu a amasses, matarias teu irmão para livrá-la de um perigo.

— Peri, talvez não compreendas o que vou dizer-te. Daria a minha vida sem hesitar por Cecília; mas a minha honra pertence a Deus e à memória de meu pai.

Os dois homens olharam-se um momento em silêncio; ambos tinham a mesma grandeza de alma e a mesma nobreza de sentimentos; entretanto as circunstâncias da vida haviam criado neles um contraste.

Em Álvaro, a honra e um espírito de lealdade cavalheiresca dominavam todas as suas ações; não havia afeição ou interesse que pudesse quebrar a linha invariável, que ele havia traçado, e era a linha do dever.

Em Peri a dedicação sobrepujava tudo; viver para sua senhora, criar em torno dela uma espécie de providência humana, era a sua vida; sacrificaria o mundo se possível fosse, contanto que pudesse, como o Noé dos índios, salvar uma palmeira onde abrigar Cecília.

Entretanto essas duas naturezas, uma filha da civilização, a outra filha da liberdade selvagem, embora separadas por distância imensa, compreendiam-se: a sorte lhes traçara um caminho diferente; mas Deus vazara em suas almas o mesmo germe do heroísmo que nutre os grandes sentimentos.

Peri conheceu que Álvaro não cederia; Álvaro sabia que Peri, apesar de sua recusa, cumpriria exatamente o que tinha resolvido.

O índio a princípio parecia impressionado pela obstinação do cavalheiro; porém ergueu a cabeça com um gesto altivo e, batendo com a mão no peito largo e vitorioso, disse em tom de energia:

— Peri só defenderá sua senhora: não precisa de ninguém. É forte; tem como a andorinha as asas de suas flechas; como a cascavel o veneno das setas; como o tigre a força do seu braço; como a ema a velocidade de sua carreira. Só pode morrer uma vez; mas uma vida lhe basta.

— Pois bem, amigo — respondeu o cavalheiro com nobreza —, vais realizar o teu sacrifício; eu cumprirei o meu dever. Tenho uma vida também, e a minha espada. Farei de uma a sombra de Cecília; com a outra traçarei em torno dela um círculo de ferro. Podes ficar certo que os inimigos que passarem por cima de teu corpo acharão o meu antes de chegarem à tua senhora.

— Tu és grande; podias ter nascido no deserto, e ser o rei das florestas; Peri te chamaria irmão.

Apertaram as mãos e dirigiram-se à casa; em caminho Álvaro lembrou-se que ainda não conhecia os homens contra os quais tinha de defender Cecília: perguntou seus nomes; Peri recusou formalmente e prometeu que o cavalheiro saberia, quando fosse tempo.

O índio tinha a sua ideia.

Chegando à casa os dois separaram-se; Álvaro ganhou o aposento que ocupava; Peri encaminhou-se para o jardim de Cecília.

Eram então oito horas da noite; toda a família se achava reunida na ceia; o quarto da menina estava às escuras. Peri examinou os arredores para ver se tudo estava tranquilo e em sossego; e sentou-se num banco do jardim.

Meia hora depois uma luz esclareceu a janela do quarto, e a porta abrindo-se deixou ver o corpinho gracioso de Cecília que destacava no vão esclarecido.

A menina avistando o índio correu para ele.

— Meu pobre Peri, disse ela; tu sofreste hoje muito, não é verdade? E achaste tua senhora bem má e bem ingrata, porque te mandou partir! Mas agora meu pai disse: ficarás conosco para sempre.

— Tu és boa, senhora: tu choravas quando Peri ia partir; pediste para ele ficar.

— Então não tens queixa de Ceci? — disse a menina sorrindo.

— O escravo pode ter queixa de sua senhora? — tornou o índio simplesmente.

— Mas tu não és escravo!... — respondeu Cecília com um gesto de contrariedade —; tu és um amigo sincero e dedicado. Duas vezes me salvaste a vida; fazes impossíveis para me veres contente e satisfeita; todos os dias te arriscas a morrer por minha causa.

O índio sorriu.

— Que queres que Peri faça de sua vida, senhora?

— Quero que estime sua senhora e lhe obedeça, e aprenda o que ela lhe ensinar, para ser um cavalheiro como meu irmão D. Diogo e o Sr. Álvaro.

Peri abanou a cabeça.

— Olha — continuou a menina —, Ceci vai te ensinar a conhecer o Senhor do Céu e a rezar também e ler bonitas histórias. Quando souberes tudo isto, ela bordará um manto de seda para ti; terá uma espada e uma cruz no peito. Sim?

— A planta precisa de sol para crescer; a flor precisa de água para abrir; Peri precisa de liberdade para viver.

— Mas tu serás livre; e nobre como meu pai!

— Não!... O pássaro que voa nos ares cai, se lhe quebram as asas; o peixe que nada no rio morre, se o deitam em terra; Peri será como o pássaro e como o peixe, se tu cortas as suas asas e o tiras da vida em que nasceu.

Cecília bateu com o pé em sinal de impaciência.

— Não te zanga, senhora.

— Não fazes o que Ceci pede?... Pois Ceci não te quer mais bem; nem te chamará mais seu amigo. Vê; já não guardo a flor que me deste.

E a linda menina, machucando a flor que arrancou dos cabelos, correu para o seu quarto e bateu a porta com violência.

O índio voltou pesaroso à sua cabana.

De repente cortou o silêncio da noite voz argentina, que cantava uma antiga xácara portuguesa, com sentimento e expressão arrebatadora. Os sons doces de uma guitarra espanhola faziam o acompanhamento da música.

A xácara dizia assim:

"Foi um dia. — Infanção mouro
Deixou
Alcáçar de prata e ouro.
Montado no seu corcel.
Partiu
Sem pajem, sem anadel.
Do castelo à barbacã
Chegou;
Viu formosa castelã.
Aos pés daquela a quem ama
Jurou
Ser fiel à sua dama.
A gentil dona e senhora
Sorriu;
Ai! que isenta ela não fora!
'Tu és mouro; eu sou cristã':
Falou
A formosa castelã.
'Mouro, tens o meu amor;
Cristão,
Serás meu nobre senhor.'
Sua voz era um encanto,
O olhar
Quebrado, pedia tanto!
'Antes de ver-te, senhora,
Fui rei;
Serei teu escravo agora.
Por ti deixo meu alcáçar
Fiel;
Meus paços d'ouro e de nácar.
Por ti deixo o paraíso,
Meu céu
É teu mimoso sorriso.'
A dona em um doce enleio

Tirou
Seu lindo colar do seio.
As duas almas cristãs,
Na cruz
Um beijo tornou irmãs."

A voz suave e meiga perdeu-se no silêncio do ermo; o eco repetiu um momento as suas doces modulações.

Terceira parte

Os aimorés

I. Partida

Na segunda-feira, eram seis horas da manhã, quando D. Antônio de Mariz chamou seu filho.

O velho fidalgo velara uma boa parte da noite; ou escrevendo ou refletindo sobre os perigos que ameaçavam sua família.

Peri lhe havia contado todas as particularidades de seu encontro com os aimorés; e o cavalheiro, que conhecia a ferocidade e o espírito vingativo dessa raça selvagem, esperava a cada momento ser atacado.

Por isso, de acordo com Álvaro, D. Diogo e seu escudeiro Aires Gomes, tinha tomado todas as medidas de precaução que as circunstâncias e sua longa experiência lhe aconselhavam.

Quando seu filho entrou, o velho fidalgo acabava de selar duas cartas que escrevera na véspera.

— Meu filho — disse ele com uma ligeira emoção —, refleti esta noite sobre o que nos pode acontecer e assentei que deveis partir hoje mesmo para São Sebastião.

— Não é possível, senhor!... Afastais-me de vós justamente quando correis um perigo?

— Sim! É justamente quando um grande perigo nos ameaça que eu, chefe da casa, entendo ser do meu dever salvar o representante do meu nome e meu herdeiro legítimo, o protetor de minha família órfã.

— Confio em Deus, meu pai, que vossos receios serão infundados; mas se ele nos quiser submeter a tal provança, o único lugar que compete a vosso filho e herdeiro de vosso nome é nesta casa ameaçada, ao vosso lado, para defender-vos e partilhar a vossa sorte, qualquer que ela seja.

D. Antônio apertou seu filho ao peito.

— Eu te reconheço; tu és meu filho; é o meu sangue juvenil que gira em tuas veias, e o meu coração de moço que fala pelos teus lábios. Deixa porém que os cinquenta anos de experiência que desde então passaram sobre minha cabeça encanecida te ensinem o que vai da mocidade à velhice, o que vai do ardente cavalheiro ao pai de uma família.

— Eu vos escuto, senhor; mas pelo amor que vos consagro poupai-me a dor e a vergonha de deixar-vos no momento em que mais precisais de um servidor fiel e dedicado.

O fidalgo prosseguiu já calmo:

— Não é uma espada, D. Diogo, que nos dará a vitória, fosse ela valente e forte como a vossa: entre quarenta combatentes que vão se medir talvez contra centenas e centenas de inimigos, um de mais ou de menos não importa ao resultado.

— Que assim seja — respondeu o cavalheiro com energia —; reclamo o meu posto de honra e a minha parte do perigo; não vos ajudarei a vencer, porém morrerei junto dos meus.

— E é por esse nobre mas estéril orgulho que quereis sacrificar o único meio de salvação que talvez nos reste, se, como temo, as minhas previsões se realizarem?

— Que dizeis, senhor?

— Qualquer que seja a força e o número dos inimigos, conto que o valor português e a posição desta casa me ajudarão a resistir-lhe por algum tempo, por vinte dias, mesmo por um mês; mas por fim teremos de sucumbir.

— Então?... — exclamou D. Diogo, pálido.

— Então se meu filho D. Diogo, em vez de ficar nesta casa por uma obstinação imprudente, tiver ido ao Rio de Janeiro e pedido o auxílio que fidalgos portugueses não lhe recusarão decerto, poderá voar em socorro de seu pai, e chegar com tempo para defender sua família. Então verá que esta glória de ser o salvador de sua casa vale bem a honra de um perigo inútil.

D. Diogo deitou o joelho em terra e beijou com ternura a mão do fidalgo:

— Perdão, meu pai, por não vos ter compreendido. Eu devia adivinhar que D. Antônio de Mariz não pode querer para o filho senão o que é digno do pai.

— Vamos, D. Diogo, não há tempo a perder. Lembrai-vos de que uma hora, um minuto de tardança talvez tenha de ser contado ansiosamente por aqueles que vão esperar-vos.

— Parto neste instante — disse o cavalheiro dirigindo-se à porta.

—Tomai; esta carta é para Martim de Sá, governador desta capitania; esta outra é para meu cunhado e vosso tio Crispim Tenreiro,[1] valente fidalgo que vos poupará o trabalho de procurardes defensores para vossa família. Ide despedir-vos de vossa mãe e vossas irmãs, eu farei tudo preparar para a partida.

O fidalgo, reprimindo a sua emoção, saiu do gabinete onde se passava esta cena e foi ter com Álvaro, que o procurava.

— Álvaro, escolhei quatro homens que acompanhem D. Diogo ao Rio de Janeiro.

— D. Diogo parte?... — perguntou o moço admirado.

— Sim, depois vos direi as razões. Por agora dai-vos pressa em que tudo esteja pronto dentro de uma hora.

Álvaro dirigiu-se imediatamente ao fundo da casa onde habitavam os aventureiros.

Havia aí grande agitação; uns falavam em tom de queixa, outros murmuravam apenas palavras entrecortadas; e alguns finalmente riam e motejavam do descontentamento de seus companheiros.

Aires Gomes com todo o seu arreganho militar passeava no meio do terreiro, a mão no punho da espada, a cabeça alta e o bigode retorcido. Quando o escudeiro passava, a voz

---

[1] Crispim Tenreiro: foi um dos fundadores do Rio de Janeiro; era casado com D. Isabel [de] Mariz, irmã de D. Antônio. (N. do A.)

dos aventureiros descia dois tons; mas à medida que ele se afastava, cada um dava livre desabafo ao seu mau humor.

Entre os mais inquietos e turbulentos distinguiam-se três grupos presididos por personagens de nosso conhecimento: Loredano, Rui Soeiro e Bento Simões.

A causa desse descontentamento quase geral era a seguinte:

Por volta de seis horas da manhã, Rui, em virtude do emprazamento da véspera, dirigiu-se o primeiro à escada para ganhar o mato.

Chegando ao fim da esplanada admirou-se de ver aí Vasco Afonso e Martim Vaz de vigia, o que era extraordinário, pois só à noite se usava de uma tal precaução, e esta cessava apenas amanhecia.

Ainda mais admirado porém ficou quando os dois aventureiros, cruzando as espadas, proferiram quase ao mesmo tempo estas palavras:

— Não se passa.

— E por que razão?

— É a ordem — respondeu Martim Vaz.

Rui empalideceu, e voltou apressadamente; a primeira ideia que lhe acudiu foi que os tinham denunciado, e cuidou em prevenir a Loredano.

Aires Gomes porém embargou-lhe o passo, e dirigiu-se com ele para o terreiro: aí o digno escudeiro desempenando o corpo, e levando a mão à boca em forma de buzina, gritou...

— Olá! À frente toda a banda!

Os aventureiros chegaram-se formando um círculo ao redor de Aires Gomes; Rui já tinha tido ocasião de lançar uma palavra ao ouvido do italiano; e ambos, um pouco pálidos mas resolutos, esperavam o desfecho daquela cena.

— O Sr. D. Antônio de Mariz — disse o escudeiro —, por meu intermédio vos faz saber a sua vontade: e manda que ninguém se afaste um passo da casa sem sua ordem. Quem o contrário fizer, pereça morte natural.

Um silêncio morno acolheu a enunciação desta ordem. Loredano trocou uma vista rápida com os seus dois cúmplices.

— Estais entendidos? — disse Aires Gomes.

— O que nem eu, nem meus companheiros entendemos é a razão disto — retrucou o italiano avançando um passo.

— Sim; a razão? — exclamou em coro a maioria dos aventureiros.

— As ordens cumprem-se, e não se discutem — respondeu o escudeiro com uma certa solenidade.

— Contudo nós... — ia dizendo Loredano.

— Toca a debandar! — gritou Aires Gomes. — Aquele que não estiver contente, que o diga ao Sr. D. Antônio de Mariz.

E o escudeiro com uma fleuma imperturbável rompeu o círculo e começou a passear pelo terreiro olhando de través os aventureiros e rindo à sorrelfa do seu desapontamento.

Quase todos estavam contrariados; sem falar dos conspiradores que se haviam emprazado para concertarem seu plano de campanha, os outros, cujo divertimento era caçar e bater os matos, não recebiam a ordem com prazer. Apenas alguns de gênio mais bonachão e jovial tinham tomado a coisa à boa parte, e zombavam da contrariedade que sofriam seus companheiros.

Quando Álvaro se aproximou todos os olhos se voltaram para ele, esperando a explicação do que se passava.

— Sr. cavalheiro — disse Aires Gomes —, acabo de transmitir a ordem para que ninguém arrede pé da casa.

— Bem — respondeu o moço, e continuou dirigindo-se aos aventureiros —, assim é preciso, meus amigos, estamos ameaçados de um ataque dos selvagens, e toda a prudência é pouca nestas ocasiões. Não é só a nossa vida que temos a defender, e essa pouco vale para cada um de nós; é sim a pessoa daquele que confia em nosso zelo e coragem, e mais ainda o sossego de uma família honrada que todos prezamos.

As nobres palavras do cavalheiro, e a afabilidade do gesto que suavizava a firmeza de sua voz, serenaram completamente os ânimos; todos os descontentes mostraram-se satisfeitos.

Apenas Loredano estava desesperado por ser obrigado a retardar a combinação do seu plano; pois era arriscado tentá-lo em casa, onde o menor gesto o podia trair.

Álvaro trocou poucas palavras com Aires Gomes, e voltou-se para os aventureiros:

— D. Antônio de Mariz precisa de quatro homens dedicados para acompanharem seu filho D. Diogo à cidade de São Sebastião. É uma missão perigosa; quatro homens nestes desertos marcham de perigo em perigo. Quem de vós se oferece para desempenhá-la?

Vinte homens se adiantaram; o cavalheiro escolheu três entre eles.

— Vós sereis o quarto, Loredano.

O italiano que se tinha escondido entre os seus companheiros, ficou como fulminado por estas palavras; sair naquela ocasião da casa era perder para sempre a sua mais ardente esperança; durante a ausência tudo podia se descobrir.

— Pesa-me ser obrigado a negar-me ao serviço que exigis de mim; mas sinto-me doente, e sem forças para uma viagem.

O cavalheiro sorriu.

— Não há enfermidade que prive um homem de cumprir o seu dever; sobretudo quando é um homem valente e leal como vós, Loredano.

Depois abaixou a voz para não ser ouvido pelos outros aventureiros:

— Se não partis, sereis arcabuzado em uma hora. Esqueceis que tenho a vossa vida em minha mão e vos faço esmola mandando-vos sair desta casa?

O italiano compreendeu que não tinha remédio senão partir; bastava que o moço o acusasse de ter atirado sobre ele, bastava a palavra de Álvaro para fazê-lo condenar pelo chefe e pelos seus próprios companheiros.

— Aviai-vos — disse o cavalheiro aos quatro aventureiros escolhidos por ele —; partis em meia hora.

Álvaro retirou-se.

Loredano ficou um momento abatido pela fatalidade que pesava sobre ele; mas a pouco e pouco foi recobrando a calma, animando-se; por fim sorriu. Para que sorrisse era necessário que alguma inspiração infernal tivesse subido do centro da terra a essa inteligência votada ao crime.

Fez um aceno a Rui Soeiro, e os dois encaminharam-se para um cubículo que o italiano ocupava no fim da esplanada. Aí conversaram algum tempo, rapidamente e em voz baixa.

Foram interrompidos por Aires Gomes, que bateu com a espada na porta:

— Eh! lá! Loredano. A cavalo, homem; e boa viagem.

O italiano abriu a porta, e ia sair; mas voltou-se para dizer a Rui Soeiro:

— Olhai os homens da guarda; é o principal.

— Ide tranquilo.

Alguns minutos depois, D. Diogo, com o coração cerrado e as lágrimas nos olhos, apertava nos braços sua mãe querida, Cecília que ele adorava, e Isabel que já amava também como irmã.

Depois desprendendo-se com um esforço, encaminhou-se apressadamente para a escada e desceu ao vale; aí recebeu a bênção de seu pai e abraçando a Álvaro saltou na sela do cavalo, que Aires Gomes tinha pela rédea.

A pequena cavalgata partiu; com pouco sumia-se na volta do caminho.

II. Preparativos

Ao tempo que D. Antônio de Mariz e seu filho conversaram no gabinete, Peri examinava as suas armas, carregava as pistolas que sua senhora lhe havia dado na véspera e saía da cabana.

A fisionomia do selvagem tinha uma expressão de energia e ardimento, que revelava resolução violenta, talvez desesperada.

O que ia fazer, nem ele mesmo sabia. Certo de que o italiano e seus companheiros se reuniriam naquela manhã, contava, antes que a reunião se efetuasse, ter mudado inteiramente a face das coisas.

Só tinha uma vida, como dissera; mas essa com a sua agilidade e a sua força e coragem valia por muitas; tranquilo sobre o futuro pela promessa de Álvaro, não lhe importava o número dos inimigos: podia morrer, mas esperava deixar pouco ou talvez nada que fazer ao cavalheiro.

Saindo de sua cabana, Peri entrou no jardim: Cecília estava sentada num tapete de peles sobre a relva, e a mimava ao seio a sua rolinha predileta, oferecendo os lábios de carmim às carícias que a ave lhe fazia com o bico delicado.

A menina estava pensativa; doce melancolia desvanecia a vivacidade natural de seu semblante.

— Tu estás agastada com Peri, senhora?

— Não — respondeu a menina fitando nele os grandes olhos azuis. — Não quiseste fazer o que eu pedi; tua senhora ficou triste.

Ela dizia a verdade com a ingênua franqueza da inocência. Na véspera, quando se tinha recolhido enfadada pela recusa de Peri, ficara contrariada.

Educada no fervor religioso de sua mãe, embora sem os prejuízos que a razão de D. Antônio corrigira no espírito de sua filha, Cecília tinha a fé cristã em toda a pureza e santidade. Por isso se afligia com a ideia de que Peri, a quem votava uma amizade profunda, não salvasse a sua alma, e não conhecesse o Deus bom e compassivo a quem ela dirigia suas preces.

Conhecia que a razão, por que sua mãe e os outros desprezavam o índio, era o seu gentilismo; e a menina no seu reconhecimento queria elevar o amigo e torná-lo digno da estima de todos.

Eis a razão por que ficara triste; era a gratidão por Peri, que defendera sua vida de tantos perigos, e a quem ela queria retribuir salvando a sua alma.

Nesta disposição de espírito, seus olhos caíram sobre a guitarra espanhola que estava em cima da cômoda e veio-lhe vontade de cantar. É coisa singular como a melancolia inspira! Seja por uma necessidade de expansão, seja porque a música e a poesia suavizem a dor, toda a criatura triste acha no canto um supremo consolo.

A menina tirou ligeiros prelúdios do instrumento enquanto repassava na memória as letras de alguns solaus e cantigas que sua mãe lhe havia ensinado. A que lhe acudiu mais naturalmente foi a xácara que ouvimos: havia nessa composição uns longes, um quer que seja que ela não sabia explicar, mas ia com seus pensamentos.

Quando acabou de cantar levantou-se, apanhou a flor de Peri que tinha atirado ao chão, deitou-a nos cabelos e, fazendo a sua oração da noite, adormeceu tranquilamente. O último pensamento que roçou a sua fronte alva foi um voto de gratidão pelo amigo que lhe salvara a vida naquela manhã. Depois um sorriso adejou sobre seu rosto gracioso, como se a alma durante o sono dos olhos viesse brincar nos lábios entreabertos.

O índio, ouvindo as palavras que acabava de proferir Cecília, sentiu que pela primeira vez tinha causado uma mágoa real a sua senhora.

— Tu não entendeste Peri, senhora; Peri te pediu que o deixasses na vida em que nasceu, porque precisa desta vida para servir-te.

— Como?... Não te entendo!

— Peri, selvagem, é o primeiro dos seus; só tem uma lei, uma religião, é sua senhora; Peri, cristão, será o último dos teus; será um escravo, e não poderá defender-te.

— Um escravo!... Não! Serás um amigo. Eu te juro! — exclamou a menina com vivacidade.

O índio sorriu:

— Se Peri fosse cristão, e um homem quisesse te ofender, ele não poderia matá-lo, porque o teu Deus manda que um homem não mate outro. Peri selvagem não respeita ninguém; quem ofende sua senhora é seu inimigo e morre!

Cecília, pálida de emoção, olhou o índio, admirada não tanto da sublime dedicação, como do raciocínio; ela ignorava a conversa que o índio tivera na véspera com o cavalheiro.

— Peri te desobedeceu por ti somente; quando já não correres perigo, ele virá ajoelhar a teus pés, e beijar a cruz que tu lhe deste. Não fica zangada!

— Meu Deus!... — murmurou Cecília pondo os olhos no céu. — É possível que uma dedicação tamanha não seja inspirada por vossa santa religião!...

A alegria serena e doce de sua alma irradiava na fisionomia encantadora:

— Eu sabia que tu não me negarias o que te pedi, assim não exijo mais; espero. Lembra-te somente que no dia em que tu fores cristão tua senhora te estimará ainda mais.

— Não ficas triste?

— Não; agora estou satisfeita, contente, muito contente!

— Peri quer pedir-te uma coisa.

— Dize, o que é?

— Peri quer que tu risques um papel para ele.

— Riscar um papel?...

— Como este que teu pai deu hoje a Peri.

— Ah! queres que eu escreva?

— Sim.

— O quê?

— Peri vai dizer.

— Espera.

Ligeira e graciosa, a menina correu à banquinha, e tomando uma folha de papel e uma pena fez sinal a Peri que se aproximasse.

Não devia ela satisfazer os desejos do índio, como este satisfazia às suas menores fantasias?

— Vamos: fala que eu escrevo.

— Peri a Álvaro — disse o índio.

— É uma carta ao Sr. Álvaro? — perguntou a menina corando.

— Sim; é para ele.

— Que vais tu dizer-lhe?

— Escreve.

A menina traçou a primeira linha, e depois, por pedido de Peri, o nome de Loredano e dos seus dois cúmplices.

— Agora — disse o índio —, fecha.

Cecília selou a carta.

— Entrega à tarde; antes não.

— Mas que quer isto dizer? — perguntou Cecília sem compreender.

— Ele te dirá.

— Não, que eu...

A menina balbuciou, corando, estas palavras; ia dizer que não falaria ao cavalheiro e arrependeu-se; não queria revelar a Peri o que se tinha passado. Sabia que se o índio suspeitasse a cena da véspera odiaria Isabel e Álvaro, só por lhe terem causado um pesar involuntário.

Enquanto Cecília confusa procurava disfarçar o enleio, Peri fitava nela o seu olhar brilhante; mal pensava a menina que aquele olhar era o adeus extremo que o índio lhe dizia.

Mas para isto fora preciso que adivinhasse o plano desesperado que ele havia concebido de exterminar naquele dia todos os inimigos da casa.

D. Diogo entrou nesse momento no quarto de sua irmã: vinha despedir-se dela.

Quanto a Peri, deixando Cecília, dirigiu-se à escada e achou os mesmos vigias, que depois embargaram a passagem de Rui Soeiro.

— Não se passa — disseram os aventureiros cruzando as espadas.

O índio levantou os ombros desdenhosamente; e antes que as sentinelas voltassem a si da surpresa, tinha mergulhado sob as espadas e descido a escada. Então ganhou a mata, examinou de novo as suas armas e esperou; já estava cansado quando viu passar a pequena cavalgata.

Peri não compreendeu o que sucedia; mas conheceu que o seu plano tinha abortado.

Foi ter com Álvaro.

O cavalheiro explicou-lhe como se aproveitara da ida de D. Diogo ao Rio de Janeiro para expulsar o italiano sem rumor e sem escândalo. Então o índio por sua vez contou ao moço o que tinha ouvido na touça de cardos; o projeto que formara de matar os três aventureiros naquela manhã; e finalmente a carta que lhe escrevera por intermédio de Cecília, para, no caso de sucumbir ele, saber o cavalheiro quem eram os inimigos.

Álvaro duvidava ainda acreditar em tanta perfídia do italiano.

— Agora — concluiu Peri —, é preciso que os dois também saiam; se ficarem, o outro pode voltar.

— Não se animará! — disse o cavalheiro.

— Peri não se engana! Manda sair os dois.

— Fica descansado. Falarei com D. Antônio de Mariz.

O resto do dia passou tranquilamente; mas a tristeza tinha entrado nessa casa ainda na véspera tão alegre e feliz; a partida de D. Diogo, o temor vago que produz o perigo quando se aproxima e o receio de um ataque dos selvagens preocupavam os moradores do Paquequer.

Os aventureiros dirigidos por D. Antônio executavam trabalhos de defesa tornando ainda mais inacessível o rochedo em que estava situada a casa.

Uns construíam paliçadas em roda da esplanada: outros arrastavam para a frente da casa uma colubrina que o fidalgo por excesso de cautela mandara vir de São Sebastião havia dois anos. Toda a casa enfim apresentava um aspecto marcial, que indicava as vésperas de um combate; D. Antônio preparava-se para receber dignamente o inimigo.

Apenas em toda esta casa uma pessoa se conservava alheia ao que passava: era Isabel, que só pensava no seu amor.

Depois de sua confissão, arrancada violentamente ao seu coração por uma força irresistível, por um impulso que ela não sabia explicar, a pobre menina quando se vira só, no seu quarto, à noite, quase morreu de vergonha.

Lembrava-se de suas palavras e perguntava a si mesma como tivera a coragem de dizer aquilo, que antes nem mesmo os seus olhos se animavam a exprimir silenciosamente. Parecia-lhe que era impossível tornar a ver Álvaro sem que cada um dos olhares do moço queimasse as suas faces e a obrigasse a esconder o rosto de pejo.

Entretanto nem por isso seu amor era menos ardente; ao contrário agora é que a paixão, por muito tempo reprimida, se exacerbava com as lutas e contrariedades.

As poucas palavras doces que o moço lhe dirigia, a pressão das mãos e o aperto rápido sobre o coração de Álvaro num momento de alucinação passavam e repassavam na sua memória a todo o momento.

Seu espírito, como uma borboleta em torno da flor, esvoaçava constantemente em torno das reminiscências ainda vivas, como para libar todo o mel que encerravam aquelas sensações, as primeiras de seu infeliz amor.

Nesse mesmo dia de segunda-feira, à tarde, Álvaro encontrou-se um momento com Isabel na esplanada. Ambos ficaram mudos, e coraram. Álvaro ia retirar-se.

— Sr. Álvaro... — balbuciou a moça trêmula.

— Que quereis de mim, D. Isabel? — perguntou o moço perturbado.

— Esqueci-me o restituir-vos ontem o que não me pertence.

— É ainda esse malfadado bracelete?

— Sim — respondeu a moça docemente —, é este malfadado bracelete: Cecília teima que é ele vosso.

— Se meu é, vos peço que o aceiteis.

— Não, Sr. Álvaro, não tenho direito.

— Uma irmã não tem direito de aceitar a prenda que lhe oferece seu irmão?

— Tendes razão — respondeu a moça suspirando —, eu o guardarei como lembrança vossa; não será adorno para mim, senão relíquia.

O moço não respondeu; retirou-se para cortar a conversa.

Desde a véspera Álvaro não podia eximir-se à impressão poderosa que causara nele a paixão de Isabel; era preciso que não fosse homem para não se sentir profundamente comovido pelo amor ardente de uma mulher bela e pelas palavras de fogo que corriam dos lábios de Isabel impregnadas de perfume e sentimento.

Mas a razão direita do cavalheiro recalcava essa impressão no fundo do coração; ele não se pertencia; tinha aceitado o legado de D. Antônio de Mariz e jurado dar a sua mão a Cecília.

Embora não esperasse mais realizar o seu sonho dourado, entendia que estava rigorosamente obrigado a sujeitar-se à vontade do fidalgo, a proteger sua filha, a dedicar-lhe sua existência. Quando Cecília o repelisse abertamente, e D. Antônio o desobrigasse de sua promessa, então seu coração seria livre, se não estivesse morto pelo desengano.

O único fato notável que se deu nesse dia foi a chegada de seis aventureiros das vizinhanças, que prevenidos por D. Diogo vinham oferecer seus serviços a D. Antônio.

Chegaram ao lusco-fusco; à frente deles vinha o nosso conhecido mestre Nunes, que um ano antes dera hospitalidade no seu pouso a Frei Ângelo di Luca.

III. Verme e flor

Eram onze horas da noite.

O silêncio reinava na habitação e seus arredores, tudo estava tranquilo e sereno. Algumas estrelas brilhavam no céu; os sopros escassos da viração sussurravam na folhagem.

Os dois homens de vigia, apoiados ao arcabuz e reclinados sobre o alcantil, sondavam a sombra espessa que se estendia pela aba do rochedo.

O vulto majestoso de D. Antônio de Mariz passou lentamente pela esplanada e desapareceu no canto da casa. O fidalgo fazia sua ronda noturna, como um general na véspera de uma batalha.

Passados alguns momentos ouviu-se cantar uma coruja no vale, junto da escada de pedra; um dos vigias abaixou-se, e tomando dois pequenos seixos deixou-os cair um depois do outro.

O som fraco que produziu a queda das pedras sobre o arvoredo da várzea foi quase imperceptível; seria difícil distingui-lo do rumor do vento nas folhas.

Um instante depois um vulto subiu ligeiramente a escada e reuniu-se aos dois homens que faziam a guarda noturna:

— Tudo está pronto?

— Só esperamos por vós.

— Vamos! Não há tempo a perder.

Trocadas estas palavras rapidamente entre o que chegava e um dos vigias, os três encaminharam-se com todas as precauções para a alpendrada em que habitava a banda dos aventureiros.

Aí, como no resto da casa, tudo estava calmo e tranquilo; apenas via-se luzir na soleira da porta do aposento de Aires Gomes a claridade de uma luz.

Um dos três chegou-se à entrada do alpendre, e esgueirando-se pela parede perdeu-se na escuridão que havia no interior.

Os outros dois se dirigiam ao fim da casa, e aí ocultos pela sombra e pelo ângulo que formava um largo pilar do edifício, começaram um diálogo breve e rápido.

— Quantos são? — perguntou o homem que chegara.

— Vinte ao todo.

— Restam-nos?

— Dezenove.

— Bem. A senha?

— Prata.

— E o fogo?

— Pronto.

— Aonde?

— Nos quatro cantos.

— Quantos sobram?

— Dois apenas.

— Seremos nós.

— Precisais de mim?

— Sim.

Houve uma pequena pausa, em que um dos aventureiros parecia refletir profundamente enquanto o outro esperava; por fim o primeiro ergueu a cabeça:

— Rui, vós me sois dedicado?

— Dei-vos a prova.

— Preciso de um amigo fiel.

— Contai comigo.

— Obrigado.

O desconhecido apertou a mão de seu companheiro.

— Sabeis que amo uma mulher?

— Vós mo dissestes.

— Sabeis que é mais por essa mulher do que por este tesouro fabuloso que concebi esse plano horrível?

— Não; não o sabia.

— Pois é a verdade; pouco me importa a riqueza; sede meu amigo; servi-me lealmente, e tereis a maior parte do meu tesouro.

— Falai; que quereis que eu faça?

— Um juramento; mas um juramento sagrado, terrível.

— Qual? Dizei!

— Hoje essa mulher me pertencerá; entretanto se por qualquer acaso eu vier a morrer, quero que...

O desconhecido hesitou.

— Quero que nenhum homem possa amá-la, que nenhum homem possa gozar a felicidade suprema que ela pode dar.

— Mas como?

— Matando-a!

Rui sentiu um calafrio.

— Matando-a, para que a mesma cova receba nossos dois corpos; não sei por que, mas parece-me que, ainda cadáver, o contato dessa mulher deve ser para mim um gozo imenso.

— Loredano!... — exclamou seu companheiro horrorizado.

— Sois meu amigo e sereis meu herdeiro! — disse o italiano agarrando-lhe convulsivamente no braço. — É a minha condição; se recusais, outro aceitará o tesouro que rejeitais!

O aventureiro estava em luta com dois sentimentos opostos; mas a ambição violenta, cega, esvairada, abafou o grito fraco da consciência.

— Jurais? — perguntou Loredano.

— Juro!... — respondeu Rui com a voz estrangulada.

— Avante então!

Loredano abriu a porta do seu cubículo e voltou algum tempo depois trazendo uma tábua longa e estreita que colocou sobre o despenhadeiro como uma espécie de ponte suspensa.

— Ides segurar esta tábua, Rui. Entrego em vossas mãos a minha vida, e nisto dou-vos a maior prova de confiança. Basta que deixeis esta prancha mover-se para que eu me precipite sobre os rochedos.

O italiano achava-se então no mesmo lugar que na noite da chegada, algumas braças distante da janela de Cecília, onde não podia chegar por causa do ângulo que formavam o rochedo e o edifício.

A tábua foi colocada na direção da janela; a primeira vez tinha-lhe bastado o seu punhal; agora também necessitava de um apoio seguro, e do livre movimento de seus braços. Rui colocou-se sobre a ponta da tábua e, segurando-se a um frechal do alpendre, manteve imóvel sobre o precipício essa ponte pênsil em que o italiano ia arriscar-se.

Quanto a este, sem hesitar, tirou as suas armas para ficar mais leve, descalçou-se, segurou a longa faca entre os dentes e pôs o pé sobre a prancha.

— Esperar-me-eis do outro lado — disse o italiano.

— Sim — respondeu Rui com voz trêmula.

A razão por que a voz de Rui tremia era um pensamento diabólico que começava a fermentar no seu espírito. Lembrou-lhe que tinha na mão Loredano e o seu segredo; que para ver-se livre de um e senhor do outro, bastava afastar o pé e deixar a tábua inclinar sobre o abismo.

Entretanto hesitava; não que o remorso antecipado lhe exprobrasse o crime que ia cometer; já tinha-se afundado muito no vício e na depravação para recuar. Mas o italiano exercia sobre os seus cúmplices tal prestígio e influência tão poderosa, que Rui não podia mesmo nesse momento esquivar-se a ela.

Loredano estava suspenso sobre o abismo pela sua mão; podia salvá-lo ou precipitá-lo no despenhadeiro; e contudo dessa posição ainda ele impunha respeito ao aventureiro.

Rui tinha medo: não compreendia o motivo desse terror irresistível; mas o sentia como uma obsessão e um pesadelo. No entanto a imagem da riqueza esplêndida, brilhante, radiando galas e luzimentos, passava diante de seus olhos e o deslumbrava; um pouco de coragem, e seria o único senhor do tesouro fabuloso, cujo era o italiano depositário do segredo.

Mas coragem é o que lhe faltava; por duas ou três vezes o aventureiro teve um ímpeto de suspender-se ao frechal, e deixar a tábua rolar no abismo; não passou de um desejo.

Venceu afinal a tentação.

Teve um momento de desvario: os joelhos acurvaram-se; a tábua sofreu uma oscilação tão forte, que Rui admirou-se de como o italiano se tinha podido suster.

Então o medo desapareceu; foi substituído por uma espécie de raiva e frenesi que se apoderou do aventureiro; o primeiro esforço lhe dera a ousadia, como a vista do sangue excita a fera.

Um segundo abalo mais forte agitou a tábua, que oscilou à borda do rochedo; porém não se ouviu o baque de um corpo; não se ouviu mais que o choque da madeira sobre a pedra. Rui, desesperado, ia soltar a prancha, quando chegou-lhe ao ouvido, abafada e sumida, a voz do italiano, que apenas se percebia no silêncio profundo da noite.

— Estais cansado, Rui?... Podeis tirar a tábua; não preciso mais dela.

O aventureiro ficou espavorido; decididamente esse homem era um espírito infernal que planava sobre o abismo, e escarnecia do perigo; um ente superior a quem a morte não podia tocar.

Ele ignorava que Loredano, com a sua previdência ordinária, quando entrara no seu cubículo para tirar a prancha, tivera o cuidado de passar por um caibro do alpendre, que era de telha-vã, a ponta de uma longa corda, que caiu sobre a parte de fora da parede, uma braça distante da janela de Cecília.

Assim, apenas deu o primeiro passo sobre a ponte improvisada, o italiano não se descuidou de estender o braço e agarrar a ponta da corda, que logo atou à cintura; então se o apoio lhe faltasse, ficaria suspenso no ar, e, embora com mais dificuldade, realizaria o seu intento.

Foi por isso que os dois abalos produzidos pelo seu cúmplice não tiveram o resultado que ele esperava; logo do primeiro, Loredano adivinhou o que se passava na alma de Rui; mas, não querendo dar-lhe a perceber que conhecia a sua traição, serviu-se de um meio indireto para dizer-lhe que estava em segurança, e que era inútil a tentativa de precipitá-lo.

A tábua não fez mais um só movimento; conservou-se imóvel como se estivera solidamente pregada ao rochedo.

Loredano adiantou-se, tocou a janela da moça, e com a ponta da faca conseguiu levantar a aldraba; as gelosias abrindo-se afastaram as cortinas de cassa que vendavam o asilo do pudor e da inocência.

Cecília dormia envolta nas alvas roupas do seu leito; sua cabecinha loura aparecia entre as rendas finíssimas sobre as quais se desenrolavam os lindos anéis dourados de seus cabelos. O doce amortecimento de um sono calmo e sereno vendava seu rosto gracioso, como a sombra esvaecida que desmaia o semblante das virgens de Murilo; seu sorriso era apenas enlevo.

O talho de sua anágua abrindo-se deixava entrever um colo de linhas puras, mais alvo do que a cambraia; e com a ondulação que a respiração branda imprimia ao seu peito, desenhavam-se sob a lençaria diáfana os seios mimosos.

Tudo isto ressaltava como um quadro dentre as ondas de uma colcha de damasco azul que nas suas largas dobras moldava sobre a alvura transparente do linho os contornos harmoniosos e puros.

Havia porém nessa beleza adormecida uma expressão indefinível, um quer que seja de tão casto e inocente, que envolvia essa menina no seu sono tranquilo e parecia afugentar dela um pensamento profano.

Chegando-se à beira daquele leito, um homem ajoelharia antes como ao pé de uma santa, do que se animaria a tocar na ponta dessas roupagens brancas que protegiam a inocência.

Loredano aproximou-se, tremendo, pálido e ofegante; toda a força de sua vigorosa organização, toda a sua vontade poderosa e irresistível, estava aí vencida, subjugada, diante de uma menina adormecida. O que sentiu quando seu olhar ardente caiu sobre o leito é difícil dizer, é talvez mesmo difícil de compreender. Foi a um tempo suprema ventura e horrível suplício.

A paixão brutal o devorava escaldando-lhe o sangue nas veias e fazendo saltar-lhe o coração; entretanto o aspecto dessa menina que não tinha para sua defesa senão a sua castidade o encadeava.

Sentia que o fogo queimava-lhe o seio; sentia que seus lábios tinham sede de prazer; e a mão gelada e inerte, não se podia erguer, e o corpo estava paralisado; apenas o olhar cintilava e as narinas dilatadas aspiravam as emanações voluptuosas de que estava impregnada a sua atmosfera.

E a menina sorria no seu plácido sono enleando-se talvez nalgum sonho gracioso, nalgum dos sonhos azuis que Deus esparge como folhas de rosas sobre o leito das virgens.

Era o anjo em face do demônio; era a mulher em face da serpente; a virtude em face do vício.

O italiano fez um esforço supremo, e passando a mão pelos olhos como para arrancar uma visão importuna, encaminhou-se a um bufete e acendeu uma vela de cera cor-de-rosa.

O aposento, até então esclarecido apenas por uma lamparina colocada sobre uma cantoneira, iluminou-se; e a imagem graciosa de Cecília apareceu cercada de uma auréola.

Sentindo a impressão da luz sobre os olhos, a menina fez um movimento, e voltando um pouco o rosto para o lado oposto continuou o sono, que nem fora interrompido.

Loredano passou entre o leito e a parede, e pôde então admirá-la em toda a sua beleza; não se lembrava de nada mais, esquecera o mundo e seu tesouro: nem pensava no rapto que ia praticar.

A rolinha que dormia sobre a cômoda no seu ninho de algodão ergueu-se e agitou as asas; o italiano, despertado por este rumor, conheceu que já era tarde e que não tinha tempo a perder.

IV. Na treva

Alguns esclarecimentos são necessários aos acontecimentos que acabavam de passar.

Quando Loredano viu-se obrigado pela ameaça de Álvaro a partir para o Rio de Janeiro, ficou sucumbido; mas, depois de alguns momentos, um sorriso diabólico tinha enrugado os seus lábios.

Este sorriso era uma ideia infame que luzira no seu espírito como a flama desses fogos perdidos que brilham no seio das trevas em noites de grande calma.

O italiano lembrou-se que no momento em que todos o supunham em viagem, podia preparar a execução do seu plano que ele realizaria naquela mesma noite.

Na conversa que tivera com Rui Soeiro transmitiu-lhe as suas instruções, breves, simples e concisas; consistiam em livrarem-se dos homens que podiam pôr embaraços à sua empresa.

Para isso os seus cúmplices receberam ordem de, quando se recolhessem para dormir, colocarem-se ao lado de cada um dos homens da banda fiéis a D. Antônio de Mariz.

Naquele tempo e naqueles lugares não era possível que os aventureiros tivessem cada um o seu cubículo; poucos gozavam desse privilégio, e assim mesmo eram obrigados a partilhar o seu aposento com um companheiro:

Os outros dormiam na vasta alpendrada que ocupava quase toda essa parte do edifício.

Rui Soeiro tinha, conforme as instruções de Loredano, arranjado as coisas de tal modo que naquele momento cada um dos aventureiros dedicados a D. Antônio de Mariz tinha a seu lado um homem que parecia adormecido e que só esperava ouvir pronunciar a senha convencionada para enterrar o seu punhal na garganta do seu companheiro.

Ao mesmo tempo havia pelos cantos da casa grandes molhos de palha seca colocados junto das portas ou metidos pela beirada do telhado, e que só esperavam uma faísca para atear o incêndio em todo o edifício.

Rui Soeiro, com uma sagacidade e uma prudência dignas de seu chefe, dispusera tudo isto; parte durante o dia, e parte nas horas mortas da noite em que tudo estava recolhido.

Não se esqueceu da recomendação especial de Loredano, e ofereceu-se voluntariamente a Aires Gomes para fazer a guarda noturna com um dos seus companheiros, visto recear-se ataque do inimigo; o digno escudeiro, que o conhecia como um dos mais valentes da banda, caiu no laço e aceitou o oferecimento.

Senhor do campo, o aventureiro pôde então acabar livremente seus preparativos, e para mais segurança arranjou traça de ver-se livre do escudeiro, que podia de um momento para outro vir incomodá-lo.

Aires Gomes em companhia de seu velho amigo mestre Nunes esvaziava uma botelha de vinho de Valverde, que eles bebiam lentamente, trago a trago, para assim disfarçarem a módica porção do líquido destinado a umedecer as goelas de dois formidáveis bebedores.

Mestre Nunes aplicou voluptuosamente os lábios à borda do canjirão, tomou uma vez de vinho, e dando um ligeiro estalinho com a língua no céu da boca, repimpou-se na tripeça em que estava sentado, cruzando as mãos sobre o seu ventre proeminente com uma beatitude celeste.

— Ora estou desde que cheguei para perguntar-vos uma coisa, amigo Aires; e sempre a passar.

— Não a deixeis passar agora, Nunes. Aqui me tendes para responder-vos.

— Dizei-me cá, quem é um tal que acompanhava D. Diogo, e a quem dais um diabo de nome que não é português?

— Ah! quereis falar de Loredano? Um tunante?

— Conheceis esse homem, Aires?

— Por Deus! se ele é dos nossos!

— Quando pergunto se o conheceis, quero dizer se sabeis donde veio, quem era e o que fazia?

— À fé que não! Apareceu-nos aqui um dia a pedir hospitalidade; e depois como saísse um homem, ficou em lugar dele.

— E quando isso, se vos lembra?

— Esperai! Estou com os meus cinquenta e nove...

O escudeiro contou pelos dedos consultando o seu calendário, que era a sua idade.

— Foi por este tempo, há um ano; princípios de março.

— Estais bem certo? — exclamou mestre Nunes.

— Certíssimo; é conta que não engana. Mas que tendes?

Com efeito mestre Nunes se erguera espantado.

— Nada! Não é possível!

— Não acreditais?

— É outra coisa, Aires! É um sacrilégio! uma obra de Satã! uma simonia horrenda!

— Que dizeis, homem, explicai-vos lá de uma vez.

Mestre Nunes conseguiu restabelecer-se da sua perturbação e contou ao escudeiro as suas desconfianças a respeito de Frei Ângelo di Luca e da sua morte, que nunca fora possível explicar: notou-lhe a coincidência do desaparecimento do carmelita com o aparecimento do aventureiro, e o fato de serem da mesma nação.

— Depois — concluiu Nunes —, aquela voz, aquele olhar!... quando o vi hoje, estremeci, e recuei espavorido julgando que o frade tinha saído de baixo da terra.

Aires Gomes levantou-se furioso, e saltando sobre o seu catre, agarrou o espadão que tinha à cabeceira.

— Que ides fazer? — gritou mestre Nunes.

— Matá-lo e desta vez às direitas; que não torne.

— Esqueceis que vai longe?

— É verdade — murmurou o escudeiro, rangendo os dentes de raiva.

Ouviu-se um ligeiro rumor na porta; os dois amigos o atribuíram ao vento e não se voltaram; sentados em face um do outro, continuaram em voz baixa a sua conversa interrompida pela brusca revelação de Nunes.

Entretanto fora passavam-se coisas que deviam excitar a atenção do digno escudeiro. O rumor que ouvira fora produzido pela volta que Rui dera à chave, fechando a porta.

O aventureiro tinha ouvido toda a conversa; a princípio aterrado, cobrou ânimo, e lembrou-se que em todo o caso era bom estar senhor do segredo do italiano para qualquer emergência futura. Confiado nessa excelente ideia, Rui meteu a chave no peito do gibão e foi reunir-se a seu companheiro que estava de vigia junto da escada.

Esperava por Loredano, que devia entrar na casa alta noite, para dirigir toda essa trama que havia urdido com uma inteligência superior.

O italiano tinha facilmente iludido a D. Diogo de Mariz; sabia que o ardente cavalheiro ia de rota batida, e que não se demoraria em caminho por motivo algum.

A três léguas do *Paquequer,* inventou um pretexto de ter-se quebrado a cilha de sua cavalgadura e parou para arranjá-la; enquanto D. Diogo e seus companheiros pensavam que os seguia de perto, ele tinha voltado sobre os passos, e escondido nas vizinhanças, esperava que a noite se adiantasse.

Quando percebeu que tudo estava em silêncio, aproximou-se; trocou o sinal convencionado, que era o canto de coruja; e introduziu-se furtivamente na habitação.

O mais já vimos. Sabendo que tudo estava preparado e pronto ao primeiro sinal, Loredano deu começo à execução de seu projeto e conseguiu penetrar no quarto de Cecília.

Tomar a menina nos braços, raptá-la, atravessar a esplanada, chegar à porta da alpendrada e pronunciar a senha convencionada era coisa que ele contava realizar num momento.

Quando Cecília arrancada do seu leito lançasse um grito que ele não pudesse abafar, isto pouco lhe importava; antes que alguém despertasse, teria chegado ao outro lado, e então a uma palavra sua o fogo e o ferro viriam em seu socorro.

Rui lançaria a chama à palha preparada para esse fim; e a faca de cada um dos seus cúmplices se enterraria na gorja dos homens adormecidos.

Depois, no meio desse horror e confusão, os vinte demônios acabariam a sua obra, e fugiriam como os maus espíritos das lendas antigas, quando a primeira luz da alvorada terminava o sabbat infernal.

Iam ao Rio de Janeiro; aí, ligados todos por um mesmo laço do crime, por um mesmo perigo e uma só ambição, Loredano contava ter neles agentes fiéis e dedicados para levar a cabo a sua empresa.

Enquanto a traição solapava assim o sossego, a felicidade, a vida e a honra dessa família, todos dormiam tranquilos e descuidados; nem um pressentimento os vinha advertir da desgraça que os ameaçava.

Loredano, graças à sua agilidade e à sua força, tinha conseguido chegar até ao leito da menina, sem que o menor rumor traísse a sua presença, sem que na habitação alguém tivesse podido perceber o que se passava.

Certo pois do bom resultado, o italiano advertido pela inocente avezinha, que não sabia o mal que fazia, cuidou em consumar a sua obra. Abriu a cômoda de Cecília, tirou roupas de seda e linho e fez de tudo isso um embrulho tão pequeno quanto era possível; depois envolveu-o em uma das peles que serviam de tapete, e colocou numa cadeira, a jeito de o poder apanhar com facilidade.

Era coisa original o pensamento deste homem. Ao passo que cometia um crime, tinha a lembrança delicada de querer suavizar a desgraça da menina fazendo que nada lhe faltasse na viagem incômoda que tinha de fazer.

Quando tudo estava preparado, abriu a portinha que dava para o jardim, e estudou o caminho que tinha de seguir. Era preciso; porque apenas tomasse Cecília nos braços devia partir e chegar de uma só corrida, direita, rápida e cega.

A porta ficava num canto do aposento, defronte do vão que havia entre o leito e a parede; colocado nesse lugar não tinha senão um movimento a fazer, agarrar a menina e lançar-se fora do aposento.

Na ocasião em que ele se aproximava, ouviu-se um gemido, quase um suspiro, abafado e cheio de angústia.

Os cabelos eriçaram-se sobre a fronte do italiano; gotas de suor frio e gelado sulcaram as suas faces pálidas e contraídas.

A pouco e pouco foi saindo do estupor que o paralisara, e volvendo lentamente ao redor de si uns esgares de olhos alucinados.

Nada! Nem um inseto parecia acordado na solidão profunda da noite em que tudo dormia exceto o crime, o verdadeiro duende da terra, o mau gênio das crenças de nossos pais.

Tudo estava em sossego; até o vento parecia se ter abrigado no cálice das flores e adormecido nesse berço perfumado, como num regaço de amante.

O italiano restabeleceu-se do violento abalo que sofrera, deu um passo, e inclinou-se sobre o leito.

Cecília sonhava nesse momento.

Seu rosto esclareceu-se com uma expressão de alegria angélica; sua mãozinha, que repousava aninhada entre os seios, moveu-se com a indolência e a moleza do sono e recaiu sobre a face.

A pequena cruz de esmalte que tinha ao colo, e que estava agora presa entre os dedos da mão, roçou-lhe os lábios; e uma música celeste escapou-se, como se Deus tivesse vibrado uma das cordas de sua harpa eólia.

Foi a princípio um sorriso que adejou-lhe nos lábios; depois o sorriso colheu as asas e formou um beijo, por fim o beijo entreabriu-se como uma flor e exalou um suspiro perfumado.

— Peri!

O colo arfou docemente, e a mão descaindo foi de novo aninhar-se entre o talho da sua anágua de cambraia.

O italiano ergueu-se pálido.

Não se animava a tocar naquele corpo tão casto, tão puro; não podia fitar aquela fisionomia radiante de inocência e de candura.

Mas o tempo urgia.

Fez um esforço supremo sobre si mesmo; firmou o joelho à borda do leito, fechou os olhos e estendeu as mãos.

V. Deus dispõe

O braço de Loredano estendeu-se sobre o leito; porém a mão que se adiantava e ia tocar o corpo de Cecília estacou no meio do movimento, e subitamente impelida foi bater de encontro à parede.

Uma seta, que não se podia saber de onde vinha, atravessara o espaço com a rapidez de um raio, e antes que se ouvisse o sibilo forte e agudo pregara a mão do italiano ao muro do aposento.

O aventureiro vacilou e abateu-se por detrás da cama; era tempo, porque uma segunda seta, despedida com a mesma força e a mesma rapidez, cravava-se no lugar onde há pouco se projetava a sombra de sua cabeça.

Passou-se então, ao redor da inocente menina adormecida na isenção de sua alma pura, uma cena horrível, porém silenciosa.

Loredano nos transes da dor por que passava compreendera o que sucedia; tinha adivinhado naquela seta que o ferira a mão de Peri; e sem ver, sentia o índio aproximar-se terrível de ódio, de vingança, de cólera e desespero pela ofensa que acabava de sofrer sua senhora.

Então o réprobo teve medo; erguendo-se sobre os joelhos arrancou convulsivamente com os dentes a seta que pregava sua mão à parede, e precipitou-se para o jardim, cego, louco e delirante.

Nesse mesmo instante, dois segundos talvez depois que a última flecha caíra no aposento, a folhagem do óleo que ficava fronteiro à janela de Cecília agitou-se e um vulto embalançando-se sobre o abismo, suspenso por um frágil galho da árvore, veio cair sobre o peitoril.

Aí agarrando-se à ombreira saltou dentro do aposento com uma agilidade extraordinária; a luz dando em cheio sobre ele desenhou o seu corpo flexível e as suas formas esbeltas.

Era Peri.

O índio avançou-se para o leito, vendo sua senhora salva, respirou; com efeito a menina, a meio despertada pelo rumor da fugida de Loredano, voltara-se do outro lado e continuara o sono forte e reparador como é sempre o sono da juventude e da inocência.

Peri quis seguir o italiano e matá-lo, como já tinha feito aos seus dois cúmplices; mas resolveu não deixar a menina exposta a um novo insulto, como o que acabava de sofrer, e tratou antes de velar sobre sua segurança e sossego.

O primeiro cuidado do índio foi apagar a vela, depois fechando os olhos aproximou-se do leito e com uma delicadeza extrema puxou a colcha de damasco azul até ao colo da menina.

Parecia-lhe uma profanação que seus olhos admirassem as graças e os encantos que o pudor de Cecília trazia sempre vendados; pensava que o homem que uma vez tivesse visto tanta beleza nunca mais devia ver a luz do dia.

Depois desse primeiro desvelo, o índio restabeleceu a ordem no aposento; deitou a roupa na cômoda, fechou a gelosia e as abas da janela, lavou as nódoas de sangue que ficaram impressas na parede e no soalho; e tudo isto com tanta solicitude, tão sutilmente, que não perturbou o sono da menina.

Quando acabou o seu trabalho, aproximou-se de novo do leito e à luz frouxa da lamparina contemplou as feições mimosas e encantadoras de Cecília.

Estava tão alegre, tão satisfeito de ter chegado a tempo de salvá-la de uma ofensa e talvez de um crime; era tão feliz de vê-la tranquila e risonha sem ter sofrido o menor susto, o mais leve abalo, que sentiu a necessidade de exprimir-lhe por algum modo a sua ventura.

Nisto seus olhos abaixando-se descobriram sobre o tapete da cama dois pantufos mimosos forrados de cetim e tão pequeninos que pareciam feitos para os pés de uma criança;

ajoelhou e beijou-os com respeito, como se foram relíquia sagrada.

Eram então perto de quatro horas; pouco tardava para amanhecer; as estrelas já iam se apagando a uma e uma; e a noite começava a perder o silêncio profundo da natureza quando dorme.

O índio fechou por fora a porta do quarto que dava para o jardim e, metendo a chave na cintura, sentou-se na soleira como cão fiel que guarda a casa de seu senhor, resolvido a não deixar ninguém aproximar-se.

Aí refletiu sobre o que acabava de passar; e acusava-se a si mesmo de ter deixado o italiano penetrar no aposento de sua senhora: Peri porém caluniava-se, porque só a Providência podia ter feito nessa noite mais do que ele; porque tudo quanto era possível à inteligência, à coragem, à sagacidade e à força do homem o índio havia realizado.

Depois da partida de Loredano e da conversa que teve com Álvaro, certo de que sua senhora já não corria perigo, e de que os dois cúmplices do italiano iam ser expulsos como ele, o índio não pensando mais senão no ataque dos aimorés, partiu imediatamente.

O seu pensamento era ver se descobria pelas vizinhanças do Paquequer indícios da passagem de alguma tribo da grande raça guarani a que ele pertencia; seria um amigo e um aliado para D. Antônio de Mariz.

O ódio inveterado que havia entre as tribos da grande raça e a nação degenerada dos aimorés justificava a esperança de Peri; mas infelizmente, tendo percorrido todo o dia a floresta, não encontrou o menor vestígio do que procurava.

O fidalgo estava pois reduzido às suas próprias forças: mas, embora fossem estas pequenas, o índio não desanimou; tinha consciência de si; e sabia que na última extremidade a sua dedicação por Cecília lhe inspiraria meios de salvar a ela e a tudo que ela amava.

Voltou à casa já noite fechada; foi ter com Álvaro; perguntou-lhe o que era feito dos dois aventureiros; o cavalheiro disse-lhe que D. Antônio de Mariz recusara crer na acusação.

De fato, o fidalgo leal, habituado ao respeito e à fidelidade de seus homens, não admitia que se concebesse uma suspeita sem provas; entretanto como a palavra de Peri tinha para ele toda a valia, ficara de ouvir de sua boca a narração do que presenciara, para conhecer o peso que devia dar a semelhante acusação.

Peri retirou-se inquieto e arrependido de não ter persistido no seu primeiro projeto; enquanto esses dois homens que ele supunha já expulsos estivessem ali, sabia que um perigo pairava sobre a casa.

Assim resolveu não dormir; tomou o seu arco e sentou-se na porta de sua cabana; apesar de possuir a clavina que lhe dera D. Antônio, o arco era a arma favorita de Peri; não demandava tempo para carregar; não fazia o menor estrépito; lançava quase instantaneamente dois, três tiros: e a sua flecha era tão terrível e tão certeira como a bala.

Passado muito tempo o índio ouviu cantar uma coruja do lado da escada; esse canto causou-lhe estranheza por duas razões: a primeira, porque era mais sonoro do que é o cacarejar daquela ave agoureira; a segunda porque em vez de partir do cimo de uma árvore saía do chão.

Esta reflexão o fez levantar; desconfiou da coruja que tinha hábitos diferentes de suas companheiras; quis conhecer a razão desta singularidade.

Viu do outro lado da esplanada três vultos que atravessavam ligeiramente; isto aumentou a sua desconfiança; os homens de vigia eram ordinariamente dois e não três.

Seguiu-os de longe; mas quando chegou ao pátio não viu senão um dos homens que entrava na alpendrada; os outros tinham desaparecido.

Peri procurou-os por toda a parte e não os viu; estavam ocultos pelo pilar que se elevava na ponta do rochedo, e não lhe era possível descobri-los.

Supondo que tivessem também entrado no alpendre, o índio agachou-se e penetrou no interior; de repente a sua mão tocou uma lâmina fria que conheceu imediatamente ser a folha de um punhal.

— És tu, Rui? — perguntou uma voz sumida.

Peri emudeceu; mas de chofre aquele nome de Rui lembrou-lhe Loredano e o seu projeto; percebeu que se tramava alguma coisa: e tomou um partido.

— Sim! — respondeu com a voz quase imperceptível.

— Já é hora?

— Não.

— Todos dormem.

Enquanto trocavam estas duas perguntas, a mão de Peri correndo pela lâmina de aço tinha conhecido que outra mão segurava o cabo do punhal.

O índio saiu do alpendre e dirigiu-se ao quarto de Aires Gomes; a porta estava fechada, e junto dela tinham colocado um grande montão de palha.

Tudo isto denunciava um plano prestes a realizar-se; Peri compreendia, e tinha medo de já não ser tempo para destruir a obra dos inimigos.

Que fazia aquele homem deitado que fingia dormir, e que tinha o punhal desembainhado na mão como se estivesse pronto a ferir? Que significava aquela pergunta da hora e aquele aviso de que todos dormiam? Que queria dizer a palha encostada à porta do escudeiro?

Não restava dúvida; havia ali homens que esperavam um sinal para matarem seus companheiros adormecidos e deitarem fogo à casa; tudo estava perdido se o plano não fosse imediatamente destruído.

Cumpria acordar os que dormiam, preveni-los do perigo que corriam, ou ao menos prepará-los para se defenderem e escaparem de uma morte certa e inevitável.

O índio agarrou convulsivamente a cabeça com as duas mãos como se quisesse arrancar à força de seu espírito agitado e em desordem um pensamento salvador. Seu largo peito dilatou-se; uma ideia feliz luzira de repente na confusão de tantos pensamentos desencontrados que fermentavam no cérebro e reanimara sua coragem e força.

Era uma ideia original.

Peri lembrara-se que o alpendre estava cheio de grandes talhas e vasos enormes contendo água potável, vinhos fermentados, licores selvagens, de que os aventureiros faziam sempre uma ampla provisão.

Correu de novo ao saguão e, encontrando a primeira talha, tirou a torneira; o líquido começou a derramar-se pelo chão, ia passar à segunda quando a voz, que já lhe tinha falado, soou de novo, baixa mas ameaçadora.

— Quem vai lá?

Peri compreendeu que a sua ideia ia ficar sem efeito e talvez não servisse senão de apressar o que ele queria evitar.

Não hesitou pois; e quando o aventureiro que falava erguia-se, sentiu duas tenazes vivas que caíam sobre o seu pescoço e o estrangulavam como uma golilha de ferro, antes que pudesse soltar um grito.

O índio deitou o corpo hirto sobre o chão sem fazer o menor rumor e consumou a sua obra; todas as talhas do alpendre esvaziavam-se a pouco e pouco e inundavam o chão.

Dentro de um segundo a frialdade acordaria todos os homens adormecidos e os obrigaria a sair do alpendre; era o que Peri esperava.

Livre do maior perigo, o índio rodeou a casa para ver se tudo estava em sossego; e teve então ocasião de notar que por todo o edifício tinham disposto feixes de palha para atear um incêndio.

Peri, inutilizando estes preparativos, chegou ao canto da casa que ficava defronte de sua cabana; parecia procurar alguém. Aí ouviu a respiração ofegante de um homem cosido com a parede junto do jardim de Cecília.

O índio tirou a sua faca; a noite estava tão escura que era impossível descobrir a menor sombra, o menor vulto entre as trevas.

Mas ele conheceu Rui Soeiro.

Peri tinha o ouvido sutil e delicado, e o faro do selvagem que dispensa a vista; o som da respiração servia-lhe de alvo; escutou um momento, ergueu o braço e a faca enterrando-se na boca da vítima cortou-lhe a garganta.

Nem um gemido escapou da massa inerte que se estorceu um momento e quedou de encontro ao muro.

Peri apanhou o arco que encostara à parede e, voltando-se para lançar um olhar sobre o quarto de Cecília, estremeceu.

Acabava de ver pela soleira da porta o reflexo vivo de uma luz; e logo depois sobre a folhagem do óleo um clarão que indicava estar a janela aberta.

Ergueu os braços com um desespero e uma angústia inexprimível; estava a dois passos de sua senhora e entretanto um muro e uma porta o separavam dela, que talvez àquela hora corria um perigo iminente.

Que ia fazer? Precipitar-se de encontro a essa porta, quebrá-la, espedaçá-la? Mas podia aquela luz não significar coisa alguma, e a janela ter sido aberta por Cecília.

Este último pensamento tranqüilizou-o, tanto mais quando nada revelava a existência de um perigo, quando tudo estava em sossego no jardim e no quarto da menina.

Lançou-se para a cabana, e segurando-se às folhas da palmeira galgou o ramo do óleo, e aproximou-se para ver por que sua senhora estava acordada àquela hora.

O espetáculo que se apresentou diante de seus olhos fez correr-lhe um calafrio pelo corpo; a gelosia aberta deixou-lhe ver a menina adormecida, e o italiano que tendo aberto a porta do jardim dirigia-se ao leito.

Um grito de desespero e de agonia ia romper-lhe do seio; mas o índio, mordendo os lábios com força, reprimiu a voz, que se escapou apenas num som rouco e plangente. Então prendendo-se à árvore com as pernas, o índio estendeu-se ao longo do galho e esticou a corda do arco.

O coração batia-lhe violentamente; e por um momento o seu braço tremeu só com a ideia de que a sua flecha tinha de passar perto de Cecília.

Quando porém a mão do italiano se adiantou e ia tocar o corpo da menina, não pensou, não viu mais nada senão esses dedos prestes a mancharem com o seu contato o corpo de sua senhora, não se lembrou senão dessa horrível profanação.

A flecha partiu rápida, pronta e veloz como o seu pensamento; a mão do italiano estava pregada ao muro.

Foi só então que Peri refletiu que teria sido mais acertado ferir essa mão na fonte da vida que a animava; fulminar o corpo a que pertencia esse braço; a segunda seta partiu sobre a primeira, e o italiano teria deixado de existir se a dor não o obrigara a curvar-se.

VI. REVOLTA

Quando Peri acabou de refletir sobre o que passara, ergueu-se, abriu de novo a porta, fechou-a por dentro e seguiu pelo corredor que ia do quarto de Cecília ao interior da casa.

Estava tranquilo sobre o futuro; sabia que Bento Simões e Rui Soeiro não o incomodariam mais, que o italiano não lhe podia escapar, e que àquela hora todos os aventureiros deviam estar acordados; mas julgou prudente prevenir D. Antônio de Mariz do que ocorria.

A esse tempo Loredano já tinha chegado à alpendrada, onde o esperava uma nova e terrível surpresa, uma última decepção.

Lançando-se do quarto de Cecília, sua intenção era ganhar o fundo da casa, pronunciar a senha convencionada, e senhor do campo voltar com seus cúmplices, raptar a menina e vingar-se de Peri.

Mal sabia porém que o índio tinha destruído toda a sua maquinação; chegando ao pátio viu o alpendre iluminado por fachos, e todos os aventureiros de pé cercando um objeto que não pôde distinguir.

Aproximou-se e descobriu o corpo de seu cúmplice Bento Simões, que jazia no chão alagado do pavimento: o aventureiro tinha os olhos saltados das órbitas, a língua saída da boca, o pescoço cheio de contusões; todos os sinais enfim de uma estrangulação violenta.

De lívido que estava o italiano tornou-se verde; procurou com os olhos a Rui Soeiro e não o viu; decididamente o castigo da Providência caía sobre as suas cabeças; conheceu que estava irremediavelmente perdido, e que só a audácia e o desespero o podiam salvar.

A extremidade em que se achava inspirou-lhe uma ideia digna dele: ia tirar partido para seus fins daquele mesmo fato que parecia destruí-los; ia fazer do castigo uma arma de vingança.

Os aventureiros, espantados sem compreenderem o que viam, olhavam-se e murmuravam em voz baixa fazendo suposições sobre a morte do seu companheiro. Uns, despertados de sobressalto pela água que corria das talhas, outros que não dormiam, apenas admirados, se haviam erguido, e no meio de um coro de imprecações e blasfêmias acenderam fachos para ver a causa daquela inundação.

Foi então que descobriram o corpo de Bento Simões e ficaram ainda mais surpreendidos; os cúmplices, temendo que aquilo não fosse um começo de punição, os outros indignados pelo assassinato de seu companheiro.

Loredano percebeu o que passava no espírito dos aventureiros:

— Não sabeis o que significa isto? — disse ele.

— Oh! não! explicai-nos! — exclamaram os aventureiros.

— Isto significa — continuou o italiano — que há nesta casa uma víbora, uma serpente que nós alimentamos no nosso seio e que nos morderá a todos com o seu dente envenenado.

— Como?... Que quereis dizer?... Falai!...

— Olhai — disse o frade apontando para o cadáver e mostrando a sua mão ferida — eis a primeira vítima, e a segunda que escapou por um milagre; a terceira... Quem sabe o que é feito de Rui Soeiro?

— É verdade!... onde está Rui? — disse Martim Vaz.

— Talvez morto também?

— Depois dele virá outro e outro até que sejamos exterminados um por um; até que todos os cristãos tenham sido sacrificados.

— Mas por quem?... Dizei o nome do vil assassino. É preciso um exemplo! O nome!...

— E não adivinhais? — respondeu o italiano. — Não adivinhais? quem nesta casa pode desejar a morte dos brancos e a destruição da nossa religião? Quem senão o herege, o gentio, o selvagem traidor e infame?

— Peri?... — exclamaram os aventureiros.

— Sim, esse índio que conta assassinar-nos a todos para saciar a sua vingança!

— Não há de ser assim como dizeis, eu vos juro, Loredano! — exclamou Vasco Afonso.

— Bofé! — gritou outro —, deixai isto por minha conta. Não vos dê cuidado!

— E não passa desta noite. O corpo de Bento Simões pede justiça.

— E justiça será feita.

— Neste mesmo instante.

— Sim, agora mesmo. Eia! Segui-me.

Loredano ouvia estas exclamações rápidas que denunciavam como a exacerbação ia lavrando com intensidade; quando porém os aventureiros quiseram lançar-se em procura do índio, ele os conteve com um gesto.

Não lhe convinha isto; a morte de Peri era coisa acidental para ele; o seu fim principal era outro, e esperava consegui-lo facilmente.

— O que ides fazer? — perguntou imperativamente aos seus companheiros.

Os aventureiros ficaram pasmados com semelhante pergunta.

— Ides matá-lo?...

— Mas decerto!

— E não sabeis que não podereis fazê-lo? Que ele é protegido, amado, estimado por aqueles que pouco se importam se morremos ou vivemos?

— Seja embora protegido, quando é criminoso...

— Como vos iludis! Quem o julgará criminoso? Vós? Pois bem; outros julgarão inocente e o defenderão; e não tereis remédio senão curvar a cabeça e calar-vos.

— Oh! isso é demais!

— Julgais que somos alimárias que se podem matar impunemente? — retrucou Martim Vaz.

— Sois piores que alimárias; sois escravos!

— Por São Brás, tendes razão, Loredano.

— Vereis morrer vossos companheiros assassinados infimamente, e não podereis vingá-los; e sereis obrigado a tragar até as vossas queixas, porque o assassino é sagrado! Sim, não o podereis tocar, repito.

— Pois bem; eu vo-lo mostrarei!

— E eu! — gritou toda a banda.

— Qual é vossa tenção? — perguntou o italiano.

— A nossa tenção é pedirmos a D. Antônio de Mariz que nos entregue o assassino de Bento.

— Justo! E se ele recusar, estamos desligados do nosso juramento e faremos justiça pelas nossas mãos.

— Procedeis como homens de brio e pundonor; liguemo-nos todos e vereis que obteremos reparação; mas para isto é preciso firmeza e vontade. Não percamos tempo. Quem de vós se incumbe de ir como parlamentário a D. Antônio?

Um aventureiro dos mais audazes e turbulentos da banda ofereceu-se; chamava-se João Feio.

— Serei eu!

— Sabeis o que lhe deveis dizer?

— Oh! ficai descansado. Ouvirá boas.

— Ides já?

— Neste instante.

Uma voz calma, sonora e de grave entonação, uma voz que fez estremecer todos os aventureiros, soou na entrada do alpendre:

— Não é preciso irdes, pois que vim. Aqui me tendes.

D. Antônio de Mariz, calmo e impassível, adiantou-se até o meio do grupo, e cruzando os braços sobre o peito volveu lentamente pelos aventureiros o seu olhar severo.

O fidalgo não tinha uma só arma; e entretanto o aspecto de sua fisionomia venerável, a firmeza de sua voz e altivez de seu gesto nobre bastaram para fazer curvar a cabeça de todos esses homens que ameaçavam.

Advertido por Peri dos acontecimentos que tinham tido lugar naquela noite, D. Antônio de Mariz ia sair, quando apareceram Álvaro e Aires Gomes.

O escudeiro, que depois de sua conversa com mestre Nunes tinha adormecido, fora despertado de repente pelas imprecações e gritos que soltavam os aventureiros quando a água começou a invadir as esteiras em que estavam deitados.

Admirado desse rumor extraordinário, Aires bateu o fuzil, acendeu a vela e dirigiu-se para a porta para conhecer o que perturbava o seu sono: a porta, como sabemos, estava fechada e sem chave.

O escudeiro esfregou os olhos para certificar-se do que via, e acordando Nunes perguntou-lhe quem tomara aquela medida de precaução; seu amigo ignorava como ele.

Nesse momento ouvia-se a voz do italiano que excitava os aventureiros à revolta; Aires Gomes percebeu então do que se tratava.

Agarrou mestre Nunes, encostou-o à parede como se fosse uma escada, e sem dizer palavra trepou do catre sobre seus ombros, e levantando as telhas com a cabeça enfiou por entre as ripas dos caibros.

Apenas ganhou o telhado, o escudeiro pensou no que devia fazer; e assentou que o verdadeiro era dar parte a Álvaro e ao fidalgo, a quem cabia tomar as providências que o acaso pedia.

D. Antônio de Mariz sem se perturbar ouviu a narração do escudeiro, como tinha ouvido a do índio.

— Bem, meus amigos! sei o que me cumpre fazer. Nada de rumor; não perturbemos o sossego da casa; estou certo que isto passará. Esperai-me aqui.

— Não posso deixar que vos arrisqueis só — disse Álvaro dando um passo para segui-lo.

— Ficai: vós e estes dois amigos dedicados velareis sobre minha mulher, Cecília e Isabel. Nas circunstâncias em que nos achamos, assim é preciso.

— Consenti ao menos que um de nós vos acompanhe.

— Não, basta a minha presença; enquanto que aqui todo o vosso valor e fidelidade não bastam para o tesouro que confio à vossa guarda.

O fidalgo tomou o seu chapéu, e poucos momentos depois aparecia imprevistamente no meio dos aventureiros, que trêmulos, cabisbaixos, corridos de vergonha, não ousavam proferir uma palavra.

— Aqui me tendes! — repetiu o cavalheiro. — Dizei o que quereis de D. Antônio de Mariz, e dizei-o claro e breve. Se for de justiça, sereis satisfeitos; se for uma falta, tereis a punição que merecerdes.

Nem um dos aventureiros ousou levantar os olhos; todos emudeceram.

— Calai-vos?... Passa-se então aqui alguma coisa que não vos atreveis a revelar? Acaso ver-me-ei obrigado a castigar severamente um primeiro exemplo de revolta e desobediência? Falai! Quero saber o nome dos culpados!

O mesmo silêncio respondeu às palavras firmes e graves do velho fidalgo.

Loredano hesitava desde o princípio desta cena; não tinha a coragem necessária para apresentar-se em face de D. Antônio; mas também sentia que se ele deixasse as coisas marcharem pela maneira por que iam estava infalivelmente perdido.

Adiantou-se:

— Não há aqui culpados, Sr. D. Antônio de Mariz — disse o italiano animando-se progressivamente —, há homens que são tratados como cães; que são sacrificados a um capricho vosso, e que estão resolvidos a reivindicarem os seus foros de homens e de cristãos!

— Sim! — gritaram os aventureiros reanimando-se. — Queremos que se respeite a nossa vida!

— Não somos escravos!

— Obedecemos, mas não nos cativamos!

— Valemos mais que um herege!

— Temos arriscado a nossa existência para defender-vos!

D. Antônio ouviu impassível todas estas exclamações que iam subindo gradualmente ao tom da ameaça.

— Silêncio, vilões! Esqueceis que D. Antônio de Mariz ainda tem bastante força para arrancar a língua que o pretendesse insultar? Miseráveis, que lembrais o dever como um benefício! Arriscastes a vossa vida para defender-me?... E qual era a vossa obrigação, homens que vendeis o vosso braço e sangue ao que melhor paga? Sim! Sois menos que escravos, menos que cães, menos que feras! Sois traidores infames e refeces!... Mereceis mais do que a morte; mereceis o desprezo.

Os aventureiros, cuja raiva fermentava surdamente, não se contiveram mais; das palavras de ameaça passaram ao gesto.

— Amigos! — gritou Loredano aproveitando habilmente o ensejo. — Deixareis que vos insultem atrozmente, que vos cuspam o desprezo na cara? E por que motivo!...

— Não! Nunca! — vociferaram os aventureiros furiosos.

Desembainhando as adagas estreitaram o círculo ao redor de D. Antônio de Mariz; era uma confusão de gritos, injúrias, ameaças, que corriam por todas as bocas, enquanto os braços suspensos hesitavam ainda em lançar o golpe.

D. Antônio de Mariz, sereno, majestoso, calmo, olhava todas essas fisionomias decompostas com um sorriso de escárnio; e sempre altivo e sobranceiro, parecia, sob os punhais que o ameaçavam, não a vítima a ser imolada, mas o senhor que mandava.

VII. Os selvagens

Os aventureiros com o punhal erguido ameaçavam; mas não se animavam a romper o estreito círculo que os separava de D. Antônio de Mariz.

O respeito, essa força moral tão poderosa, dominava ainda a alma daqueles homens cegos pela cólera e pela exaltação; todos esperavam que o primeiro ferisse; e nenhum tinha a coragem de ser o primeiro.

Loredano conheceu que era necessário um exemplo; o desespero de sua posição, as paixões ardentes que tumultuavam em seu coração deram-lhe o delírio que supre o valor nas circunstâncias extremas.

O aventureiro apertou convulsivamente o cabo de sua faca, e fechando os olhos e dando um passo às cegas ergueu a mão para desfechar o golpe.

O fidalgo com um gesto nobre afastou o seio do gibão e descobriu o peito; nem um tremor imperceptível agitou os músculos de seu rosto; sua fronte alta conservou a mesma serenidade; o seu olhar límpido e brilhante não se turvou.

Tal era a influência magnética que exercia essa coragem nobre e altiva que o braço do italiano tremeu, e a ponta do ferro tocando a véstia do fidalgo paralisou os dedos hirtos do assassino.

D. Antônio sorriu com desdém; e abaixando a sua mão fechada sobre o alto da cabeça de Loredano abateu-o a suas plantas como uma massa bruta e inerte: então erguendo a ponta do pé à fronte do italiano, o estendeu de costas sobre o pavimento.

O baque do corpo no chão ecoou no meio de um silêncio profundo; todos os aventureiros, mudos e estáticos, pareciam querer sumir-se pelo seio da terra.

— Abaixai as armas, miseráveis! O ferro que há de ferir o peito de D. Antônio de Mariz não será manchado pela mão covarde e traiçoeira de vis assassinos! Deus reserva uma morte justa e gloriosa àqueles que viveram uma vida honrada!

Os aventureiros aturdidos embainharam maquinalmente os punhais; aquela palavra sonora, calma e firme, tinha um acento tão imperativo, uma tal força de vontade, que era impossível resistir.

— O castigo que vos espera há de ser rigoroso; não deveis contar com a clemência nem com o perdão: quatro dentre vós à sorte sofrerão a pena de homizio; os outros farão o ofício dos executores da alta justiça. Bem vedes que tanto a pena como o ofício são dignos de vós!

O fidalgo pronunciou estas palavras com um soberano desprezo, e encarou os aventureiros como para ver se dentre eles partia alguma reclamação, algum murmúrio de desobediência; mas todos esses homens, havia pouco furiosos, estavam agora humildes e cabisbaixos.

— Dentro de uma hora — continuou o cavalheiro apontando para o corpo de Loredano —, este homem será justiçado à frente da banda; para ele não há julgamento; eu o condeno como pai, como chefe, como um homem que mata o cão ingrato que o morde. É ignóbil demais para que o toque com as minhas armas; entrego-o ao baraço e ao cutelo.

Com a mesma impassibilidade e o mesmo sossego que conservava desde o momento em que aparecera imprevistamente, o velho fidalgo atravessou por entre os aventureiros imóveis e respeitosos, e caminhou para a saída.

Aí voltou-se; e levando a mão ao chapéu descobriu a sua bela cabeça encanecida, que destacava sobre o fundo negro da noite e no meio do clarão avermelhado das tochas com um vigor de colorido admirável.

— Se algum de vós der o menor sinal de desobediência; se uma das minhas ordens não for cumprida pronta e fielmente; eu, D. Antônio de Mariz, vos juro por Deus e pela minha honra que desta casa não sairá um homem vivo. Sois trinta; mas a vossa vida, de todos vós, tenho-a na minha mão; basta-me um movimento para exterminar-vos, e livrar a terra de trinta assassinos.

No momento em que o fidalgo ia retirar-se apareceu Álvaro pálido de emoção, mas brilhante de coragem e indignação.

— Quem se animou aqui a erguer a voz para D. Antônio de Mariz? — exclamou o moço.

O velho fidalgo sorrindo com orgulho pôs a mão no braço do cavalheiro.

— Não vos ocupeis disto, Álvaro; sois bastante nobre para vingar uma afronta desta natureza, e eu, bastante superior para não ser ofendido por ela.

— Mas, senhor, cumpre que se dê um exemplo!

— O exemplo vai ser dado, e como cumpre. Aqui não há senão culpados e executores da pena. O lugar não vos compete. Vinde!

O moço não resistiu e acompanhou D. Antônio de Mariz, que se dirigiu lentamente à sala, onde achou Aires Gomes.

Quanto a Peri, voltara ao jardim de Cecília, decidido a defender sua senhora contra o mundo inteiro.

O dia vinha rompendo.

O fidalgo chamou Aires Gomes e entrou com ele no seu gabinete de armas, onde tiveram uma longa conferência de meia hora.

O que aí se passou ficou em segredo entre Deus e estes dois homens; apenas Álvaro notou, quando a porta do gabinete se abriu, que D. Antônio estava pensativo, e o escudeiro lívido como um morto.

Neste momento ouviu-se um pequeno rumor na entrada da sala; quatro aventureiros parados, imóveis, esperavam uma ordem do fidalgo para se aproximarem.

D. Antônio fez-lhes um sinal; e eles vieram ajoelhar-se a seus pés; as lágrimas rolavam por essas faces queimadas pelo sol; e a palavra tremia balbuciante nesses lábios pálidos que há instantes vomitavam ameaças:

— Que significa isto? — perguntou o cavalheiro com severidade.

Um dos aventureiros respondeu:

— Viemo-nos entregar em vossas mãos; preferimos apelar para o vosso coração do que recorrer às armas para escaparmos à punição de nossa falta.

— E vossos companheiros? — replicou o fidalgo.

— Deus lhes perdoe, senhor, a enormidade do crime que vão cometer. Depois que vos retirastes tudo mudou; preparam-se para atacar-vos!

— Que venham — disse D. Antônio —, eu os receberei. Mas vós por que não os acompanhais? Não sabeis que D. Antônio de Mariz perdoa uma falta, mas nunca uma desobediência?

— Embora — disse o aventureiro que falava em nome de seus camaradas —, aceitaremos de bom grado o castigo que nos impuserdes. Mandai, que obedeceremos. Somos quatro contra vinte e tantos; dai-nos essa punição de morrer defendendo-vos, de reparar pela nossa morte um momento de alucinação!... É a graça que vos pedimos!

D. Antônio olhou admirado os homens que estavam ajoelhados a seus pés; e reconheceu neles os restos dos seus antigos companheiros de armas do tempo em que o velho fidalgo combatia os inimigos de Portugal.

Sentiu-se comovido; sua alma grande, e inabalável no meio do perigo, orgulhosa em face da ameaça, deixava-se facilmente dominar pelos sentimentos nobres e generosos.

Essa prova de fidelidade que davam aqueles quatro homens na ocasião da revolta geral dos seus companheiros; a ação que acabavam de praticar, e o sacrifício com que desejavam expiar a sua falta, elevou-os no espírito do fidalgo.

— Erguei-vos. Reconheço-vos!... Já não sois os traidores que há pouco repreendi; sois os bravos companheiros que pelejastes a meu lado; o que fazeis agora, esquece o que fizestes há uma hora. Sim!... Mereceis que morramos juntos, combatendo ainda uma vez na mesma fileira. D. Antônio de Mariz vos perdoa. Podeis levantar a cabeça e trazê-la alta!

Os aventureiros ergueram-se radiantes do perdão que o nobre fidalgo tinha lançado sobre suas cabeças; todos eles estavam prontos a dar sua vida para salvarem o seu chefe.

O que tinha ocorrido depois da saída de D. Antônio do alpendre seria longo de escrever.

Loredano, tornando a si da vertigem que lhe causara o atordoamento e a violência da queda, soube da ordem que havia a seu respeito. Não era preciso tanto para que o audaz aventureiro recorresse à sua eloquência a fim de excitar de novo à revolta.

Pintou a posição de todos como desesperada, atribuiu o seu castigo e as desgraças que iam suceder ao fanatismo que havia por Peri; esgotou enfim os recursos da sua inteligência.

D. Antônio não estava mais aí para conter com a sua presença a cólera que ia fermentando, a excitação que começava a lavrar, a princípio surdamente, as queixas e os murmúrios que afinal fizeram coro.

Um incidente veio atear a chama que lastrava; Peri, apenas começou a romper o dia, viu a alguma distância do jardim o cadáver de Rui Soeiro; e temendo que sua senhora acordando presenciasse esse triste espetáculo tomou o corpo, e atravessando a esplanada, veio atirá-lo no meio do pátio.

Os aventureiros empalideceram e ficaram estupefatos; depois rompeu a indignação feroz, raivosa, delirante; estavam como possessos de furor e vingança. Não houve mais hesitação; a revolta pronunciou-se; apenas o pequeno grupo de quatro homens que desde a saída de D. Antônio se conservava em distância, não tomou parte na insubordinação.

Ao contrário, quando viram que seus companheiros, com Loredano à frente, se preparavam para atacar o fidalgo, foram, como vimos, oferecer-se voluntariamente ao castigo e reunir-se ao seu chefe para partilharem a sua sorte.

Pouco tardou para que João Feio não se apresentasse como parlamentário da parte dos revoltosos, o fidalgo não o deixou falar.

— Dize a teus companheiros, rebelde, que D. Antônio de Mariz manda e não discute condições: que eles estão condenados; e verão se sei ou não cumprir o meu juramento.

O fidalgo tratou então de dispor os seus meios de defesa; apenas podia contar com quatorze combatentes: ele, Álvaro, Peri, Aires Gomes, mestre Nunes com os seus companheiros e os quatro homens que se haviam conservado fiéis; os inimigos eram em número de vinte e tantos.

Toda a sua família já então despertada recebeu a triste notícia de tantos acontecimentos passados durante aquela noite fatal; D. Lauriana, Cecília e Isabel recolheram-se ao oratório e rezavam enquanto se preparava tudo para uma resistência desesperada.

Os aventureiros comandados por Loredano arregimentaram-se e marcharam para a casa dispostos a dar um assalto terrível; o seu furor redobrava tanto mais quanto o remorso no fundo da consciência começava a mostrar-lhes toda a hediondez de sua ação.

No momento em que dobravam o canto, ouviu-se um som rouco que se prolongou pelo espaço, como o eco surdo de um trovão em distância.

Peri estremeceu, e lançando-se para a beira da esplanada estendeu os olhos pelo campo que costeava a floresta. Quase ao mesmo tempo um dos aventureiros que estava ao lado de Loredano caiu traspassado por uma flecha.

— Os aimorés!...

Apenas soltou Peri esta exclamação, uma linha movediça, longo arco de cores vivas e brilhantes, agitou-se ao longe da planície irradiando à luz do sol nascente.

Homens quase nus, de estatura gigantesca e aspecto feroz; cobertos de peles de animais e penas amarelas e escarlates, armados de grossas clavas e arcos enormes, avançavam soltando gritos medonhos.

A inúbia retroava; o som dos instrumentos de guerra misturado com os brados e alaridos formavam um concerto horrível, harmonia sinistra que revelava os instintos dessa horda selvagem reduzida à brutalidade das feras.

— Os aimorés!... — repetiram os aventureiros empalidecendo.

VIII. Desânimo

Dois dias passaram depois da chegada dos aimorés; a posição de D. Antônio de Mariz e de sua família era desesperada.

Os selvagens tinham atacado a casa com uma força extraordinária; diante deles a índia, terrível de ódio, os excitava à vingança.

As setas escurecendo o ar abatiam-se como uma nuvem sobre a esplanada e crivavam as portas e as paredes do edifício.

À vista do perigo iminente que corriam todos, os aventureiros revoltados retiraram-se e trataram de defender-se do ataque dos selvagens.

Houve como que um armistício entre os rebeldes e o fidalgo; sem se reunirem, os aventureiros conheceram que deviam combater o inimigo comum, embora depois levassem ao cabo a sua revolta.

D. Antônio de Mariz, encastelado na parte da casa que habitavam, rodeado de sua família e de seus amigos fiéis, resolvera defender até à última extremidade esses penhores confiados ao seu amor de esposo e de pai.

Se a Providência não permitisse que um milagre os viesse salvar, morreriam todos; mas ele contava ser o último, a fim de velar que mesmo sobre os seus despojos não atirassem um insulto.

Era o seu dever de pai, e o seu dever de chefe; como o capitão, que é o último a abandonar o seu navio, ele seria o último a abandonar a vida, depois de ter assegurado às cinzas dos seus o respeito que se deve aos mortos.

Bem mudada estava essa casa que vimos tão alegre e tão animada! Parte do edifício que tocava com o fundo onde habitavam os aventureiros tinha sido abandonada por prudência; D. Antônio concentrara sua família no interior da habitação para evitar algum acidente.

Cecília deixara o seu quartinho tão lindo e tão mimoso, e nele estabelecera Peri o seu quartel-general e o seu centro de operações; porque, é preciso dizer, o índio não partilhava o desânimo geral e tinha uma confiança inabalável nos seus recursos.

Seriam dez horas da noite: a lâmpada de prata suspensa no teto da grande sala iluminava uma cena triste e silenciosa.

Todas as janelas e portas estavam fechadas; de vez em quando ouvia-se o estrépito que fazia uma seta cravando-se na madeira ou enfiando-se por entre as telhas.

Nas duas extremidades da sala e na frente tinham-se praticado no alto da parede algumas seteiras, junto das quais os aventureiros faziam à noite uma sentinela constante, a fim de prevenir uma surpresa.

D. Antônio de Mariz, sentado numa cadeira de espaldar, sob o dossel, repousava um instante; o dia fora rude; os índios tinham investido por diferentes vezes a escada de pedra da esplanada; e o fidalgo com o pequeno número de combatentes de que dispunha e com o auxílio da colubrina conseguira repeli-los.

A sua clavina carregada descansava de encontro ao espaldar da cadeira; e as suas pistolas estavam colocadas em cima de um bufete ao alcance do braço.

Sua bela cabeça encanecida, pendida ao seio, ressaltava sobre o veludo preto de seu gitão, coberto por uma rede finíssima de malhas de aço que lhe guarnecia o peito.

Parecia adormecido; mas de vez em quando erguia os olhos e corria o vasto aposento, contemplando com uma melancolia extrema a cena que se desenhava no fundo meio esclarecido da sala.

Depois voltava à mesma posição, e continuava; suas dolorosas reflexões; o fidalgo conservava toda a firmeza e coragem, mas interiormente tinha perdido a esperança.

Do lado oposto Cecília recostada em um sofá parecia desfalecida; seu rosto perdera a habitual vivacidade: seu corpo ligeiro e gracioso, alquebrado por tantas emoções, prostrava-se com indolência sobre uma colcha de damasco. A mãozinha caía imóvel como uma flor a que tivessem quebrado a haste delicada; e os lábios descorados agitavam-se às vezes murmurando uma prece.

De joelhos à beira do sofá, Peri não tirava os olhos de sua senhora; dir-se-ia que aquela respiração branda que fazia ondular os seios da menina, e que se exalava de sua boca entreaberta, era o sopro que alimentava a vida do índio.

Desde o momento da revolta não deixou mais Cecília; seguia-a como uma sombra; sua dedicação, já tão admirável, tinha tocado o sublime com a iminência do perigo. Durante estes dois dias ele havia feito coisas incríveis, verdadeiras loucuras do heroísmo e abnegação.

Sucedia que um selvagem aproximando-se da casa soltava um grito que vinha causar um ligeiro susto à menina?

Peri lançava-se como um raio, e antes que tivesse tempo de contê-lo, passava entre uma nuvem de flechas, chegava à beira da esplanada, e com um tiro de sua clavina abatia o aimoré que assustara sua senhora, antes que ele tivesse tempo de soltar um segundo grito.

Cecília, aflita e doente, recusava tomar o alimento que sua mãe ou sua prima lhe traziam?

Peri, correndo mil perigos, arriscando-se a despedaçar-se nas pontas dos rochedos e a ser crivado pelas flechas dos selvagens, ganhava a floresta, e daí a uma hora voltava trazendo um fruto delicado, um favo de mel envolto de flores, uma caça esquisita, que sua senhora tocava com os lábios para assim pagar ao menos tanto amor e tanta dedicação.

As loucuras do índio chegaram a ponto que Cecília foi obrigada a proibir-lhe que saísse de junto dela, e a guardá-lo à vista com receio de que não se fizesse matar a todo o momento.

Além da amizade que lhe tinha, um quer que seja, uma esperança vaga lhe dizia que na posição extrema em que se achavam, se alguma salvação podia haver para sua família, seria à coragem, à inteligência e à sublime abnegação de Peri que a deveriam.

Se ele morresse quem velaria sobre ela com a solicitude e o ardente zelo que tinha ao mesmo tempo o carinho de uma mãe, a proteção de um pai, a meiguice de um irmão? Quem seria seu anjo da guarda para livrá-la de um pesar, e ao mesmo tempo seu escravo para satisfazer o seu menor desejo?

Não; Cecília não podia de modo algum admitir nem a possibilidade de que seu amigo viesse a morrer; por isso mandou, pediu e até suplicou-lhe que não saísse de junto dela; queria por sua vez ser para Peri o bom anjo de Deus, o seu gênio protetor.

Do mesmo lado em que estava Cecília, mas num outro canto da sala, via-se Isabel sentada de encontro à ombreira da janela; enfiava um olhar ardente, cheio de ansiedade e de susto, por uma pequena fresta, que ela entreabrira a furto.

O raio de luz que filtrava por esta aberta da janela servia de mira aos índios, que faziam chover setas sobre setas naquela direção; mas Isabel, alheia de si, nem se importava com o perigo que corria.

Ela olhava Álvaro, que no alto da escada com a maior parte dos aventureiros fiéis, fazia a guarda noturna; o moço passeava pela esplanada ao abrigo de uma ligeira paliçada. Cada seta que passava por sua cabeça, cada movimento que fazia, causava em Isabel uma aflição imensa; sentia não poder estar junto dele para ampará-lo, e receber a morte que lhe fosse destinada.

D. Lauriana, sentada em um dos degraus do oratório, rezava; a boa senhora era uma das pessoas que mais coragem e mais calma mostravam no transe horrível em que se achava a família; animada pela sua fé religiosa e pelo sangue nobre que girava nas suas veias, ela se tinha conservado digna de seu marido.

Fazia tudo quanto era possível; pensava os feridos, encorajava as meninas, auxiliava os preparativos de defesa, e ainda em cima dirigia sua casa como se nada se passasse.

Aires Gomes encostado à porta do gabinete, com os braços cruzados e imóvel, dormia; o escudeiro guardava o posto que lhe fora confiado pelo fidalgo. Desde a conferência que os dois tinham tido, Aires se postara naquele lugar, donde não saía senão quando D. Antônio vinha sentar-se na cadeira que havia junto da porta.

Dormia de pé; porém mal um passo, por mais sutil que fosse, soava no pavimento, acordava sobressaltado com a pistola em punho e a mão sobre o fecho da porta.

D. Antônio de Mariz levantou-se, e passando à cinta as suas pistolas e tomando a sua clavina, dirigiu-se ao sofá onde repousava sua filha, e beijou-a na fronte; fez o mesmo a Isabel, abraçou sua mulher e saiu. O fidalgo ia render a Álvaro, que fazia o seu quarto desde o anoitecer; poucos momentos depois de sua saída, a porta abriu-se de novo, e o cavalheiro entrou.

Álvaro trajava um gibão de lã forrado de escarlate; quando ele apareceu no vão da porta, Isabel soltou um grito fraco e correu para ele.

— Estais ferido? — perguntou a moça com ansiedade, e tomando-lhe as mãos.

— Não — respondeu o moço admirado.

— Ah!... — exclamou Isabel respirando.

Tinha-se iludido; o rasgão que uma flecha fizera sobre o ombro mostrando o forro escarlate do gibão tinha de repente lhe parecido uma ferida.

Álvaro procurou desprender suas mãos das mãos de Isabel, mas a moça, suplicando-o com o olhar e arrastando-o docemente, levou-o até o lugar onde estava havia pouco; e obrigou o cavalheiro a sentar-se junto dela.

Muitos acontecimentos se tinham passado entre eles nestes dois dias; há circunstâncias em que os sentimentos marcham com uma rapidez extraordinária e devoram meses e anos num só minuto.

Reunidos nesta sala pela necessidade extrema do perigo, vendo-se a cada momento, trocando ora uma palavra, ora um olhar, sentindo-se enfim perto um do outro, esses dois corações, se não se amavam, compreendiam-se ao menos.

Álvaro fugia e evitava Isabel; tinha medo desse amor ardente que o envolvia num olhar, dessa paixão profunda e resignada que se curvava a seus pés sorrindo melancolicamente. Sentia-se fraco para resistir, e entretanto o seu dever mandava que resistisse.

Ele amava, ou cuidava amar ainda Cecília; prometera a seu pai ser seu marido; e na situação em que se achavam aquela promessa era mais do que um juramento, era uma necessidade imperiosa, uma fatalidade que se devia cumprir.

Como podia ele pois alimentar uma esperança de Isabel? Não seria infame, indigno, aceitar o amor que ela lhe oferecera suplicando? Não era seu dever destruir naquele coração esse sentimento impossível?

Álvaro pensava assim e evitava todas as ocasiões de estar só com a moça, porque conhecia a impressão veemente, a atração poderosa que exercia essa beleza fascinadora quando a paixão, animando-a, cercava-a de um brilho deslumbrante.

Dizia a si mesmo que não amava, que nunca amaria Isabel! Entretanto, sabia que se ele a visse outra vez como no momento em que lhe confessara seu amor, cairia de joelhos a seus pés, e esqueceria o dever, a honra, tudo por ela.

A luta era terrível; mas a alma nobre do cavalheiro não cedia e combatia heroicamente: podia ser vencida, mas depois de ter feito o que fosse possível ao homem para conservar-se fiel à sua promessa.

O que tornava a luta ainda mais violenta era que Isabel não o perseguia com o seu amor; depois daquela primeira alucinação concentrava-se, e resignada amava sem esperança de nunca ser amada.

IX. Esperança

Sentando-se junto da moça, Álvaro sentiu a sua coragem vacilar.

— Que me quereis, Isabel? — perguntou ele com a voz um pouco trêmula.

A menina não respondeu; estava embebida a contemplar o moço; saciava-se de olhá-lo, de senti-lo junto de si, depois de ter sofrido a angústia de ver a morte roçando a sua cabeça e ameaçando a sua vida.

É preciso amar para compreender essa voluptuosidade do olhar que se repousa sobre o objeto amado, que não se cansa de ver aquilo que está impresso na imaginação, mas que tem sempre um novo encanto.

— Deixai-me olhar-vos! — respondeu Isabel suplicando. — Quem sabe! Talvez seja pela última vez!

— Por que essas ideias tristes? — disse Álvaro com brandura. — A esperança ainda não está de todo perdida.

— Que importa?... — exclamou a moça. — Ainda há pouco vos vi de longe que passeáveis sobre a esplanada, e a cada momento me parecia que uma seta vos tocava, vos feria e...

— Como?... Tivestes a imprudência de abrir a janela?

O moço voltou-se; e estremeceu vendo a janela entreaberta, crivada da parte exterior pelas setas dos selvagens.

— Meu Deus!... — exclamou ele —; por que expondes assim a vossa vida, Isabel?...

— Que vale a minha vida, para que a conserve? — disse a moça animando-se. — Tem ela algum prazer, alguma ventura, que me prenda? De que serviria a existência se não fosse para satisfazer um impulso de nossa alma? A minha felicidade é acompanhar-vos com os olhos e com o pensamento. Se esta felicidade me deve custar a vida, embora!...

— Não faleis assim, Isabel, que me partis a alma.

— E como quereis que fale? Mentir-vos é impossível; depois daquele dia, em que traí o meu segredo, de escravo que ele era tornou-se senhor, senhor despótico e absoluto. Sei que vos faço sofrer...

— Nunca disse semelhante coisa!

— Sois bastante generoso para dizê-lo, mas sentis. Eu conheço, eu leio nos vossos menores movimentos. Vós me estimais talvez como irmão, mas fugis de mim e tendes receio que Cecília pense que me amais; não é verdade?

— Não — exclamou Álvaro insensivelmente —; tenho receio, tenho medo... mas é de amar-vos!

Isabel sentiu uma comoção tão violenta ouvindo as palavras rápidas do moço, que ficou como estática sem fazer um movimento; as palpitações fortes do seu coração a sufocavam.

Álvaro não estava menos comovido; subjugado por aquele amor ardente, impressionado pela abnegação da menina que expunha sua vida só para acompanhá-lo de longe com um olhar e protegê-lo com a sua solicitude, tinha deixado escapar o segredo da luta que se passava em sua alma.

Mas apenas pronunciara aquelas palavras imprudentes, conseguiu dominar-se, e tornando-se frio e reservado, falou a Isabel em um tom grave.

— Sabeis que amo Cecília; mas ignorais que prometi a

seu pai ser seu marido. Enquanto ele por sua livre vontade não me desligar de minha promessa, estou obrigado a cumpri-la. Quanto ao meu amor, este me pertence, e só a morte me pode desligar dele. No dia em que eu amasse outra mulher que não ela, me condenaria a mim mesmo como um homem desleal.

O moço voltou-se para Isabel com um triste sorriso:

— E compreendeis o que faz um homem desleal que tem ainda a consciência precisa para se julgar a si?

Os olhos da moça brilharam com um fogo sinistro:

— Oh! compreendo!... É o mesmo que faz a mulher que ama sem esperança, e cujo amor é um insulto ou um sofrimento para aquele a quem ama!

— Isabel!... — exclamou Álvaro estremecendo.

— Tendes razão! Só a morte pode desligar de um primeiro e santo amor aos corações como os nossos!

— Deixai-vos dessas ideias, Isabel! Crede-me; uma única razão pode justificar semelhante loucura.

— Qual? — perguntou Isabel.

— A desonra.

— Há ainda outra — respondeu a moça com exaltação —, outra menos egoísta, mas tão nobre como esta; a felicidade daqueles que se amam.

— Não vos compreendo.

— Quando se sabe que se pode ser uma causa de desgraça para aqueles que se estima, melhor é desatar o único laço que nos prende à vida do que vê-lo despedaçar-se. Não dizíeis que tendes medo de amar-me? Pois bem, agora sou eu que tenho medo de ser amada.

Álvaro não soube o que responder; estava numa terrível agitação: conhecia Isabel, e sabia que força tinham aquelas palavras ardentes que soltavam os lábios da moça.

— Isabel! — disse ele tomando-lhe as mãos. — Se me tendes alguma afeição, não me recuseis a graça que vou pedir-vos. Repeli esses pensamentos! Eu vos suplico!

A moça sorriu-se melancolicamente:

— Vós me suplicais?... Me pedis que conserve esta vida que recusastes!... Não é ela vossa? Aceitai-a; e já não tereis que suplicar!

O olhar ardente de Isabel fascinava; Álvaro não se pôde mais conter; ergueu-se, e reclinando-se ao ouvido da moça balbuciou:

— Aceito!

Enquanto Isabel, pálida de emoção e felicidade, duvidava ainda da voz que ressoava no seu ouvido, o moço tinha saído da sala.

Durante que Álvaro e Isabel conversavam a meia voz, Peri continuava a contemplar a sua senhora.

O índio estava pensativo e via-se que uma ideia o preocupava e absorvia toda a sua atenção.

Por fim levantou-se, e lançando um último olhar repassado de tristeza a Cecília encaminhou-se lentamente para a porta da sala.

A menina fez um ligeiro movimento e levantou a cabeça:

— Peri!...

Ele estremeceu, e voltando foi de novo ajoelhar-se junto do sofá.

— Tu me prometeste não deixar tua senhora! — disse Cecília com uma doce exprobração.

— Peri quer te salvar.

— Como?

— Tu saberás. Deixa Peri fazer o que tem no pensamento.

— Mas não correrás nem um perigo?

— Por que perguntas isso, senhora? — disse o índio timidamente.

— Por quê?... — exclamou Cecília levantando-se com vivacidade. — Porque se para nos salvar é preciso que tu morras, eu rejeito o teu sacrifício, rejeito-o em meu nome e no de meu pai.

— Sossega, senhora; Peri não teme o inimigo; sabe o modo de vencê-lo.

A menina abanou a cabeça com ar incrédulo.

— Eles são tantos!...

O índio sorriu com orgulho.

— Sejam mil; Peri vencerá a todos, aos índios e aos brancos.

Ele pronunciou estas palavras com a expressão de naturalidade e ao mesmo tempo de firmeza que dá a consciência da força e do poder.

Contudo Cecília não podia acreditar o que ouvia; parecia-lhe inconcebível que um homem só, embora tivesse a dedicação e o heroísmo do índio, pudesse vencer não só os aventureiros revoltados, como os duzentos guerreiros aimorés que assaltavam a casa.

Mas ela não contava com os recursos imensos de que dispunha essa inteligência vigorosa, que tinha ao seu serviço um braço forte, um corpo ágil e uma destreza admirável; não sabia que o pensamento é a arma mais poderosa que Deus deu ao homem, e que com ela se abatem os inimigos, se quebra o ferro, se doma o fogo, e se vence por essa força irresistível e providencial que manda ao espírito dominar a matéria.

— Não te iludas; vais fazer um sacrifício inútil. Não é possível que um homem só vença tantos inimigos, ainda mesmo que esse homem seja Peri.

— Tu verás! — respondeu o índio com segurança.

— E quem te dará força para lutar contra um poder tão grande?...

— Quem?... Tu, senhora, tu só — respondeu o índio fitando nela o seu olhar brilhante.

Cecília sorriu como devem sorrir os anjos.

— Vai — disse ela —, vai salvar-nos. Mas lembra-te que se tu morreres Cecília não aceitará a vida que lhe deres.

Peri ergueu-se.

— O sol que se levantar amanhã será o último para todos os teus inimigos; Ceci poderá sorrir como dantes, e ficar alegre e contente.

A voz do índio tornou-se trêmula; sentindo que não podia vencer a emoção atravessou rapidamente a sala e saiu.

Chegando à esplanada Peri olhou as estrelas que começavam a apagar-se e viu que o dia pouco tardaria a raiar: não tinha tempo a perder.

Qual era o projeto que havia concebido e que lhe dava uma certeza e uma convicção profunda a respeito do seu resultado? Que meio ousado tinha ele para contar com a destruição dos inimigos e a salvação de sua senhora?

Fora difícil adivinhar; Peri guardava no fundo do coração esse segredo impenetrável, e nem a si mesmo o dizia com receio de trair-se, e de anular o efeito, que esperava com uma confiança inabalável.

Tinha todos os inimigos na sua mão; e bastava-lhe um pouco de prudência para fulminá-los a todos como a cólera celeste, como o fogo de raio.

Peri dirigiu-se ao jardim e entrou no quarto de Cecília, então abandonado por sua senhora, por causa da proximidade em que ficava do fundo da casa ocupada pelos aventureiros revoltados.

O quarto estava às escuras: mas a tênue claridade que entrava pela janela bastava ao índio para distinguir os objetos perfeitamente; a perfeição dos sentidos era um dom que os selvagens possuíam no mais alto grau.

Ele tomou suas armas uma a uma, beijou as pistolas que Cecília lhe havia dado e deitou-as no chão no meio do aposento, tirou os seus ornatos de penas, sua faixa de guerreiro, a pluma brilhante do seu cocar e lançou-os como um troféu sobre as suas armas.

Depois agarrou o seu grande arco de guerra, apertou-o ao seio e curvando-o de encontro ao joelho quebrou-o em duas metades, que foram juntar-se às armas e aos ornatos.

Por algum tempo Peri contemplou com um sentimento de dor profunda esses despojos de sua vida selvagem; esses emblemas de sua dedicação sublime por Cecília e de seu heroísmo admirável.

Em luta com essa emoção poderosa, insensivelmente murmurou na sua língua algumas dessas palavras que a alma manda aos lábios nos momentos supremos:

— Arma de Peri, companheira e amiga, adeus! Teu senhor te abandona e te deixa: contigo ele venceria; contigo ninguém poderia vencê-lo. E ele quer ser vencido...

O índio levou a mão ao coração:

— Sim!... Peri, filho de Ararê, primeiro de sua tribo, forte entre os fortes, guerreiro goitacá, nunca vencido, vai sucumbir na guerra. A arma de Peri não pode ver seu senhor pedir a vida ao inimigo; o arco de Ararê, já quebrado, não salvará o filho.

Sua cabeça altiva e sobranceira enquanto pronunciava estas palavras caiu-lhe sobre o seio; por fim venceu a sua emoção, e cingindo nos seus braços esses troféus de suas armas e de suas insígnias de guerra estreitou-as ao peito em um último abraço de despedida.

Um aroma agreste das plantas que começavam a se abrir com a aproximação do dia avisou-lhe que a noite estava a acabar.

Quebrou a axorca de frutos que trazia na perna sobre o artelho, como todos os selvagens: este ornato era feito de pequenos cocos ligados por um fio e tingidos de amarelo.

Peri tomou dois destes frutos e partiu-os com a faca, sem contudo separar as cascas; fechando-os então na sua mão, levantou o braço como fazendo um desafio ou uma ameaça terrível e lançou-se fora do aposento.

X. NA BRECHA

Quando Peri entrou no quarto de Cecília, Loredano passeava do outro lado da esplanada, em frente do alpendre.

O italiano refletia sobre os acontecimentos que haviam passado nos últimos dias, sobre as vicissitudes que correra a sua vida e a sua fortuna.

Por diferentes vezes tinha posto o pé sobre o túmulo; tinha tocado a sua última hora; e a morte fugira dele, e o respeitara. Também por diferentes vezes havia encarado a felicidade, o poder, a fortuna; e tudo se esvaecera como um sonho.

Quando à frente dos aventureiros revoltados ia atacar a D. Antônio de Mariz que não lhe podia resistir, os aimorés tinham aparecido de repente e mudado a face das coisas.

A necessidade da defesa contra o inimigo comum trouxe uma suspensão de hostilidades; acima da ambição estava o instinto da vida e da conservação. A luta de interesses e de ódios cedeu à grande luta das raças inimigas.

Por isso no primeiro ataque dos selvagens, todos por um movimento espontâneo trataram de repelir o inimigo, e de salvar a casa da ruína que a ameaçava. Depois separaram-se de novo, e sempre observando-se, sempre prontos a defenderem-se um do outro, os dois grupos continuaram a repelir os índios com a maior coragem.

No meio disto porém Loredano, que se constituíra o chefe da revolta, não abandonava o seu projeto de apoderar-se de Cecília e vingar-se de D. Antônio de Mariz e de Álvaro.

Seu espírito tenaz trabalhava incessantemente, procurando o meio de chegar àquele resultado; atacar abertamente o fidalgo era uma loucura que não podia cometer. A menor luta que houvesse entre eles entregava-os todos aos selvagens, que excitados pela vingança e pelos seus instintos sanguinários e ferozes atacavam o edifício sem repouso e sem descanso.

A única barreira que continha os aimorés era a posição inexpugnável da casa, assentada sobre um rochedo, apenas acessível por um ponto, pela escada de pedra que descrevemos no primeiro capítulo desta história.

Esta escada era defendida por D. Antônio de Mariz e pelos seus homens; a ponte de madeira tinha sido destruída; mas apesar disso os selvagens a substituiriam facilmente se não fosse a resistência desesperada que o fidalgo opunha aos seus ataques.

Desde o momento, pois, que impelido pelo seu amor D. Antônio corresse em defesa de sua família e abandonasse a escada, os duzentos guerreiros aimorés se precipitariam sobre a casa, e não havia coragem que lhes pudesse resistir.

O italiano, que compreendia isto, estava bem longe de tentar o menor ataque a peito descoberto; a prudência o aconselhava então como o tinha aconselhado no dia do primeiro assalto.

O que ele procurava era um meio de, sem estrépito, sem luta, imprevistamente, fazer morrer D. Antônio de Mariz, Peri, Álvaro e Aires Gomes; feito isto os outros se reuniriam a ele pela necessidade da defesa e pelo instinto da conservação.

Tornar-se-ia então senhor da casa; ou repelia os índios, salvava Cecília, e realizava todos os seus sonhos de amor e de felicidade; ou morria tendo ao menos esgotado até ao meio a taça do prazer que seus lábios nem sequer haviam tocado.

Era impossível que esse espírito satânico, fixando-se em uma ideia durante três dias, não tivesse conseguido achar um meio para a consumação desse novo crime que planejara.

Não só o tinha achado, mas já havia começado a pô-lo em prática; tudo o protegia, até mesmo o inimigo que o deixava em repouso, atacando unicamente o lado da casa protegido por D. Antônio de Mariz.

Passeava pois embalando-se de novo nas suas esperanças, quando Martim Vaz, saindo do alpendre, chegou-se a ele.

— Uma com que não contávamos!... — disse o aventureiro.

— O quê? — perguntou o italiano com vivacidade.

— Uma porta fechada.

— Abre-se!

— Não com essa facilidade...

— Veremos.

— Está pregada por dentro.

— Terão pressentido?...

— Foi a ideia que já tive.

Loredano fez um gesto de desespero.

— Vem!

Os dois encaminharam-se para o alpendre, onde dormiam os aventureiros armados, prontos ao menor sinal de ataque.

O italiano acordou João Feio, e por precaução mandou-o fazer a guarda na esplanada, apesar de não haver receio que os selvagens atacassem do seu lado. O aventureiro, ainda tonto de sono, ergueu-se e saiu.

Loredano e seu companheiro caminharam para uma sala interior que servia de cozinha e despensa a esta parte da casa. Quando iam entrar, a luz que o aventureiro levava na mão para esclarecer o caminho, apagou-se de repente.

— Sois um desazado! — disse Loredano contrariado.

— E tenho eu culpa! Queixai-vos do vento.

— Bom! não gasteis o tempo em palavras! Tirai fogo.

O aventureiro voltou a procurar o seu fuzil.

Loredano ficou em pé na porta à espera que o seu companheiro voltasse; e pareceu-lhe ouvir perto dele a respiração de um homem. Aplicou o ouvido para certificar-se; e por segurança tirou o seu punhal e colocou-se no centro da porta, para impedir a saída de quem quer que fosse.

Não ouviu mais nada; porém sentiu de repente um corpo frio e gelado que tocou-lhe a fronte; o italiano recuou, e brandindo a sua faca deu um golpe às escuras.

Pareceu-lhe que tinha tocado alguma coisa; entretanto tudo conservou-se no mais profundo silêncio.

O aventureiro voltou trazendo a luz.

— É singular — disse ele —, o vento pode apagar uma candeia, mas não lhe tira o pavio.

— O vento, dizeis. Acaso o vento tem sangue?

— Que quereis dizer?

— Que o vento que apagou a vela é o mesmo que deixou o seu sinal neste ferro.

E Loredano mostrou ao aventureiro a sua faca, cuja ponta estava tinta de sangue ainda líquido.

— Há aqui então um inimigo?...

— Decerto; os amigos não precisam ocupar-se.

Nisto ouviram um rumor no telhado, e um morcego passou agitando lentamente as grandes asas: estava ferido.

— Eis o inimigo!... — exclamou Martim rindo-se.

— É verdade — respondeu Loredano no mesmo tom —, confesso que já tive medo de um morcego.

Tranquilos a respeito do incidente que os havia demorado, os dois entraram na cozinha, e daí por uma brecha estreita praticada na parede penetraram no interior da casa há pouco habitada por D. Antônio de Mariz e sua família.

Atravessaram parte do edifício e chegaram a uma varanda que tocava de um lado com o quarto de Cecília e do outro com o oratório e o gabinete de armas do fidalgo.

Aí o aventureiro parou; e mostrando a Loredano a porta adufada de jacarandá, que dava entrada para o gabinete, disse-lhe:

— Não é com duas razões que a deitaremos dentro!

Loredano aproximou-se e reconheceu que a solidez e fortaleza da porta não lhe permitia a menor violência: todo o seu plano estava destruído.

Contava durante a noite se introduzir furtivamente na sala e assassinar a D. Antônio de Mariz, Aires Gomes e Álvaro antes que eles pudessem ser socorridos por seus companheiros, consumado o crime, estava senhor da casa.

Como remover o obstáculo que lhe aparecia? A menor violência contra a porta despertaria a atenção de D. Antônio de Mariz e inutilizaria todo o seu projeto.

Enquanto refletia nisso, os seus olhos caíram sobre uma estreita fresta que havia no alto da parede do oratório e que servia mais para dar ar do que luz.

Por esta abertura o italiano conheceu que aquela parte da parede era singela e feita de um só tijolo; com efeito o oratório tinha sido outrora um corredor largo que ia da varanda à sala e que fora separado por uma ligeira divisão.

Loredano mediu a parede de alto a baixo e acenou ao seu companheiro.

— É por aqui que havemos de entrar, disse ele apontando para a parede.

— Como? A menos de não ser um mosquito para passar por aquela fresta!

— Esta parede assenta sobre uma viga; tirada ela, está aberto o caminho!

— Entendo.

— Antes que possam tomar a si do susto, teremos acabado.

O aventureiro quebrou com a ponta da faca o reboco da parede e descobriu a viga que lhe servia de alicerce.

— Então?

— Não há dúvida. Daqui a duas horas dou-vos isto pronto.

Martim Vaz, depois da morte de Rui Soeiro e Bento Simões, tinha se tornado o braço direito de Loredano; era o único a quem o italiano confiara o seu segredo, oculto para os outros em quem receava ainda a influência de D. Antônio de Mariz.

O italiano deixou o aventureiro no seu trabalho e voltou pelo mesmo caminho; chegando à cozinha, sentiu-se sufocado por uma fumaça espessa que enchia todo o alpendre. Os aventureiros acordados de repente blasfemavam contra o autor de semelhante lembrança.

Quando Loredano no meio deles procurava indagar a causa do que sucedia, João Feio apareceu na entrada do alpendre.

Havia na sua fisionomia uma expressão terrível de cólera e ao mesmo tempo de espanto; de um salto aproximou-se do italiano e chegando-lhe a boca ao ouvido disse:

— Renegado e sacrílego, dou-te uma hora para ires entregar-te a D. Antônio de Mariz e obter dele o nosso perdão e o teu castigo. Se o não fizeres dentro desse tempo, é comigo que te hás de avir.

O italiano fez um movimento de raiva; mas conteve-se:

— Amigo, o sereno transtornou-vos o juízo; ide deitar-vos. Boa noite, ou antes bom dia!

A alvorada despontava no horizonte.

XI. O FRADE

Saindo do quarto de Cecília, Peri tomara pelo corredor que comunicava com o interior do edifício.

O índio, a cuja perspicácia nada escapava do que se passava no interior da casa, por mais insignificante que fosse, havia percebido o plano de Loredano desde a primeira pancada dada para a abertura da brecha.

Na véspera o som do ferro na parede tinha ido despertar a sua atenção na sala onde ele repousava um momento, deitado aos pés do leito de sua senhora; seu ouvido fino e delicado auscultara o seio da terra. Levantou-se de salto, e atravessando todo o edifício chegou, guiado pelas pancadas, ao lugar onde Loredano e o aventureiro começavam a abrir uma fenda no muro.

Em vez de atemorizar-se com esta nova audácia do italiano, o índio sorriu-se; a brecha que praticava seria a sua perdição, porque ia dar fácil passagem a ele, Peri.

Contentou-se pois em examinar todas as portas que comunicavam com a sala e pregá-las por dentro; seria um novo obstáculo que demoraria os aventureiros e lhe daria tempo de sobra para extermina-los.

Foi por isso que do quarto de Cecília, cuja porta fechou sobre, caminhou direito à brecha e por ela penetrou na despensa dos aventureiros.

Era uma sala bastante espaçosa, onde havia uma mesa, algumas talhas e uma grande quartola de vinho; o índio mesmo às escuras chegou-se a cada um desses vasos; e por alguns instantes ouviu-se o fraco vascolejar do líquido que eles continham.

Então Peri viu uma luz que se aproximava; era Loredano e o seu companheiro.

A vista do italiano lhe gelou o sangue no coração. Tal ódio votava a esse homem abjeto e vil, que teve medo de si, medo de o matar. Isso fora agora uma imprudência; pois inutilizaria todo o seu plano.

Muita vez depois da noite em que Loredano penetrara na alcova de Cecília, Peri tivera ímpetos de ir vingar a injúria feita a sua senhora no sangue do italiano, para quem pensava que uma morte não era bastante punição.

Mas lembrava-se que não se pertencia; que precisava da vida para consumar sua obra salvando Cecília de tantos inimigos que a cercavam. E recalcava a vingança no fundo do coração.

Fez o mesmo então: cosido com a parede conseguiu apagar a vela. Ia sair, quando sentiu que o italiano tomava a porta.

Hesitou.

Podia lançar-se sobre Loredano e subjugá-lo; mas isso produziria uma luta e denunciaria a sua presença; era preciso que fugisse sem que restasse um só vestígio de sua passagem; a mais leve suspeita faria abortar o seu plano.

Teve uma ideia feliz: ergueu a mão molhada e tocou o rosto do italiano; enquanto este recuava para atirar a punhalada às escuras, o índio resvalou entre ele e a porta.

A faca de Loredano tinha-lhe ferido o braço esquerdo; não soltou porém nem um gemido, não fez um movimento que o traísse; ganhou o fundo do alpendre antes que o aventureiro voltasse com a luz.

Mas Peri não estava contente; o seu sangue ia denunciá-lo; não lhe convinha de modo algum que o italiano suspeitasse que ele ali tinha estado.

Os morcegos que esvoaçavam espantados pelo teto do alpendre lembraram-lhe um excelente expediente; agarrou o primeiro que lhe passou ao alcance do braço, e abrindo-lhe uma cesura com a faca, soltou-o.

Ele sabia que o vampiro procuraria a luz, e iria esvoaçar em torno dos dois aventureiros; contava que as gotas de sangue que catam de sua asa ferida os enganaria; a realidade correspondeu às suas previsões.

Apenas Loredano desapareceu, Peri continuou a execução do seu plano; chegou-se a um canto do alpendre, onde havia um resto de fogo encoberto pela cinza, e atirou sobre ele alguma roupa dos aventureiros que aí estava a enxugar.

Este incidente, por insignificante que pareça, entrava nos planos de Peri; a roupa queimando-se devia encher a casa de fumaça, acordar os aventureiros e excitar-lhes a sede. Era justamente o que desejava o índio.

Satisfeito do resultado que obtivera, Peri atravessou a esplanada; aí porém foi obrigado a recuar, surpreendido do que via.

Um homem do lado de D. Antônio de Mariz e um aventureiro revoltado conversavam através da estacada que dividia esses dois campos inimigos; havia realmente motivo para que o índio se admirasse.

Não só isso era contra a ordem expressa de D. Antônio de Mariz, que proibira qualquer relação entre os seus homens e os revoltados, como contrariava o plano de Loredano, que temia ainda o respeito e o hábito de obediência que os aventureiros tinham para com o fidalgo.

O que se tinha passado antes explicava esse acontecimento extraordinário.

O aventureiro a quem Loredano mandara rondar a esplanada, enquanto ele entrava, tinha começado o seu giro de uma ponta a outra do pátio.

Sempre que chegava junto da estacada notava que do outro lado um homem se aproximava como ele, voltava, e se alongava pela beira da esplanada; adivinhou facilmente que era também uma sentinela.

João Feio era um franco e jovial companheiro, e não podia suportar o tédio de um passeio alta noite, no meio de um sono interrompido, sem uma pinga para beber, sem um camarada para conversar, sem uma distração enfim.

Para maior desprazer, uma das vezes que se aproximava

da estacada, sentiu uma baforada de tabaco, e viu que o seu companheiro de guarda fumava.

Levou a mão ao bolso das bragas, e achou algumas folhas de fumo, mas não trazia o seu cachimbo; ficou desesperado, e decidiu dirigir-se ao outro.

— Olá, amigo! também fazeis a vossa guarda?

O homem voltou-se, e continuou o seu caminho sem dar resposta.

No segundo giro o aventureiro atirou segunda isca.

— Felizmente o dia não tarda a raiar; não vos parece?

O mesmo silêncio que a primeira vez; o aventureiro contudo não desanimou, e na terceira volta retrucou:

— Somos inimigos, camarada; mas isso não impede a um homem cortês de responder quando outro lhe fala.

Desta vez o silencioso sentinela voltou-se de todo:

— Antes da cortesia está a nossa santa religião, que manda a todo cristão não falar a um herege, a um réprobo, a um fariseu.

— Que é lá isso? Falais sério, ou quereis fazer-me enraivar por nonadas?

— Falo-vos sério, como se estivesse diante do nosso Santo Redentor confessando as minhas culpas.

— Pois então digo-vos que mentis! Porque tão bom podeis ser, porém melhor crente que eu não o é outrem.

— Tendes a língua um pouco longa, amigo. Mas Belzebu vos fará as contas, que não eu: perderia a minha alma se tocasse o corpo de endemoninhados!

— Por São João Batista, meu patrão, não me façais saltar esta estacada para perguntar-vos a razão por que tratais em ar de mofa a devoção dos mais. Chamai-nos rebeldes, mas hereges não.

— E como quereis então que chame os companheiros de um frade sacrílego, maldito, que abjurou dos seus votos e atirou o seu hábito às urtigas?

— Um frade! Dissestes vós?

— Sim, um frade. Não o sabíeis?

— O quê? De que frade falais vós?

— Do italiano, bofé.

— Ele!...

O homem, que não era outro senão o nosso antigo conhecido mestre Nunes, contou então, exagerando com o fervor de seus sentimentos religiosos, aquilo que sabia da história de Loredano.

O aventureiro horrorizado, tremendo de raiva, não deixou mestre Nunes acabar a sua história e lançou-se para o alpendre, onde viu-se a ameaça que fez ao italiano.

Quando eles se separaram, Peri saltou por cima da estacada e dirigiu-se para o quarto que há pouco tinha deixado.

O dia vinha então rompendo; os primeiros raios do sol iluminavam já o campo dos aimorés, assentado sobre a várzea à margem do rio. Os selvagens irritados olhavam de longe a casa, fazendo gestos de raiva por não poderem vencer a barreira de pedra que defendia o inimigo.

Peri olhou um momento aqueles homens de estatura gigantesca, de aspecto horrível, aqueles duzentos guerreiros de força prodigiosa, ferozes como tigres.

O índio murmurou:

— Hoje cairão todos como a árvore da floresta, para não se erguerem mais.

Sentou-se no vão da janela, e encostando a cabeça sobre a curva do braço começou a refletir.

A obra gigantesca que empreendera, obra que parecia exceder todo o poder do homem, estava prestes a realizar-se; já tinha levado ao cabo metade dela, faltava a conclusão, a parte a mais difícil e a mais delicada.

Antes de lançar-se, Peri queria prever tudo; fixar bem no seu espírito as menores circunstâncias; traçar a sua linha invariável a fim de marchar firme, direito, infalível ao alvo a que visava; a fim de que a menor hesitação não pusesse em risco o efeito do seu plano.

Seu espírito percorreu em alguns segundos um mundo de pensamentos; guiado pelo seu instinto maravilhoso e pelo seu nobre coração, formulou num rápido instante um grande e terrível drama, do qual devia ser o herói; drama sublime de heroísmo e dedicação, que para ele era apenas o cumprimento de um dever e a satisfação de um desejo.

As almas grandes têm esse privilégio; suas ações, que nos outros inspiram a admiração, se aniquilam em face dessa nobreza inata do coração superior, para o qual tudo é natural e possível.

Quando Peri ergueu a cabeça, estava radiante de felicidade e orgulho; felicidade por salvar sua senhora; orgulho pela consciência de que ele só bastava para fazer o que cinquenta homens não fariam; o que o próprio pai, o amante, não conseguiriam nunca.

Não duvidava mais do resultado: via nos acontecimentos futuros como no espaço que se estendia diante dele, e no qual nem um objeto escapava ao seu olhar límpido; tanto quanto é possível ao homem, ele tinha a certeza e a convicção de que Cecília estava salva.

Cobriu o peito e as costas com uma pele de cobra que ligou estreitamente ao corpo; vestiu por cima o seu saiote de algodão; experimentou os músculos dos braços e das pernas; e sentindo-se forte, ágil e flexível, saiu inerme.

XII. Desobediência

Álvaro, recostado da parte de fora a uma das janelas da casa, pensava em Isabel.

Sua alma lutava ainda, mas já sem força, contra o amor ardente e profundo que o dominava; procurava iludir-se, mas a sua razão não o permitia.

Conhecia que amava Isabel, e que a amava como nunca tinha amado Cecília; a afeição calma e serena de outrora fora substituída pela paixão abrasadora.

Seu nobre coração revoltava-se contra essa verdade; mas a vontade era impotente contra o amor; não podia mais arrancá-lo do seu seio; não o desejava mesmo.

Álvaro sofria; o que dissera na véspera a Isabel era realmente o que sentia; não se exagerara; no dia em que deixasse de amar Cecília e fosse infiel à promessa feita a D. Antônio, se condenaria como um homem sem honra e sem lealdade.

Consolava-o a ideia de que a situação em que se achavam não podia durar muito; pouco tardava que exaustos, enfraquecidos, sucumbissem à força dos inimigos que os atacavam.

Então nos momentos extremos, à borda do túmulo, quando a morte o tivesse já desligado da terra, poderia com o último suspiro balbuciar a primeira palavra do seu amor: poderia confessar a Isabel que a amava.

Até então lutaria.

Nisto Peri chegou-se e tocou-lhe no ombro:

— Peri parte.

— Para onde?

— Para longe.

— Que vais fazer?

O índio hesitou:

— Procurar socorro.

Álvaro sorriu-se com incredulidade.

— Tu duvidas?

— De ti não, mas do socorro.

— Escuta; se Peri não voltar, tu farás enterrar as suas armas.

— Podes ir tranquilo: eu te prometo.

— Outra coisa.

— O que é?

O índio hesitou de novo.

— Se tu vires a cabeça de Peri desligada do corpo, enterra-a com as suas armas.

— Por que este pedido? A que vem semelhante lembrança?

— Peri vai passar pelo meio dos selvagens, e pode morrer. Tu és guerreiro; e sabes que a vida é como a palmeira: murcha quando tudo reverdece.

— Tens razão. Farei tudo quanto pedes; mas espero ver-te ainda.

O índio sorriu.

— Ama a senhora — disse ele estendendo a mão ao moço.

O seu adeus era uma última prece pela felicidade de Cecília.

Peri entrou na sala onde se achava reunida a família.

Todos dormiam; só D. Antônio de Mariz velava sempre apesar da velhice; sua vontade poderosa cobrava novas forças e reanimava o corpo gasto pelos anos. Não lhe restava senão uma esperança: a de morrer rodeado dos entes que amava, cercado de sua família, como um fidalgo português devia morrer; com honra e coragem.

O índio atravessou a sala e colocando-se junto do sofá em que Cecília adormecida repousava contemplou-a um instante com um sentimento de profunda melancolia.

Dir-se-ia que nesse olhar ardente fazia uma última e solene despedida; que, partindo-se, o escravo fiel e dedicado queria deixar a sua alma enleada naquela imagem, que representava a sua divindade na terra.

Que sublime linguagem não falavam aqueles olhos inteligentes, animados por um brilhante reflexo de amor e de fidelidade? Que epopeia de sentimento e de abnegação não havia naquela muda e respeitosa contemplação?

Por fim Peri fez um esforço supremo, e a custo conseguiu quebrar o encanto que o prendia e o conservava imóvel, como uma estátua, diante da linda menina adormecida. Reclinou sobre o sofá e beijou respeitosamente a fímbria do vestido de Cecília; quando se ergueu, uma lágrima triste e silenciosa que deslizava pela sua face caiu sobre a mão da menina.

Cecília, sentindo aquela gota ardente, entreabriu os olhos; mas Peri não viu esse movimento, porque já se tinha voltado e aproximava-se de D. Antônio de Mariz.

O fidalgo sentado na sua poltrona recebeu-o com um sorriso pungente.

— Tu sofres? — perguntou o índio.

— Por eles, por ela especialmente, por minha Cecília.

— Por ti não? — disse Peri com intenção.

— Por mim? Daria a minha vida para salvá-la; e morreria feliz!

— Ainda que ela te pedisse que vivesses?

— Embora me suplicasse de joelhos.

O índio sentiu-se aliviado como de um remorso.

— Peri te pede uma coisa.

— Fala!

— Peri quer beijar a tua mão.

D. Antônio de Mariz tirou o seu guante, e sem compreender a razão do pedido do índio estendeu-lhe a mão.

— Tu dirás a Cecília que Peri partiu; que foi longe; não deves contar-lhe a verdade: ela sofrerá. Adeus; Peri sente te deixar; mas é preciso.

Enquanto o índio proferia estas palavras em voz baixa e inclinado ao ouvido do fidalgo, este surpreendido procurava ligar-lhes um sentido que lhe parecia vago e confuso:

— Que pretendes tu fazer, Peri? — perguntou D. Antônio.

— O mesmo que tu querias fazer para salvar a senhora.

— Morrer!... — exclamou o fidalgo.

Peri levou o dedo aos lábios recomendando silêncio; mas era tarde; um grito partido do canto da sala fê-lo estremecer.

Voltando-se viu Cecília, que ao ouvir a última palavra de seu pai quisera correr para ele, e caíra de joelhos, sem força para dar um passo. A menina com as mãos estendidas e suplicantes parecia pedir a seu pai que evitasse aquele sacrifício heroico e salvasse a Peri de uma morte voluntária.

O fidalgo a compreendeu:

— Não, Peri; eu, D. Antônio de Mariz, não consentirei nunca em semelhante coisa. Se a morte de alguém pudesse trazer a salvação de minha Cecília e de minha família, era a mim que competia o sacrifício. E por Deus e pela minha honra o juro, que a ninguém o cederia; quem quisesse roubar-me esse direito me faria um insulto cruel.

Peri volvia os olhos de sua senhora aflita e suplicante para o fidalgo severo e rígido no cumprimento de seu dever; temia aquelas duas oposições diferentes, mas que tinham ambas um grande poder sobre a sua alma.

Podia o escravo resistir a uma súplica de sua senhora e causar-lhe uma mágoa, quando toda a sua vida fora destinada a fazê-la alegre e feliz? Podia o amigo ofender a D. Antônio de Mariz, a quem respeitava, praticando uma ação que o fidalgo considerava como uma injúria feita à sua honra?

Peri teve um momento de alucinação, em que pareceu-lhe que o coração lhe estacava no peito, e a vida lhe fugia, e a cabeça se despedaçava com a pressão violenta das ideias que tumultuavam no cérebro.

No rápido instante que durou a vertigem, ele viu girarem rapidamente em torno de si as figuras sinistras dos aimorés que ameaçavam a vida preciosa daqueles a quem mais amava no mundo. Viu Cecília suplicando, não a ele, mas ao inimigo feroz e sanguinário, prestes a manchá-la com as mãos impuras; viu a bela e nobre cabeça do velho fidalgo rojar mutilada com os alvos cabelos tintos de sangue.

O índio, horrorizado com estas imagens lúgubres que lhe desenhava a sua imaginação em delírio, apertou a cabeça entre as mãos, como para arrancá-la daquela febre.

— Peri!... — balbuciava Cecília —; tua senhora te pede!...

— Morreremos todos juntos, amigo, quando chegar o momento, — dizia D. Antônio de Mariz.

Peri levantou a cabeça e lançou sobre a menina e o fidalgo um olhar alucinado:

— Não!... — exclamou ele.

Cecília ergueu-se com um movimento instantâneo; de pé e pálida; soberba de cólera e indignação, a gentil e graciosa menina de outrora se tinha de repente transformado numa rainha imperiosa.

Sua bela fronte alva resplandecia com um assomo de orgulho; seus olhos azuis tinham desses reflexos fulvos que iluminam as nuvens no meio da tormenta; seus lábios trêmulos e ligeiramente arqueados pareciam reter a palavra para deixá-la cair com toda a sua força. Atirando a cabecinha loura sobre o ombro esquerdo com um gesto de energia, ela estendeu a mão para Peri:

— Proíbo-te que saias desta casa!...

O índio julgou que ia enlouquecer; quis lançar-se aos pés de sua senhora, mas recuou anelante, opresso e sufocado. Um canto, ou antes, uma celeuma dos selvagens soava ao longe.

Peri deu um passo para a porta; D. Antônio o reteve:

— Tua senhora — disse o fidalgo friamente — acaba de te dar uma ordem; tu a cumprirás. Tranquiliza-te, minha filha; Peri é meu prisioneiro.

Ouvindo esta palavra que destruía todas as suas esperanças, que o impossibilitava de salvar sua senhora, o índio retraindo-se deu um salto e caiu no meio da sala.

— Peri é livre!... — gritou ele fora de si —; Peri não obedece a ninguém mais; fará o que lhe manda o coração.

Enquanto D. Antônio de Mariz e Cecília, admirados desse primeiro ato de desobediência, olhavam espantados o índio de pé no meio do vasto aposento, ele lançou-se a um cabide de armas, e empunhando um pesado montante como se fora uma ligeira espada, correu à janela e saltou.

— Perdoa a Peri, senhora!

Cecília soltou um grito e precipitou-se para a janela. Não viu mais Peri.

Álvaro e os aventureiros, de pé sobre a esplanada, tinham os olhos fitos sobre a árvore que se elevava a um lado da casa, na encosta oposta, e cuja folhagem ainda se agitava.

Longe descortinava-se o campo dos aimorés; a brisa que passava trazia o rumor confuso das vozes e gritos dos selvagens.

XIII. Combate

Eram seis horas da manhã.

O sol elevando-se no horizonte derramava cascatas de ouro sobre o verde brilhante das vastas florestas.

O tempo estava soberbo; o céu azul, esmaltado de pequenas nuvens brancas que se achamelotavam como as dobras de uma lençaria.

Os aimorés, grupados em torno de alguns troncos já meio reduzidos a cinza, faziam preparativos para dar um ataque decisivo.

O instinto selvagem supria a indústria do homem civilizado; a primeira das artes foi incontestavelmente a arte da guerra — a arte da defesa e da vingança, os dois mais fortes estímulos do coração humano.

Nesse momento os aimorés preparavam setas inflamáveis para incendiar a casa de D. Antônio de Mariz; não podendo vencer o inimigo pelas armas, contavam destruí-lo pelo fogo.

A maneira por que arranjavam esses terríveis projéteis, que lembravam os pelouros e bombardas dos povos civilizados, era muito simples: envolviam a ponta da flecha com flocos de algodão embebidos na resina da almécega.

Essas setas assim inflamadas, despedidas dos seus arcos voavam pelos ares e iam cravar-se nas vigas e portas das casas; o fogo que o vento incitava, lambia a madeira, estendia a sua língua vermelha e lastrava pelo edifício.

Enquanto se ocupavam com esse trabalho, um prazer feroz animava todas essas fisionomias sinistras, nas quais a braveza, a ignorância e os instintos carniceiros tinham quase de todo apagado o cunho da raça humana.

Os cabelos arruivados caíam-lhe sobre a fronte e ocultavam inteiramente a parte mais nobre do rosto, criada por Deus para a sede da inteligência, e para o trono donde o pensamento deve reinar sobre a matéria.

Os lábios decompostos, arregaçados por uma contração dos músculos faciais, tinham perdido a expressão suave e doce que imprimem o sorriso e a palavra; de lábios de homem se haviam transformado em mandíbulas de fera afeitas ao grito e ao bramido.

Os dentes agudos, como a presa do jaguar, já não tinham o esmalte que a natureza lhes dera; armas ao mesmo tempo que instrumento da alimentação, o sangue os tingira da cor amarelenta que têm os dentes dos animais carniceiros.

As grandes unhas negras e retorcidas que cresciam nos dedos, a pele áspera e calosa, faziam de suas mãos antes garras temíveis do que a parte destinada a servir ao homem e dar ao aspecto a nobreza do gesto.

Grandes peles de animais cobriam o corpo agigantado desses filhos das brenhas, que a não ser o porte ereto se julgaria alguma raça de quadrúmanos indígenas do novo mundo.

Alguns se ornavam de penas e colares de ossos; outros completamente nus tinham o corpo untado de óleo por causa dos insetos.

Entre todos distinguia-se um velho que parecia ser o chefe da tribo. Sua alta estatura, direita apesar da idade avançada, dominava a cabeça dos seus companheiros sentados ou agrupados em torno do fogo.

Não trabalhava; presidia apenas aos trabalhos dos selvagens, e de vez em quando lançava um olhar de ameaça para a casa que se elevava ao longe sobre o rochedo inexpugnável.

Ao lado dele, uma bela índia, na flor da idade, queimava sobre uma pedra cova algumas folhas de tabaco, cuja fumaça se elevava em grossas espirais e cingia a cabeça do velho de uma espécie de bruma ou névoa.

Ele aspirava esse aroma embriagador que fazia dilatar o seu vasto peito e dava à sua fisionomia terrível um quer que seja de sensual, que se poderia chamar a voluptuosidade dos seus instintos de canibal. Envolta pelo fumo espesso que se enovelava em torno dela, aquela figura fantástica parecia algum ídolo selvagem, divindade criada pelo fanatismo desses povos ignorantes e bárbaros.

De repente a pequena índia que soprava o brasido queimando as folhas de *pitima* estremeceu, levantou a cabeça e fitou os olhos no velho, como para interrogar a sua fisionomia.

Vendo-o calmo e impassível, a menina debruçou-se sobre o ombro do selvagem e, tocando-lhe de leve na cabeça, disse-lhe uma palavra ao ouvido. Ele voltou-se tranquilamente, um riso sardônico mostrou os seus dentes; sem responder obrigou a índia a sentar-se de novo e a voltar à sua ocupação.

Pouco tempo havia passado depois deste pequeno incidente, quando a menina tornou a estremecer; tinha ouvido perto o mesmo rumor que já ouvira ao longe. Ao passo que ela espantada procurava confirmar-se, um dos selvagens sentados em roda do fogo a trabalhar fez o mesmo movimento que a índia e levantou a cabeça.

Como se um fio elétrico se comunicasse entre esses homens e imprimisse a todos sucessivamente o mesmo movimento, um após outro interrompeu o seu trabalho de chofre, e inclinando o ouvido pôs-se à escuta.

A menina não escutava só; colocando-se longe do fumo e de encontro à brisa que soprava, de vez em quando aspirava o ar com a finura de olfato com que os cães farejam a caça.

Tudo isto passou rapidamente, sem que os atores desta cena tivessem nem sequer o tempo de trocar uma observação e dizer o seu pensamento.

De repente a índia soltou um grito; todos voltaram-se para ela e a viram trêmula, ofegante, apoiando-se com uma mão sobre o ombro do velho cacique e a outra estendida na direção da floresta que passava a duas braças servindo de fundo a esse quadro.

O velho ergueu-se então sempre com a mesma calma feroz e sinistra; e empunhando a sua pesada tangapema, que parecia uma clava de ciclope, fê-la girar sobre a sua cabeça como um junco; depois fincando-a no chão, e apoiando-se sobre ela, esperou.

Os outros selvagens armados de arcos e tacapes, espécie de longas espadas de pau que cortavam como ferro, colocaram-se a par do velho, e prontos para o ataque, esperavam como ele. As mulheres misturaram-se com os guerreiros; as crianças e meninos, defendidos pela barreira que opunham os combatentes, conservaram-se no centro do campo.

Todos com os olhos fitos, os sentidos aplicados, contavam ver o inimigo aparecer a cada momento e se preparavam para cair sobre ele com a audácia e ímpeto de ataque que distinguia a raça dos aimorés.

Um segundo se passou nesta expectativa inquieta.

O estalido que a princípio tinham ouvido cessou completamente; e os selvagens cobrando-se do susto, voltaram aos seus trabalhos, convencidos de que tinham sido iludidos por algum vago rumor na floresta.

Mas o inimigo caiu no meio deles, subitamente, sem que pudessem saber se tinha surgido do seio da terra, ou se tinha descido das nuvens.

Era Peri.

Altivo, nobre, radiante da coragem invencível e do sublime heroísmo de que já dera tantos exemplos, o índio se apresentava só em face de duzentos inimigos fortes e sequiosos de vingança.

Caindo do alto de uma árvore sobre eles, tinha abatido dois; e volvendo o seu montante como um raio em torno de sua cabeça abriu um círculo no meio dos selvagens.

Então encostou-se a uma lasca de pedra que descansava sobre uma ondulação do terreno, e preparou-se para o combate monstruoso de um só homem contra duzentos.

A posição em que se achava o favorecia, se isso é possível à vista de uma tal disparidade de número: apenas dois inimigos podiam atacá-lo de frente.

Passado o primeiro espanto, os selvagens bramindo atiraram-se todos como uma só mole, como uma tromba do oceano, contra o índio que ousava atacá-los a peito descoberto.

Houve uma confusão, um turbilhão horrível de homens que se repeliam, tombavam e se estorciam; de cabeças que se levantavam e outras que desapareciam; de braços e dorsos que se agitavam e se contraíam, como se tudo isto fosse partes de um só corpo, membros de algum monstro desconhecido debatendo-se em convulsões.

No meio desse caos via-se brilhar aos raios do sol com reflexos rápidos e luzentes a lâmina do montante de Peri, que passava e repassava com a velocidade do relâmpago quando percorre as nuvens e atravessa o espaço.

Um coro de gritos, imprecações e gemidos roucos e abafados, confundindo-se com o choque das armas, se elevava desse pandemônio e ia perder-se ao longe nos rumores da cascata.

Houve uma calma aterradora; os selvagens imóveis de espanto e de raiva suspenderam o ataque; os corpos dos mortos faziam uma barreira entre eles e o inimigo.

Peri abaixou o seu montante e esperou; seu braço direito fatigado desse enorme esforço não podia mais servir-lhe e caía inerte; passou a arma para a mão esquerda.

Era tempo.

O velho cacique dos aimorés se avançava para ele sopesando a sua imensa clava crivada de escamas de peixe e dentes de fera; alavanca terrível que o seu braço possante fazia jogar com a ligeireza da flecha.

Os olhos de Peri brilharam; endireitando o seu talhe, fitou no selvagem esse olhar seguro e certeiro, que não o enganava nunca.

O velho aproximando-se levantou a sua clava e imprimindo-lhe o movimento de rotação, ia descarregá-la sobre Peri e abatê-lo; não havia espada nem montante que pudesse resistir àquele choque.

O que se passou então foi tão rápido, que não é possível descrevê-lo; quando o braço do velho volvendo a clava ia atirá-la, o montante de Peri lampejou no ar e decepou o punho do selvagem; mão e clava foram rojar pelo chão.

O velho selvagem soltou um bramido, que repercutiu ao longe pelos ecos da floresta, e levantando ao céu o seu punho decepado atirou as gotas de sangue que vertiam sobre os aimorés, como conjurando-os à vingança.

Os guerreiros lançaram-se para vingar o seu chefe; mas um novo espetáculo se apresentava aos seus olhos.

Peri, vencedor do cacique, volveu um olhar em torno dele, e vendo o estrago que tinha feito, os cadáveres dos aimóres amontoados uns sobre os outros, fincou a ponta do montante no chão e quebrou a lâmina. Tomou depois os dois fragmentos e atirou-os ao rio.

Então passou-se nele uma luta silenciosa, mas terrível para quem pudesse compreendê-la. Tinha quebrado a sua espada, porque não queria mais combater; e decidira que era tempo de suplicar a vida ao inimigo.

Mas quando chegou o momento de realizar essa súplica conheceu que exigia de si mesmo uma coisa sobre-humana, uma coisa superior às suas forças.

Ele, Peri, o guerreiro invencível, ele, o selvagem livre, o senhor das florestas, o rei dessa terra virgem, o chefe da mais valente nação dos guaranis, suplicar a vida ao inimigo! Era impossível.

Três vezes quis ajoelhar, e três vezes as curvas de suas pernas distendendo-se como duas molas de aço o obrigaram a erguer-se.

Finalmente a lembrança de Cecília foi mais forte do que a sua vontade.

Ajoelhou.

XIV. O PRISIONEIRO

Quando os selvagens se precipitavam sobre o inimigo, que já não se defendia e se confessava vencido, o velho cacique adiantou-se; e deixando cair a mão sobre o ombro de Peri, fez um movimento enérgico com o braço direito decepado.

Esse movimento exprimia que Peri era seu prisioneiro, que lhe pertencia como o primeiro que tinha posto a mão sobre ele, como seu vencedor; e que todos deviam respeitar o seu direito de propriedade, o seu direito de guerra.

Os selvagens abaixaram as armas e não deram um passo; esse povo bárbaro tinha seus costumes e suas leis; e uma delas era esse direito exclusivo do vencedor sobre o seu prisioneiro de guerra, essa conquista do fraco pelo forte.

Tinham em tanta conta a glória de trazerem um cativo do combate e sacrificá-lo no meio das festas e cerimônias que costumavam celebrar, que nenhum selvagem matava o inimigo que se rendia; fazia-o prisioneiro.

Quanto a Peri, vendo o gesto do cacique e o efeito que produzia, a sua fisionomia expandiu-se; a humildade fingida, a posição suplicante que por um esforço supremo conseguira tomar, desapareceu imediatamente.

Ergueu-se, e com um soberbo desdém estendeu os punhos aos selvagens que por mandado do velho se dispunham a ligar-lhe os braços; parecia antes um rei que dava uma ordem aos seus vassalos do que um cativo que se sujeitava aos vencedores; tal era a altivez do seu porte e o desprezo com que encarava o inimigo.

Os aimorés, depois de ligarem os punhos do prisioneiro, o conduziram a alguma distância à sombra de uma árvore, e aí o prenderam com uma corda de algodão matizada de várias cores a que os guaranis chamavam *muçurana*.[2]

---

[2] Muçurana: "Os contrários que os tupinambás cativam na guerra ou de outra maneira, metem-nos em prisões, as quais são cordas de algodão grossas, que para isso têm muito louçãs, a que chamam muçuranas." Gabriel Soares de Sousa, *Notícia do Brasil.* (N. do A.)

Depois, ao passo que as mulheres enterravam os mortos, reuniram-se em conselho, presididos pelo velho cacique, a quem todos ouviam com respeito e respondiam cada um por sua vez.

Durante o tempo que os guerreiros falavam, a pequena índia escolhia os melhores frutos, as bebidas mais bem preparadas, e oferecia ao prisioneiro, a quem estava encarregada de servir.

Peri, sentado sobre a raiz da árvore e apoiado contra o tronco, não percebia o que se passava em torno dele; tinha os olhos fitos na esplanada da casa que se elevava a alguma distância.

Via o vulto de D. Antônio de Mariz que assomava por cima da paliçada; e suspensa ao seu braço, reclinada sobre o abismo, Cecília, sua linda senhora, que lhe fazia de longe um gesto de desespero; ao lado Álvaro e a família.

Tudo o que ele havia amado neste mundo ali estava diante de seus olhos; sentia um prazer intenso por ver ainda uma vez esses objetos de sua dedicação extrema, de seu amor profundo.

Adivinhava e compreendia o que sentia então o coração de seus bons amigos; sabia que sofriam vendo-o prisioneiro, próximo a morrer, sem terem o poder e a força para salvá-lo das mãos do inimigo.

Consolava-o porém essa esperança que estava prestes a realizar-se; esse gozo inefável de salvar sua senhora e de deixá-la feliz no seio de sua família, protegida pelo amor de Álvaro.

Enquanto Peri, preocupado por essas ideias, enlevava-se ainda uma vez em contemplar mesmo de longe a figura de Cecília, a índia de pé, defronte dele, olhava-o com um sentimento de prazer misturado de surpresa e curiosidade.

Comparava suas formas esbeltas e delicadas com o corpo selvagem de seus companheiros; a expressão inteligente de sua fisionomia com o aspecto embrutecido dos aimorés; para ela, Peri era um homem superior e excitava-lhe profunda admiração.

Foi só quando Cecília e D. Antônio de Mariz desapareceram da esplanada que Peri, lançando ao redor um olhar para ver se a sua morte ainda se demoraria muito, descobriu a índia perto dele.

Voltou o rosto e continuou a pensar em sua senhora e a rever a sua imagem; debalde a menina selvagem lhe apresentava um lindo fruto, um alimento, um vinho saboroso; ele não lhe dava atenção.

A índia tornou-se triste por causa dessa obstinação com que o prisioneiro recusava o que lhe oferecia e achegando-se levantou a cabeça pensativa de Peri.

Havia nos olhos da menina tanto fogo, tanta lubricidade no seu sorriso; as ondulações mórbidas do seu corpo traíam tantos desejos e tanta voluptuosidade que o prisioneiro compreendeu imediatamente qual era a missão dessa enviada da morte, dessa esposa do túmulo,[3] destinada a embelezar os últimos momentos da vida!

O índio voltou o rosto com desdém; recusava as flores como tinha recusado os frutos; repelia a embriaguez do prazer como havia repelido a embriaguez do vinho.

A menina enlaçou-o com os braços, murmurando palavras entrecortadas de uma língua desconhecida, da língua dos aimorés, que Peri não entendia; era talvez uma súplica, ou um consolo com que procurava mitigar a dor do vencido.

Mal sabia que o índio ia morrer feliz e esperava o suplício como a realização de um sonho doce, como a satisfação de um desejo querido e por muito tempo afagado com amor.

Mas podia ela, pobre selvagem, pressentir e mesmo compreender semelhante coisa? O que sabia era que Peri ia ser morto; que ela devia suavizar-lhe a última hora; e cumpria esse dever com um certo contentamento.

Peri, sentindo os braços da menina cingirem seu colo, repeliu-a vivamente para longe de si; e voltando procurou ver por entre as folhas se descobria os preparativos que os aimorés faziam para o sacrifício.

---

[3] Esposa do túmulo: "Dão a cada um prisioneiro por mulher a mais formosa moça que há na sua casa a qual moça tem o cuidado de o servir e dar-lhe o necessário para comer e beber". Gabriel Soares de Sousa, *Notícia do Brasil,* cap. 71. (N. do A.)

Tardava-lhe o momento supremo em que devia ser imolado à cólera e à vingança dos inimigos; sua altivez revoltava-se contra essa humilhação do cativeiro.

A índia continuava a olhá-lo tristemente, e sem compreender por que a repelia; ela era linda e desejada por todos os jovens guerreiros de sua tribo; seu pai, o velho cacique, tinha-a destinado para o mais valente prisioneiro, ou para o mais forte dos vencedores.

Depois de conservar-se muito tempo nesta posição, a menina adiantou-se de novo, tomou um vaso cheio de *cauim* e apresentou-o a Peri sorrindo e quase suplicante.

Ao gesto de recusa que fez o índio, ela deitou o vaso no rio, e escolhendo sobre as folhas um cardo[4] vermelho e doce como um favo de mel estendeu a mão e tocou com o fruto a boca do prisioneiro.

Peri enjeitou o fruto como tinha enjeitado o vinho, e a virgem selvagem atirando-o por sua vez ao rio, aproximou-se e ofereceu ao prisioneiro seus lábios encarnados, ligeiramente distendidos como para receberem o beijo que pediam.

O índio fechou os olhos e pensou em sua senhora. Elevando-se até Cecília, seu pensamento desprendia-se do invólucro terrestre e adejava numa atmosfera pura e isenta da fascinação dos sentidos que escraviza o homem.

Contudo Peri sentia o hálito ardente da menina que lhe requeimava as faces: entreabriu os olhos e viu-a na mesma posição, esperando uma carícia, um afago daquele a quem a sua tribo mandara que amasse e a quem ela já amava espontaneamente.

Na vida selvagem, tão próxima da natureza, onde a conveniência e os costumes não reprimem os movimentos do coração, o sentimento é uma flor que nasce como a flor do campo e cresce em algumas horas com uma gota de orvalho e um raio de sol.

---

[4] Cardo: fruto da urumbeba e de outras palmas de espinhos de que há diferentes espécies; é vermelho na casca, de polpa branca e sementes pretas. (N. do A.)

Nos tempos de civilização, ao contrário, o sentimento torna-se planta exótica; que só vinga e floresce nas estufas, isto é, nos corações onde o sangue é vigoroso e o fogo da paixão ardente e intenso.

Vendo Peri no meio do combate, só contra toda a sua tribo, a índia o admirara: contemplando-o depois quando prisioneiro, o achara mais belo do que todos os guerreiros.

Seu pai a destinara para esposa do inimigo que ia ser sacrificado; e portanto ela que começara por admirá-lo acabava por desejá-lo, por amá-lo, algumas horas apenas depois que o tinha visto.

Mas Peri, frio e indiferente, não se comovia, nem aceitava essa afeição passageira e efêmera que tinha começado com o dia e devia acabar com ele; sua ideia fixa, a lembrança de seus amigos, o protegia contra a tentação.

Voltando as costas, levantou os olhos ao céu para evitar o rosto da selvagem que acompanhava a sua vista, como certas flores acompanham a rotação aparente do sol.

Entre a folhagem das árvores passava-se uma das cenas graciosas e singelas, que a cada momento no campo se oferecem à atenção daqueles que estudam a natureza nas suas pequenas criaturas.

Um casal de corrixos,[5] que tinha feito o seu ninho num ramo, sentindo a habitação do homem e o fogo embaixo da árvore, mudava a sua pequena casa de palha e algodão.

Um desfazia com o bico o ninho e o outro conduzia a palha para longe, para o lugar onde iam novamente fabricá-lo; quando acabaram este trabalho, acariciaram-se, e batendo as asas foram esconder o seu amor nalgum lindo retiro.

---

[5] Corrixo é um passarinho que tem o dom de arremedar a todos os outros.

"Temos o pássaro que entoa
Por mil diferentes modos
Porque ele remeda a todos,
Seu próprio nome é corrixo."

J. J. Lisboa, *Desc. Curiosa.* (N. do A.)

Peri se divertia em ver esse inocente idílio, quando a índia levantando-se de repente soltou um pequeno grito de alegria e de prazer, e sorrindo mostrou ao prisioneiro os dois passarinhos que voavam um a par do outro sobre a cúpula da floresta.

Enquanto ele procurava compreender o que queria dizer este aceno, a virgem desapareceu, e voltou quase imediatamente trazendo um instrumento de pedra que cortava como faca e um arco de guerra.

Aproximou-se do índio, soltou-lhe os laços que lhe ligavam os punhos, e partiu a muçurana que o prendia à árvore. Executou isto com uma extrema rapidez; e entregando a Peri o arco e as flechas, estendeu a mão na direção da floresta, mostrando-lhe o espaço que se abria diante deles.

Seus olhos e seu gesto falavam melhor do que a sua linguagem inculta e exprimiam claramente o seu pensamento:

— Tu és livre.[6] Partamos!

---

[6] És livre: "Mas também há algumas que tomaram tamanho amor aos cativos que as tomaram por mulher, que lhes deram muito jeito para se acolherem e fugirem das prisões que eles cortam com alguma ferramenta que elas às escondidas lhes deram, etc." Gabriel Soares de Sousa, *Notícia do Brasil,* cap. 171. (N. do A.)

Quarta parte

A catástrofe

I. Arrependimento

Quando Loredano afastou-se de João Feio que o acabava de ameaçar, chamou quatro companheiros em que mais confiava e retirou-se com eles para a despensa.

Fechou a porta a fim de interceptar a comunicação com os aventureiros e poder tranquilamente tratar o negócio que tinha em mente.

Nesse curto instante havia feito uma modificação no seu plano da véspera: as palavras de ameaça há pouco proferidas lhe revelaram que o descontentamento começava a lavrar. Ora, o italiano não era homem que recuasse diante de um obstáculo e deixasse roubarem-lhe a esperança, que nutria desde tanto tempo.

Resolveu fazer as coisas rapidamente e executar naquele mesmo dia o seu intento: seis homens fortes e destemidos bastavam para levar ao cabo a empresa que projetara.

Tendo fechado a porta, guiou os quatro aventureiros à sala que tocava com o oratório e onde Martim Vaz continuava a sua obra de demolição, minando a parede que os separava da família.

— Amigos, disse o italiano, estamos numa posição desesperada; não temos força para resistir aos selvagens, e mais dia menos dia havemos de sucumbir.

Os aventureiros abaixaram a cabeça e não responderam; sabiam que aquela era a triste verdade.

— A morte que nos espera é horrível; serviremos de pasto a esses bárbaros que se alimentam de carne humana; nossos corpos sem sepultura cevarão os instintos ferozes dessa horda de canibais!...

A expressão do horror se pintou na fisionomia daqueles homens, que sentiram um calafrio percorrer-lhes os membros e penetrar até à medula dos ossos.

Loredano demorou um instante o seu olhar perspicaz sobre esses rostos decompostos:

— Tenho porém um meio de salvar-vos.

— Qual? — perguntaram todos a uma voz.

— Esperai. Posso salvar-vos; mas isto não quer dizer que esteja disposto a fazê-lo.

— Por que razão?

— Por quê?... Porque todo o serviço tem o seu preço.

— Que exigis então? — disse Martim Vaz.

— Exijo que me acompanheis, que me obedeçais cegamente, suceda o que suceder.

— Podeis ficar descansado — disse um dos aventureiros —; eu respondo pelos meus companheiros.

— Sim! — exclamaram os outros.

— Bem! Sabeis o que vamos fazer, já, neste momento?

— Não; mas vós nos direis.

— Escutai! Vamos acabar de demolir esta parede e atirá-la dentro; entrar nesta sala, e matar tudo quanto encontrarmos, menos uma pessoa.

— E essa pessoa...

— É a filha de D. Antônio de Mariz, Cecília. Se algum de vós deseja a outra, pode tomá-la; eu vo-la dou.

— E depois disso feito?

— Tomamos conta da casa; reunimos os nossos companheiros e atacamos os aimorés.

— Mas isto não nos salvará — retrucou um dos aventureiros —; há pouco dissestes que não temos força para resistir-lhes.

— Decerto! — acudiu Loredano —; não lhes resistiremos, mas nos salvaremos.

— Como? — disseram os aventureiros desconfiados.

O italiano sorriu.

— Quando disse que atacaremos o inimigo, não falei claro; queria dizer que os outros o atacarão.

— Não vos entendo ainda; falai mais claro.

— Aí vai pois. Dividiremos os nossos homens em duas bandas; nós e mais alguns pertenceremos a uma que ficará sob a minha obediência.

— Até aqui vamos bem.

— Isto feito uma das bandas sairá da casa para fazer uma sortida enquanto os outros atacarão os selvagens do alto do rochedo, é um estratagema já velho e que deveis conhecer: meter o inimigo entre dois fogos.

— Adiante; continuai.

— Como a expedição de sair é a mais perigosa e arriscada, tomo-a sobre mim; vós me acompanhais e marchamos. Somente em lugar de marchar sobre o inimigo, marchamos sobre o mais próximo povoado.

— Oh! — exclamaram os aventureiros.

— Sob pretexto de que os selvagens podem cortar-nos a entrada da casa por alguns dias, levamos provisão de víveres. Caminhamos sem parar, sem olhar atrás; e prometo-vos que nos salvaremos.

— Uma traição! — gritou um dos aventureiros. — Entregarmos nossos companheiros nas mãos dos inimigos!

— Que quereis? A morte de uns é necessária para a vida dos outros; este mundo é assim e não seremos nós que o havemos de emendar; andemos com ele.

— Nunca! Não faremos isso! É uma vilania!

— Bom — respondeu Loredano friamente —, fazei o que vos aprouver. Ficai; quando vos arrependerdes será tarde.

— Mas ouvi...

— Não; não conteis já comigo. Julguei que falava a homens a quem valesse salvar a vida; vejo que me enganei. Adeus.

— Se não fora uma traição...

— Que falais em traição!... — replicou o italiano com arrogância. — Dizei-me, credes vós que algum escapará daqui na posição em que nos achamos? Morreremos todos. Pois se assim é, mais vale que se salvem alguns.

Os aventureiros pareceram abalados por este argumento.

— Eles mesmos — continuou Loredano —, a menos de serem egoístas, não terão o direito de se queixarem; e morrerão com a satisfação de que sua morte foi útil aos seus companheiros, e não estéril como deve ser se ficarmos todos de braços cruzados.

— Vá feito; tendes razões a que não se resiste. Contai conosco — acudiu um aventureiro.

— Contudo levarei sempre um remorso — disse outro.

— Faremos dizer uma missa por sua alma.

— Bem lembrado! — respondeu o italiano.

Os aventureiros foram ajudar o seu companheiro na demolição surda da parede, e Loredano ficou só, retirado a um canto.

Por algum tempo acompanhou com a vista o trabalho dos cinco homens; depois tirou um largo cinto de escamas de aço que apertava o seu gibão.

Na parte interior desse cinto havia uma estreita abertura pela qual ele sacou um pergaminho dobrado ao comprido: era o famoso roteiro das *minas de prata*.

Revendo esse papel, todo o seu passado debuxou-se na sua memória, não para deixar-lhe o remorso, mas para excitá-lo a prosseguir em busca desse tesouro que lhe pertencia, e do qual não podia gozar.

Foi tirado da sua distração por um dos aventureiros, que se achegara para ele despercebido, e depois de olhar por muito tempo o papel, dirigiu-lhe a palavra:

— Não podemos derrubar a parede.

— Por quê? — perguntou Loredano erguendo-se. — Está segura?

— Não é isso, basta um empurrão; mas o oratório?

— Que tem o oratório?

— Que tem? Os santos, as sagradas imagens bentas não são coisas que se atire ao chão! Se tão danada tentação nos tomasse, pediríamos a Deus que nos livrasse dela.

Loredano desesperado dessa nova resistência, cuja força ele conhecia, passeava pela sala de uma ponta à outra.

— Estúpidos! — murmurava ele. — Basta um fragmento

de madeira, um pouco de argila para fazê-los recuar! E dizem que são homens! Animais sem inteligência, que nem sequer têm o instinto da conservação!...

Alguns momentos decorreram; os aventureiros parados esperavam a resolução do seu chefe.

— Tendes medo de tocar nos santos — disse Loredano avançando para eles —; pois bem, serei eu que deitarei a parede abaixo. Continuai, e avisai-me quando for tempo.

Enquanto isto se passava, o resto dos aventureiros que ficara no alpendre ouvia a narração de João Feio, que lhes comunicava as revelações de mestre Nunes.

Quando eles souberam que Loredano era um frade que abjurara dos seus votos, ergueram-se furiosos e quiseram procurá-lo e espedaçá-lo.

— Que ides fazer? — gritou o aventureiro. — Não é assim que ele deve acabar; a sua morte há de ser uma punição, uma terrível punição. Deixai-me arranjar isto.

— Para que mais demora? — respondeu Vasco Afonso.

— Prometo-vos que não haverá demora; hoje mesmo será condenado; amanhã receberá o castigo de seus crimes.

— E por que não hoje?

— Deixemos-lhe o tempo de arrepender-se: é preciso que antes de morrer sinta o remorso do que praticou.

Os aventureiros decidiram por fim seguir este conselho, e esperaram que Loredano aparecesse para se apoderarem dele e o condenarem sumariamente.

Passou-se um bom espaço de tempo, e nada do italiano sair; era quase meio-dia.

Os aventureiros estavam desesperados de sede; a sua provisão de água e de vinho, já bastante diminuída depois do sítio dos selvagens, achava-se na despensa, cuja porta Loredano fechara por dentro.

Felizmente descobriram no quarto do italiano algumas garrafas de vinho, que beberam no meio de risadas e chacotas, fazendo brindes ao frade que iam dentro em pouco condenar à pena de morte.

No meio da hilaridade algumas palavras revelavam o arrependimento que começava a se apoderar deles; falavam de ir pedir perdão ao fidalgo, de se reunir de novo a ele e ajudá-lo a bater o inimigo.

Se não fosse a vergonha da má ação que tinham praticado, correriam a lançar-se aos joelhos de D. Antônio de Mariz imediatamente; mas resolveram fazê-lo quando o principal autor da revolta tivesse recebido o castigo do seu crime.

Seria esse o seu primeiro título ao perdão que iam suplicar; seria mais a prova da sinceridade do seu arrependimento.

II. O SACRIFÍCIO

Peri compreendera o gesto da índia; não fez porém o menor movimento para segui-la.

Fitou nela o seu olhar brilhante e sorriu.

Por sua vez a menina também compreendeu a expressão daquele sorriso e a resolução firme e inabalável que se lia na fronte serena do prisioneiro.

Insistiu por algum tempo, mas debalde Peri tinha atirado para longe o arco e as flechas, e recostando-se ao tronco da árvore conservava-se calmo e impassível.

De repente o índio estremeceu.

Cecília aparecera no alto da esplanada e lhe acenara; sua mãozinha alva e delicada agitando-se no ar parecia dizer-lhe que esperasse; Peri julgou mesmo ver no rostinho gentil de sua senhora, apesar da distância, brilhar um raio de felicidade.

Quando com os olhos fitos naquela graciosa visão ele esforçava-se por adivinhar a causa de tão súbita alegria, a índia soltou um segundo grito selvagem, um grito terrível.

Tinha pela direção do olhar do prisioneiro visto Cecília sobre a esplanada; tinha percebido o gesto da menina e compreendera vagamente a razão por que Peri recusara a liberdade e o seu amor. Precipitou-se sobre o arco que estava atirado ao chão; mas apesar da rapidez desse movimento, quando ela estendia a mão, já Peri tinha posto o pé sobre a arma.

A selvagem, com os olhos ardentes, os lábios entreabertos, trêmula de ciúme e de vingança, levantou sobre o peito do índio a faca de pedra com que lhe cortara os laços havia pouco; mas a arma caiu-lhe da mão, e vacilando apoiou-se no seio que ameaçara.

Peri tomou-a nos braços, deitou-a sobre a relva e sentou-se de novo junto ao tronco da árvore, tranquilo a respeito de Cecília, que desaparecera da esplanada e estava fora de perigo.

Era a hora em que a sombra das montanhas sobe às encostas e o jacaré deitado sobre a areia se aquece aos raios do sol.

O ar estrugiu com os sons roucos da inúbia e do maracá; ao mesmo tempo um canto selvagem, o canto guerreiro dos aimorés, misturou-se com a harmonia sinistra daqueles instrumentos ásperos e retumbantes.

A índia deitada junto da árvore sobressaltou-se, e erguendo-se rapidamente acenou ao prisioneiro mostrando-lhe a floresta e suplicando-lhe que fugisse. Peri sorriu como da primeira vez; tomando a mão da menina a fez sentar perto dele e tirou do pescoço a cruz de ouro que Cecília lhe havia dado.

Então começou entre ele e a selvagem uma conversa por acenos de que seria difícil dar uma ideia.

Peri dizia à menina que lhe dava aquela cruz como uma lembrança, mas que só depois que ele morresse é que devia tirá-la do pescoço. A selvagem entendeu ou julgou entender o que Peri procurava exprimir simbolicamente, e beijou-lhe as mãos em sinal de reconhecimento.

O prisioneiro obrigou-a a atar de novo os laços que o ligavam, e que ela no seu generoso impulso de dar-lhe a liberdade havia desfeito.

Nesse momento quatro guerreiros aimorés dirigiram-se à árvore em que se achava Peri; e segurando as pontas da corda o conduziram ao campo, onde tudo estava já preparado para o sacrifício.[1]

O índio ergueu-se e caminhou com o passo firme e a fronte alta diante dos quatro inimigos, que não perceberam o olhar

[1] Sacrifício: os costumes dos aimorés não eram inteiramente conhecidos por causa do afastamento em que sempre viveram dos colonos. Em algumas coisas porém assemelhavam-se à raça tupi; e é por isso que na descrição do sacrifício aproveitamos o que dizem Simão de Vasconcelos e Lamartinière a respeito dos tupinambás e outras tribos mais ferozes. (N. do A.)

rápido que nessa ocasião ele lançou às pontas de sua túnica de algodão, torcidas em dois nós pequenos.

O campo cortado em elipse no meio das árvores estava cercado por cento e tantos guerreiros armados em guerra e cobertos de ornatos de penas.

No fundo as velhas pintadas de listras negras e amarelas, de aspecto hórrido, preparavam um grande brasido, lavavam a laje que devia servir de mesa e afiavam as suas facas de ossos e lascas de pedra.

As moças grupadas de um lado guardavam os vasos cheios de vinho e bebidas fermentadas, que ofereciam aos guerreiros quando estes passavam diante delas entoando o canto de guerra dos aimorés.

A menina que fora incumbida de servir ao prisioneiro, e o acompanhara ao lugar do sacrifício, conservava-se a alguma distância e olhava tristemente todos esses preparativos; pela primeira vez seu instinto natural parecia revelar-lhe a atrocidade desse costume tradicional de seus pais, a que ela tantas vezes assistira com prazer.

Agora que ia representar como heroína no drama terrível, e como esposa do prisioneiro devia acompanhá-lo até o momento supremo, insultando-lhe a dor e a desgraça, o seu coração confrangia-se porque realmente amava Peri, tanto quanto era possível a uma natureza como a sua amar.

Chegados ao campo, os selvagens que conduziam o prisioneiro passaram as pontas da corda ao tronco de duas árvores, e esticando o laço o obrigaram a ficar imóvel no meio do terreiro. Os guerreiros desfilaram em roda entoando o canto da vingança; as inúbias retroaram de novo; os gritos confundiram-se com o som dos maracás, e tudo isso formou um concerto horrível.

À medida que se animavam, a cadência apressava-se: de modo que a marcha triunfal dos guerreiros se tornava uma dança macabra, uma corrida veloz, uma valsa fantástica, em que todos esses vultos horrendos, cobertos de penas que brilhavam à luz do sol, passavam como espíritos satânicos envoltos na chama eterna.

A cada volta que fazia esse *sabbat* um dos guerreiros

destacava-se do círculo, e adiantando-se para o prisioneiro o desafiava ao combate e conjurava-o a que desse provas de sua coragem, de sua força e de seu valor.

Peri, sereno e altivo, recebia com um soberbo desdém a ameaça e o insulto, e sentia um certo orgulho pensando que no meio de todos aqueles guerreiros fortes e armados, ele, o prisioneiro, o inimigo que ia ser sacrificado, era o verdadeiro, o único vencedor.

Talvez pareça isso incompreensível; mas o fato é que Peri o pensava, e que só o segredo que ele guardava no fundo de sua alma podia explicar a razão desse pensamento e a tranquilidade com que esperava o suplício.

A dança continuava no meio dos cantos, dos alaridos e das constantes libações, quando de repente tudo emudeceu, e o mais profundo silêncio reinou no campo dos aimorés.

Todos os olhos se voltaram para uma cortina de folhas que ocultava uma espécie de cabana selvagem, construída a um lado do campo em face do prisioneiro.

Os guerreiros se afastaram, as folhas se abriram, e entre aquelas franjas de verdura assomou o vulto gigantesco do velho cacique. Duas peles de tapir ligadas sobre os ombros cobriam seu corpo como uma túnica; um grande cocar de penas escarlates ondeava sobre a sua cabeça e realçava-lhe a grande estatura.

Tinha o rosto pintado de uma cor esverdeada e oleosa, e o pescoço cingido de uma coleira feita com as penas brilhantes do tucano; no meio desse aspecto horrendo os seus olhos brilhavam como dois fogos vulcânicos no seio das trevas. Trazia na mão esquerda a tangapema coberta de plumas resplandecentes e amarrada ao punho direito uma espécie de buzina formada de um osso enorme da canela de algum inimigo morto em combate.

Chegando à entrada do campo o velho selvagem levou à boca o seu instrumento bárbaro e tirou dele um som estrondoso: os aimorés saudaram com gritos de alegria e de entusiasmo o aparecimento do vencedor.

Ao cacique cabia a honra de ser o algoz da vítima, o matador do prisioneiro; seu braço devia consumar a grande obra da vingança, esse sentimento que constituía para aqueles povos fanáticos a verdadeira glória.

Apenas cessaram as aclamações com que foi acolhida a entrada do vencedor, um dos guerreiros que o acompanhavam adiantou-se e fincou na extrema do campo uma estaca destinada a receber a cabeça do inimigo, logo que ela fosse decepada do corpo.

Ao mesmo tempo a jovem índia que servia de esposa ao prisioneiro tirou o tacape que pendia do ombro de seu pai e caminhando para Peri desligou-lhe os braços e ofereceu-lhe a arma, fitando nele um olhar triste, ardente e cheio de amarga exprobração.

Nesse olhar dizia-lhe que se tivesse aceitado o amor que lhe oferecera, e com o amor a vida e a liberdade, ela não seria obrigada pelo costume tradicional de sua nação a escarnecer assim da sua morte.

Com efeito esse oferecimento que os selvagens faziam ao prisioneiro, de uma arma para se defender, era uma ironia cruel: ligado pelo laço que o prendia, imóvel pela tensão da corda, de que lhe servia vibrar o *tacape* no ar, se não podia atingir os inimigos?

Peri aceitou a arma que a menina lhe trazia; calcando-a aos pés cruzou os braços e esperou o cacique que avançava lentamente, terrível e ameaçador.

Chegando em face do prisioneiro, a fisionomia do velho esclareceu-se com um sorriso feroz, reflexo dessa embriaguez do sangue, que dilata as narinas do jaguar prestes a saltar sobre a presa.

— Sou teu matador! — disse em guarani.

Peri não se admirou ouvindo a sua bela língua adulterada pelos sons roucos e guturais que saíam dos lábios do selvagem.

— Peri não te teme!

— És Goitacá?

— Sou teu inimigo!

— Defende-te!

O índio sorriu:

— Tu não mereces.

Os olhos do velho fuzilaram de raiva: a mão cerrou o punho da tangapema; mas ele reprimiu logo o assomo da cólera.

A esposa do prisioneiro atravessou o campo e ofereceu ao vencedor um grande vaso de barro vidrado cheio de vinho de ananás ainda espumante.

O selvagem virou de um trago a bebida aromática e, endireitando o seu alto talhe, lançou ao prisioneiro um olhar soberbo:

— Guerreiro Goitacá, tu és forte e valente; tua nação é temida na guerra. A nação aimoré é forte entre as mais fortes, valente entre as mais valentes. Tu vais morrer.

O coro dos selvagens respondeu a esta espécie de canto guerreiro, que preludiava o tremendo sacrifício.

O velho continuou:

— Guerreiro Goitacá, tu és prisioneiro; tua cabeça pertence ao guerreiro aimoré; teu corpo aos filhos de sua tribo; tuas entranhas servirão ao banquete da vingança. Tu vais morrer.

Os gritos dos selvagens responderam de novo: e o canto se prolongou por muito tempo lembrando os feitos gloriosos da nação aimoré e as ações de valor de seu chefe.

Enquanto o velho falava, Peri o escutava com a mesma calma e impassibilidade; nem um dos músculos do seu rosto traía a menor emoção; seu olhar límpido e sereno ora fitava-se no rosto do cacique, ora volvia-se pelo campo examinando os preparativos do sacrifício.

Apenas quem o observasse veria que, de braços cruzados como estava, uma das mãos desfazia imperceptivelmente um dos nós que havia na ponta de seu saio de algodão.

Quando o velho acabou de falar, encarou o prisioneiro, e recuando dois passos elevou lentamente a pesada clava que empunhava na mão esquerda. Os aimorés ansiosos esperavam; as velhas com as suas navalhas de pedra estremeciam de impaciência; as jovens índias sorriam, enquanto a noiva do prisioneiro voltava o rosto para não ver o espetáculo horrível que ia apresentar-se.

Nesse momento Peri levando as duas mãos aos olhos cobriu o rosto, e curvando a cabeça ficou algum tempo nessa posição sem fazer um movimento que revelasse a menor perturbação.

O velho sorriu.

— Tens medo!

Ouvindo estas palavras, Peri ergueu a cabeça com ar senhoril. Uma expressão de júbilo e serenidade irradiava no seu rosto; dir-se-ia o êxtase dos mártires da religião que na última hora, através do túmulo, entreveem a felicidade suprema.

A alma nobre do índio prestes a deixar a terra parecia exalar já do seu invólucro; e pousando nos seus lábios, nos seus olhos, na sua fronte, esperava o momento de lançar-se no espaço para ir se abrigar no seio do Criador.

Erguendo a cabeça, fitou os olhos no céu, como se a morte que ia cair sobre ele fosse uma visão encantadora que descesse das nuvens sorrindo-lhe. Era que nesse último sonho da existência via a linda imagem de Cecília, feliz, alegre e contente; via sua senhora salva.

— Fere!... — disse Peri ao velho cacique.

Os instrumentos retumbaram de novo; os gritos e os cantos se confundiram com aqueles sons roucos, e reboaram pela floresta como o trovão rolando pelas nuvens.

A tangapema coberta de plumas girou no ar cintilando aos raios do sol que feriam as cores brilhantes.

No meio desse turbilhão ouviu-se um estrondo, uma ânsia de agonizante e o baque de um corpo: tudo isto confusamente, sem que no primeiro instante se pudesse perceber o que havia passado.

III. Sortida

O estrondo que se ouviu fora causado por um tiro que partiu dentre as árvores.

O velho aimoré vacilou; seu braço que vibrava o tacape com uma força hercúlea caiu inerte; o corpo abateu-se como o ipê da floresta cortada pelo raio.

A morte tinha sido quase instantânea; apenas um estertor

de agonia ressoou no seu peito largo e ainda há pouco vigoroso; caíra já cadáver.

Enquanto os selvagens permaneciam estáticos diante do que se passava, Álvaro com a espada na mão e a clavina ainda fumegante precipitava-se no meio do campo. De dois talhos rápidos cortou os laços de Peri; e com as evoluções de sua espada conteve os selvagens, que voltando a si caíam sobre ele bramindo de furor.

Imediatamente ouviu-se uma descarga de arcabuzes; dez homens destemidos tendo à sua frente Aires Gomes saltaram por sua vez com a arma em punho e começaram a talhar de alto a baixo a grandes golpes de espada.

Não pareciam homens, e sim dez demônios, dez máquinas de guerra vomitando a morte de todos os lados; enquanto a sua mão direita imprimia à lâmina da espada mil voltas, que eram outros tantos golpes terríveis, a esquerda jogava a adaga com destreza e segurança admiráveis.

O escudeiro e seus homens tinham feito um semicírculo em roda de Álvaro e de Peri e apresentavam uma barreira de ferro e fogo às ondas de inimigos que bramiam, recuavam e lançavam-se de novo quebrando-se de encontro a esse dique.

No curto instante que mediou entre a morte do cacique e o ataque dos aventureiros, Peri de braços cruzados olhava impassível para tudo o que se passava em torno dele. Compreendia então o gesto que sua senhora havia pouco lhe fizera do alto da esplanada, e o raio de esperança e de alegria que ele julgara ver brilhar no seu semblante.

Com efeito no primeiro momento de aflição Cecília se lançara para ver o índio, chamá-lo ainda, e suplicar-lhe mesmo que não expusesse a sua vida inutilmente.

Não tendo mais visto Peri, a menina sentiu um desespero cruel; voltou-se para seu pai e com as faces orvalhadas de lágrimas, com o seio anelante, com a voz cheia de angústia, pediu-lhe que salvasse Peri.

D. Antônio de Mariz, antes que sua filha lhe fizesse esse pedido, já tinha se lembrado de chamar os seus companheiros fiéis, e seguido por eles correr contra o inimigo, e livrar o índio da morte certa e inevitável que procurava.

Mas o fidalgo era um homem de uma lealdade e de uma generosidade a toda a prova; sabia que aquela empresa era de um risco imenso e não queria obrigar os seus companheiros a partilhar um sacrifício que ele só faria de bom grado à amizade que votava a Peri.

Os aventureiros que se haviam dedicado com tanta constância à salvação de sua família não tinham as mesmas razões para se arriscarem por causa de um homem que não pertencia à sua religião e que não tinha com eles o menor laço de comunidade.

D. Antônio de Mariz perplexo, irresoluto entre a amizade e o seu escrúpulo generoso, não soube o que responder a sua filha; procurou consolá-la, aflito por não poder satisfazer imediatamente a sua vontade.

Álvaro, que contemplava esta cena pungente a alguma distância, no meio dos aventureiros fiéis e dedicados que tinha sob suas ordens tomou repentinamente uma resolução.

Seu coração partia-se vendo Cecília sofrer; e embora amasse Isabel, a sua alma nobre sentia ainda pela mulher a quem votara os seus primeiros sonhos uma afeição pura, respeitosa, uma espécie de culto.

Era uma coisa singular na vida dessa menina; todas as paixões, todos os sentimentos que a envolviam sofriam a influência de sua inocência, e iam a pouco e pouco depurando-se e tomando um quer que seja de ideal, um cunho de adoração.

O mesmo amor ardente e sensual de Loredano, quando se tinha visto em face dela, adormecida na sua casta isenção, emudecera e hesitara um momento se devia manchar a santidade do seu pudor.

Álvaro trocou com os aventureiros algumas palavras; e dirigiu-se para o grupo que formavam D. Antônio de Mariz e sua filha.

— Consolai-vos, D. Cecília — disse o moço —, e esperai!

A menina fitou nele os olhos azuis cheios de reconhecimento; aquela palavra era ao menos uma esperança.

— Que contais fazer? — perguntou D. Antônio ao cavalheiro.

— Tirar Peri das mãos do inimigo!

— Vós!... — exclamou Cecília.

— Sim, D. Cecília — disse o moço —, aqueles homens dedicados vendo a vossa aflição sentiram-se comovidos e desejam poupar-vos uma justa mágoa.

Álvaro atribuía a generosa iniciativa aos seus companheiros, quando eles não tinham feito senão aceitá-la com entusiasmo.

Quanto a D. Antônio de Mariz, sentira uma íntima satisfação ouvindo as palavras do moço: seus escrúpulos cessavam desde que seus homens espontaneamente se ofereciam para realizar aquela difícil empresa.

— Me cedereis uma parte dos nossos homens; quatro ou cinco me bastam — continuou o moço, dirigindo-se ao fidalgo —, ficareis com o resto para defender-vos no caso de algum ataque imprevisto.

— Não — respondeu D. Antônio —, levai-os todos, já que se prestam a essa tão nobre ação, que não me animava a exigir de sua coragem. Para defender a minha família, basto eu, apesar de velho.

— Desculpai-me, Sr. D. Antônio — replicou Álvaro —, mas é uma imprudência a que me oponho; pensai que a dois passos de vós existem homens perdidos, que nada respeitam e que espiam o momento de fazer-vos mal.

— Sabeis se prezo e estimo este tesouro cuja guarda me foi confiada por Deus. Julgais que haja neste mundo alguma coisa que me faça expô-lo a um novo perigo? Acreditai-me: D. Antônio de Mariz, só, defenderá sua família, enquanto vós salvareis um bom e nobre amigo.

— Confiais demasiado em vossas forças!

— Confio em Deus, e no poder que ele colocou em minha mão: poder terrível que quando chegar o momento fulminará todos os nossos inimigos com a rapidez do raio.

A voz do velho fidalgo pronunciando estas palavras tinha-se revestido de uma solenidade imponente; o seu rosto iluminou-se com uma expressão de heroísmo e de majestade que realçou a beleza severa do seu busto venerável.

Álvaro olhou com uma admiração respeitosa o velho cavalheiro enquanto Cecília, pálida e palpitante das emoções que sentira, esperava com ansiedade a decisão que iam tomar.

O moço não insistiu e sujeitou-se à vontade de D. Antônio de Mariz:

— Obedeço-vos; iremos todos e voltaremos mais prontos.

O fidalgo apertou-lhe a mão:

— Salvai-o!

— Oh! sim — exclamou Cecília —, salvai-o, Sr. Álvaro.

— Juro-vos, D. Cecília, que só a vontade do céu fará que eu não cumpra a vossa ordem.

A menina não achou uma palavra para agradecer essa generosa promessa; toda a sua alma partiu-se num sorriso divino.

Álvaro inclinou-se diante dela; foi juntar-se aos aventureiros; e deu-lhes ordem de se prepararem para partir. Quando o moço entrou na sala então deserta para tomar as suas armas, Isabel, que já sabia do seu projeto, correu a ele pálida e assustada.

— Ides bater-vos? — disse ela com a voz trêmula.

— Em que isso vos admira? Não nos batemos todos os dias com o inimigo?

— De longe!... Defendidos pela posição! Mas agora é diferente!

— Não vos assusteis, Isabel! Daqui a uma hora estarei de volta.

O moço passou a clavina a tiracolo e quis sair.

Isabel tomou-lhe as mãos com um movimento arrebatado; seus olhos cintilavam com um fogo estranho; suas faces estavam incendiadas de vivo rubor.

O moço procurou tirar as mãos daquela pressão ardente e apaixonada:

— Isabel — disse ele com uma doce exprobração —, quereis que falte à minha palavra, que recue diante de um perigo?

— Não! Nunca eu vos pediria semelhante coisa. Era preciso que não vos conhecesse, e que não... vos amasse!...

— Mas então deixai-me partir.

— Tenho uma graça a suplicar-vos.

— De mim?... Neste momento?

— Sim! Neste momento!... Apesar do que me dizíeis há pouco, apesar do vosso heroísmo, sei que caminhais a uma morte certa, inevitável.

A voz de Isabel tornou-se balbuciante:

— Quem sabe... se nos veremos mais neste mundo?!

— Isabel!... — disse o moço querendo fugir para evitar a comoção que se apoderava dele.

— Prometestes fazer-me a graça que vos pedi.

— Qual?

— Antes de partir, antes de me dizer adeus para sempre...

A moça fitou no cavalheiro um olhar que fascinava.

— Falai!... Falai!...

— Antes de nos separarmos, eu vos suplico, deixai-me uma lembrança vossa!... Mas uma lembrança que fique dentro de minha alma!

E a menina caiu de joelhos aos pés de Álvaro, ocultando seu rosto que o pudor revoltado em luta com a paixão cobria de um brilhante carmim.

Álvaro ergueu-a confusa e vergonhosa do que tinha feito, e chegando seus lábios ao ouvido proferiu, ou antes, murmurou uma frase.

O semblante de Isabel expandiu-se; uma auréola de ventura cingiu a sua fronte; seu seio dilatou-se e respirou com a embriaguez do coração feliz.

— Eu te amo!

Era a frase que Álvaro deixara cair na sua alma, e que a enchia toda como um eflúvio celeste, como um canto divino que ressoava nos seus ouvidos e fazia palpitar todas as suas fibras.

Quando ela saiu deste êxtase, o moço tinha saído da sala e unia-se aos seus companheiros prontos a marchar.

Foi nessa ocasião que Cecília, chegando imprudentemente à paliçada, fez a Peri um aceno que lhe dizia esperasse.

A pequena coluna partiu comandada por Álvaro e por Aires Gomes, que depois de três dias não deixava o seu posto dentro do gabinete do fidalgo.

Quando os bravos combatentes desapareceram na floresta, D. Antônio de Mariz recolheu-se com sua família para a sala, e sentando-se na sua poltrona esperou tranquilamente. Não mostrava o menor temor de ser atacado pelos aventureiros revoltados, que estavam a alguns passos de distância apenas e que não deixariam de aproveitar um ensejo tão favorável.

D. Antônio tinha a este respeito uma completa segurança; tendo fechado as portas e examinado a escorva de suas pistolas, recomendou silêncio a fim de que nenhum rumor lhe escapasse.

Vigilante e atento, o fidalgo refletia ao mesmo tempo sobre o fato que se acabava de passar, e que o tinha profundamente impressionado.

Conhecia Peri e não podia compreender como o índio, sempre tão inteligente e tão perspicaz, se deixara levar por uma louca esperança a ponto de ir ele só atacar os selvagens.

A extrema dedicação do índio por sua senhora, o desespero da posição em que se achavam, podia explicar essa alucinação, se o fidalgo não soubesse quanto Peri tinha a calma, a força e o sangue-frio que tornam o homem superior a todos os perigos. O resultado de suas reflexões foi que havia no procedimento de Peri alguma coisa que não estava clara e que devia explicar-se mais tarde.

Ao passo que ele se entregava a esses pensamentos, Álvaro tinha feito uma volta, e favorecido pela festa dos selvagens se aproximara sem ser percebido.

Quando avistou Peri a algumas braças de distância, o velho cacique levantava a tangapema sobre a sua cabeça.

O moço levou a clavina ao rosto; e a bala sibilando foi atravessar o crânio do selvagem.

IV. Revelação

Apenas Álvaro, com a chegada dos seus companheiros, viu-se livre dos inimigos que o atacavam, voltou a Peri, que assistia imóvel a toda esta cena.

— Vinde! — disse o moço com autoridade.

— Não! — respondeu o índio friamente.

— Tua senhora te chama!

Peri abaixou a cabeça com uma profunda tristeza.

— Dize à senhora que Peri deve morrer; que vai morrer por ela. E tu parte, porque senão seria tarde.

Álvaro olhou a fisionomia inteligente do índio para ver se descobria nela algum sinal de perturbação de espírito; porque o moço não compreendia, nem podia compreender a causa dessa obstinação insensata.

O rosto de Peri, calmo e sereno, não lhe deixou ver senão uma resolução firme, inabalável, tanto mais profunda quanto se mostrava sob uma aparência de sossego e tranquilidade.

— Assim, tu não obedeces à tua senhora?

Peri custou a arrancar a palavra dos lábios.

— A ninguém.

Quando pronunciava esta palavra, um grito fraco soou ao lado dele; voltando-se viu a índia que lhe haviam destinado por esposa caindo atravessada por uma flecha. O tiro fora destinado a Peri por um dos selvagens; e a menina lançando-se para cobrir o corpo daquele que amara uma hora, recebera a seta no peito.

Seus olhos negros, desmaiados pelas sombras da morte, volveram a Peri um último olhar; e cerrando tornaram a abrir-se já sem vida e sem brilho. Peri sentiu um movimento de piedade e simpatia vendo essa vítima de sua dedicação, que como ele sacrificava sem hesitar a sua existência para salvar aquele a quem amava.

Álvaro nem se apercebeu do que acabava de passar; lançando um olhar para seus homens que se batiam valentemente com os aimorés fez um aceno a Aires Gomes.

— Escuta, Peri; tu sabes que costumo cumprir a minha palavra; jurei a Cecília levar-te; ou tu me acompanhas, ou morreremos todos neste lugar.

— Faze o que quiseres! Peri não sairá daqui.

— Vês estes homens?... são os únicos defensores que restam à tua senhora; se todos eles morrem, bem sabes que é impossível que ela se salve.

Peri estremeceu. Ficou um momento pensativo; depois sem dar tempo a que o seguissem, lançou-se entre as árvores.

D. Antônio de Mariz e sua família, tendo ouvido os tiros de arcabuzes, esperavam com ansiedade o resultado da expedição.

Dez minutos haviam decorrido na maior impaciência, quando sentiram tocar na porta e ouviram a voz de Peri; Cecília correu, e o índio ajoelhou-se a seus pés pedindo-lhe perdão.

O fidalgo, livre do pesar de perder um amigo, assumira a sua costumada severidade, como sempre que se tratava de uma falta grave.

— Cometeste uma grande imprudência — disse ele ao índio —; fizeste sofrer teus amigos; expuseste a vida daqueles que te amam; não precisas de outra punição além desta.

— Peri ia salvar-te!

— Entregando-te nas mãos do inimigo?

— Sim!

— Fazendo-te matar por eles?

— Matar e...

— Mas qual era o resultado dessa loucura?

O índio calou-se.

— É preciso explicar-te, para que não julguemos que o amigo inteligente e dedicado de outrora tornou-se um louco e um rebelde.

A palavra era dura; e o tom em que foi dita ainda agravava mais a repreensão severa que ela encerrava.

Peri sentiu uma lágrima umedecer-lhe as pálpebras:

— Obrigas Peri a dizer tudo!

— Deves fazê-lo, se desejas reabilitar-te na estima que te votava, e que sinto perder.

— Peri vai falar.

Álvaro entrava nesse momento tendo deixado no alto da esplanada os seus companheiros já livres de perigo, e quites por algumas feridas que não eram felizmente muito graves.

Cecília apertou as mãos do moço com reconhecimento; Isabel enviou-lhe num olhar toda a sua alma.

As pessoas presentes se gruparam ao redor da poltrona de D. Antônio, em face do qual Peri de pé com a cabeça baixa, confuso e envergonhado como um criminoso, ia justificar-se.

Dir-se-ia que confessava uma ação indigna e vil; ninguém adivinhava que sublime heroísmo, que concepção gigantesca havia neste ato, que todos condenavam como uma loucura.

Ele começou:

"Quando Ararê deitou o seu corpo sobre a terra para não tornar a erguê-lo, chamou Peri e disse:

'Filho de Ararê, teu pai vai morrer; lembra-te que tua

carne é a minha carne; e o teu sangue é o meu sangue. Teu corpo não deve servir ao banquete do inimigo.'

"Ararê disse, e tirou suas contas de frutos que deu a seu filho: estavam cheias de veneno; tinham nelas a morte.

"Quando Peri fosse prisioneiro, bastava quebrar um fruto, e ria do vencedor que não se animaria a tocar no seu corpo.

"Peri viu que a senhora sofria, e olhou as suas contas; teve uma ideia; a herança de Ararê podia salvar a todos.

"Se tu deixasses fazer o que queria, quando a noite viesse não acharia um inimigo vivo; os brancos e os índios não te ofenderiam mais."

Toda a família ouvia esta narração com uma surpresa extraordinária; compreendiam dela que havia em tudo isto uma arma terrível — o veneno; mas não podiam saber os meios de que o índio se servira ou pretendia servir-se para usar desse agente de destruição.

— Acaba! — disse D. Antônio —; por que modo contavas então destruir o inimigo?

— Peri envenenou a água que os brancos bebem, e o seu corpo, que devia servir ao banquete dos aimorés!

Um grito de horror acolheu essas palavras ditas pelo índio em um tom simples e natural.

O plano que Peri combinara para salvar seus amigos acabava de revelar-se em toda a sua abnegação sublime e com o cortejo de cenas terríveis e monstruosas que deviam acompanhar a sua realização.

Confiado nesse veneno[2] que os índios conheciam com o nome de *curare,*[3] e cuja fabricação era um segredo de algumas

---

[2] Veneno: os indígenas fabricavam diversos venenos, e a sua perfeição foi objeto de admiração para os colonizadores. Humboldt, à vista dos seus conhecimentos toxicológicos, concluiu que devia ter havido na América antigamente uma grande civilização, e que dela haviam os selvagens herdado esses usos. Os principais desses venenos eram o *bororé* e o *uirari.* (N. do A.)

[3] *Curare: "Le bororé, dont le révérend père Gumilha a donné la description dans son Orenoco illustrado, parait être exactament le même dont l'abbé Gilly parle dans son Histoire de l'Amérique, et qu'on désigne aujourd'hui par le nom de curare. Suivant M.*

tribos, Peri com a sua inteligência e dedicação descobrira um meio de vencer ele só aos inimigos, apesar do seu número e da sua força.

Sabia a violência e o efeito pronto daquela arma que seu pai lhe confiara na hora da morte; sabia que bastava uma pequena parcela desse pó sutil para destruir em algumas horas a organização a mais forte e a mais robusta. O índio resolveu pois usar deste poder que na sua mão heroica ia tornar-se um instrumento de salvação e o agente de um sacrifício tremendo feito à amizade.

Dois frutos bastaram; um serviu para envenenar a água e as bebidas dos aventureiros revoltados; e o outro acompanhou-o até o momento do suplício, em que passou de suas mãos aos seus lábios.

Quando o cacique vendo-o cobrir o rosto perguntou-lhe se tinha medo, Peri acabava de envenenar o seu corpo, que devia daí a algumas horas ser um germe de morte para todos esses guerreiros bravos e fortes.

O que porém dava a esse plano um cunho de grandeza e de admiração não era somente o heroísmo do sacrifício; era a beleza horrível da concepção, era o pensamento superior que ligara tantos acontecimentos, que os submetera à sua vontade, fazendo-os suceder-se naturalmente e caminhar para um desfecho necessário e infalível.

Porque, é preciso notar, a menos de um fato extraordinário, desses que a previdência humana não pode prevenir,

---

Humboldt, c'est un strichnos, et il ne faut pas le confondre avec le tucunas, composé toxique dont parle M. de la Condamine dans la rélation de son voyage aux Amazones". Dr. Sigaud, *Du Climat et les Maladies du Brésil.*

Sobre a violência do curare diz ainda o Dr. Sigaud o seguinte: "*Em 1830, le président C. J. de Nymer apporta du Pará à Rio de Janeiro une petite portion de curare qu'on fit prendre à petites doses à divers animaux, qui tous ont succombé en peu d'heures dans des convulsions violentes. Le docteur Lacerda, qui a longtemps pratiqué au Pará et au Maranhão, a fait, dit-on, d'importantes recherches sur les poisons indiens encore inédites; le curare est, de son aveu, un poison violent, causant d'abord un état tétanique, ensuite une torpeur générale qui précède la mort.*" (N. do A.)

Peri quando saiu da casa tinha a certeza de que as coisas se passariam como de fato se passaram.

Atacando os aimorés a sua intenção era excitá-los à vingança; precisava mostrar-se forte, valente, destemido, para merecer que os selvagens o tratassem como um inimigo digno de seu ódio. Com a sua destreza e com a precaução que tomara tornando o seu corpo impenetrável, contava evitar a morte antes de poder realizar o seu projeto; quando mesmo caísse ferido, tinha tempo de passar o veneno aos lábios.

A sua previsão porém não o iludiu; tendo conseguido o que desejava, tendo excitado a raiva dos aimorés, quebrou a sua arma e suplicou a vida ao inimigo; foi de todo o sacrifício o que mais lhe custou.

Mas assim era preciso; a vida de Cecília o exigia; a morte que o havia respeitado até então podia surpreendê-lo; e Peri queria ser feito prisioneiro, como foi, e contava ser.

O costume dos selvagens, de não matar na guerra o inimigo e de cativá-lo para servir ao festim da vingança, era para Peri uma garantia e uma condição favorável à execução do seu projeto.

Quanto à peripécia final, que a intervenção de Álvaro obstara, não fora esse incidente imprevisto, que seria igualmente infalível.

Segundo as leis tradicionais do povo bárbaro, toda a tribo devia tomar parte no festim: as mulheres moças tocavam apenas na carne do prisioneiro; mas os guerreiros a saboreavam como um manjar delicado, adubado pelo prazer da vingança; e as velhas com a gula feroz das harpias que se cevam no sangue de suas vítimas.

Peri contava pois com toda a segurança que dentro de algumas horas o corpo envenenado da vítima levaria a morte às entranhas de seus algozes, e que ele só destruiria toda uma tribo, grande, forte, poderosa, apenas com o auxílio dessa arma silenciosa.

Pode-se agora compreender qual tinha sido o seu desespero vendo esse plano inutilizado; depois de ter desobedecido à sua senhora, depois de haver tudo realizado, quando só faltava o desfecho, quando o golpe que ia salvar a todos cala, mudar-se de repente a face das coisas e ver destruída a sua obra, filha de tanta meditação!

Ainda assim quis resistir, quis ficar, esperando que os aimorés continuariam o sacrifício; mas conheceu que a resolução de Álvaro era inabalável como a sua; que ia ser a causa da morte de todos os defensores fiéis de D. Antônio, sem ter já a certeza de sua salvação.

No primeiro momento que sucedeu à confissão de Peri, todos os atores desta cena, pálidos, tomados de espanto e de terror, com os olhos cravados no índio, duvidavam ainda do que tinham ouvido; o espírito horrorizado não formulava uma ideia; os lábios trêmulos não achavam uma palavra.

D. Antônio foi o primeiro que recobrou a calma; no meio da admiração que lhe causava aquela ação heroica, e das emoções produzidas por essa ideia ao mesmo tempo sublime e horrível, uma circunstância o tinha sobretudo impressionado.

Os aventureiros iam ser vítimas de envenenamento; e por maior que fosse o grau de baixeza e aviltamento a que tinham descido esses homens pela sua traição, a nobreza do fidalgo não podia sofrer semelhante homicídio.

Ele os puniria a todos com a morte ou com o desprezo, essa outra morte moral; mas o castigo na sua opinião elevava a morte à altura de um exemplo; enquanto que a vingança a fazia descer ao nível do assassinato.

— Vai, Aires Gomes — gritou D. Antônio ao seu escudeiro —, corre e previne a esses desgraçados, se ainda é tempo!

V. O PAIOL

Cecília, ouvindo a voz de seu pai, estremeceu como se acordasse de um sonho.

Atravessou o aposento com passo vacilante e, chegando-se a Peri, fitou nele os seus lindos olhos azuis com uma expressão indefinível.

Havia nesse olhar ao mesmo tempo a admiração imensa que lhe causava a ação heroica do índio; a dor profunda que sentia pela sua perda; e uma exprobração doce por não ter ele ouvido as suas súplicas.

O índio nem se animava a levantar os olhos para sua senhora; não tendo realizado o seu desejo, considerava agora tudo quanto fizera como uma loucura.

Sentia-se criminoso; e de toda a sua ação heroica e sublime para os outros só lhe restava o pesar de ter ofendido Cecília e de lhe haver causado inutilmente um desgosto.

— Peri — disse a menina com desespero —, por que não fizeste o que tua senhora te pedia?...

O índio não sabia o que responder; temia ter perdido a afeição de Cecília, e essa ideia martirizava os últimos momentos que lhe restavam a viver.

— Cecília não te disse — continuou a menina soluçando —, que ela não aceitaria a salvação com o sacrifício de tua vida?

— Peri já te pediu que perdoasses! — murmurou o índio.

— Oh! Se tu soubesses o que fizeste hoje sofrer a tua senhora!... Mas ela te perdoa.

— Ah!... — exclamou Peri, cuja fisionomia iluminou-se.

— Sim!... Cecília te perdoa tudo que sofreu, e tudo que vai sofrer! Mas será por pouco tempo...

A menina dizia essas palavras com um triste sorriso de sublime resignação; conhecia que não havia mais esperança de salvação, e esta ideia quase a consolava.

Não pôde acabar porém; a palavra ficou-lhe presa aos lábios, trêmula, convulsa: seus olhos se fixavam em Peri com um sentimento de terror e de espanto.

A fisionomia do índio se tinha decomposto; seus traços nobres alterados por contrações violentas, o rosto encovado, os lábios roxos, os dentes que se entrechocavam, os cabelos eriçados davam-lhe um aspecto medonho.

— O veneno!... — gritaram os espectadores dessa cena horrorizados.

Cecília fez um esforço extraordinário, e lançando-se para o índio, procurou reanimá-lo

— Peri!... Peri!... — balbuciava a menina aquecendo nas suas as mãos geladas de seu amigo.

— Peri vai te deixar para sempre, senhora.

— Não!... Não!... — exclamou a menina fora de si. — Não quero que tu nos deixes!... Oh! tu és mau, muito mau!... Se estimasses tua senhora, não a abandonarias assim!...

As lágrimas orvalhavam as faces da menina, que no seu desespero não sabia o que dizia. Eram palavras entrecortadas, sem sentido; mas que revelavam a sua angústia.

— Tu queres que Peri viva, senhora? — disse o índio com a voz comovida.

— Sim!... — respondeu a menina suplicante. — Quero que tu vivas!

— Peri viverá!

O índio fez um esforço supremo, e restituindo um pouco de elasticidade aos seus membros entorpecidos, dirigiu-se à porta e desapareceu.

Todas as pessoas presentes o acompanharam com os olhos e o viram descer à várzea e ganhar a floresta correndo.

A última palavra que ele proferira tinha um momento restituído a esperança a D. Antônio de Mariz; mas quase logo a dúvida apoderou-se do seu espírito; julgou que o índio se iludia.

Cecília porém tinha mais do que uma esperança; tinha quase uma certeza de que Peri não se enganara: a promessa de seu amigo lhe inspirava uma confiança profunda. Nunca Peri lhe havia dito uma coisa que se não realizasse; o que parecia impossível aos outros tornava-se fácil para sua vontade firme e inabalável, para o poder sobre-humano, de que a força e a inteligência o revestiam.

Quando D. Antônio de Mariz e sua família se recolheram tristemente impressionados, Álvaro, de pé na porta do gabinete, fez um gesto de espanto ao fidalgo e apontou-lhe para o oratório.

A parede do fundo, prestes a tombar, oscilava sobre a sua base como uma árvore balançada pelo vento.

D. Antônio sorriu; e ordenando à sua família que entrasse no gabinete tirou a pistola da cinta, armou-a e esperou na porta ao lado de Álvaro.

No mesmo instante ouviu-se um grande estrondo, e no

meio da nuvem espessa de pó que se elevou desse montão de ruínas, seis homens precipitaram-se na sala.

Loredano foi o primeiro; apenas tocou o chão, ergueu-se com extraordinária rapidez, e seguido pelos seus companheiros caminhou direito ao gabinete onde se achava recolhida a família.

Recuaram, porém, lívidos e trêmulos, horrorizados diante da cena muda e terrível que se apresentava aos seus olhos espantados.

No meio do aposento via-se um desses grandes vasos de barro vidrado, feitos pelos índios, e que continha pelo menos uma arroba de pólvora. De uma aberta que havia nesse vaso corria um largo trilho que ia perder-se no fundo do paiol, onde se achavam enterradas todas as munições de guerra do fidalgo.

Duas pistolas, a de D. Antônio de Mariz e a de Álvaro esperavam um movimento dos aventureiros para lançarem a primeira faísca ao vulcão. D. Lauriana, Cecília e Isabel de joelhos oravam julgando a cada momento ver confundirem-se no turbilhão todos os espectadores dessa cena.

Era esta a arma terrível de que falara havia pouco D. Antônio, quando dizia a Álvaro que Deus lhe havia confiado o poder de fulminar todos os seus inimigos. O moço compreendeu então a razão por que o fidalgo o tinha obrigado a partir com todos os homens para salvar Peri, julgando-se bastante forte para defender, ele só, a sua família.

Quanto aos aventureiros, lembraram-se do juramento solene de D. Antônio de Mariz; o fidalgo os tinha a todos fechados na sua mão, e bastava apertar essa mão para esmagá-los como um torrão de argila. Lançando um olhar esvairado em torno de si os seis criminosos quiseram fugir, mas não tiveram ânimo de dar um passo e ficaram como pregados ao solo.

Ouviu-se então um rumor de vozes da parte de fora, e Aires Gomes seguido pelos aventureiros apresentou-se à porta da sala.

Loredano conheceu que desta vez estava irremediavelmente perdido, e assentou de vender caro a sua vida; mas a desgraça pesava sobre ele. Dois dos seus companheiros caíram a seus pés estorcendo-se em convulsões horríveis, e soltando gritos que metiam dó e compaixão.

A princípio ninguém compreendeu a causa dessa morte súbita e violenta; mas a lembrança do veneno de Peri acudiu logo à memória de alguns e explicou tudo.

Os aventureiros que chegavam guiados por Aires Gomes apoderaram-se de Loredano e foram ajoelhar-se confusos e envergonhados aos pés de D. Antônio de Mariz, pedindo-lhe o perdão de sua falta.

O fidalgo tinha assistido a todos esses acontecimentos que se sucediam tão rapidamente, sem deixar a sua primeira posição; dir-se-ia que sobre essas paixões humanas que se debatiam a seus pés ele plainava como um gênio, prestes a vibrar o raio celeste.

— A vossa falta é daquelas que não se perdoam — disse D. Antônio —; mas estamos nesse momento extremo em que Deus manda esquecer todas as ofensas. Levantai-vos e preparemo-nos todos para morrer como cristãos.

Os aventureiros ergueram-se, e arrastando Loredano para fora da sala retiraram-se para o alpendre, com a consciência aliviada de um grande peso.

A família pôde então, depois de tantas emoções, gozar um pouco de sossego e repouso; apesar da posição desesperada em que se achavam, a reunião dos aventureiros revoltados tinha trazido um fraco vislumbre de esperança.

Só D. Antônio de Mariz não se iludia, e desde aquela manhã tinha conhecido que, quando os aimorés não o vencessem pelas armas, o venceriam pela fome. Todos os víveres estavam consumidos, e só uma sortida vigorosa podia salvar a família desse martírio que a ameaçava, martírio muito mais cruel do que uma morte violenta.

O fidalgo resolveu esgotar os últimos recursos antes de confessar-se vencido; queria morrer com a consciência tranquila de haver cumprido o seu dever e de haver feito o que fosse humanamente possível. Chamou Álvaro e entreteve-se com o moço durante algum tempo em voz baixa; concertavam um meio de realizar essa ideia, de que dependia toda a esperança de salvação.

Ao mesmo tempo que isto se passava, os aventureiros, reunidos em conselho, julgavam a Frei Ângelo di Luca e o condenavam por um voto unânime.

Proferida a sentença, apresentaram-se diversas opiniões sobre o suplício que devia ser infligido ao culpado; cada um lembrava o gênero de morte o mais cruel; porém a opinião geral adotou a fogueira como o castigo consagrado pela inquisição para punir os hereges.

Fincaram no meio do terreiro um alto poste e o cercaram com uma grande pilha de madeira e outros combustíveis; depois sobre essa pira ligaram o frade, que sofria todos os insultos e todas as injúrias sem proferir uma palavra.

Uma espécie de atonia se apoderara do italiano desde o momento em que os aventureiros o haviam arrastado da sala de D. Antônio de Mariz; ele tinha a consciência do seu crime e a certeza de sua condenação.

Entretanto na ocasião em que o atavam à fogueira, um incidente despertou de repente a sensibilidade desse homem embrutecido pela ideia da morte e pela convicção de que não podia escapar a ela.

Um dos aventureiros, um dos cinco cúmplices da última conspiração, chegou-se a Loredano e, tirando-lhe a cinta que prendia o seu gibão, mostrou-a aos seus companheiros. O italiano vendo-se separado do seu tesouro sentiu uma dor muito mais forte do que a que ia sofrer na fogueira; para ele não havia suplício, não havia martírio que igualasse a este.

O que o consolava na sua última hora era a ideia de que esse segredo que possuía, e do qual não pudera utilizar-se, ia morrer com ele, e ficaria perdido para todos; que ninguém gozaria do tesouro que lhe escapava.

Por isso apenas o aventureiro tirou-lhe a cinta onde guardava o roteiro soltou um rugido de cólera e de raiva impotente; seus olhos injetaram-se de sangue, e seus membros crispando-se feriram-se contra as cordas que os ligavam ao poste.

Era horrível de ver nesse momento; seu aspecto tinha a expressão brutal e feroz de um hidrófobo; seus lábios espumavam, silvando como a serpente; e seus dentes ameaçavam de longe os seus algozes como as presas do jaguar.

Os aventureiros riram-se do desespero do frade por ver roubarem-lhe o seu precioso tesouro, e divertiram-se em aumentar-lhe o suplício, prometendo que apenas livres dos aimorés fariam uma expedição às minas de prata.

A raiva do italiano redobrou quando Martim Vaz atou a cinta ao corpo e disse-lhe sorrindo:

— Bem sabeis o provérbio: "O bocado não é para quem o faz".

VI. Trégua

Eram oito horas da noite.

Os aventureiros, sentados no terreiro em roda de um pequeno fogo, esperavam tristemente que cozinhassem alguns legumes destinados à magra cela.

A penúria tinha sucedido à abundância de outrora; privados da caça, sua alimentação ordinária, estavam reduzidos a simples vegetais. Os seus vinhos e as bebidas fermentadas de que faziam largas libações tinham sido envenenados por Peri; e foram pois obrigados a deitá-los fora muito felizes ainda por não terem sido vítimas deles.

Loredano, fechando a porta da despensa, é que os tinha salvado; apenas dois dos aventureiros que o haviam acompanhado tinham tocado nessas bebidas, e por isso poucas horas depois caíram mortos, como vimos, na ocasião em que iam atacar D. Antônio de Mariz.

Não eram porém essas cenas de luto e a situação crítica em que se achavam que infundiam nesses homens sempre alegres e tão galhofeiros aquela tristeza que não lhes era habitual. Morrer com as armas na mão, batendo-se contra o inimigo, era para eles uma coisa natural, uma ideia a que a sua vida de aventuras e de perigos os tinha afeito.

O que realmente os entristecia era não terem uma boa ceia e um canjirão de vinho diante de si; era o seu estômago que se contraía por falta de alimento, e que tirava toda a disposição de rir e de folgar.

A chama avermelhada da fogueira às vezes oscilava ao

sopro do vento, e estendendo-se pelo terreiro ia iluminar a alguma distância com o seu frouxo clarão o vulto de Loredano atado ao poste sobre a pira de lenha.

Os aventureiros tinham resolvido demorar o suplício e dar tempo a que o frade se arrependesse dos seus crimes e se decidisse a morrer como cristão, humilde e penitente; por isso deixaram-lhe a noite para refletir.

Talvez entrasse também nessa resolução um requinte de maldade e de vingança; julgando o italiano a verdadeira causa da posição em que estavam colocados, os seus companheiros o odiavam e queriam prolongar o seu sofrimento como uma reparação do mal que lhes tinha feito.

Assim, de vez em quando um deles se erguia, e chegando-se ao frade exprobrava-lhe a sua perversidade e cobria-o de impropérios e de injúrias. Loredano estorcia-se de raiva, mas não proferia uma palavra, porque os seus algozes o tinham ameaçado de cortar-lhe a língua.

Aires Gomes veio chamar os aventureiros da parte de D. Antônio de Mariz; todos se apressaram em obedecer e pouco depois entraram na sala onde estava reunida toda a família.

Tratava-se de uma sortida com o fim de procurar víveres que pudessem alimentar os habitantes da casa, até que D. Diogo tivesse tempo de chegar com o socorro que tinha ido procurar. D. Antônio de Mariz reservava dez homens para defender-se; os outros partiriam com Álvaro; se fossem felizes, havia ainda uma esperança de salvação; se fossem malsucedidos, uns e outros, os que fossem e os que ficassem morreriam como cristãos e portugueses.

Imediatamente a expedição preparou-se, e favorecida pelo silêncio da noite partiu e internou-se pela floresta; devia afastar-se sem ser percebida pelos aimorés e procurar pelas vizinhanças fazer uma ampla provisão de alimentos.

Durante a primeira hora que sucedeu à partida, todos os que ficaram com o ouvido atento escutavam temendo ouvir a cada momento o estrondo de tiros que anunciasse um combate entre os aventureiros e os índios. Tudo conservou-se em silêncio; e uma esperança, bem que vaga e tênue, veio pousar nesses corações quebrados por tantos sofrimentos e tantas angústias.

A noite passou-se tranquilamente; nada indicava que a casa estivesse cercada por um inimigo tão terrível como os aimorés.

D. Antônio admirava-se que os selvagens, depois do ataque da manhã, se conservassem tranquilos no seu campo e não tivessem investido a habitação uma só vez. Passou-lhe pelo espírito a ideia de que se tivessem retirado com a perda de alguns dos seus principais guerreiros; mas ele conhecia de há muito o espírito vingativo e a tenacidade dessa raça para admitir semelhante suposição.

Cecília recostou-se num sofá, e alquebrada de fadiga conseguiu adormecer apesar das ideias tristes e das inquietações que a agitavam. Isabel, com o coração cerrado por um terrível pressentimento, lembrava-se de Álvaro, e acompanhava-o de longe na sua perigosa expedição, misturando as suas preces com as palavras ardentes do seu amor.

Assim passou-se esta noite; a primeira, depois de três dias, em que a família de D. Antônio de Mariz pôde gozar alguns momentos de sossego.

De vez em quando o fidalgo chegando à janela via ao longe, perto do rio, brilharem os fogos do campo dos aimorés; mas uma calma profunda reinava em toda aquela planície. Nem mesmo se ouvia o eco enfraquecido de uma dessas cantigas monótonas com que os selvagens costumam à noite acompanhar o embalançar de sua rede de palha; apenas o sussurrar do vento nas folhas, a queda da água sobre as pedras e o grito do oitibó.

Contemplando a solidão, o fidalgo insensivelmente voltava a essa esperança que havia pouco sorrira, e que o seu espírito tinha repelido como uma simples ilusão. Tudo com efeito parecia indicar que os selvagens haviam abandonado o seu campo, deixando nele apenas os fogos que haviam servido para esclarecer os seus preparativos de partida.

Para quem conhecia, como D. Antônio, os costumes desses povos bárbaros, para quem sabia quanto era ativa, agitada, ruidosa esta existência nômade, o silêncio em que estava sepultada a margem do rio era um sinal certo de que os aimorés já ali não estavam. Contudo o fidalgo, demasiadamente prudente para se fiar em aparências, recomendara aos seus homens que redobrassem de vigilância para evitar alguma surpresa.

Talvez que aquele sossego e aquela serenidade fossem apenas uma dessas calmas sinistras que preludiam as grandes tempestades, e durante as quais os elementos parecem concentrar as suas forças para entrarem nessa luta espantosa que tem por campo de batalha o espaço e o infinito.

As horas correram silenciosamente; a viuvinha cantou pela primeira vez; e a luz branca da alvorada veio empalidecer as sombras da noite.

Pouco e pouco o dia foi rompendo; o arrebol da manhã desenhou-se no horizonte, tingindo as nuvens com todas as cores do prisma. O primeiro raio do sol, desprendendo-se daqueles vapores tênues e diáfanos, deslizou pelo azul do céu e foi brincar no cabeço dos montes.

O astro assomou, e torrentes de luz inundaram toda a floresta, que nadava num mar de ouro marchetado de brilhantes, que cintilavam em cada uma das gotas do orvalho suspensas às folhas das árvores.

Os habitantes da casa, despertando, admiravam esse espetáculo magnífico do nascer do dia, que depois de tantas tribulações e de tantas angústias lhes parecia completamente novo.

Uma noite de quietação e sossego os tinha como que restituído a vida; nunca esses campos verdes, esse rio puro e límpido, essas árvores florescentes, esses horizontes descortinados se haviam mostrado a seus olhos tão belos, tão risonhos como agora.

É que o prazer e o sofrimento não passam de um contraste; em luta perpétua e contínua, eles se acrisolam um no outro e se depuram: não há homem verdadeiramente feliz senão aquele que já conheceu a desgraça.

Cecília, com a frescura da manhã, tinha-se expandido como uma flor do campo; suas faces coloriram-se de novo, como se um raio do sol, beijando-as, lhes tivesse imprimido o seu reflexo roseado; os olhos brilharam; e os lábios, entreabrindo-se para aspirarem o ar puro e embalsamado da manhã, arquearam-se graciosamente quase sorrindo.

A esperança, esse anjo invisível, essa doce amiga dos que sofrem, tinha vindo pousar no seu coração e murmurava-lhe ao ouvido palavras confusas, cantos misteriosos, que ela não compreendia, mas que a consolavam e vertiam em sua alma um bálsamo suave.

Sentia-se em todas as pessoas de casa um quer que seja, uma animação, um começo de bem-estar que revelava uma grande transformação operada na situação da véspera; era mais do que a esperança, menos do que a seguridade.

Só Isabel não partilhava essa impressão geral; como sua prima, ela também viera contemplar o raiar do dia; mas fora para interrogar a natureza, e perguntar ao sol, à luz, ao céu, se as lúgubres imagens que tinham passado e repassado na sua longa vigília eram uma realidade ou uma visão.

É uma coisa singular! Esse sol tão brilhante, essa luz esplêndida, esse céu azul, que aos outros reanimara, e que devia inspirar a Isabel o mesmo sentimento, pareceu-lhe ao contrário uma amarga ironia.

Comparou a cena radiante que se apresentava aos seus olhos com o quadro que se desenhava em sua alma; enquanto a natureza sorria, o seu coração chorava. No meio dessa festa esplêndida do nascer do dia a sua dor, só, isolada, não achava uma simpatia, e repelida pela criação voltava a recalcar-se em seu seio. A moça recostou a cabeça sobre o ombro de sua prima e escondeu aí o rosto para não perturbar a doce serenidade que se expandia no semblante de Cecília.

Entretanto D. Antônio tinha tratado de averiguar se as suas suspeitas da véspera eram reais; certificou-se de que os selvagens haviam abandonado o campo. Aires Gomes, acompanhado de mestre Nunes, chegou mesmo a sair da casa e aproximar-se com todas as cautelas do lugar onde na véspera os aimorés festejavam o sacrifício de Peri.

Tudo estava deserto; não se viam mais no campo os vasos de barro, as peças de caça suspensas aos galhos da árvore e as redes grosseiras que indicavam a alta de uma horda selvagem. Não havia já dúvidas, os aimorés tinham partido desde a véspera à noite, depois de enterrarem os seus mortos.

O escudeiro voltou a dar esta notícia ao fidalgo, que a recebeu menos favoravelmente do que se devia supor; ignorava a causa e o fim dessa partida repentina, e desconfiava dela.

Não há que admirar nisto; D. Antônio era um homem prudente e avisado; a sua experiência de quarenta anos o tinha tornado suspeitoso; por coisa nenhuma queria dar aos seus uma esperança que viesse a frustrar-se.

VII. Peleja

Quando a família de D. Antônio de Mariz gozava dos primeiros momentos de tranquilidade que sucediam a tantas aflições, soou um grito na escada de pedra.

Cecília levantou-se estremecendo de alegria e felicidade; tinha reconhecido a voz de Peri.

No momento em que ia correr ao encontro do seu amigo, mestre Nunes já tinha abaixado uma prancha que servia de ponte levadiça, e Peri chegava à porta da sala.

D. Antônio de Mariz, sua mulher e sua filha ficaram mudos de espanto e terror; Isabel caiu fulminada, como se a vida lhe faltasse de repente.

Peri trazia nos seus ombros o corpo inanimado de Álvaro; e no rosto uma expressão de tristeza profunda. Atravessando a sala, depôs sobre o sofá o seu fardo precioso, e olhando o rosto lívido daquele que fora seu amigo, enxugou uma lágrima que lhe corria pela face.

Nenhuma das pessoas presentes se animava a quebrar o silêncio solene que envolvia aquela cena lúgubre; os aventureiros que haviam acompanhado Peri quando passara no meio deles correndo, pararam na porta, tomados de compaixão e respeito por aquela desgraça.

Cecília nem pôde gozar da alegria de ver Peri salvo; seus olhos, apesar dos sofrimentos passados, ainda tinham lágrimas para chorar essa vida nobre e leal que a morte acabava de ceifar. Quanto a D. Antônio de Mariz, sua dor era de um pai que havia perdido um filho; era a dor muda e concentrada que abala as organizações fortes, sem contudo abatê-las.

Depois dessa primeira comoção produzida pela chegada de Peri, o fidalgo interrogou o índio e ouviu de sua boca a narração breve dos acontecimentos, cuja peripécia tinha diante dos olhos.

Eis o que havia passado.

Partindo na véspera, no momento em que começava a sentir os primeiros efeitos do veneno terrível que tomara, Peri ia cumprir a promessa que tinha feito a Cecília. Ia procurar a vida em um contraveneno infalível, cuja existência só era conhecida pelos velhos pajés da tribo, e pelas mulheres que os auxiliavam nas suas preparações medicinais.

Sua mãe, quando ele partira para a primeira guerra, lhe tinha revelado esse segredo que devia salvá-lo de uma morte certa no caso de ser ferido por alguma seta ervada.[4]

Vendo o desespero de sua senhora, o índio sentiu-se com forças de resistir ao torpor do envenenamento que começava a ganhar-lhe o corpo e ir ao fundo da floresta e procurar essa erva poderosa que devia restituir-lhe a saúde, o vigor e a existência.

Contudo, quando atravessava a mata parecia-lhe às vezes que já era tarde, que não chegaria a tempo: então tinha medo de morrer longe de sua senhora, sem poder volver para ela o seu último olhar. Arrependia-se quase de ter partido de casa e não deixar-se ficar aos pés de Cecília até exalar o seu último suspiro; mas lembrava-se que a menina o esperava, lembrava-se que ela ainda precisava de sua vida e criava novas forças.

Peri entranhou-se no mais basto e sombrio da floresta, e aí, na sombra e no silêncio, passou-se entre ele e a natureza uma cena da vida selvagem, dessa vida primitiva, cuja imagem nos chegou tão incompleta e desfigurada. O dia declinou: veio a tarde, depois a noite, e sob essa abóbada espessa em que

---

[4] Seta ervada: o *curare* também servia aos índios para ervarem as setas, e nesse caso tinha uma preparação especial. Vide Gumilha, *Orenoco ilustrado.* (N. do A.)

Peri dormia como em um santuário, nem um rumor revelara o que aí se passou.

Quando o primeiro reflexo do dia purpureou o horizonte, as folhas se abriram, e Peri exausto de forças, vacilante, emagrecido como se acabasse de uma longa enfermidade, saiu do seu retiro.

Mal se podia suster, e para caminhar era obrigado a sustentar-se aos galhos das árvores que encontrava na sua passagem: assim adiantou-se pela floresta e colheu alguns frutos, que lhe restabeleceram um tanto as forças.

Chegando à beira do rio, Peri já sentiu o vigor que voltava, e o calor que começava a animar-lhe o corpo entorpecido; atirou-se à água e mergulhou. Quando voltou à margem, era outro homem; uma reação se havia operado: seus membros tinham adquirido a elasticidade natural; o sangue girava livremente nas veias.

Então tratou de recuperar as forças que havia perdido, e tudo quanto a floresta lhe oferecia de saboroso e nutriente serviu a este banquete da vida, em que o selvagem festejava a sua vitória sobre a morte e o veneno.

O sol tinha raiado havia horas; Peri, acabada a sua refeição, caminhava pensativo, quando ouviu uma descarga de armas de fogo, cujo estrondo reboou pelo âmbito da floresta.

Lançou-se na direção dos tiros, e a pouca distância, num claro da mata, descobriu um espetáculo grandioso.

Álvaro e os seus nove companheiros divididos em duas colunas de cinco homens, com as costas apoiadas às costas uns dos outros, estavam cercados por mais de cem aimorés que se precipitavam sobre eles com um furor selvagem.

Mas as ondas dessa torrente de bárbaros que soltavam bramidos espantosos iam quebrar-se contra essa pequena coluna, que não parecia de homens, mas de aço; as espadas jogavam com tanta velocidade que a tornavam impenetrável; no raio de uma braça o inimigo que se adiantava caía morto.

Havia uma hora que durava esse combate, começado com armas de fogo; mas os aimorés atacavam com tanta fúria, que breve tinham chegado à luta corpo a corpo e à arma branca.

No momento em que Peri assomava à margem da clareira, um incidente veio modificar a face do combate.

O aventureiro que dava as costas a Álvaro, levado pelo ardor da peleja, adiantou-se alguns passos para ferir um inimigo; os selvagens o envolveram, deixando a coluna interrompida e Álvaro sem defesa.

Entretanto o valente cavalheiro continuava a fazer prodígios de valor e de coragem; cada volta que descrevia sua espada era um inimigo de menos, uma vida que se extinguia a seus pés num rio de sangue. Os selvagens redobravam de furor contra ele, e cada vez o seu braço ágil movia-se com mais segurança e mais certeza, fazendo jogar como um raio a lâmina de aço que mal se via brilhar nas suas rápidas evoluções.

Desde porém que os aimorés viram o moço sem defesa pelas costas, e exposto aos seus golpes, concentraram-se nesse ponto; um deles adiantando-se ergueu com as duas mãos a pesada tangapema e atirou-a ao alto da cabeça de Álvaro.

O moço caiu; mas na sua queda a espada descreveu ainda um semicírculo e abateu o inimigo que o tinha ferido à traição; a dor violenta dera a esse último golpe uma força sobrenatural.

Quando os índios iam precipitar-se sobre o cavalheiro, Peri saltou no meio deles, e agarrando a espingarda que estava a seus pés fez dela uma arma terrível, uma clava formidável, cujo poder em breve sentiram os aimorés. Apenas se viu livre do turbilhão dos inimigos, o índio tomou Álvaro nos seus ombros e abrindo caminho com a sua arma temível lançou-se pela floresta e desapareceu.

Alguns o seguiram; mas Peri voltou-se e fê-los arrepender-se de sua ousadia; livrando-se do peso que levava, carregou a espingarda com as munições que Álvaro trazia e mandou uma bala àquele que o perseguia mais de perto; os outros, que já o conheciam pelo combate da véspera, retrocederam.

A ideia de Peri era salvar Álvaro, não só pela amizade que lhe tinha, como por causa de Cecília, que ele supunha amar o cavalheiro; vendo porém que o corpo continuava inanimado, acreditou que Álvaro estava morto.

Apesar disto não desistiu do seu propósito; morto ou vivo devia levá-lo àqueles que o amavam, ou para o restituírem à vida, ou para derramarem sobre o seu corpo o pranto da despedida.

Quando Peri acabou a sua narração, o fidalgo comovido chegou-se à beira do sofá e, apertando a mão gelada e fria do cavalheiro, disse:

— Até logo, bravo e valente amigo; até logo! A nossa separação é de poucos instantes; breve nos reuniremos na mansão dos justos onde deveis estar e onde espero que Deus me concederá a graça de entrar.

Cecília deu à memória do moço as últimas lágrimas; e ajoelhando aos pés do moribundo com sua mãe, dirigiu ao céu uma prece ardente.

D. Lauriana tinha esgotado todos os recursos dessa medicina doméstica que no interior das casas substituía a falta dos homens profissionais, muito raros naquela época, e sobretudo longe das cidades; o moço não deu porém o menor sinal de vida.

D. Antônio de Mariz, que compreendera perfeitamente o que devia esperar da pretendida retirada dos aimorés, mandou que os seus homens se preparassem para a defesa, não que tivesse a menor esperança, mas porque desejava resistir até o último momento.

Peri, depois de ter respondido a todas as perguntas de Cecília a respeito do modo por que se havia salvado do veneno, saiu da sala e percorreu a esplanada, observando os arredores. O índio, infatigável sempre que se tratava de sua senhora, apenas acabava de uma empresa gigantesca, como a que o tinha levado ao campo dos aimorés, cuidava já em combinar outro projeto para salvar Cecília.

Depois do seu exame estratégico, entrou no quarto que havia abandonado na antevéspera, e no qual encontrou ainda as suas armas, do mesmo modo que as tinha deixado.

Lembrou-se do pedido que fizera a Álvaro, da contradição do destino que lhe restituía a vida a ele, um homem três vezes morto, e roubava-a ao cavalheiro a quem ele havia deixado são e salvo.

VIII. Noiva

Uma hora depois dos acontecimentos que acabamos de narrar, Peri, recostado à janela do quarto que tinha pertencido a sua senhora, olhava com uma grande atenção para uma árvore que se elevava a algumas braças de distância.

Seu olhar parecia estudar as curvas dos galhos retorcidos, medindo-lhes a distância, a altura e o tamanho, como se disso dependesse a solução de uma grande dificuldade com que lutava o seu espírito. No momento em que estava todo entregue a esse exame minucioso, o índio sentiu uma mão tímida e delicada tocar-lhe de leve no ombro.

Voltou-se: era Isabel que estava junto dele, e que se havia aproximado como uma sombra, sem fazer o menor rumor. Uma palidez mortal cobria as feições da moça, que apenas saía do seu desmaio; mas o rosto tinha uma calma ou antes uma imobilidade que assustava.

Voltando a si, Isabel correu um olhar pelo aposento, como para certificar-se de que não era um sonho o que havia passado.

A sala estava deserta; D. Antônio de Mariz tinha saído para dar as suas ordens; sua mulher, ajoelhada no oratório sobre um montão de ruínas, rezava ao pé de uma cruz que ficara junto ao altar. No fundo do aposento, sobre o sofá, destacava-se o vulto imóvel do cavalheiro, aos pés do qual ardia uma vela de cera, lançando pálidos clarões.

Cecília é que estava perto dele, e apertava no seio a sua cabeça desfalecida, procurando reanimá-lo.

Quando o olhar de Isabel caiu sobre o corpo de seu amante, ela ergueu-se como impelida por uma força sobrenatural, atravessou rapidamente a sala e foi por sua vez ajoelhar-se em face desse leito mortuário. Mas não era para fazer uma prece que ajoelhava, era para embeber-se na contemplação desse rosto lívido e gelado, desses lábios frios, desses olhos extintos, que ela amava apesar da morte.

Cecília respeitou a dor de sua prima, e por um instinto de delicadeza que só possuem as mulheres, compreendeu que o amor, mesmo em face de um cadáver, tem o seu pudor e a sua castidade; saiu para deixar que Isabel chorasse livremente.

Passado algum tempo depois da saída de Cecília, a moça ergueu-se, percorreu automaticamente a casa, e vendo Peri de longe aproximou-se dele e tocou-lhe no ombro.

O índio e a moça se odiavam desde o primeiro dia em que se tinham visto; em Isabel era o ódio de uma raça que a rebaixava a seus próprios olhos; em Peri era essa repugnância natural que sente o homem por aqueles em quem reconhece um inimigo.

Por isso Peri, vendo Isabel junto dele, ficou extremamente admirado, sobretudo quando reparou no gesto suplicante que a moça lhe dirigia, como se esperasse dele uma graça.

— Peri!...

O índio sentiu-se comovido ao aspecto daquele sofrimento e pela primeira vez na sua vida dirigiu a palavra a Isabel.

— Precisas de Peri? — disse ele.

— Vinha pedir-te um serviço. Não mo negarás, sim? — balbuciou a moça.

— Fala! se for coisa que Peri possa fazer, ele não te negará.

— Prometes então? — exclamou Isabel cujos olhos brilharam com uma expressão de alegria.

— Sim, Peri te promete...

— Vem!

Dizendo essa palavra, a moça fez um gesto ao índio e dirigiu-se acompanhada por ele à sala que ainda estava deserta como tinha deixado. Parou junto do sofá, e apontando para o corpo inanimado de seu amante, acenou a Peri que o tomasse nos seus braços.

O índio obedeceu, e acompanhou Isabel até um gabinete retirado a um lado da casa; aí deitou o seu fardo sobre um leito, cujas cortinas a moça entreabriu, corando como uma noiva.

Corava porque o gabinete onde tinha entrado era o quarto em que habitara e encontrava ainda povoado de todos os sonhos de seu amor; porque o leito, que recebia seu amante, era o seu leito de virgem casta e pura; porque ela era realmente uma noiva do túmulo.

Peri, tendo satisfeito o desejo da moça, retirou-se e voltou ao seu trabalho, que ele prosseguia com uma constância infatigável.

Apenas ficou só, Isabel sorriu; mas o seu sorriso tinha um quer que seja do êxtase da dor, da voluptuosidade do sofrimento, que faz sorrir na sua última hora os mártires e os desgraçados.

Tirou do seio a redoma de vidro onde guardava os cabelos de sua mãe e fitou nela um olhar ardente; mas abanou a cabeça com um gesto de expressão indefinível. Tinha mudado de resolução; o segredo que encerrava essa joia, o pó sutil que empanava a face interior do cristal, a morte que sua mãe lhe confiara não a satisfazia; era muito rápida, quase instantânea.

Saiu então furtivamente e acendeu uma vela de cera, que havia sobre a cômoda ao lado de um crucifixo de marfim; depois fechou a porta, cerrou as janelas e interceptou as frestas por onde a luz do dia podia penetrar. O gabinete ficou às escuras; apenas em torno do círio que ardia uma auréola pálida se destacava no meio das trevas e iluminava a imagem do Cristo.

A moça ajoelhou e fez uma oração breve: pedia a Deus uma última graça: pedia a eternidade e a ventura do seu amor, que tinha passado tão rápido pela terra.

Acabando a prece, tomou a luz, deitou-a na cabeceira do leito, afastou o cortinado e começou a contemplar o seu amante com enlevo.

Álvaro parecia adormecido apenas; sua bela fisionomia não tinha a menor alteração; a morte, imprimindo nos seus traços a descor da cera e do mármore, havia unicamente imobilizado a expressão e feito do gentil cavalheiro uma bela estátua.

Isabel interrompeu o enlevo de sua contemplação para chegar-se de novo à cômoda, onde se viam algumas conchas de mariscos tintas de nácar que se apanham nas nossas praias, e uma cesta de palha matizada.

Esta cesta continha todas as resinas aromáticas, todos os perfumes que dão as árvores de nossa terra; o anime da aroeira, as pérolas do benjoim, as lágrimas cristalizadas da embaíba, e gotas do bálsamo, esse sândalo do Brasil.

A moça deitou na concha a maior parte dos perfumes e acendeu algumas bagas de benjoim; o óleo de que estavam impregnadas alimentando a chama comunicou-a às outras resinas.

Frocos de fumo alvadio impregnado de perfumes embriagadores se elevaram da caçoula em grossas espirais e encheram o gabinete de nuvens transparentes que oscilavam à luz pálida do círio.

Isabel sentada à beira do leito, com as mãos do seu amante nas suas e com os olhos embebidos naquela imagem querida, balbuciava frases entrecortadas, confidências íntimas, sons inarticulados, que são a linguagem verdadeira do coração.

Às vezes sonhava que Álvaro ainda vivia, que lhe murmurava ao ouvido a confissão do seu amor; e ela falava-lhe como se seu amante a ouvisse, contava-lhe os segredos de sua paixão, vertia toda a sua alma nas palavras que caíam dos lábios. Sua mão delicada afastava os cabelos do moço, descobria sua fronte, animava a sua face gelada e roçava aqueles lábios frios e mudos como pedindo-lhe um sorriso.

— Por que não me falas? — murmurava ela docemente —, não conheces tua Isabel?... Dize outra vez que me amas! Dize sempre essa palavra, para que minha alma não duvide da felicidade! Eu te suplico!...

E com o ouvido atento, com os lábios entreabertos, o seio palpitante, ela esperava o som dessa voz querida e o eco dessa primeira e última palavra de seu triste amor.

Mas o silêncio só lhe respondia; seu peito aspirava apenas as ondas dos perfumes inebriantes, que faziam circular nas suas veias uma chama ardente.

O aposento apresentava então um aspecto fantástico: no fundo escuro desenhava-se um círculo esclarecido, envolto por uma névoa espessa.

Nessa esfera luminosa como no meio de uma visão, surgiam Álvaro deitado no leito e Isabel reclinada sobre o rosto de seu amante, a quem continuava a falar, como se ele a escutasse. A menina começava a sentir a respiração faltar-lhe; seu seio opresso sufocava-a; e entretanto uma voluptuosidade inexprimível a embriagava; um gozo imenso havia nessa asfixia de perfumes que se condensavam e rarefaziam no ar.

Louca, perdida, alucinada, ela ergueu-se, seu seio dilatou-se, e sua boca, entreabrindo-se, colou-se aos lábios frios e gelados de seu amante; era o seu primeiro e último beijo; o seu beijo de noiva.

Foi uma agonia lenta, um pesadelo horrível em que a dor lutava com o gozo, em que as sensações tinham um requinte de prazer e de sofrimento ao mesmo tempo; em que a morte, torturando o corpo, vertia na alma eflúvios celestes.

De repente pareceu a Isabel que os lábios de Álvaro se agitavam, que um tênue suspiro se exalava de seu peito, ainda há pouco insensível como o mármore.

Julgou que se iludia, mas não; Álvaro estava vivo, realmente vivo, suas mãos apertavam as dela convulsamente; seus olhos, brilhando com um fogo estranho, se tinham fitado no rosto da moça; um sopro reanimou seus lábios, que exalaram uma palavra quase imperceptível:

— Isabel!...

A moça soltou um grito débil de alegria, de espanto, de medo; entre as ideias confusas que se agitavam na sua cabeça desvairada, lembrou-se com horror que era ela quem matava seu amante, quem o ia sacrificar por causa de um engano fatal. Fazendo um esforço extraordinário, conseguiu erguer a cabeça e ia precipitar-se para a janela, abri-la e dar entrada ao ar livre; sabia que a sua morte era inevitável; mas salvaria Álvaro.

No momento, porém, em que se levantava, sentiu as mãos do moço que apertavam as suas, e a obrigavam a reclinar-se sobre o leito; seus olhos encontraram de novo os olhos de seu amante.

Isabel não tinha mais forças para resistir e realizar o seu heróico sacrifício; deixou cair a cabeça desfalecida, e seus lábios se uniram outra vez num longo beijo, em que essas duas almas irmãs, confundindo-se numa só, voaram ao céu e foram abrigar-se no seio do Criador.

As nuvens de fumaça e de perfume se condensavam cada vez mais e envolviam como um lençol aquele grupo original, impossível de descrever.

Por volta de duas horas da tarde, a porta do gabinete, impelida por um choque violento, abriu-se; e um turbilhão de fumo lançou-se por essa aberta, e quase sufocou as pessoas que ali estavam.

Eram Cecília e Peri.

A menina inquieta pela longa ausência de sua prima, soube de Peri que ela estava no seu quarto; mas o índio ocultou parte da verdade e não disse onde deitara o corpo de Álvaro.

Duas vezes Cecília viera até a porta, escutara e nada ouvira; por fim resolveu-se a bater, a falar a Isabel, e não teve a menor resposta. Chamou Peri e contou-lhe o que se passava; o índio, tomado de um pressentimento meteu o ombro à porta e abriu-a.

Quando a corrente de ar expeliu a fumaça do aposento, Cecília pôde entrar e ver a cena que descrevemos.

A menina recuou, e respeitando esse mistério de um amor profundo, fez um gesto a Peri e retirou-se.

O índio fechou de novo a porta e acompanhou sua senhora.

— Ela morreu feliz! — disse Peri.

Cecília fitou nele os seus grandes olhos azuis e corou.

IX. O CASTIGO

O dia declinava rapidamente e as sombras da noite começavam a estender-se sobre o verde-negro da floresta. D. Antônio de Mariz, apoiado ao umbral da porta, junto de sua mulher, passava o braço pela cintura de Cecília. O sol a esconder-se iluminava com o seu reflexo esse grupo de família, digno do quadro majestoso que lhe servia de baixo-relevo.

O fidalgo, Cecília e sua mãe, com os olhos no horizonte, recebiam esse último raio de despedida e mandavam o adeus extremo à luz do dia, às montanhas que os cercavam, às árvores, aos campos, ao rio, a toda a natureza.

Para eles esse sol era a imagem de sua vida; o ocaso era a sua hora derradeira: e as sombras da eternidade se estendiam já como as sombras da noite.

Os aimorés tinham voltado, depois do combate em que os aventureiros venderam caro a sua vida; e cada vez mais sequiosos de vingança esperavam que anoitecesse para assaltar a casa. Certos desta vez que o inimigo extenuado não resistiria a um ataque violento, tinham tratado de destruir todos os meios que pudessem favorecer a fuga de um só dos brancos.

Isto era fácil: além da escada de pedra, o rochedo formava um despenhadeiro por todos os lados; e só a árvore, que lançava os galhos sobre a cabana de Peri, oferecia um ponto de comunicação praticável para quem tivesse a agilidade e a força do índio.

Os selvagens, que não queriam que lhes escapasse um só inimigo, e ainda menos que esse fosse Peri, abateram a árvore e cortaram assim a única passagem por onde um homem poderia sair do rochedo, no momento do ataque.

Ao primeiro golpe do machado de pedra sobre o grosso tronco do óleo, Peri estremeceu, e saltando sobre a sua clavina ia despedaçar a cabeça do selvagem; mas sorriu-se e encostou tranquilamente a arma à parede. Sem inquietar-se com a destruição que faziam os aimorés, continuou no seu trabalho interrompido e acabou de torcer uma corda com os filamentos de uma das palmeiras que serviam de esteio à sua cabana.

Ele tinha o seu plano: e para realizá-lo começara por cortar as duas palmeiras e trazê-las para o quarto de Cecília; depois rachou uma das árvores, e durante toda a manhã ocupou-se em torcer essa longa corda, a que dava uma extraordinária importância.

Quando Peri terminava a sua obra, ouviu o baque da árvore que tombava sobre o rochedo; chegou-se de novo à janela, e seu rosto exprimiu uma satisfação imensa. O óleo, cortado pela raiz, deitara-se sobre o precipício, elevando a uma grande altura os seus galhos seculares, mais frondosos e mais robustos do que uma árvore nova da floresta.

Os aimorés, tranquilos por esse lado, continuaram nos seus preparativos para o combate que contavam dar durante as horas mortas da noite.

Quando o sol desapareceu no horizonte e a luz do crepúsculo cedeu às trevas que envolviam a terra, Peri dirigiu-se à sala.

Aires Gomes, sempre infatigável, guardava a porta do gabinete; D. Antônio de Mariz estava recostado na sua cadeira de espaldar; e Cecília, sentada sobre seus joelhos, recusava beber uma taça que seu pai lhe apresentava.

— Bebe, minha Cecília — dizia o fidalgo —, é um cordial que te fará muito bem.

— De que serve, meu pai? Por uma hora, se tanto nos resta viver, não vale a pena! — respondia a menina, sorrindo tristemente.

— Tu te enganas! Ainda não estamos de todo perdidos.

— Tendes alguma esperança? — perguntou ela, incrédula.

— Sim, tenho uma esperança, e esta não me iludirá! — respondeu D. Antônio, com um acento profundo.

— Qual? Dizei-me!

— És curiosa? — replicou o fidalgo sorrindo. — Pois só te direi se fizeres o que te peço.

— Quereis que beba essa taça?

— Sim.

Cecília tomou a taça das mãos de seu pai, e depois de beber volveu para ele o seu olhar interrogador.

— A esperança que eu tenho, minha filha, é que nenhum inimigo passará nunca do limiar daquela porta; podes crer na palavra de teu pai e dormir tranquila. Deus vela sobre nós.

Beijando a fronte pura da menina, ele ergueu-se, tomou-a nos seus braços e, recostando-a sobre a poltrona em que estivera sentado, saiu do gabinete e foi examinar o que se passava fora da casa.

Peri, que tinha assistido a esse diálogo entre o pai e a filha, estava ocupado em procurar no gabinete vários objetos de que tinha necessidade aparentemente.

Logo que achou quanto desejava, o índio encaminhou-se para a porta.

— Onde vais? — disse Cecília, que tinha acompanhado todos os seus movimentos.

— Peri volta, senhora.

— E por que nos deixa?

— Porque é preciso.

— Ao menos volta logo. Não devemos morrer todos juntos, da mesma morte?

O índio estremeceu.

— Não; Peri morrerá; mas tu hás de viver, senhora.

— Para que viver, depois de ter perdido todos os seus amigos?...

Cecília, que havia alguns momentos sentia a cabeça vacilar, os olhos cerrarem-se e um sono invencível apoderar-se dela, deixou-se cair sobre o espaldar da cadeira.

— Não!... Antes morrer como Isabel! — murmurou a menina já entorpecida pelo sono.

Um meigo sorriso veio adejar nos seus lábios entreabertos, por onde se escapava a respiração doce, branda e igual.

Peri a princípio assustou-se com esse sono repentino que não lhe parecia natural e com a palidez súbita de que se cobriram as feições de Cecília.

Seus olhos caíram sobre a taça que estava em cima da mesa; deitou nos lábios algumas gotas do líquido que tinham ficado no fundo e tomou-lhes o sabor, não podia conhecer o que continha; mas satisfez-se em não achar o que receara.

Repeliu a ideia que lhe assaltara o espírito e lembrou-se que D. Antônio sorria no momento em que pedia à sua filha para beber, e que a sua mão não tremera apresentando-lhe a taça. Tranquilo a este respeito, o índio, que não tinha tempo a perder, ganhou a esplanada, correu para o quarto que ocupava e desapareceu.

A noite já estava fechada, e uma escuridão profunda envolvia a casa e os arredores. Durante esse tempo nenhum acontecimento extraordinário viera modificar a posição desesperada em que se achava a família; a calma sinistra, que precede a grandes tempestades, plainava sobre a cabeça dessas vítimas que contavam, não as horas, mas os instantes de vida que lhes restavam.

D. Antônio passeava ao longo da sala, com a mesma serenidade de seus dias tranquilos e plácidos de outrora; de vez em quando o fidalgo parava na porta do gabinete, lançava um olhar sobre sua mulher que orava e sua filha adormecida; depois continuava o passeio interrompido.

Os aventureiros grupados junto à porta seguiam com os olhos o vulto do fidalgo que se perdia no fundo escuro da sala, ou se destacava cheio de vigor e de colorido na esfera luminosa que cingia a lâmpada de prata suspensa ao teto.

Mudos, resignados, nenhum desses homens deixava escapar uma queixa, um suspiro que fosse; o exemplo de seu chefe reanimava neles essa coragem heroica do soldado que morre por uma causa santa.

Antes de obedecerem à ordem de D. Antônio de Mariz, eles tinham executado a sua sentença proferida contra Loredano; e quem passasse então sobre a esplanada veria em torno do poste, em que estava atado o frade, uma língua vermelha que lambia a fogueira, enroscando-se pelos toros de lenha.

O italiano sentia já o fogo que se aproximava e a fumaça que, enovelando-se, envolvia-o numa névoa espessa; é impossível descrever a raiva, a cólera e o furor que se apossaram dele nesses momentos que precederam o suplício.

Mas voltemos à sala em que se achavam reunidos os principais personagens desta história e onde se vão passar as cenas talvez mais importantes do drama.

A calma profunda que reinava nessa solidão não tinha sido perturbada; tudo estava em silêncio; e as trevas espessas da noite não deixavam perceber os objetos a alguns passos de distância.

De repente listras de fogo atravessaram o ar e se abateram sobre o edifício; eram as setas inflamadas dos selvagens que anunciavam o começo do ataque; durante alguns minutos foi como uma chuva de fogo, uma cascata de chamas que caiu sobre a casa.

Os aventureiros estremeceram; D. Antônio sorriu.

— É chegado o momento, meus amigos. Temos uma hora de vida; preparai-vos para morrer como cristãos e portugueses. Abri as portas para que possamos ver o céu.

O fidalgo dizia que lhe restava uma hora de vida, porque, tendo destruído o resto da escada de pedra, os selvagens não podiam subir ao rochedo senão escalando-o; e por maior que fosse a sua habilidade, não era possível que consumissem nisso menos tempo.

Quando os aventureiros abriram as portas, um vulto resvalou na sombra e entrou na sala.

Era Peri.

O índio dirigiu-se rapidamente a D. Antônio de Mariz.

— Peri quer salvar a senhora.

O fidalgo abanou a cabeça em sinal de dúvida.

— Escuta! — replicou o índio. Aproximando os lábios do ouvido de D. Antônio, falou-lhe por algum tempo em voz baixa e num tom rápido e decisivo.

— Tudo está preparado: parte, desce o rio; quando a lua estender o seu arco chegarás à tribo dos Goitacás. A mãe de Peri te conhece: cem guerreiros te acompanharão à grande taba dos brancos.

D. Antônio de Mariz ouviu em profundo silêncio as palavras do índio; e quando ele terminou, apertou-lhe a mão com reconhecimento.

— Não, Peri: o que me propões é impossível. D. Antônio de Mariz não pode abandonar a sua casa, a sua família e os seus amigos no momento do perigo, ainda mesmo para salvar aquilo que ele mais ama neste mundo. Um fidalgo português não pode fugir diante do inimigo, qualquer que ele seja: morre vingando a sua morte.

Peri fez um gesto de desespero.

— Assim tu não queres salvar a senhora?

— Não posso — respondeu o cavalheiro —; o meu dever manda que fique e partilhe a sorte de meus companheiros.

O índio no seu fanatismo não compreendia que houvesse uma razão capaz de sacrificar a vida de Cecília, que para ele era sagrada.

— Peri pensou que tu amasses a senhora! — disse ele fora de si.

D. Antônio olhou-o com uma expressão de dignidade e nobreza.

— Perdoo-te a ofensa que me fizeste, amigo; porque é ainda uma prova de tua grande dedicação. Mas acredita-me; se fosse preciso que eu me votasse só ao sacrifício bárbaro dos selvagens para salvar minha filha, eu o faria sorrindo.

— E por que recusas o que Peri te pede?

— Por quê?... Porque o que tu pedes não é um sacrifício,

é uma vergonha; é uma traição. Tu abandonarias tua mulher, teus companheiros, para salvar-te do inimigo, Peri?...

O índio abaixou a cabeça com abatimento.

— Demais, essa empresa demanda forças com que um velho como eu já não pode contar. Havia duas pessoas que a poderiam realizar.

— Quem? — perguntou Peri com um raio de esperança.

— Uma era meu filho, que a esta hora está bem longe daqui; a outra deixou-nos esta manhã e nos espera; era Álvaro.

— Peri fez pela senhora o que podia; tu não queres salvá-la; Peri vai morrer a seus pés.

— Morrer? — disse o fidalgo. — Quando tens a liberdade e a vida à tua disposição? E julgas que consentirei nisto?... Nunca! Vai, Peri; conserva a lembrança de teus amigos; a nossa alma te acompanhará na terra. Adeus. Parte: o tempo urge.

O índio ergueu a cabeça com um gesto soberbo de indignação.

— Peri arriscou bastantes vezes a sua vida por ti, para ter o direito de morrer contigo; tu não podes abandonar teus companheiros; o escravo não pode abandonar sua senhora.

— És injusto, amigo: exprimi um desejo, não quis irrogar-te uma injúria. Se exiges uma parte do sacrifício, esta te pertence, e tu és digno dela: fica.

Um grito dos selvagens retroou nos ares.

D. Antônio, fazendo um gesto aos aventureiros, encaminhou-se para o gabinete.

Cecília, adormecida sobre a cadeira de espaldar, sorria, como se algum sonho alegre a embalasse no seu sono tranquilo; o rosto um pouco pálido, moldurado pelas tranças louras de seus cabelos, tinha a expressão suave da inocência feliz.

O fidalgo, contemplando sua filha, sentiu uma dor pungente e quase arrependeu-se de não ter aceitado o oferecimento de Peri e de não tentar ao menos esse último esforço para defender aquela vida que apenas começava a expandir-se.

Mas podia ele mentir ao seu passado e faltar ao dever imperioso que o obrigava a morrer no seu posto? Podia trair na sua última hora àqueles que haviam partilhado a sua sorte?

Tal era o sentimento de honra naqueles antigos cavalheiros, que D. Antônio nem um momento admitiu a ideia de fugir para salvar sua filha; se houvesse outro meio, decerto o receberia como um favor do céu; mas aquele era impossível.

Enquanto o espírito do fidalgo se debatia nessa luta cruel, Peri, de pé, junto de Cecília, parecia querer ainda protegê-la contra a morte inevitável que a ameaçava. Dir-se-ia que o índio esperava algum socorro imprevisto, algum milagre que salvasse sua senhora; e que aguardava o momento de fazer por ela tudo quanto fosse possível ao homem.

D. Antônio, vendo a resolução que se pintava no rosto do selvagem, tornou-se ainda mais pensativo; quando, passado esse momento de reflexão, ergueu a cabeça, seus olhos brilhavam com um raio de esperança.

Atravessou o espaço que o separava de sua filha e, tomando a mão de Peri, disse-lhe com uma voz profunda e solene:

— Se tu fosses cristão, Peri!...

O índio voltou-se extremamente admirado daquelas palavras.

— Por quê?... — perguntou ele.

— Por quê?... — disse lentamente o fidalgo. — Porque se tu fosses cristão, eu te confiaria a salvação de minha Cecília, e estou convencido de que a levarias ao Rio de Janeiro, à minha irmã.

O rosto do selvagem iluminou-se; seu peito arquejou de felicidade; seus lábios trêmulos mal podiam articular o turbilhão de palavras que lhe vinham do íntimo da alma.

— Peri quer ser cristão! — exclamou ele.

D. Antônio lançou-lhe um olhar úmido de reconhecimento.

— A nossa religião permite — disse o fidalgo — que na hora extrema todo homem possa dar o batismo. Nós estamos com o pé sobre o túmulo. Ajoelha, Peri!

O índio caiu aos pés do velho cavalheiro, que impôs-lhe as mãos sobre a cabeça.

— Sê cristão! Dou-te o meu nome.

Peri beijou a cruz da espada que o fidalgo lhe apresentou e ergueu-se altivo e sobranceiro, pronto a afrontar todos os perigos para salvar sua senhora.

— Escuso exigir de ti a promessa de respeitares e defenderes minha filha. Conheço a tua alma nobre, conheço o teu heroísmo e a tua sublime dedicação por Cecília. Mas quero que me faças um outro juramento.

— Qual? Peri está pronto para tudo.

— Juras que, se não puderes salvar minha filha, ela não cairá nas mãos do inimigo?

— Peri te jura que ele levará a senhora à tua irmã; e que se o Senhor do céu não deixar que Peri cumpra a sua promessa, nenhum inimigo tocará em tua filha; ainda que para isso seja preciso queimar uma floresta inteira.

— Bem; estou tranquilo. Ponho minha Cecília sob tua guarda; e morro satisfeito. Podes partir.

— Manda fechar todas as portas.

Os aventureiros obedeceram à ordem do fidalgo; todas as portas se fecharam; o índio empregava este meio para ganhar tempo.

Os gritos e bramidos dos selvagens, que continuavam com algumas interrupções, foram se aproximando da casa; conhecia-se que escalavam o rochedo nesse momento.

Alguns minutos se passaram numa ansiedade cruel. D. Antônio de Mariz depositou um último beijo na fronte de sua filha, D. Lauriana apertou ao seio a cabeça adormecida da menina e envolveu-a numa manta de seda.

Peri, com o ouvido atento, o olhar fito na porta, esperava. Ligeiramente apoiado sobre o espaldar da cadeira, às vezes estremecia de impaciência e batia com o pé sobre o pavimento da sala.

De repente, um grande clamor soou em torno da casa; as chamas lamberam com as suas línguas de fogo as frestas das portas e janelas; o edifício tremeu desde os alicerces com o embate da tromba de selvagens que se lançava furiosa no meio do incêndio.

Peri, apenas ouviu o primeiro grito, reclinou sobre a cadeira e tomou Cecília nos braços; quando o estrondo soou na porta larga do salão, o índio já tinha desaparecido.

Apesar da escuridão profunda que reinava em todo o interior da casa, Peri não hesitou um momento; caminhou direito ao quarto onde habitara sua senhora e subiu à janela.

Uma das palmeiras da cabana estendia-se por cima do precipício e apoiava-se a trinta palmos de distância sobre um dos galhos da árvore que os aimorés tinham abatido durante o dia para tirarem aos habitantes da casa a menor esperança de fuga.

Peri, apertando Cecília nos braços, firmou o pé sobre essa ponte frágil, cuja face convexa tinha quando muito algumas polegadas de largura.

Quem lançasse os olhos nesse momento para aquela banda da esplanada veria ao pálido clarão do incêndio deslizar-se lentamente por cima do precipício um vulto hirto, como um dos fantasmas que, segundo a crença popular, atravessavam à meia-noite as velhas ameias de algum castelo em ruínas.

A palmeira oscilava, e Peri, embalando-se sobre o abismo, adiantava-se vagarosamente para a encosta oposta. Os gritos dos selvagens repercutiam nos ares de envolta com o estrépito dos tacapes que abalavam as portas da sala e as paredes do edifício.

Sem se inquietar com a cena tumultuosa que deixava após si, o índio ganhou a encosta oposta, e segurando com uma mão nos galhos da árvore conseguiu tocar a terra sem o menor acidente.

Então, fazendo uma volta para não aproximar-se do campo dos aimorés, dirigiu-se à margem do rio; aí estava escondida entre as folhas a pequena canoa que servia outrora para os habitantes da casa atravessarem o Paquequer.

Durante a ausência de uma hora que Peri tinha feito, quando deixara Cecília adormecida, ele havia tudo preparado para essa empresa arriscada que devia salvar sua senhora.

Graças à sua atividade espantosa, armou com o auxílio da corda a ponte pênsil sobre o precipício, correu ao rio, amarrou a canoa no lugar que lhe pareceu mais propício, e em duas viagens levou a esse barquinho, que ia servir de morada a Cecília durante alguns dias, tudo quanto a menina podia carecer.

Eram roupas, uma colcha de damasco com que se poderia arranjar um leito, alguns alimentos que restavam na casa; lembrou-se até que D. Antônio devia ter necessidade de dinheiro logo que chegasse ao Rio de Janeiro, porque Peri contava que o fidalgo não duvidaria salvar sua filha.

Chegando à beira do rio, o índio deitou sua senhora no fundo da canoa, como uma menina no seu berço, envolveu-a na manta de seda para abrigá-la do orvalho da noite, e tomando o remo, fez a canoa saltar como um peixe sobre as águas.

A algumas braças de distância, por entre uma aberta da floresta, Peri viu sobre o rochedo a casa iluminada pelas chamas do incêndio, que começava a lavrar com alguma intensidade.

De repente uma cena fantástica, terrível, passou diante de seus olhos, como uma dessas visões rápidas que brilham e se apagam de repente no delírio da imaginação.

A frente da casa estava às escuras; o fogo ganhara as outras faces do edifício e o vento o lançava para o fundo. Peri do primeiro olhar tinha visto os vultos dos aimorés a se moverem nas sombras e a figura horrível e medonha de Loredano, erguendo-se como um espectro no meio das chamas que o devoravam.

De repente a fachada do edifício tombou sobre a esplanada, esmagando na sua queda um grande número de selvagens.

Foi então que o quadro fantástico se desenhou aos olhos de Peri.

A sala era um mar de fogo; os vultos que se moviam nessa esfera luminosa pareciam nadar em vagas de chamas.

No fundo destacava o vulto majestoso de D. Antônio de Mariz de pé no meio do gabinete, elevando com a mão esquerda uma imagem do Cristo e com a direita abaixando a pistola para a cava escura onde dormia o vulcão.

Sua mulher abraçava os seus joelhos calma e resignada; Aires Gomes e os poucos aventureiros que restavam, imóveis e ajoelhados a seus pés, formavam o baixo relevo dessa estátua digna de um grande cinzel.

Sobre o montão de ruínas formado pela parede que desmoronara, desenhavam-se as figuras sinistras dos selvagens, semelhantes a espíritos diabólicos dançando nas chamas infernais.

Tudo isso Peri viu de um só relance de olhos, como um painel vivo iluminado um momento pelo clarão instantâneo do relâmpago.

Um estampido horrível reboou por toda aquela solidão: a terra tremeu, e as águas do rio se encapelaram como batidas pelo tufão. As trevas envolveram o rochedo havia pouco esclarecido pelas chamas, e tudo entrou de novo no silêncio profundo da noite.

Um soluço partiu o peito de Peri, talvez a única testemunha dessa grande catástrofe.

Dominando a sua dor, o índio vergou sobre o remo, e a canoa voou pela face lisa e polida do *Paquequer*.

XI. Epílogo

Quando o sol, erguendo-se no horizonte, iluminou os campos, um montão de ruínas cobria as margens do *Paquequer*.

Grandes lascas de rochedos, talhadas de um golpe e semeadas pelo campo, pareciam ter saltado do malho gigantesco de Novos Ciclopes.

A eminência sobre a qual estava situada a casa tinha desaparecido, e no seu lugar via-se apenas uma larga fenda semelhante à cratera de algum vulcão subterrâneo.

As árvores arrancadas dos seus alvéolos, a terra revolta, a cinza enegrecida que cobria a floresta anunciavam que por ali tinham passado algum desses cataclismos que deixam após si a morte e a destruição.

Aqui e ali entre os cômoros das ruínas aparecia alguma índia, resto da tribo dos aimorés, que tinha ficado para chorar a morte dos seus, e levar às outras tribos a notícia dessa tremenda vingança.

Quem plainasse nesse momento sobre aquela solidão e lançasse os olhos pelos vastos horizontes que se abriam em torno, se a vista pudesse devassar a distância de muitas léguas, veria ao longe, na larga esteira do Paraíba, passar rapidamente uma forma vaga e indecisa.

Era a canoa de Peri, que impelida pelo remo e pela viração

da manhã corria com uma velocidade espantosa, semelhando uma sombra a fugir das primeiras claridades do dia.

Toda a noite o índio tinha remado sem descansar um momento; não ignorava que D. Antônio de Mariz na sua terrível vingança havia exterminado a tribo dos aimorés, mas desejava apartar-se do teatro da catástrofe e aproximar-se dos seus campos nativos.

Não era o sentimento da pátria, sempre tão poderoso no coração do homem; não era o desejo de ver sua cabana reclinada à beira do rio e abraçar sua mãe e seus irmãos que dominava sua alma nesse momento e lhe dava esse ardor.

Era sim a ideia de que ia salvar sua senhora e cumprir o juramento que tinha feito ao velho fidalgo: era o sentimento de orgulho que se apoderava dele, pensando que bastava a sua coragem e a sua força para vencer todos os obstáculos e realizar a missão de que se havia encarregado.

Quando o sol, no meio de sua carreira, lançava torrentes de luz sobre esse vasto deserto, Peri sentiu que era tempo de abrigar Cecília dos raios abrasadores, e fez a canoa abicar à beira do rio na sombra de uma ramagem de árvores.

A menina envolta na sua manta de seda, com a cabeça apoiada sobre a proa do barquinho, dormia ainda o mesmo sono tranquilo da véspera; as cores tinham voltado, e sob a alvura transparente de sua pele brilhavam esses tons cor-de-rosa, esse colorido suave, que só a natureza, artista sublime, sabe criar.

Peri tomou a canoa nos seus braços, como se fora um berço mimoso, e deitou-a sobre a relva que cobria a margem do rio; depois sentou-se ao lado, e com os olhos fitos em Cecília esperou que ela saísse desse sono prolongado que começava a inquietá-lo.

Tremia lembrando-se da dor que sua senhora ia sentir quando soubesse a desgraça de que ele fora testemunha na véspera; e não se achava com forças de responder ao primeiro olhar de surpresa que a menina lançaria em torno de si logo que despertasse no meio do deserto.

Enquanto durou o sono, Peri, com o braço apoiado à borda da canoa e o corpo reclinado sobre o rosto da menina, esperando com ansiedade o momento que ele desejava e temia ao mesmo tempo, velava sobre Cecília com um cuidado e uma solicitude admirável.

A mãe a mais extremosa não se desvelaria tanto por seu filho como esse amigo dedicado por sua senhora; uma réstia de sol que, enfiando-se pelas folhas, vinha brincar no rosto da menina, um passarinho que cantava sobre um ramo do arbusto, um inseto que saltava na relva, tudo ele afastava para não perturbar o seu repouso.

Cada minuto que passava era uma nova inquietação para ele; porém era também um instante mais de sossego e de tranquilidade que a menina gozava, antes de saber a desgraça que pesava sobre ela e que a privara de sua família.

Um longo suspiro elevou o seio de Cecília; seus lindos olhos azuis se abriram e cerraram, deslumbrados pela claridade do dia; ela passou a mão delicada pelas pálpebras rosadas, como para afugentar o sono, e seu olhar límpido e suave foi pousar no rosto de Peri. Soltou um gritozinho de prazer, e sentando-se com vivacidade lançou um olhar de surpresa e admiração em torno da espécie de pavilhão de folhagem que a cercava; parecia interrogar as árvores, o rio, o céu; mas tudo emudecia.

Peri não se animava a pronunciar uma palavra; via o que se passava na alma de sua senhora e não tinha a coragem de dizer a primeira letra do enigma que ela não tardaria a compreender.

Por fim, a menina, baixando a vista para ver onde estava, descobriu a canoa, e lançando um volver rápido para o vasto leito do Paraíba que se espreguiçava indolentemente pela floresta, ficou branca como a cambraia do seu roupão.

Voltou-se para o índio com os olhos extremamente dilatados, os lábios trêmulos, a respiração presa, o seio ofegante, e suplicando com as mãozinhas juntas:

— Meu pai!... meu pai!...— exclamou soluçando.

O selvagem deixou cair a cabeça sobre o peito e escondeu o rosto nas mãos.

— Morto!... Minha mãe também morta!... Todos mortos!...

Vencida pela dor, a menina apertou convulsamente o seio que lhe estalava com os soluços e, reclinando-se como o cálice delicado de uma flor que a noite enchera de orvalho, desfez-se em lágrimas.

— Peri só podia salvar a ti, senhora! — murmurou o índio tristemente.

Cecília ergueu a cabeça altiva.

— Por que não me deixaste morrer com os meus?... — exclamou ela numa exaltação febril. — Pedi-te eu que me salvasses? Precisava de teus serviços?...

Seu rosto tomou uma expressão de energia extraordinária.

— Tu vais me levar ao lugar onde descansa o corpo de meu pai. É aí que deve estar sua filha... Depois partirás!... Não careço de ti.

Peri estremeceu.

— Escuta, senhora... — balbuciou ele em tom submisso.

A menina lançou-lhe um olhar tão imperioso, tão soberano, que o índio emudeceu, e voltando o rosto escondeu as lágrimas que lhe molhavam as faces.

Cecília caminhou até à beira do rio e com os olhos estendidos pelo horizonte, que ela supunha ocultar o lugar em que habitara, ajoelhou e fez uma oração longa e ardente.

Quando se ergueu, estava mais calma: a dor tinha-se repassado do consolo sublime da religião, dessa doçura e suavidade que infiltra no coração a esperança de uma vida celeste, que reúna aqueles que se amaram na terra.

Ela pôde então refletir sobre o que se tinha passado na véspera e procurou lembrar-se das circunstâncias que haviam precedido à morte de sua família. Todas as suas recordações, porém, chegavam unicamente até o momento em que, já meio adormecida, falava a Peri, e dizia essa palavra ingênua e inocente que lhe escapara do íntimo da alma:

— Antes morrer como Isabel!

Lembrando-se dessa palavra corou; e vendo-se só no deserto com Peri, sentiu uma inquietação vaga e indefinida, um sentimento de temor e de receio, cuja causa não sabia explicar.

Seria essa desconfiança súbita proveniente da cólera que ela sentira, porque o índio salvara a sua vida e a arrancara da desgraça que tinha destruído toda a sua família?

Não; não era essa a causa; ao contrário, Cecília conhecia que fora injusta para com seu amigo que tinha talvez feito impossíveis por ela; e a não ser o receio instintivo que se apoderara involuntariamente de sua alma, já o teria chamado para pedir-lhe perdão daquelas palavras duras e cruéis.

A menina ergueu os olhos tímidos e encontrou o olhar triste e súplice de Peri; não pôde resistir; esqueceu os seus receios, e um tênue sorriso fugiu-lhe pelos lábios.

— Peri!...

O índio estremeceu, mas desta vez de alegria e de contentamento; veio cair aos pés de sua senhora, que ele encontrava de novo boa como sempre tinha sido.

— Perdoa a Peri, senhora!

— És tu que me deves perdoar, porque te fiz sofrer; não é verdade? Mas bem sabes!... Não podia abandonar meu pobre pai!

— Foi ele que mandou a Peri que te salvasse! — disse o índio.

— Como?... — exclamou a menina. — Conta-me, meu amigo.

O índio fez a narração da cena da noite antecedente desde que Cecília tinha adormecido até o momento em que a casa saltara com a explosão, restando dela apenas um montão de ruínas.

Contou que ele tinha preparado tudo para que D. Antônio de Mariz fugisse, salvando Cecília; mas que o fidalgo recusara, dizendo que a sua lealdade e a sua honra mandavam que morresse no seu posto.

— Meu nobre pai! — murmurou a menina, enxugando as lágrimas.

Houve um instante de silêncio, depois do qual Peri concluiu a sua narração, e referiu como D. Antônio de Mariz o tinha batizado, e lhe havia confiado a salvação de sua filha.

— Tu és cristão, Peri?... — exclamou a menina, cujos olhos brilharam com uma alegria inefável.

— Sim; teu pai disse: "Peri, tu és cristão; dou-te o meu nome!"

— Obrigado, meu Deus — disse a menina juntando as mãos e erguendo os olhos ao céu.

Depois, envergonhada desse movimento espontâneo, escondeu o rosto: o rubor que cobriu as suas faces tingiu de uns longes cor-de-rosa as linhas puras do colo acetinado.

Peri ergueu-se e foi colher alguns frutos delicados que serviram de refeição à sua senhora.

O sol tinha quebrado a sua força, era tempo de continuar a viagem e aproveitar a frescura da tarde para vencer a distância que os separava do campo dos Goitacás.

O índio chegou-se trêmulo para a menina:

— Que queres tu que Peri faça, senhora?

— Não sei — respondeu Cecília indecisa.

— Não queres que Peri te leve à taba dos brancos?

— É a vontade de meu pai?... deves cumpri-la.

— Peri prometeu a D. Antônio levar-te a sua irmã.

O índio fez a canoa boiar sobre as águas do rio, e quando tomou a menina nos seus braços para deitá-la no barquinho, ela sentiu pela primeira vez na sua vida que o coração de Peri palpitava sobre o seu seio.

A tarde estava soberba; os raios do sol no ocaso, filtrando por entre as folhas das árvores, douravam as flores alvas que cresciam pela beira do rio.

As rolas começavam a soltar os seus arrulhos no fundo da floresta; e a brisa, que passava ainda tépida das exalações da terra, vinha impregnada de aromas silvestres.

A canoa resvalou pela flor da água como uma garça ligeira levada pela correnteza do rio.

Peri remava sentado na proa.

Cecília, deitada no fundo, meio apoiada sobre uma alcatifa de folhas que Peri tinha arranjado, engolfava-se nos seus pensamentos e aspirava as emanações suaves e perfumadas das plantas, e a frescura do ar e das águas.

Quando os seus olhos encontravam os de Peri, os longos cílios desciam ocultando um momento o seu olhar doce e triste.

* * *

A noite estava serena.

A canoa, vogando sobre as águas do rio, abria essas flores de espuma, que brilham um momento à luz das estrelas e se desfazem como o sorriso da mulher.

A brisa tinha escasseado; e a natureza adormecida respirava a calma tépida e perfumada das noites americanas, tão cheias de enlevo e encanto.

A viagem fora silenciosa: essas duas criaturas abandonadas no meio do deserto, sós em face da natureza, emudeciam, como se temessem despertar o eco profundo da solidão.

Cecília repassava na memória toda a sua vida inocente e tranquila, cujo fio dourado tinha-se rompido de uma maneira tão cruel; mas era sobretudo o último ano dessa existência, desde o dia do aparecimento imprevisto de Peri, que se desenhava na sua imaginação.

Por que interrogava ela assim os dias que tinha vivido no remanso da felicidade? Por que o seu espírito voltava ao passado e procurava ligar todos esses fatos a que na descuidosa ingenuidade dos primeiros anos dera tão pouco apreço?

Ela mesma não saberia explicar as emoções que sentia; sua alma inocente e ignorante tinha-se iluminado com uma súbita revelação; novos horizontes se abriam aos sonhos castos do seu pensamento.

Volvendo ao passado admirava-se de sua existência, como os olhos se deslumbram com a claridade depois de um sono profundo; não se reconhecia na imagem do que fora outrora, na menina isenta e travessa.

Toda a sua vida estava mudada: a desgraça tinha operado essa revolução repentina, e um outro sentimento ainda confuso ia talvez completar a transformação misteriosa da mulher.

Em torno dela tudo se ressentia dessa mudança; as cores tinham tons harmoniosos, o ar perfumes inebriantes, a luz reflexos aveludados, que seus sentidos não conheciam.

Uma flor, que antes era para ela apenas uma bela forma, parecia-lhe agora uma criatura que sentia e palpitava; a brisa que outrora passava como um simples bafejo das auras murmurava ao seu ouvido nesse momento melodias inefáveis, notas místicas que ressoavam no seu coração.

Peri, julgando sua senhora adormecida, remava docemente para não perturbar o seu repouso; a fadiga começava a vencê-lo; apesar de sua coragem indomável e de sua vontade poderosa, as forças estavam exaustas.

Apenas vencedor da luta terrível que travara com o veneno, tinha começado a empresa quase impossível da salvação de sua senhora; havia três dias que seus olhos não se cerravam, que seu espírito não repousava um instante.

Tudo quanto a natureza permitia à inteligência e ao poder do homem ele tinha feito; e contudo não era a fadiga do corpo que o vencia, eram sim as emoções violentas por que passara durante esse tempo.

O que ele tinha sentido quando plainava sobre o abismo, e que a vida de sua senhora dependia de um passo falso, de uma oscilação da haste frágil que lhe servia de ponte pênsil, ninguém compreenderia.

O que sofreu quando Cecília no seu desespero pela morte de seu pai o acusava por tê-la salvado, e lhe dava ordem de levá-la ao lugar onde repousavam as cinzas do velho fidalgo, é impossível de descrever.

Foram horas de martírio, de sofrimento horrível, em que sua alma sucumbiria, se não achasse na sua vontade inflexível e na sua dedicação sublime um conforto para a dor e um estímulo para triunfar de todos os obstáculos.

Eram essas emoções que o venciam, e ainda depois de vencidas; ele conheceu que seus músculos de aço, escravos submissos que obedeciam ao seu menor desejo, se distendiam como a corda do arco depois do combate. Lembrou-se que sua senhora precisava dele e que devia aproveitar esses momentos em que ela repousava para pedir ao sono novo vigor e novas forças.

Ganhou o meio do rio, e escolhendo um lugar onde não chegava nem um galho das árvores que cresciam nas ribanceiras, amarrou a canoa nos nenúfares que boiavam à tona da água

Tudo estava quieto; a terra ficava a uma distância de muitas braças; portanto podia sua senhora dormir sem perigo sobre esse chão prateado, debaixo da abóbada azul do céu; as ondinhas a embalariam no seu berço, as estrelas vigiariam o seu sono.

Livre de inquietação, Peri encostou a cabeça na borda da canoa; um momento depois suas pálpebras entorpecidas cerraram-se a pouco e pouco; seu último olhar, esse olhar vago e incerto que adeja na pupila já meio adormecida, viu desenhar-se na sombra uma forma alva e graciosa que se reclinava docemente para ele.

Não era um sonho, essa linda visão. Cecília sentindo a canoa imóvel despertou das suas recordações; sentou-se, e debruçando-se um pouco viu que seu amigo dormia, e acusou-se por não ter há mais tempo exigido dele esse instante de repouso.

O primeiro sentimento que se apoderou da menina, vendo-se só, foi o terror solene e respeitoso que infunde a solidão no meio do deserto, nas horas mortas da noite.

O silêncio parece falar; as sombras se povoam de seres invisíveis; os objetos, na sua imobilidade, como que oscilam pelo espaço.

É ao mesmo tempo o nada com o seu vácuo profundo, imenso, infinito; e o caos com a sua confusão, as suas trevas, as suas formas incriadas; a alma sente que lhe falta a vida ou a luz em torno.

Cecília recebeu essa impressão com um temor religioso; mas não se deixou dominar pelo susto; a desgraça a habituara ao perigo; e a confiança que tinha no seu companheiro era tanta que mesmo dormindo parecia-lhe que Peri velava sobre ela.

Contemplando essa cabeça adormecida, a menina admirou-se da beleza inculta dos traços, da correção das linhas do perfil altivo, da expressão de força e inteligência que animava aquele busto selvagem moldado pela natureza.

Como é que até então ela não tinha percebido naquele aspecto senão um rosto amigo? Como seus olhos tinham passado sem ver sobre essas feições talhadas com tanta energia? É que a revelação física que acabava de iluminar o seu olhar não era senão o resultado dessa outra revelação moral que esclarecera o seu espírito; dantes via com os olhos do corpo, agora via com os olhos da alma.

Peri, que durante um ano não fora para ela senão um amigo dedicado, aparecia-lhe de repente como um herói; no seio de sua família estimava-o, no meio dessa solidão admirava-o.

Como os quadros dos grandes pintores que precisam de luz, de um fundo brilhante, e de uma moldura simples, para mostrarem a perfeição de seu colorido e a pureza de suas linhas, o selvagem precisava do deserto para revelar-se em todo o esplendor de sua beleza primitiva.

No meio de homens civilizados, era um índio ignorante, nascido de uma raça bárbara, a quem a civilização repelia e marcava o lugar de cativo. Embora para Cecília e D. Antônio fosse um amigo, era apenas um amigo escravo.

Aqui, porém, todas as distinções desapareciam; o filho das matas, voltando ao seio de sua mãe, recobrava a liberdade; era o rei do deserto, o senhor das florestas, dominando pelo direito da força e da coragem.

As altas montanhas, as nuvens, as catadupas, os grandes rios, as árvores seculares serviam de trono, de dossel, de manto e cetro a esse monarca das selvas cercado de toda a majestade e de todo o esplendor da natureza.

Que efusão de reconhecimento e de admiração não havia no olhar de Cecília! Era nesse momento que ela compreendia toda a abnegação do culto santo e respeitoso que o índio lhe votava!

As horas correram silenciosamente nessa muda contemplação; a aragem fresca que anuncia o despontar do dia bafejou o rosto da menina; e pouco depois o primeiro albor da manhã desmaiou o negrume do horizonte.

Sobre o relevo que formava o perfil escuro da floresta, nas sombras da noite, luziu límpida e brilhante a estrela-d'alva; as águas do rio arfaram docemente; e os leques das palmeiras se agitaram rumorejando.

A menina lembrou-se do seu despertar tão plácido de outrora, de suas manhãs tão descuidosas, de sua prece alegre e risonha em que agradecia a Deus a ventura que vertia sobre ela e sua família.

Uma lágrima pendeu nos cílios dourados e caiu sobre a face de Peri; abrindo os olhos e vendo ainda a mesma doce visão que o adormecera, o índio julgou que o sonho continuava.

Cecília sorriu-lhe; e passou a mãozinha pelas pálpebras ainda meio cerradas de seu amigo:

— Dorme — disse ela — dorme; Ceci vela.

A música dessas palavras despertou completamente o selvagem.

— Não! — balbuciou ele, envergonhado de ter cedido à fadiga. — Peri sente-se forte.

— Mas tu deves ter necessidade de repouso! Há tão pouco tempo que adormeceste!

— O dia vai raiar; Peri deve velar sobre sua senhora.

— E por que tua senhora não velará também sobre ti? Queres tomar tudo; e não me deixas nem mesmo a gratidão!

O índio lançou um olhar cheio de admiração à menina:

— Peri não entende o que tu dizes. A rolinha quando atravessa o campo e sente-se fatigada descansa sobre a asa de seu companheiro que é mais forte; é ele que guarda o seu ninho enquanto ela dorme, que vai buscar o alimento, que a defende e que a protege. Tu és como a rolinha, senhora.

Cecília corou da comparação ingênua de seu amigo.

— E tu? — perguntou ela confusa e trêmula de emoção.

— Peri... é teu escravo, — respondeu o índio naturalmente.

A menina abanou a cabeça com uma inflexão graciosa:

— A rolinha não tem escravo.

Os olhos de Peri brilharam; uma exclamação partiu de seus lábios:

— Teu...

Cecília com o seio palpitante, as faces vermelhas, os olhos úmidos, levou a mãozinha aos lábios de Peri e reteve a palavra que ela mesma na sua inocente faceirice tinha provocado.

— Tu és meu irmão! — disse ela com um sorriso divino.

Peri olhou o céu como para fazê-lo confidente de sua felicidade.

A claridade da alvorada estendia-se sobre a floresta e os campos como um véu finíssimo; a estrela da manhã cintilava em todo o seu fulgor.

Cecília ajoelhou-se.

— Salve, rainha!...

O índio contemplava-a com uma expressão de ventura inefável.

— Tu és cristão, Peri! — disse ela, lançando-lhe um olhar suplicante.

Seu amigo compreendeu-a e, ajoelhando, juntou as mãos como ela.

— Tu repetirás todas as minhas palavras; e faze por não esquecê-las. Sim?

— Elas vêm de teus lábios, senhora.

— Senhora, não! irmã!

Daí a pouco os murmúrios das águas confundiam-se com os acenos maviosos da voz de Cecília, que recitava o hino cristão repassado de tanta unção e poesia.

A palavra de Peri repetia como um eco a frase sagrada.

* * *

Terminada a prece cristã, talvez a primeira que tinha ouvido aquelas árvores seculares, a viagem continuou.

Logo que o sol chegou ao zênite, Peri procurou como na véspera um abrigo para passar as horas de calma.

A canoa pojou num pequeno seio do rio; Cecília saltou em terra; e seu companheiro escolheu uma sombra onde ela repousasse.

— Espere aqui; Peri já volta.

— Onde vais? — perguntou a menina inquieta.

— Ver frutos para ti.

— Não tenho fome.

— Tu os guardarás.

— Pois bem; eu te acompanho.

— Não; Peri não consente.

— E por quê? Não me queres junto de ti?

— Olha tuas roupas; olha teu pé, senhora; os espinhos do cardo te ofenderiam.

Com efeito Cecília estava vestida com um ligeiro roupão de cambraia; e seu pezinho que descansava sobre a relva calçava um borzeguim de seda.

— Então me deixas só? — disse a menina entristecendo.

O índio ficou um momento indeciso; mas de repente sua fisionomia expandiu-se.

Cortou a haste de um íris que se balançava ao sopro da aragem e apresentou a flor à menina.

— Escuta — disse ele. — Os velhos da tribo ouviram de seus pais que a alma do homem quando sai do corpo se esconde numa flor, e fica ali até que a *ave do céu* vem buscá-la e a leva lá, bem longe. É por isso que tu vês o *guanumbi*,[5] saltando de flor em flor, beijando uma, beijando outra, e depois batendo as asas e fugindo.

Cecília, habituada à linguagem poética do selvagem, esperava a última palavra que devia fazê-la compreender o seu pensamento.

O índio continuou:

— Peri não leva a sua alma no corpo, deixa-a nesta flor. Tu não ficas só.

A menina sorriu, e tomando a flor escondeu-a no seio.

— Ela me acompanhará. Vai, meu irmão, e volta logo.

— Peri não se afastará; se tu o chamares, ele ouvirá.

— E me responderás, sim?... para que eu te sinta perto de mim...

O índio, antes de partir, circulou a alguma distância o lugar onde se achava Cecília, de uma corda de pequenas fogueiras feitas de louro, de canela, urataí e outras árvores aromáticas.

Desta maneira tornava aquele retiro impenetrável; o rio de um lado, e do outro as chamas que afugentariam os animais daninhos, e sobretudo os répteis; o fumo odorífero que se escapava das fogueiras afastaria até mesmo os insetos. Peri não sofreria que uma vespa e uma mosca sequer ofendesse a cútis de sua senhora, e sugasse uma gota desse sangue precioso; por isso tomara todas essas precauções.

Cecília devia pois ficar tranquila como se estivesse em um palácio; e de fato era um palácio de rainha do deserto esse sombrio cheio de frescura a que a relva servia de alcatifa, as folhas de dossel, as grinaldas em flores de cortinas, os sabiás de orquestra, as águas de espelho, e os raios do sol de arabescos dourados.

---

[5] Guanumbi: segundo uma tradição dos índios, o colibri, que conheciam pelo nome de *guanumbi*, levava e trazia as almas do outro mundo. (N. do A.)

A menina viu de longe o desvelo com que seu amigo tratava de sua segurança e acompanhou-o com o olhar até o momento em que ele desapareceu no mais espesso da mata.

Foi então que ela sentiu a soledade estender-se em torno e envolvê-la; insensivelmente levou a mão ao seio e tirou a flor que Peri lhe tinha dado.

Apesar de sua fé cristã, não pôde vencer essa inocente superstição do coração: pareceu-lhe, olhando o íris, que já não estava só e que a alma de Peri a acompanhava.

Qual é o seio de dezesseis anos que não abriga uma dessas ilusões encantadoras, nascidas com o fogo dos primeiros raios do amor? Qual é a menina que não consulta o oráculo de um malmequer e não vê numa borboleta negra a sibila fatídica que lhe anuncia a perda da mais bela esperança?

Como a humanidade na infância, o coração nos primeiros anos tem também a sua mitologia; mitologia mais graciosa e mais poética do que as criações da Grécia; o amor é o seu Olimpo povoado de deusas ou deuses de uma beleza celeste e imortal.

Cecília amava; a gentil e inocente menina procurava iludir-se a si mesma, atribuindo o sentimento que enchia sua alma a uma afeição fraternal e ocultando, sob o doce nome de irmão, um outro mais doce que titilava nos seus lábios, mas que seus lábios não ousavam pronunciar.

Mesmo só, de vez em quando um pensamento que passava no seu espírito incendiava-lhe as faces de rubor, fazia palpitar-lhe o seio e pender molemente a cabeça, como a haste da planta delicada quando o calor do sol fecunda a florescência.

Em que pensava ela, com os olhos fitos no íris, que o seu hálito bafejava, com as pálpebras meio cerradas e o corpo reclinado sobre os joelhos?

Pensava no passado que não voltaria; no presente que devia escoar-se rapidamente; e no futuro que lhe aparecia vago, incerto e confuso.

Pensava que de todo o seu mundo só lhe restava um irmão de sangue, cujo destino ignorava, e um irmão de alma, em que tinha concentrado todas as afeições que perdera.

Um sentimento de tristeza profunda anuviava o seu semblante, lembrando-se de seu pai, de sua mãe, de Isabel, de

Álvaro, de todos que amava e que formavam o universo para ela; então o que a consolava era a esperança de que os dois únicos corações que lhe restavam não a abandonariam nunca.

E isto a fazia feliz; não desejava mais nada; não pedia a Deus mais ventura do que a que sentiria vivendo junto de seus amigos e enchendo o futuro com as recordações do passado.

A sombra das árvores já beijava as águas do rio, e Peri ainda não tinha voltado; Cecília assustou-se, e, temendo que lhe tivesse sucedido alguma coisa, chamou por ele.

O índio respondeu longe, e pouco depois apareceu entre as árvores; o seu tempo não tinha sido inutilmente empregado, a julgar pelos objetos que trazia.

— Como tardaste!... — disse-lhe Cecília erguendo-se e indo ao seu encontro.

— Tu estavas sossegada; Peri aproveitou para não te deixar amanhã.

— Amanhã só?

— Sim, porque depois chegaremos.

— Aonde? — perguntou a menina com vivacidade.

Aos campos dos Goitacás, à cabana de Peri, onde tu mandarás a todos os guerreiros da tribo.

— E depois, como iremos ao Rio de Janeiro?

— Não te inquietes; os Goitacás têm *igaras*[6] grandes como aquela árvore que toca às nuvens; quando eles atiram o remo, elas voam sobre as águas como a *atiati* de asas brancas. Antes que a lua, que vai nascer, tenha desaparecido, Peri te deixará com a irmã de teu pai.

— Deixará!... — exclamou a menina, empalidecendo. — Tu queres me abandonar?

— Peri é um selvagem — disse o índio tristemente —; não pode viver na taba dos brancos.

— Por quê? — perguntou a menina com ansiedade. — Não és tu cristão como Ceci?

— Sim; porque era preciso ser cristão para te salvar; mas Peri morrerá selvagem como Ararê.

---

[6] Igara: significa em guarani *canoa*; *atiati* é o nome que davam à gaivota. (N. do A.)

— Oh! não — disse a menina —, eu te ensinarei a conhecer Deus, Nossa Senhora, as suas virgens e os seus anjinhos. Tu viverás comigo e não me deixarás nunca!

— Vê, senhora: a flor que Peri te deu já murchou porque saiu de sua planta; e a flor estava no teu seio. Peri na taba dos brancos, ainda mesmo junto de ti, será como esta flor; tu terás vergonha de olhar para ele.

— Peri!... — exclamou a menina ofendida.

— Tu és boa; mas todas as que têm a tua cor não têm o teu coração. Lá o selvagem seria um escravo dos escravos; e quem nasceu o primeiro, pode ser teu escravo; mas é senhor dos campos, e manda aos mais fortes.

Cecília, admirando o reflexo de nobre orgulho que brilhava na fronte do índio, sentiu que não podia combater a sua resolução ditada por um sentimento elevado. Reconheceu que havia no fundo de suas palavras uma grande verdade, que o seu instinto adivinhava: ela tinha a prova na revolução que se operara no seu espírito, vendo Peri no meio do deserto, livre, grande, majestoso como um rei.

Qual não seria pois a consequência dessa outra transição, muito mais brusca? Numa cidade, no meio da civilização, o que seria um selvagem senão um cativo, tratado por todos com desprezo?

No íntimo de sua alma quase que aprovava a resolução de Peri; mas não podia afazer-se à ideia de perder seu amigo, seu companheiro, a única afeição que talvez ainda lhe restava no mundo.

Durante esse tempo, o índio preparava a simples refeição que lhes oferecia a natureza. Deitou sobre uma folha larga os frutos que tinha colhido: eram os araçás, os jambos corados, os ingás de polpa macia, os cocos de várias espécies.

A outra folha continha favos de uma pequena abelha, que fabricara a sua colmeia no tronco de uma cabuíba, de sorte que o mel puro e claro tinha perfumes deliciosos; dir-se-ia mel de flores.

O índio tornou côncava uma palma larga e encheu-a com o suco do ananás, cuja fragrância é como a essência do sabor: era o vinho que devia servir ao banquete frugal.

Numa segunda palma, também côncava, apanhou a água cristalina da corrente que murmurava a alguns passos; devia servir para Cecília lavar as mãos depois da refeição.

Quando acabou esses preparativos que ele fazia com uma satisfação inexprimível, Peri sentou-se junto da menina e começou a trabalhar num arco de que precisava. O arco era a sua arma favorita, e sem ele, embora possuísse a clavina e as munições que por precaução deitara na canoa para servirem a D. Antônio de Mariz, não tinha tranquilidade de espírito e confiança plena na sua agilidade. Reparando, porém, que sua senhora não tocava nos alimentos, ergueu a cabeça e viu o rosto da menina banhado de lágrimas, que caíam em pérolas sobre os frutos e os rociavam como gotas de orvalho.

Não era preciso adivinhar para conhecer a causa dessas lágrimas.

— Não chora, senhora — disse o índio aflito —, Peri te falou o que sentia; manda, e Peri fará a tua vontade.

Cecília olhou-o com uma expressão de melancolia que partia a alma.

— Queres que Peri fique contigo? Ele ficará; todos serão seus inimigos; todos o tratarão mal; desejará defender-te e não poderá; quererá servir-te e não o deixarão; mas Peri ficará.

— Não — respondeu Cecília —; não exijo de ti esse último sacrifício. Deves viver onde nasceste, Peri.

— Mas tu vais ainda chorar!

— Vê — disse a menina enxugando as lágrimas —, estou contente.

— Agora toma uma fruta.

— Sim; jantaremos juntos, como jantavas outrora no meio das matas com tua irmã.

— Peri nunca teve irmã.

— Mas tens agora — respondeu ela sorrindo.

E como uma filha das florestas, uma verdadeira americana, a gentil menina fez a sua refeição, partilhando-a com seu companheiro e acompanhando-a dos gestos inocentes e faceiros que só ela sabia ter.

Peri admirava-se da mudança brusca que se tinha operado em sua senhora, e no fundo do seu coração sentia um aperto, pensando que ela se consolara bem depressa com a lembrança da separação.

Mas ele não era egoísta, e preferia a alegria de sua senhora a seu prazer; porque vivia antes da vida dela do que da sua própria.

* * *

Depois da refeição, Peri voltou ao seu trabalho.

Cecília, que desde o primeiro dia sentia-se abatida e lânguida, tinha recobrado um pouco de sua vivacidade e gentileza dos bons dias.

O rosto mimoso conservava ainda a sombra melancólica que lhe deixaram impressas as cenas tristes de que fora testemunha, e sobretudo a última desgraça que a tinha privado de seu pai e de sua mãe.

Mas essa mágoa tomava nas suas feições uma expressão angélica, e com tal mansuetude e suavidade que dava novo encanto à sua beleza ideal.

Deixando seu companheiro distraído com a sua obra, chegou à beira do rio e sentou-se junto de uma moita de uvaias, à qual estava amarrada a canoa.

Peri viu-a afastar-se, e sempre seguindo-a com os olhos, continuou a preparar a vergôntea que devia servir-lhe de arco, e as canas selvagens, as quais o seu braço ia dar o voo da ave altaneira.

A menina, com a face apoiada na mão e os olhos postos na correnteza do rio, cismava; às vezes as pálpebras cerravam-se; os lábios se agitavam imperceptivelmente; nesses momentos parecia que conversava com algum espírito invisível.

Outras vezes, um doce sorriso despontava nos seus lábios e desfazia-se logo, como se o pensamento que viera pousar ali voltasse a esconder-se no fundo do coração, donde se tinha escapado.

Por fim ergueu a fronte com o meneio de rainha, que às vezes tomava a sua cabecinha loura, à qual só faltava o diadema; a fisionomia mostrou uma expressão de energia, que lembrava o caráter de D. Antônio de Mariz.

Tinha tomado uma resolução; uma resolução firme, inabalável, que ia cumprir com a mesma força de vontade e coragem que herdara de seu pai, e dormia no fundo de sua alma, para só revelar-se nas ocasiões extremas.

Levantou os olhos ao céu e pediu a Deus um perdão para uma falta, e ao mesmo tempo uma esperança para uma boa ação que ia praticar; sua oração foi breve, mas ardente e cheia de fervor.

Enquanto isso se passava, Peri, vendo que as sombras da terra já se deitavam sobre o leito do Paraíba, conheceu que era tempo de partir e preparou-se para continuar a viagem.

No momento em se que levantava, Cecília correu para ele e colocou-se em face, de modo a lhe ocultar a vista do rio.

— Tu sabes? — disse ela sorrindo —, tenho uma coisa a pedir-te.

Esta só palavra bastava para que Peri não visse mais nada senão os olhos e os lábios de sua senhora, que iam dizer-lhe o que ela desejava.

— Quero que apanhes muito algodão para mim e me tragas uma pele bonita. Sim?

— Para quê? — perguntou o índio admirado.

— Do algodão fiarei um vestido; da pele tu cobrirás os meus pés.

Peri, cada vez mais admirado, ouvia sua senhora sem compreendê-la.

— Assim — disse a menina sorrindo — tu me deixarás acompanhar-te, os espinhos não me farão mal.

O espanto do índio tinha-o tornado imóvel; mas de repente soltou um grito, e quis precipitar-se para o rio.

A mãozinha de Cecília apoiando-se no seu peito, reteve-o.

— Espera!

— Olha! — respondeu o índio inquieto apontando para o rio.

A canoa, desprendida do tronco a que estava amarrada, resvalava à discrição das águas, e, girando sobre si, desaparecia levada pela correnteza.

Cecília depois de olhar se voltou sorrindo:

— Fui eu que soltei!

— Tu, senhora! Por quê?

— Porque não precisamos mais dela.

Fitando então no seu amigo os lindos olhos azuis, disse com o tom grave e lento que revela um pensamento profundamente refletido e uma resolução inabalável.

— Peri não pode viver junto de sua irmã na cidade dos brancos; sua irmã fica com ele no deserto, no meio das florestas.

Era essa ideia que ela havia pouco acariciava no seu espírito e para a qual tinha invocado a graça divina.

Não foi sem algum esforço que ela conseguiu dominar os primeiros temores que a assaltaram, quando encarou em face essa existência longe da sociedade, na solidão, no isolamento.

Mas qual era o laço que a prendia ao mundo civilizado? Não era ela quase uma filha desses campos, criada com o seu ar puro e livre, com as suas águas cristalinas?

A cidade lhe aparecia apenas como um recordação da primeira infância, como um sonho do berço; deixara o Rio de Janeiro aos cinco anos, e nunca mais ali voltara.

O campo, esse tinha para ela outras recordações ainda vivas e palpitantes; a flor da sua mocidade tinha sido bafejada por essas auras; o botão desatara aos raios desse sol esplêndido.

Toda a sua vida, todos os seus belos dias, todos os seus prazeres infantis viviam ali, falavam naqueles ecos da solidão, naqueles murmúrios confusos, naquele silêncio mesmo.

Ela pertencia, pois, mais ao deserto do que à cidade; era mais uma virgem brasileira do que uma menina cortesã; seus hábitos e seus gostos prendiam-se mais às pompas singelas da natureza do que às festas e às galas da arte e da civilização.

Decidiu ficar.

A única felicidade que ainda podia gozar neste mundo, depois da perda de sua família, era viver com os dois entes que a amavam; essa felicidade não era possível; devia escolher entre um deles.

Aí o seu coração foi impelido pela força invencível que o arrastava; mas depois, envergonhando-se de ter cedido tão depressa, procurou desculpar-se a si mesma.

Disse então que entre seus dois irmãos era justo que acompanhasse antes aquele que só vivia para ela, que não tinha um pensamento, um cuidado, um desejo que não fosse inspirado por ela.

D. Diogo era um fidalgo, herdeiro do nome de seu pai; tinha um futuro diante de si, tinha uma missão a cumprir no mundo; ele escolheria uma companheira para suavizar-lhe a existência.

Peri tinha abandonado tudo por ela; seu passado, seu presente, seu futuro, sua ambição, sua vida, sua religião mesmo; tudo era ela, e unicamente ela; não havia pois que hesitar.

Depois, Cecília tinha ainda um pensamento que lhe sorria: queria abrir ao seu amigo o céu que ela entrevia na sua fé cristã; queria dar-lhe um lugar perto dela na mansão dos justos, aos pés do trono celeste do Criador.

É impossível descrever o que se passou no espírito do selvagem ouvindo as palavras de Cecília: sua inteligência inculta, mas brilhante, capaz de elevar-se aos mais altos pensamentos, não podia compreender aquela ideia; duvidou do que escutava.

— Cecília fica no deserto?... — balbuciou ele.

— Sim! — respondeu a menina tomando-lhe as mãos. — Cecília fica contigo e não te deixará. Tu és rei destas florestas, destes campos, destas montanhas; tua irmã te acompanhará.

— Sempre?...

— Sempre. Viveremos juntos como ontem, como hoje, como amanhã. Tu cuidas?... Eu também sou filha desta terra; também me criei no seio desta natureza. Amo este belo país!...

— Mas, senhora, tu não vês que tuas mãos foram feitas para as flores e não para os espinhos; teus pés para brincar e não para andar; teu corpo para a sombra e não para o sol e a chuva?

— Oh! Eu sou forte! — exclamou a menina erguendo a cabeça com altivez. — Junto de ti não tenho medo. Quando eu estiver cansada, tu me levarás nos teus braços. A rolinha não se apoia sobre a asa de seu companheiro?

Era preciso ver a gentileza e a garridice com que ela dizia todas essas frases graciosas, que borbulhavam dos seus lábios! A irradiação do seu olhar, a animação do seu rosto e a travessura de seu gesto fascinavam.

Peri ficou extático diante da perspectiva dessa felicidade imensa, com a qual nunca sonhara; mas jurou de novo em sua alma que cumpriria a promessa feita a D. Antônio.

A tarde descaía; e era preciso tratar de prover aos meios de passar a noite em terra, o que seria muito mais perigoso; não para ele a quem bastava o galho de uma árvore; mas para Cecília.

Seguindo pela margem para escolher o lugar mais favorável, Peri soltou uma palavra de surpresa vendo a canoa que se tinha embaraçado numa dessas ilhas flutuantes feitas pelas parasitas do rio que boiam sobre as águas.

Era o melhor leito que podia ter a menina no meio do deserto; puxou a canoa, alcatifou o fundo com as folhas macias das palmeiras, e, tomando Cecília nos braços, deitou-a no seu berço.

A menina não consentiu que Peri remasse; a canoa deslizou docemente pelo leito do rio, apenas impelida pela correnteza.

Cecília brincava; debruçava-se sobre as águas para colher uma flor de passagem, para perseguir um peixe que beijava a face lisa das ondas, para ter o prazer de molhar as mãos nessa água cristalina, para rever a sua imagem nesse espelho vacilante.

Quando tinha brincado bastante, voltava-se para seu amigo e falava-lhe com o gazeio argentino, mimoso chilrear dos lábios travessos de uma linda menina, onde as coisas mais ligeiras e mais frívolas revestem encantos e graça suprema.

Peri estava distraído; seu olhar fitava-se no horizonte com uma atenção extraordinária; a inquietação que se desenhava no seu semblante era o indício de algum perigo, embora ainda remoto.

Sobre a linha azulada da cordilheira dos Órgãos, que se destacava num fundo de púrpura e rosicler, amontoavam-se grossas nuvens escuras e pesadas, que, feridas pelos raios do ocaso, lançavam reflexos acobreados.

Daí a pouco a serrania desapareceu envolta nesse manto cor de bronze, que se elevava como as colunas e abóbadas de estalactites que se encontram nas grutas das nossas montanhas. O azul puro e risonho que cobria o resto do firmamento contrastava com a cinta escura, que ia enegrecendo gradualmente à medida que a noite caía.

Peri voltou-se.

— Tu queres ir para terra, senhora?

— Não; estou tão bem aqui! Não foste tu que me trouxeste?

— Sim; mas...

— O quê?

— Nada; podes dormir sem receio!

Ele tinha se lembrado que entre dois perigos o melhor era preferir o mais remoto; aquele que ainda estava longe e talvez não viesse.

Por isso resolveu não dizer nada a Cecília e conservar-se atento e vigilante para salvá-la, se o que ele temia se realizasse.

Peri havia lutado com o tigre, com os homens, com uma tribo de selvagens, com o veneno; e tinha vencido. Era chegada a ocasião de lutar com os elementos: com a mesma confiança calma e impassível, esperou pronto a aceitar o combate.

Anoiteceu.

O horizonte, sempre negro e fechado, se iluminava às vezes com um lampejo fosforescente; um tremor surdo parecia correr pelas entranhas da terra e fazia ondular a superfície das águas, como o seio de uma vela enfunada pelo vento.

Entretanto, ao redor tudo estava quieto; as estrelas recamavam o azul do céu; a viração aninhava-se nas folhas das árvores: os murmúrios doces da solidão cantavam o hino da noite.

Cecília adormeceu no seu berço, murmurando uma prece.

* * *

Era alta noite; sombras espessas cobriam as margens do Paraíba.

De repente um rumor surdo e abafado, como de um tremor subterrâneo, propagando-se por aquela solidão, quebrou o silêncio profundo do ermo.

Peri estremeceu; ergueu a cabeça e estendeu os olhos pela larga esteira do rio, que, enroscando-se como uma serpente monstruosa de escamas prateadas, ia perder-se no fundo negro da floresta.

O espelho das águas, liso e polido como um cristal, refletia a claridade das estrelas, que já desmaiavam com a aproximação do dia; tudo estava imóvel e quedo.

O índio curvou-se sobre a borda da canoa, e de novo aplicou o ouvido; pela superfície do rio rolava um som estrepitoso, semelhante ao quebrar-se da catadupa precipitando-se do alto dos rochedos.

Cecília dormia tranquilamente; sua respiração ligeira ressoava com a harmonia doce e sutil das folhas da cana quando estremecem ao sopro tênue da aragem.

Peri lançou um olhar de desespero para as margens que se destacavam a alguma distância sobre a corrente plácida do rio. Quebrou o laço que prendia a canoa e impeliu-a para a terra com toda a força do remo, que fendeu a água rapidamente.

À beira do rio elevava-se uma bela palmeira, cujo alto tronco era coroado pela grande cúpula verde, formada com os leques de suas folhas lindas e graciosas. Os cipós e as parasitas, engrazando-se pelos ramos das árvores vizinhas, desciam até o chão, formando grinaldas e cortinas de folhagem, que se prendiam às hastes da palmeira.

Tocando a margem, Peri saltou em terra, tomou Cecília meio adormecida nos seus braços, e ia entranhar-se pela mata virgem que se elevava diante dele.

Nesse momento o rio arquejou como um gigante estorcendo-se em convulsões e deitou-se de novo no seu leito, soltando um gemido profundo e cavernoso.

Ao longe o cristal da corrente achamalotou-se; as águas frisaram-se; e um lençol de espuma estendeu-se sobre essa face lisa e polida, semelhante a uma vaga do mar desenrolando-se pela areia da praia.

Logo todo o leito do rio cobriu-se com esse delgado sendal que se desdobrava com uma velocidade espantosa, rumorejando como um manto de seda.

Então no fundo da floresta troou um estampido horrível, que veio reboando pelo espaço; dir-se-ia o trovão correndo nas quebradas da serrania.

Era tarde.

Não havia tempo para fugir; a água tinha soltado o seu primeiro bramido, e, erguendo o colo, precipitava-se furiosa, invencível, devorando o espaço como algum monstro do deserto.

Peri tomou a resolução pronta que exigia a iminência do perigo: em vez de ganhar a mata, suspendeu-se a um dos cipós, e, galgando o cimo da palmeira, aí abrigou-se com Cecília.

A menina, despertada violentamente e procurando conhecer o que se passava, interrogou seu amigo.

— A água!... — respondeu ele, apontando para o horizonte.

Com efeito, uma montanha branca, fosforescente, assomou entre as arcarias gigantescas formadas pela floresta e atirou-se sobre o leito do rio, mugindo como o oceano quando açoita os rochedos com as suas vagas.

A torrente passou, rápida, veloz, vencendo na carreira o tapir das selvas ou a ema do deserto; seu dorso enorme se estorcia e enrolava pelos troncos diluvianos das grandes árvores, que estremeciam com o embate hercúleo.

Depois, outra montanha, e outra, e outra, se elevaram no fundo da floresta; arremessando-se no turbilhão, lutaram corpo a corpo, esmagando com o peso tudo que se opunha à sua passagem.

Dir-se-ia que algum monstro enorme, dessas jiboias tremendas que vivem nas profundezas da água, mordendo a raiz de uma rocha, fazia girar a cauda imensa, apertando nas suas mil voltas a mata que se estendia pelas margens.

Ou que o Paraíba, levantando-se qual novo Briareu no meio do deserto, estendia os cem braços titânicos e apertava ao peito, estrangulando-a em uma convulsão horrível, toda essa floresta secular que nascera com o mundo.

As árvores estalavam; arrancadas do seio da terra ou partidas pelo tronco, prostravam-se vencidas sobre o gigante, que, carregando-as ao ombro, precipitava para o oceano.

O estrondo dessas montanhas de água que se quebravam, o estampido da torrente, os troos do embate desses rochedos movediços, que se pulverizavam enchendo o espaço de neblina espessa, formavam um concerto horrível, digno do drama majestoso que se representava no grande cenário.

As trevas envolviam o quadro e apenas deixavam ver os reflexos prateados da espuma e a muralha negra que cingia esse vasto recinto, onde um dos elementos reinava como soberano.

Cecília, apoiada ao ombro de seu amigo, assistia horrorizada a esse espetáculo pavoroso; Peri sentia o seu corpinho estremecer; mas os lábios da menina não soltaram uma só queixa, um só grito de susto.

Em face desses transes solenes, desses grandes cataclismos da natureza, a alma humana sente-se tão pequena, aniquila-se tanto, que se esquece da existência; o receio é substituído pelo pavor, pelo respeito, pela emoção que emudece e paralisa.

O sol, dissipando as trevas da noite, assomou no oriente; seu aspecto majestoso iluminou o deserto; as ondas de sua luz brilhante derramaram-se em cascatas sobre um lago imenso, sem horizontes.

Tudo era água e céu.

A inundação tinha coberto as margens do rio até onde a vista podia alcançar; as grandes massas de água, que o temporal durante uma noite inteira vertera sobre as cabeceiras dos confluentes do Paraíba, desceram das serranias, e, de torrente em torrente, haviam formado essa tromba gigantesca que se abatera sobre a várzea.

A tempestade continuava ainda ao longo de toda a cordilheira, que aparecia coberta por um nevoeiro escuro; mas o céu, azul e límpido, sorria mirando-se no espelho das águas.

A inundação crescia sempre; o leito do rio elevava-se gradualmente; as árvores pequenas desapareciam; e a folhagem dos soberbos jacarandás sobrenadava já como grandes moitas de arbustos.

A cúpula da palmeira, em que se achavam Peri e Cecília, parecia uma ilha de verdura banhando-se nas águas da corrente; as palmas que se abriam formavam no centro um berço mimoso, onde os dois amigos, estreitando-se, pediam ao céu para ambos uma só morte, pois uma só era a sua vida.

Cecília esperava o seu último momento com a sublime resignação evangélica, que só dá a religião do Cristo; morria feliz; Peri tinha confundido as suas almas na derradeira prece que expirara dos seus lábios.

— Podemos morrer, meu amigo! — disse ela com uma expressão sublime. Peri estremeceu; ainda nessa hora suprema seu espírito revoltava-se contra aquela ideia, e não podia conceber que a vida de sua senhora tivesse de perecer como a de um simples mortal.

— Não! — exclamou ele. — Tu não podes morrer.

A menina sorriu docemente.

— Olha! — disse ela com a sua voz maviosa —, a água sobe, sobe...

— Que importa! Peri vencerá a água, como venceu a todos os teus inimigos.

— Se fosse um inimigo, tu o vencerias, Peri. Mas é Deus... É o seu poder infinito!

— Tu não sabes? — disse o índio como inspirado pelo seu amor ardente —, o Senhor do céu manda às vezes àqueles a quem ama um bom pensamento.

E o índio ergueu os olhos com uma expressão inefável de reconhecimento.

Falou com um tom solene:

"Foi longe, bem longe dos tempos de agora. As águas caíram e começaram a cobrir toda a terra. Os homens subiram ao alto dos montes; um só ficou na várzea com sua esposa.

"Era Tamandaré;[7] forte entre os fortes; sabia mais que todos. O Senhor falava-lhe de noite; e de dia ele ensinava aos filhos da tribo o que aprendia do céu.

"Quando todos subiram aos montes ele disse:

'Ficai comigo; fazei como eu, e deixai que venha a água'.

"Os outros não o escutaram; e foram para o alto; e deixaram ele só na várzea com sua companheira, que não o abandonou.

---

[7] Tamandaré: é o nome do Noé indígena. A tradição rezava que na ocasião do dilúvio ele escapara no olho de uma palmeira, e depois povoara a terra. É a lenda que conta Peri. (N. do A.)

"Tamandaré tomou sua mulher nos braços e subiu com ela ao olho da palmeira; aí esperou que a água viesse e passasse; a palmeira dava frutos que o alimentavam.

"A água veio, subiu e cresceu; o sol mergulhou e surgiu uma, duas e três vezes. A terra desapareceu; a árvore desapareceu; a montanha desapareceu.

"A água tocou o céu; e o Senhor mandou então que parasse. O sol olhando só viu céu e água, e entre a água e o céu a palmeira que boiava levando Tamandaré e sua companheira.

"A corrente cavou a terra; cavando a terra, arrancou a palmeira; arrancando a palmeira, subiu com ela; subiu acima do vale, acima da árvore, acima da montanha.

"Todos morreram. A água tocou o céu três sóis com três noites; depois baixou; baixou até que descobriu a terra.

"Quando veio o dia. Tamandaré viu que a palmeira estava plantada no meio da várzea; e ouviu a avezinha do céu, o guanumbi, que batia as asas.

"Desceu com a sua companheira e povoou a terra."

Peri tinha falado com o tom inspirado que dão as crenças profundas; com o entusiasmo das almas ricas de poesia e sentimento.

Cecília o ouvia sorrindo e bebia uma a uma as suas palavras, como se fossem as partículas do ar que respirava; parecia-lhe que a alma de seu amigo, essa alma nobre e bela, se desprendia do seu corpo em cada uma das frases solenes e vinha embeber-se no seu coração, que se abria para recebê-la.

A água subindo molhou as pontas das largas folhas da palmeira, e uma gota, resvalando pelo leque, foi embeber-se na alva cambraia das roupas de Cecília.

A menina, por um movimento instintivo de terror, conchegou-se ao seu amigo; e nesse momento supremo, em que a inundação abria a fauce enorme para tragá-los, murmurou docemente:

— Meu Deus!... Peri!...

Então passou-se sobre esse vasto deserto de água e céu uma cena estupenda, heroica, sobre-humana; um espetáculo grandioso, uma sublime loucura.

Peri alucinado suspendeu-se aos cipós que se entrelaçavam pelos ramos das árvores já cobertas de água, e com esforço desesperado cingindo o tronco da palmeira nos seus braços hirtos, abalou-o até as raízes.

Três vezes os seus músculos de aço, estorcendo-se, inclinaram a haste robusta; e três vezes o seu corpo vergou, cedendo à retração violenta da árvore, que voltava ao lugar que a natureza lhe havia marcado.

Luta terrível, espantosa, louca, esvairada; luta da vida contra a matéria; luta do homem contra a terra; luta da força contra a imobilidade.

Houve um momento de repouso em que o homem, concentrando todo o seu poder, estorceu-se de novo contra a árvore; o ímpeto foi terrível; e pareceu que o corpo ia despedaçar-se nessa distensão horrível.

Ambos, árvore e homem, embalançaram-se no seio das águas: a haste oscilou; as raízes desprenderam-se da terra já minada profundamente pela torrente.

A cúpula da palmeira, embalançando-se graciosamente, resvalou pela flor da água como um ninho de garças ou alguma ilha flutuante, formada pelas vegetações aquáticas.

Peri estava de novo sentado junto de sua senhora quase inanimada; e, tomando-a nos braços, disse-lhe com um acento de ventura suprema:

— Tu viverás!...

Cecília abriu os olhos e, vendo seu amigo junto dela, ouvindo ainda suas palavras, sentiu o enlevo que deve ser o gozo da vida eterna.

— Sim?... — murmurou ela —, viveremos!... Lá no céu, no seio de Deus, junto daqueles que amamos!...

O anjo espanejava-se para remontar ao berço.

— Sobre aquele azul que tu vês — continuou ela —, Deus mora no seu trono, rodeado dos que o adoram. Nós iremos lá, Peri! Tu viverás com tua irmã, sempre!...

Ela embebeu os olhos nos olhos de seu amigo e lânguida reclinou a loura fronte.

O hálito ardente de Peri bafejou-lhe a face.

Fez-se no semblante da virgem um ninho de castos rubores e límpidos sorrisos; os lábios abriram como as asas purpúreas de um beijo soltando o voo.

A palmeira arrastada pela torrente impetuosa fugia...

E sumiu-se no horizonte.

Guia de leitura

O GUARANI*

José de Alencar

TEXTO INTEGRAL

1. Que diferenças de personalidade existem entre Ceci e Isabel?

2. Que tipo de personagem o Sr. Álvaro representa?

3. Em que consiste o capítulo "Revelação"?

4. Loredano é um personagem secundário, porém, é por meio de suas ações que o enredo de *O guarani* se desenrola. Descreva detalhadamente a transformação pela qual passou Frei Angelo de Luca para tornar-se o aventureiro citado.

5. A xácara (narrativa popular em verso) entoada por Ceci ao final da segunda parte apresenta características de que tipo de poesia e de que época e lugar?

---

* Para que o professor possa trabalhar o Guia de Leitura com os alunos em sala de aula, não publicamos, aqui, o gabarito das questões. No entanto, pode-se obtê-lo entrando em contato conosco pelo telefone: (11) 3672 8144. Disponibilizamos o gabarito apenas para professores.

6. Quais as condições impostas por D. Antonio de Mariz para que Peri possa salvar Ceci?

7. Que tipo de narrador temos em *O guarani*?

8. O que é esposa de túmulo segundo a nota de José de Alencar?

9. *O guarani* é um romance que possibilitou o surgimento de vários outros textos; a isto chamamos intertextualidade. Cite uma obra que dialoga intertextualmente com *O guarani*.

QUESTÕES DE VESTIBULAR

1. (Fuvest)
Assim o amor se transformava tão completamente nessas organizações*, que apresentava três sentimentos bem distintos: um era uma loucura, o outro uma paixão, o último uma religião.
............desejava; ....amava; ....adorava.
(*organizações = personalidades)

Neste excerto de *O guarani*, o narrador caracteriza os diferentes tipos de amor que três personagens masculinas do romance sentem por Ceci. Mantida a sequência, os trechos pontilhados serão preenchidos corretamente com os nomes de

a) Álvaro / Peri / D. Diogo
b) Loredano / Álvaro / Peri
c) Loredano / Peri / D. Diogo
d) Álvaro / D. Diogo / Peri
e) Loredano / D. Diogo / Peri

2. (UFPI) Em *O guarani*, de José de Alencar, a ação ocorre no período da:

a) transferência da família real para o Brasil.
b) dominação do Brasil pela Espanha.
c) invasão do Brasil pelos franceses.
d) divisão do Brasil em capitanias hereditárias.
e) Inconfidência Mineira.

3. (Fuvest)

I - "...... o recebia cordialmente e o tratava como amigo; seu caráter nobre simpatiza com aquela natureza inculta."

II - "Em ......, o índio fizera a mesma impressão que lhe causava sempre a presença de um homem daquela cor; lembrava-se de sua mãe infeliz, da raça de que provinha".

III - "Quando a ......, via em Peri um cão fiel que tinha um momento prestado um serviço à família, e a quem se pagava com um naco de pão."

Nesses excertos, registram-se as reações de três personagens de *O guarani* à presença de Peri, quando este começa a frequentar a casa de D. Antônio de Mariz. Apenas seus nomes foram omitidos. Mantida a ordem da sequência, essas três personagens são:

a) D. Antônio; Cecília; Isabel
b) Álvaro; Isabel; Cecília
c) D. Antônio; Isabel; D. Lauriana
d) D. Diogo; Cecília; D. Lauriana
e) D. Diogo; Isabel; Cecília

4. (PUC) Na poesia como na prosa do Romantismo, ocorre a idealização da figura do índio, o que se pode observar em alguns dos poemas de Gonçalves Dias ou no romance *O guarani*, de José de Alencar. Tal idealização atende ao seguinte compromisso desses autores:

a) enaltecimento dos padrões aristocráticos de conduta, comprometidos com os desdobramentos da luta popular pela Independência.
b) exaltação das virtudes naturais dos indígenas, interpretadas num código que as identificava com a coragem e a fidalguia cavalheirescas.

c) culto da simplicidade e da modéstia, vistas como bases morais inspiradoras para o desenvolvimento da vida burguesa.

d) condenação do processo colonial, responsável pela descaracterização da cultura indígena e dos valores populares.

e) valorização do lendário e do folclórico, tomados como inspiradores de uma arte nacional de estilo primitivista.

5. (FEI) Em *O guarani*, o autor procura valorizar as origens do povo brasileiro e transformar certos personagens em heróis, com traços do caráter do "bom selvagem": pureza, valentia e brio. Essa tendência é típica do:

a) romance urbano
b) poemas épicos
c) romance regionalista
d) poemas históricos
e) romance indianista

Gabarito

1. d
2. b
3. c
4. b
5. e

Relação dos Volumes Publicados

1. Dom Casmurro
Machado de Assis
2. O Príncipe
Maquiavel
3. Mensagem
Fernando Pessoa
4. O Lobo do Mar
Jack London
5. A Arte da Prudência
Baltasar Gracián
6. Iracema / Cinco Minutos
José de Alencar
7. Inocência
Visconde de Taunay
8. A Mulher de 30 Anos
Honoré de Balzac
9. A Moreninha
Joaquim Manuel de Macedo
10. A Escrava Isaura
Bernardo Guimarães
11. As Viagens - "Il Milione"
Marco Polo
12. O Retrato de Dorian Gray
Oscar Wilde
13. A Volta ao Mundo em 80 Dias
Júlio Verne
14. A Carne
Júlio Ribeiro
15. Amor de Perdição
Camilo Castelo Branco
16. Sonetos
Luís de Camões
17. O Guarani
José de Alencar
18. Memórias Póstumas de Brás Cubas
Machado de Assis
19. Lira dos Vinte Anos
Álvares de Azevedo
20. Apologia de Sócrates / Banquete
Platão
21. A Metamorfose/Um Artista da Fome/Carta ao Pai
Franz Kafka
22. Assim Falou Zaratustra
Friedrich Nietzsche
23. Triste Fim de Policarpo Quaresma
Lima Barreto
24. A Ilustre Casa de Ramires
Eça de Queirós
25. Memórias de um Sargento de Milícias
Manuel Antônio de Almeida
26. Robinson Crusoé
Daniel Defoe
27. Espumas Flutuantes
Castro Alves
28. O Ateneu
Raul Pompeia
29. O Noviço / O Juiz de Paz da Roça / Quem Casa Quer Casa
Martins Pena
30. A Relíquia
Eça de Queirós
31. O Jogador
Dostoiévski
32. Histórias Extraordinárias
Edgar Allan Poe
33. Os Lusíadas
Luís de Camões
34. As Aventuras de Tom Sawyer
Mark Twain
35. Bola de Sebo e Outros Contos
Guy de Maupassant
36. A República
Platão
37. Elogio da Loucura
Erasmo de Rotterdam
38. Caninos Brancos
Jack London
39. Hamlet
William Shakespeare
40. A Utopia
Thomas More
41. O Processo
Franz Kafka
42. O Médico e o Monstro
Robert Louis Stevenson
43. Ecce Homo
Friedrich Nietzsche
44. O Manifesto do Partido Comunista
Marx e Engels
45. Discurso do Método / Regras para a Direção do Espírito
René Descartes
46. Do Contrato Social
Jean-Jacques Rousseau
47. A Luta pelo Direito
Rudolf von Ihering
48. Dos Delitos e das Penas
Cesare Beccaria
49. A Ética Protestante e o Espírito do Capitalismo
Max Weber
50. O Anticristo
Friedrich Nietzsche
51. Os Sofrimentos do Jovem Werther
Goethe
52. As Flores do Mal
Charles Baudelaire
53. Ética a Nicômaco
Aristóteles
54. A Arte da Guerra
Sun Tzu
55. Imitação de Cristo
Tomás de Kempis
56. Cândido ou o Otimismo
Voltaire
57. Rei Lear
William Shakespeare
58. Frankenstein
Mary Shelley
59. Quincas Borba
Machado de Assis
60. Fedro
Platão
61. Política
Aristóteles
62. A Viuvinha / Encarnação
José de Alencar
63. As Regras do Método Sociológico
Emile Durkheim
64. O Cão dos Baskervilles
Sir Arthur Conan Doyle
65. Contos Escolhidos
Machado de Assis
66. Da Morte / Metafísica do Amor / Do Sofrimento do Mundo
Arthur Schopenhauer
67. As Minas do Rei Salomão
Henry Rider Haggard
68. Manuscritos Econômico-Filosóficos
Karl Marx
69. Um Estudo em Vermelho
Sir Arthur Conan Doyle
70. Meditações
Marco Aurélio
71. A Vida das Abelhas
Maurice Materlinck
72. O Cortiço
Aluísio Azevedo
73. Senhora
José de Alencar
74. Brás, Bexiga e Barra Funda / Laranja da China
Antônio de Alcântara Machado
75. Eugênia Grandet
Honoré de Balzac
76. Contos Gauchescos
João Simões Lopes Neto
77. Esaú e Jacó
Machado de Assis
78. O Desespero Humano
Sören Kierkegaard
79. Dos Deveres
Cícero
80. Ciência e Política
Max Weber
81. Satíricon
Petrônio
82. Eu e Outras Poesias
Augusto dos Anjos
83. Farsa de Inês Pereira / Auto da Barca do Inferno / Auto da Alma
Gil Vicente
84. A Desobediência Civil e Outros Escritos
Henry David Toreau
85. Para Além do Bem e do Mal
Friedrich Nietzsche
86. A Ilha do Tesouro
R. Louis Stevenson
87. Marília de Dirceu
Tomás A. Gonzaga
88. As Aventuras de Pinóquio
Carlo Collodi
89. Segundo Tratado Sobre o Governo
John Locke
90. Amor de Salvação
Camilo Castelo Branco
91. Broquéis/Faróis/Últimos Sonetos
Cruz e Souza
92. I-Juca-Pirama / Os Timbiras / Outros Poemas
Gonçalves Dias
93. Romeu e Julieta
William Shakespeare
94. A Capital Federal
Arthur Azevedo
95. Diário de um Sedutor
Sören Kierkegaard
96. Carta de Pero Vaz de Caminha a El-Rei Sobre o Achamento do Brasil
97. Casa de Pensão
Aluísio Azevedo
98. Macbeth
William Shakespeare

99. ÉDIPO REI/ANTÍGONA
Sófocles

100. LUCÍOLA
José de Alencar

101. AS AVENTURAS DE SHERLOCK HOLMES
Sir Arthur Conan Doyle

102. BOM-CRIOULO
Adolfo Caminha

103. HELENA
Machado de Assis

104. POEMAS SATÍRICOS
Gregório de Matos

105. ESCRITOS POLÍTICOS / A ARTE DA GUERRA
Maquiavel

106. UBIRAJARA
José de Alencar

107. DIVA
José de Alencar

108. EURICO, O PRESBÍTERO
Alexandre Herculano

109. OS MELHORES CONTOS
Lima Barreto

110. A LUNETA MÁGICA
Joaquim Manuel de Macedo

111. FUNDAMENTAÇÃO DA METAFÍSICA DOS COSTUMES E OUTROS ESCRITOS
Immanuel Kant

112. O PRÍNCIPE E O MENDIGO
Mark Twain

113. O DOMÍNIO DE SI MESMO PELA AUTO-SUGESTÃO CONSCIENTE
Emile Coué

114. O MULATO
Aluísio Azevedo

115. SONETOS
Florbela Espanca

116. UMA ESTADIA NO INFERNO / POEMAS / CARTA DO VIDENTE
Arthur Rimbaud

117. VÁRIAS HISTÓRIAS
Machado de Assis

118. FÉDON
Platão

119. POESIAS
Olavo Bilac

120. A CONDUTA PARA A VIDA
Ralph Waldo Emerson

121. O LIVRO VERMELHO
Mao Tsé-Tung

122. ORAÇÃO AOS MOÇOS
Rui Barbosa

123. OTELO, O MOURO DE VENEZA
William Shakespeare

124. ENSAIOS
Ralph Waldo Emerson

125. DE PROFUNDIS / BALADA DO CÁRCERE DE READING
Oscar Wilde

126. CRÍTICA DA RAZÃO PRÁTICA
Immanuel Kant

127. A ARTE DE AMAR
Ovídio Naso

128. O TARTUFO OU O IMPOSTOR
Molière

129. METAMORFOSES
Ovídio Naso

130. A GAIA CIÊNCIA
Friedrich Nietzsche

131. O DOENTE IMAGINÁRIO
Molière

132. UMA LÁGRIMA DE MULHER
Aluísio Azevedo

133. O ÚLTIMO ADEUS DE SHERLOCK HOLMES
Sir Arthur Conan Doyle

134. CANUDOS - DIÁRIO DE UMA EXPEDIÇÃO
Euclides da Cunha

135. A DOUTRINA DE BUDA
Siddharta Gautama

136. TAO TE CHING
Lao-Tsé

137. DA MONARQUIA / VIDA NOVA
Dante Alighieri

138. A BRASILEIRA DE PRAZINS
Camilo Castelo Branco

139. O VELHO DA HORTA/QUEM TEM FARELOS?/AUTO DA ÍNDIA
Gil Vicente

140. O SEMINARISTA
Bernardo Guimarães

141. O ALIENISTA / CASA VELHA
Machado de Assis

142. SONETOS
Manuel du Bocage

143. O MANDARIM
Eça de Queirós

144. NOITE NA TAVERNA / MACÁRIO
Álvares de Azevedo

145. VIAGENS NA MINHA TERRA
Almeida Garrett

146. SERMÕES ESCOLHIDOS
Padre Antonio Vieira

147. OS ESCRAVOS
Castro Alves

148. O DEMÔNIO FAMILIAR
José de Alencar

149. A MANDRÁGORA / BELFAGOR, O ARQUIDIABO
Maquiavel

150. O HOMEM
Aluísio Azevedo

151. ARTE POÉTICA
Aristóteles

152. A MEGERA DOMADA
William Shakespeare

153. ALCESTE/ELECTRA/HIPÓLITO
Eurípedes

154. O SERMÃO DA MONTANHA
Huberto Rohden

155. O CABELEIRA
Franklin Távora

156. RUBÁIYÁT
Omar Khayyám

157. LUZIA-HOMEM
Domingos Olímpio

158. A CIDADE E AS SERRAS
Eça de Queirós

159. A RETIRADA DA LAGUNA
Visconde de Taunay

160. A VIAGEM AO CENTRO DA TERRA
Júlio Verne

161. CARAMURU
Frei Santa Rita Durão

162. CLARA DOS ANJOS
Lima Barreto

163. MEMORIAL DE AIRES
Machado de Assis

164. BHAGAVAD GITA
Krishna

165. O PROFETA
Khalil Gibran

166. AFORISMOS
Hipócrates

167. KAMA SUTRA
Vatsyayana

168. HISTÓRIAS DE MOWGLI
Rudyard Kipling

169. DE ALMA PARA ALMA
Huberto Rohden

170. ORAÇÕES
Cícero

171. SABEDORIA DAS PARÁBOLAS
Huberto Rohden

172. SALOMÉ
Oscar Wilde

173. DO CIDADÃO
Thomas Hobbes

174. PORQUE SOFREMOS
Huberto Rohden

175. EINSTEIN: O ENIGMA DO UNIVERSO
Huberto Rohden

176. A MENSAGEM VIVA DO CRISTO
Huberto Rohden

177. MAHATMA GANDHI
Huberto Rohden

178. A CIDADE DO SOL
Tommaso Campanella

179. SETAS PARA O INFINITO
Huberto Rohden

180. A VOZ DO SILÊNCIO
Helena Blavatsky

181. FREI LUÍS DE SOUSA
Almeida Garrett

182. FÁBULAS
Esopo

183. CÂNTICO DE NATAL/ OS CARRILHÕES
Charles Dickens

184. CONTOS
Eça de Queirós

185. O PAI GORIOT
Honoré de Balzac

186. NOITES BRANCAS E OUTRAS HISTÓRIAS
Dostoiévski

187. MINHA FORMAÇÃO
Joaquim Nabuco

188. PRAGMATISMO
William James

189. DISCURSOS FORENSES
Enrico Ferri

190. MEDEIA
Eurípedes

191. DISCURSOS DE ACUSAÇÃO
Enrico Ferri

192. A IDEOLOGIA ALEMÃ
Marx & Engels

193. PROMETEU ACORRENTADO
Ésquilo

194. IAIÁ GARCIA
Machado de Assis

195. DISCURSOS NO INSTITUTO DOS ADVOGADOS BRASILEIROS / DISCURSO NO COLÉGIO ANCHIETA
Rui Barbosa

196. ÉDIPO EM COLONO
Sófocles

197. A ARTE DE CURAR PELO ESPÍRITO
Joel S. Goldsmith

198. JESUS, O FILHO DO HOMEM
Khalil Gibran

199. DISCURSO SOBRE A ORIGEM E OS FUNDAMENTOS DA DESIGUALDADE ENTRE OS HOMENS
Jean-Jacques Rousseau

200. FÁBULAS
La Fontaine

201. O SONHO DE UMA NOITE DE VERÃO
William Shakespeare

202. Maquiavel, o Poder
José Nivaldo Junior

203. Ressurreição
Machado de Assis

204. O Caminho da Felicidade
Huberto Rohden

205. A Velhice do Padre Eterno
Guerra Junqueiro

206. O Sertanejo
José de Alencar

207. Gitanjali
Rabindranath Tagore

208. Senso Comum
Thomas Paine

209. Canaã
Graça Aranha

210. O Caminho Infinito
Joel S. Goldsmith

211. Pensamentos
Epicuro

212. A Letra Escarlate
Nathaniel Hawthorne

213. Autobiografia
Benjamin Franklin

214. Memórias de Sherlock Holmes
Sir Arthur Conan Doyle

215. O Dever do Advogado / Posse de Direitos Pessoais
Rui Barbosa

216. O Tronco do Ipê
José de Alencar

217. O Amante de Lady Chatterley
D. H. Lawrence

218. Contos Amazônicos
Inglês de Souza

219. A Tempestade
William Shakespeare

220. Ondas
Euclides da Cunha

221. Educação do Homem Integral
Huberto Rohden

222. Novos Rumos para a Educação
Huberto Rohden

223. Mulherzinhas
Louise May Alcott

224. A Mão e a Luva
Machado de Assis

225. A Morte de Ivan Ilicht / Senhores e Servos
Leon Tolstói

226. Álcoois e Outros Poemas
Apollinaire

227. Pais e Filhos
Ivan Turguêniev

228. Alice no País das Maravilhas
Lewis Carroll

229. À Margem da História
Euclides da Cunha

230. Viagem ao Brasil
Hans Staden

231. O Quinto Evangelho
Tomé

232. Lorde Jim
Joseph Conrad

233. Cartas Chilenas
Tomás Antônio Gonzaga

234. Odes Modernas
Anntero de Quental

235. Do Cativeiro Babilônico da Igreja
Martinho Lutero

236. O Coração das Trevas
Joseph Conrad

237. Thais
Anatole France

238. Andrômaca / Fedra
Racine

239. As Catilinárias
Cícero

240. Recordações da Casa dos Mortos
Dostoiévski

241. O Mercador de Veneza
William Shakespeare

242. A Filha do Capitão / A Dama de Espadas
Aleksandr Púchkin

243. Orgulho e Preconceito
Jane Austen

244. A Volta do Parafuso
Henry James

245. O Gaúcho
José de Alencar

246. Tristão e Isolda
Lenda Medieval Celta de Amor

247. Poemas Completos de Alberto Caeiro
Fernando Pessoa

248. Maiakósvski
Vida e Poesia

249. Sonetos
William Shakespeare

250. Poesia de Ricardo Reis
Fernando Pessoa

251. Papéis Avulsos
Machado de Assis

252. Contos Fluminenses
Machado de Assis

253. O Bobo
Alexandre Herculano

254. A Oração da Coroa
Demóstenes

255. O Castelo
Franz Kafka

256. O Trovejar do Silêncio
Joel S. Goldsmith

257. Alice na Casa dos Espelhos
Lewis Carrol

258. Miséria da Filosofia
Karl Marx

259. Júlio César
William Shakespeare

260. Antônio e Cleópatra
William Shakespeare

261. Filosofia da Arte
Huberto Rohden

262. A Alma Encantadora das Ruas
João do Rio

263. A Normalista
Adolfo Caminha

264. Pollyanna
Eleanor H. Porter

265. As Pupilas do Senhor Reitor
Júlio Diniz

266. As Primaveras
Casimiro de Abreu

267. Fundamentos do Direito
Léon Duguit

268. Discursos de Metafísica
G. W. Leibniz

269. Sociologia e Filosofia
Émile Durkheim

270. Cancioneiro
Fernando Pessoa

271. A Dama das Camélias
Alexandre Dumas (filho)

272. O Divórcio / As Bases da Fé / e outros textos
Rui Barbosa

273. Pollyanna Moça
Eleanor H. Porter

274. O 18 Brumário de Luís Bonaparte
Karl Marx

275. Teatro de Machado de Assis
Antologia

276. Cartas Persas
Montesquieu

277. Em Comunhão com Deus
Huberto Rohden

278. Razão e Sensibilidade
Jane Austen

279. Crônicas Selecionadas
Machado de Assis

280. Histórias da Meia-Noite
Machado de Assis

281. Cyrano de Bergerac
Edmond Rostand

282. O Maravilhoso Mágico de Oz
L. Frank Baum

283. Trocando Olhares
Florbela Espanca

284. O Pensamento Filosófico da Antiguidade
Huberto Rohden

285. Filosofia Contemporânea
Huberto Rohden

286. O Espírito da Filosofia Oriental
Huberto Rohden

287. A Pele do Lobo / O Badejo / o Dote
Artur Azevedo

288. Os Bruzundangas
Lima Barreto

289. A Pata da Gazela
José de Alencar

290. O Vale do Terror
Sir Arthur Conan Doyle

291. O Signo dos Quatro
Sir Arthur Conan Doyle

292. As Máscaras do Destino
Florbela Espanca

293. A Confissão de Lúcio
Mário de Sá-Carneiro

294. Falenas
Machado de Assis

295. O Uraguai / A Declamação Trágica
Basílio da Gama

296. Crisálidas
Machado de Assis

297. Americanas
Machado de Assis

298. A Carteira de Meu Tio
Joaquim Manuel de Macedo

299. Catecismo da Filosofia
Huberto Rohden

300. Apologia de Sócrates
Platão (Edição bilingue)

301. Rumo à Consciência Cósmica
Huberto Rohden

302. Cosmoterapia
Huberto Rohden

303. Bodas de Sangue
Federico García Lorca

304. Discurso da Servidão Voluntária
Étienne de La Boétie

305. CATEGORIAS
Aristóteles

306. MANON LESCAUT
Abade Prévost

307. TEOGONIA / TRABALHO E DIAS
Hesíodo

308. AS VÍTIMAS-ALGOZES
Joaquim Manuel de Macedo

309. PERSUASÃO
Jane Austen

310. AGOSTINHO - Huberto Rohden

311. ROTEIRO CÓSMICO
Huberto Rohden

312. A QUEDA DUM ANJO
Camilo Castelo Branco

313. O CRISTO CÓSMICO E OS ESSÊNIOS - Huberto Rohden

314. METAFÍSICA DO CRISTIANISMO
Huberto Rohden

315. REI ÉDIPO - Sófocles

316. LIVRO DOS PROVÉRBIOS
Salomão

317. HISTÓRIAS DE HORROR
Howard Phillips Lovecraft

318. O LADRÃO DE CASACA
Maurice Leblanc

319. TIL
José de Alencar

SÉRIE OURO
(Livros com mais de 400 p.)

1. LEVIATÃ
Thomas Hobbes

2. A CIDADE ANTIGA
Fustel de Coulanges

3. CRÍTICA DA RAZÃO PURA
Immanuel Kant

4. CONFISSÕES
Santo Agostinho

5. OS SERTÕES
Euclides da Cunha

6. DICIONÁRIO FILOSÓFICO
Voltaire

7. A DIVINA COMÉDIA
Dante Alighieri

8. ÉTICA DEMONSTRADA À MANEIRA DOS GEÔMETRAS
Baruch de Spinoza

9. DO ESPÍRITO DAS LEIS
Montesquieu

10. O PRIMO BASÍLIO
Eça de Queirós

11. O CRIME DO PADRE AMARO
Eça de Queirós

12. CRIME E CASTIGO
Dostoiévski

13. FAUSTO
Goethe

14. O SUICÍDIO
Émile Durkheim

15. ODISSEIA
Homero

16. PARAÍSO PERDIDO
John Milton

17. DRÁCULA
Bram Stoker

18. ILÍADA
Homero

19. AS AVENTURAS DE HUCKLEBERRY FINN
Mark Twain

20. PAULO – O 13º APÓSTOLO
Ernest Renan

21. ENEIDA
Virgílio

22. PENSAMENTOS
Blaise Pascal

23. A ORIGEM DAS ESPÉCIES
Charles Darwin

24. VIDA DE JESUS
Ernest Renan

25. MOBY DICK
Herman Melville

26. OS IRMÃOS KARAMAZOVI
Dostoiévski

27. O MORRO DOS VENTOS UIVANTES
Emily Brontë

28. VINTE MIL LÉGUAS SUBMARINAS
Júlio Verne

29. MADAME BOVARY
Gustave Flaubert

30. O VERMELHO E O NEGRO
Stendhal

31. OS TRABALHADORES DO MAR
Victor Hugo

32. A VIDA DOS DOZE CÉSARES
Suetônio

33. O MOÇO LOIRO
Joaquim Manuel de Macedo

34. O IDIOTA
Dostoiévski

35. PAULO DE TARSO
Huberto Rohden

36. O PEREGRINO
John Bunyan

37. AS PROFECIAS
Nostradamus

38. NOVO TESTAMENTO
Huberto Rohden

39. O CORCUNDA DE NOTRE DAME
Victor Hugo

40. ARTE DE FURTAR
Anônimo do século XVII

41. GERMINAL
Émile Zola

42. FOLHAS DE RELVA
Walt Whitman

43. BEN-HUR — UMA HISTÓRIA DOS TEMPOS DE CRISTO
Lew Wallace

44. OS MAIAS
Eça de Queirós

45. O LIVRO DA MITOLOGIA
Thomas Bulfinch

46. OS TRÊS MOSQUETEIROS
Alexandre Dumas

47. POESIA DE ÁLVARO DE CAMPOS
Fernando Pessoa

48. JESUS NAZARENO
Huberto Rohden

49. GRANDES ESPERANÇAS
Charles Dickens

50. A EDUCAÇÃO SENTIMENTAL
Gustave Flaubert

51. O CONDE DE MONTE CRISTO (VOLUME I)
Alexandre Dumas

52. O CONDE DE MONTE CRISTO (VOLUME II)
Alexandre Dumas

53. OS MISERÁVEIS (VOLUME I)
Victor Hugo

54. OS MISERÁVEIS (VOLUME II)
Victor Hugo

55. DOM QUIXOTE DE LA MANCHA (VOLUME I)
Miguel de Cervantes

56. DOM QUIXOTE DE LA MANCHA (VOLUME II)
Miguel de Cervantes

57. AS CONFISSÕES
Jean-Jacques Rousseau

58. CONTOS ESCOLHIDOS
Artur Azevedo

59. AS AVENTURAS DE ROBIN HOOD
Howard Pyle

60. MANSFIELD PARK
Jane Austen